El terror de lo

Los piratas espaciales de B

amenazando toda la estruct

Dirigidas por un supercientífico, sus flotas conquistadoras superaban en armamento incluso a los poderosos cruceros espaciales de la Patrulla Galáctica.

Cuando el Lensman Kim Kinnison de la Patrulla descubrió la base secreta boskoniana, ésta era invulnerable a los ataques exteriores. Pero allí donde una flota de combate encontraría una resistencia insuperable, un solo infiltrado podría penetrar las defensas boskonianas... si tenía las agallas para enfrentarse a unas probabilidades de un millón contra uno. Kinnison tenía las agallas suficientes para enfrentarse a las probabilidades -incluso con el futuro del Universo civilizado cabalgando sobre sus hombros....

Patrulla Galáctica es la tercera novela de la épica serie de siete volúmenes Lensman, una saga de aventuras galácticas en la gran tradición de la ciencia ficción aventurera.

Patrulla Galáctica

POR

EDWARD ELMER 'DOC' SMITH

LA SERIE LENSMAN ANOTADA 2024 EDICIONES
INTERNACIONALES

EDITADO Y ANOTADO POR
DAVID R. SMITH

MetaMad Libros

ISBN: 978-1-7635551-6-7

Portada: por David Apricot, utilizada con permiso.

Tipografía: Adobe Caslon 9pt

Para los fans de Lensman de todo el mundo

Nota del editor

La función editorial debe contribuir a que un escrito sea más utilizable, más inteligible; y en esa loable empresa a veces hay que correr riesgos. Con una obra antigua -un clásico reconocido, como la Patrulla Galáctica- surgen todo tipo de desafíos.

Un problema es cómo hacer el texto más contemporáneo cuando empieza a sufrir lo que podríamos llamar "shakespeareificación": el distanciamiento gradual del uso contemporáneo de palabras y frases debido al paso del tiempo.

¿Debe tratarse ese texto antiguo y venerado de forma forense y literal, como un fósil de una época pasada? ¿Cuidadosamente envuelto en yeso y encerrado en un museo bajo cristal? Porque es indudable que un lector contemporáneo tendrá problemas con palabras como "plimsoll" y "builded" e "interne". ¿Debería un editor transformar palabras como "nave espacial" en "nave espacial", cuando todos hemos trascendido ese particular guion En y hemos alcanzado la plena monopalabra?

Luego está la tendencia de EE "Doc" Smith hacia la puntuación salvaje, evocadora y de estilo libre. Probablemente era una característica de la ciencia-ficción de los años 30, pero es un error en una publicación impresa en 2023. Parece una locura.

Smith hace lo que muchos autores intentan, que es crear énfasis -

tensión- a través de la puntuación y el formato. Hay pura bravuconería y energía alegre en ese uso espástico y elástico de la puntuación. Pero puede resultar ingenuo para un lector contemporáneo.

Las personas que viven hoy en día tienden a ser muy críticas con cosas como la ortografía y la gramática cuando las encuentran en un texto; no importa cuál sea ese texto o cuál haya sido su recorrido. No le concederán el beneficio de la duda. Habitantes de la era de Twitter ahora X, son rápidos en notar una imperfección, una errata, una coma de Oxford que falta... y pueden oler a alguien con menos educación que ellos a un kilómetro de distancia. Y suelen odiar leer en dialecto.

Smith utiliza mucho dialecto y, aunque no es tan malo como algunos ejemplos de la prosa de principios del siglo XX, a veces resulta desafiante.

En estas circunstancias, y con mi principal propósito de transmitir la alegría y el disfrute que encontré de joven, y aún encuentro, en estos viejos libros de Lensman, he tomado algunas decisiones editoriales sobre el texto que apestan a sacrilegio de rango. Algunas -aunque no todas, ni siquiera la mayoría- de las dobles contracciones de Smith se han normalizado. Lo mismo ha ocurrido con la puntuación. La edición más extensa que he realizado se refiere a la elipsis. A menudo la he eliminado en favor del guión Em, cuando me ha parecido correcto. A menudo las elipsis podían eliminarse por completo sin pérdida de información.

En un momento dado me planteé eliminar por completo las cursivas de estilo libre del manuscrito. Pero cedí. Son demasiado parte integrante del estilo personal de Smith como para eliminarlas. Es normal y esperable ver comillas rizadas (las llamadas comillas inteligentes) en la ficción impresa, pero creo que las comillas rectas son suficientes y limpias y probablemente más atractivas para un lector de ciencia ficción contemporáneo. Después de todo, bastantes de nosotros somos codificadores-programadores. Ya sea en la vida profesional o en nuestro corazón. Las comillas rectas son naturales para nosotros, los técnicos programadores. Las comillas "inteligentes" no lo son. Adelante, hágame cambiar de opinión.

Hay dos tipos de anotaciones en el texto: notas que he hecho para que disfrute de la lectura, y las verdaderas notas a pie de página originales del autor, de las que hay un pequeño número, que explican principalmente algunos aspectos tecnológicos.

Estas notas a pie de página "originales" se indican con cursiva, y creo que todas terminan con las iniciales "EES". Mis notas a pie de página son las simples. No pretenden ser eruditas, así que no me culpe por ello, más bien lo que encontrará aquí son entretenidas no-sequiturs. Pero es muy divertido.

Tenemos la gran ventaja sobre EE 'Doc' Smith de ver cómo la ciencia ficción "resultó" por así decirlo. Así que he intentado mencionar cosas que el texto me recuerda de la cultura popular, cosas en las que pienso cuando las veo, como la aparente inspiración del episodio "La jaula" del piloto de Star Trek TOS. Allí encontramos alienígenas con un poder de ilusión tan grande que pueden influir en la experiencia humana a años luz de distancia, lo que suena a los arisios. No me es posible afirmar con certeza que exista un vínculo directo. Probablemente no. Pero toda la ciencia ficción que vino después, especialmente la ficción de amigos, probablemente tenga un poco de Smith en su ADN. El lector puede sacar sus propias conclusiones.

Pero volviendo al dialecto: bueno, Smith utiliza algo de dialecto y que yo sepa ninguno es despectivo. Casi nunca cae en el error, tan frecuente en la ficción de finales del siglo XIX y principios del XX, de utilizar el dialecto para rebajar a sus personajes, especialmente a los étnicos. El propio Kinnison dice a menudo "ain't" y yo he eliminado ocasionalmente algunas de esas expresiones. Sí, lo he hecho. También encuentro que "take 'em" es una contracción poco satisfactoria de "take them". A veces he cedido a la necesidad de modernizarlas, pero más a menudo no lo he hecho. Al fin y al cabo, esto es Space Opera.

Desde el punto de vista escolástico, estoy en deuda con chronology.org por muchos detalles útiles sobre la serie Lensman. Sus preguntas frecuentes proporcionan información útil sobre las fechas de las publicaciones anteriores al sello Panther Science Fiction de Granada Publishing. Es decir, antes del renacimiento de la ciencia ficción de los años setenta que se vivió en la época de mi infancia.

Hubo una publicación serializada inicial en Amazing Stories, de sep. de 1937 a feb. de 1938. A ésta le siguió, mucho más tarde, la publicación en tapa dura por Fantasy Press en 1950. La edición de Pantera que leí de niño (y de la que tengo un ejemplar en mi escritorio en este momento) se publicó en 1972.

En las preguntas más frecuentes se esbozan algunas de las diferencias textuales de las primeras publicaciones en contraste con las posteriores. He encontrado un listado muy satisfactorio de esas diferencias en la sección "talk" del artículo de Wikipedia sobre la serie Lensman. Pero hasta la fecha no ha sido necesario realizar ningún cambio basado en esa información.

También he agradecido la presencia de tantos sitios de fans y de gente que ama este material y ha puesto información en la red. Parte de ella es contradictoria, pero toda es interesante y útil.

Uno de los mejores aspectos de la narrativa de la Patrulla Galáctica es el desarrollo constante del protagonista. El personaje que encabeza el desfile de graduación en el capítulo 1 se parece muy poco al adulto que invade la fortaleza boskiana de Helmuth en el capítulo 24. Los personajes que experimentan un crecimiento y viven el peligro, cometen errores y aprenden de ellos para superarse y prosperar en el capítulo siguiente son los mejores.

Hay una sensación definitiva de crecimiento en el joven Kinnison (sólo tiene 23 años en este punto de la serie Lensman). Madura y se ríe de sus propios errores y también se da cuenta de que necesita más instrucción, lo que le lleva a ser el primer Lensman que regresa a Arisia.

Por otra parte, emocionalmente el personaje de Kimball Kinnison está muy lejos de integrar una personalidad completa. Esto es especialmente cierto en lo que se refiere a las mujeres, a las relaciones con el sexo opuesto. Sin embargo, ese defecto no es del todo culpa del autor, también es en cierta medida un fallo de la época. Realmente no se puede esperar que ningún escritor vaya más allá de sí mismo hasta el punto de volverse impublicable. No es justo pensar así. Olvidamos fácilmente que las mujeres estadounidenses no obtuvieron el derecho al voto hasta 1920, por lo que Smith habría vivido un periodo de la historia de Estados Unidos en el que la mitad de la población ni siquiera podía participar en su propia democracia. Las mujeres no eran autónomas; eran auxiliares de los hombres. Tenemos que aceptar que la dispensa especial para Clarissa que vemos más tarde -se convierte en la única mujer lensman, y también en la única mujer Lensman gris- es una forma positiva de que Smith empiece a explorar la idea de la mujer en un "mundo de hombres" -el mundo de la tecnología y la ciencia en la sociedad oscuramente conservadora que nos gusta llamar eufemísticamente "la tierra de los libres y el hogar de los sepultados".

El militarismo de la Patrulla Galáctica también es problemático en el sentido de que hay oportunidades para explorar el fascismo intrínseco y la contraproductividad de la guerra constante, pero eso es sencillamente imposible debido a las realidades de la vida en la América de preguerra. EE "Doc" Smith es un patriota, y sus historias son patrióticas o metapatrióticas.

Es una época de guerra en América, de preparación para la guerra y de conflicto total. De gente que tiene que elegir bando y tomar decisiones que cuestan vidas. Los Lensman son una fuerza policial, pero también son en gran medida una organización militar: construyen y mejoran armas constantemente, libran batalla tras batalla contra "piratas espaciales" altamente organizados que resultan ser una empresa disciplinada y sofisticada de alcance galáctico: algo así como el SPECTRE del universo de James Bond, pero peor, un programa malévolo y alienígena de esclavización y control autoritario con todo el universo como ámbito de actuación. Se trata de enemigos a los que "hay que matar" y se les mata por millares y millones, del mismo modo que el propio Kinnison es llamado a ser "juez, jurado y verdugo" de un asesino, y hace lo necesario. Dice que aplicar este castigo de muerte "me atenaza", pero lo hace "para no dejároslo a vosotros".

Pero lo más importante es que Kinnison aprende de esta experiencia. Le vemos ayudando a los demás, pagando sus deudas incluso a los animales que ha utilizado, hay una conciencia en desarrollo. No es la conciencia de un Kwai Chang Caine que busca la paz y evitar la violencia a toda costa (hasta que tiene que patear traseros). Pero es una conciencia, no obstante. Kinnison y sus

Nota del editor

compañeros protagonistas son todos buenos de corazón y, en
última instancia, siguen siendo dignos de ser leídos.

DRS
Playa de Avoca, Nueva Gales del Sur

Nota sobre la edición internacional de 2024

La edición internacional es un intento de aplicar una nueva tecnología de traducción a una ficción muy antigua. deepl.com es el proveedor de la traducción. La idea es que, a un coste razonable, podamos poner al alcance de más gente un viejo clásico de la edad de oro de la Ciencia Ficción.

La traducción es algo complicado, y no tengo una forma fácil de saber si el resultado hace justicia al material. Pero creemos que merece la pena hacer el esfuerzo.

Puede que también note el uso de un nuevo tipo de letra para esta edición: Adobe Caslon. Creo que Palatino es en general el mejor tipo de letra para la Ciencia Ficción, pero Caslon tiene un par de propiedades útiles. Queda bien en tamaño de 10 puntos, tiene un tipo de letra algo elegante, que da una sutil sensación de calidad, y es más delgada y ligeramente más compacta que Palatino.

Caslon tiene la extraña propiedad de verse borrosa en pantalla, pero de algún modo funciona muy bien impresa. Quizá al ser de Adobe funciona mejor en un PDF, que es como comunicamos el texto a la imprenta de todos modos.

Esperamos que disfrute de esta edición. ¡Dígaselo a sus amigos!

El Editor

ii

E. E. 'Doc' Smith

ÍNDICE

CAPÍTULO 1

Graduación

Dominando doscientas millas cuadradas de campus, patio de desfiles, aeropuerto y puerto espacial, un edificio de noventa pisos de cromo y cristal centelleaba deslumbrante bajo la brillante luz del sol de una mañana de junio. Este monumental montón era la Sala Wentworth, en la que viven y se mueven y tienen su ser las candidatas telurianas a las Lentes de la Patrulla Galáctica. Un ala de su último piso bullía de tensa actividad, pues esa ala era el hábitat de los señoriales Hombres de Cinco Años, era el Día de la Graduación y en unos minutos la Clase Cinco debía presentarse en la Sala A.

La Sala A, el despacho privado del mismísimo Comandante; la espantosa guarida a la que se convocaba a un graduado sólo para que desapareciera de la Sala y del Cuerpo de Cadetes; la portentosa cámara a la que cada año entraba el puñado de graduados y de la que salían, cada uno cambiado de alguna sutil manera.

En sus cubículos de acero, los graduados se escudriñaron atentamente unos a otros, asegurándose de que ninguna arruga o mota de polvo estropeara la perfección negro espacial y plateada del uniforme de gala de la Patrulla; que ni la más mínima mancha de deslustre u opacidad violara los relucientes meteoritos dorados de sus cuellos o las resplandecientemente pulidas pistolas de rayos y demás equipo de sus cinturones. Terminada la microscópica inspección mutua, las cajas de los equipos se cerraron a presión y se guardaron, y los embrionarios Lensmen salieron al salón de actos.

En la sala de oficiales, Kimball Kinnison, capitán de la promoción por haberse graduado a la cabeza de la misma, y sus tres tenientes, Clifford Maitland, Raoul LaForge y Widel Holmberg, se habían inspeccionado minuciosamente y ahora simplemente esperaban, con una tensión cada vez mayor, el minuto cero.

"¡Ahora, compañeros, recuerden esa caída!", les espetó el joven capitán. "Vamos a dejar caer el eje libre, a mayor velocidad y en formación más cerrada que ninguna clase haya intentado antes. Si alguien fastidia la formación -nuestro último espectáculo y con todo el Cuerpo mirando-"

"No te preocupes por la caída, Kim", aconsejó Maitland. "Los tres pelotones la tomarán como un reloj. Lo que me tiene inquieto es lo que realmente va a pasar en la Sala A".

"¡Ajá!", exclamaron LaForge y Holmberg al unísono.

"Puede tocar eso en toda la clase", estuvo de acuerdo Kinnison. "Bueno, pronto lo sabremos, es hora de ponerse en marcha", y los cuatro oficiales salieron al salón de actos, la Clase se puso en pie al verlos acercarse.

Kinnison, ahora todo capitán enérgico, miró fijamente a lo largo de las líneas matemáticamente exactas y chasqueó-.

"¡Informe!"

"¡Clase Cinco presente al completo, señor!" El Sargento Mayor tocó un taco de su cinturón y todo el vasto Wentworth Hall tembló bajo el impacto de una melodía penetrante, cadenciosa y palpitante cuando la mejor banda militar del mundo se estrelló contra *Nuestra Patrulla*.

"¡Pelotones a la izquierda-Marchen!" Aunque ninguna voz humana posible podría haberse oído en aquel vendaval de sonidos que agitaban el alma y aunque los labios de Kinnison apenas se movieron, su orden fue llevada hasta los mismos huesos de aquellos a quienes iba dirigida -y a nadie más- por los ultracomunicadores de haz apretado atados a sus pechos.

"¡Formación cerrada-adelante-marcha!"

En perfecta alineación y cadencia, la pequeña columna marchó por el vestíbulo. En su camino bostezaba el pozo, una fosa vertical de unos seis metros cuadrados que se extendía desde el piso principal hasta el techo del vestíbulo; más de mil metros escarpados de aire sin obstáculos, despejados ahora de todo tráfico por luces rojas encendidas. Cinco talones izquierdos chasquearon bruscamente, simultáneamente sobre el borde del estupendo abismo. Cinco piernas derechas barrieron hacia el vacío. Cinco manos derechas se encajaron en los cinturones y cinco cuerpos, rígidamente erguidos, se lanzaron hacia abajo a una velocidad tan espantosa que para la visión inexperta simplemente desaparecieron.

Seis décimas de segundo después, precisamente al compás de la conmovedora marcha, aquellos diez tacones golpearon el suelo principal de Wentworth Hall, pero no con un chasquido. Cayendo a una velocidad de casi dos mil pies por segundo, aunque lo hicieron en el instante del impacto, aquellos cinco cuerpos fornidos pasaron de la velocidad máxima a una detención instantánea, sin sacudidas, sin esfuerzo, en el momento del contacto, ya que la caída se había realizado bajo una completa neutralización de la inercia - "libres", en la jerga espacial. Restablecida la inercia, la marcha se reanudó -o más bien continuó- en perfecto compás con la banda. Cinco pies izquierdos se balancearon hacia fuera, y cuando los dedos derechos abandonaron el suelo, la segunda fila, con sólo unos centímetros de sobra, se zambulló en el espacio que su predecesora había ocupado un momento antes.

Rango tras rango desembarcaron y marcharon con precisión maquinal. La temible puerta de la sala A se abrió automáticamente al acercarse los cadetes y se cerró tras ellos.

"¡Columna a la derecha-Marchen!" Kinnison ordenó inaudiblemente, y la Clase obedeció con perfección de reloj.

"Columna a la izquierda ¡Marchen!"

"Escuadra derecha-Marchen!"

"¡Compañía-Halt!"

"¡Salud!"

Al frente de la compañía, en una enorme sala cuadrada desprovista de mobiliario, la Clase se enfrentaba al Ogro-Teniente-Mariscal Fritz von Hohendorff, Comandante de Cadetes. Martinet, tirano, dictador: era conocido en todo el Sistema como la encarnación de la falta de alma; y, en la medida en que alguna vez se le había conocido mostrando emoción o sentimiento ante algún alumno de la promoción, parecía gloriarse de su fama de ser el disciplinario más despiadadamente rígido que la Tierra había conocido jamás. Su espeso pelo blanco estaba ferozmente peinado hacia arriba en un rígido pompadour. Su ojo izquierdo era artificial y su cara llevaba docenas de cicatrices diminutas como hilos; pues ni siquiera la maravillosa cirugía plástica de aquella época podía reparar por completo los estragos del combate espacial. Además, su pierna derecha y su brazo izquierdo, aunque prácticamente normales en apariencia, eran en realidad en gran medida productos de la ciencia y el arte en lugar de la naturaleza.

Kinnison se enfrentó, entonces, a este potentado reconstruido, saludó con brusquedad y chasqueó-.

"Señor, la Clase Cinco informa al Comandante".

"Tome su puesto, señor". El veterano saludó tan puntillosamente como él, y al hacerlo un escritorio semicircular se levantó a su alrededor desde el suelo, un escritorio cuya característica más llamativa era un intrincado mecanismo que rodeaba una forma astillada.

"¡Número uno, Kimball Kinnison!" ladró von Hohendorff. "Al frente y al centro ¡Marchen!"

"El juramento, señor".

"Ante el Testigo Omnipotente prometo no bajar nunca el estandarte de la Patrulla Galáctica", dijo Kinnison con reverencia; y, desnudando el brazo, lo introdujo en la forma hueca.[1]

De un pequeño recipiente etiquetado "nº 1, Kimball Kinnison", el Comandante sacó lo que aparentemente era un adorno: una joya lenticular fabricada con cientos de diminutas gemas blancas como la muerte. Cogiéndola con un par de pinzas aislantes la tocó momentáneamente sobre la piel bronceada del brazo que tenía ante sí, y a ese contacto fugaz un destello como de fuego multicolor barrió las piedras. Satisfecho, dejó caer la joya en un hueco previsto para ella en el mecanismo, que de inmediato estalló en actividad.

El antebrazo se envolvió en un grueso aislante, los moldes y los escudos encajaron en su sitio, y allí brotó un destello instantáneamente sofocado de un brillo intolerable.

Entonces los moldes se deshicieron, se retiró el aislamiento y quedó al descubierto la LENTE. Sujeta a la musculosa muñeca de Kinnison por un brazalete de metal imperecedero, casi irrompible, en el que estaba incrustada, brillaba en todo su esplendor lambiscón: ya no era una pieza de joyería blanquecinamente inerte, sino una policromía lenticular de resplandor retorcido, casi fluido, que proclamaba a todos los observadores en símbolos de llama siempre cambiante que allí había un Lensman de la PATRULLA GALÁCTICA.

De forma similar cada hombre de la Clase fue investido con el símbolo

---

[1] Que yo sepa, ésta es una de las pocas referencias a la religión organizada en la Tierra, o "Tellus", en toda la serie Lensman. Por desgracia, nunca llegamos a saber más de este Testigo Omnipotente. Más adelante en *la Patrulla Galáctica* nos encontraremos con Peter van Buskirk, que cree en (o al menos jura por) Klono, un ser armado con "dientes de tungsteno y garras curvas de carballo", y otro dios, Noshabkeming el Radiante. Van Buskirk afirma en un momento dado que "Klono" es una deidad conocida por los habitantes de la Tierra.

de su rango. Entonces, el Comandante de rostro severo tocó un botón y del desnudo suelo metálico surgieron sillas profundamente tapizadas, una para cada graduado.

"¡Fuera!", ordenó, luego sonrió casi infantilmente -la primera insinuación que tuvo alguno de la Clase de que el viejo y duro tirano *podía* sonreír- y prosiguió con una voz extrañamente alterada:

"Sentaos, hombres, y fumad. Tenemos una hora para hablar de todo y ahora puedo contarles de qué se trata. Cada uno de ustedes encontrará su refresco favorito en el brazo de su silla.

"No, no tiene truco", continuó en respuesta a las miradas asombradas de duda, y encendió un enorme puro negro de tabaco veneriano mientras hablaba. "Ahora sois Lensmen. Por supuesto, aún tenéis que pasar por las formalidades de la Graduación, pero no cuentan. Cada uno de ustedes se graduó realmente cuando su Lens cobró vida.

"Conocemos sus preferencias individuales, y cada uno de ustedes tiene su hierba favorita, desde los pitillos de Pittsburgh de Tilotson hasta los cigarrillos de alsakanita de Snowden, a pesar de que Alsakan está tan lejos de aquí como puede estarlo un planeta y seguir estando dentro de la galaxia.

"También sabemos que todos ustedes son inmunes al atractivo de las drogas nocivas. Si no lo fueran, no estarían hoy aquí.[2] Así que fumad y separaos; haced las preguntas que queráis e intentaré responderlas. Nada está

---

[2] Por supuesto, este es un punto de vista muy extraño, casi cómico, sobre el tabaco, que aparentemente no es una droga desde el punto de vista de la Patrulla. No sé cómo explicar la evidente discrepancia entre el enfoque de la Patrulla sobre las drogas y su propio uso frecuente de la nicotina. Como científico de la alimentación, Smith conocía sin duda la nicotina como ingrediente activo del tabaco, el compuesto había sido descubierto en 1828 y se sintetizó por primera vez en 1903. La respuesta es probablemente que la naturaleza adictiva de la nicotina no fue aceptada o

prohibido ahora: esta sala está blindada contra cualquier rayo espía o haz comunicador operable en cualquier frecuencia conocida."

Hubo un breve y bastante incómodo silencio, y entonces Kinnison sugirió, tímidamente:

"¿No sería mejor, señor, que nos lo contara todo, desde el principio? Imagino que la mayoría de nosotros estamos demasiado aturdidos para hacer preguntas inteligentes".

"Quizás. Aunque algunos de ustedes tienen sin duda sus sospechas, empezaré por contarles lo que hay detrás de lo que les han hecho pasar durante los últimos cinco años. Siéntanse perfectamente libres de interrumpir con preguntas en cualquier momento.

Usted sabe que cada año un millón de chicos de dieciocho años de la Tierra son elegidos cadetes por oposición. Usted sabe que durante el primer año, antes de que ninguno de ellos vea Wentworth Hall, ese número se reduce a menos de cincuenta mil. Sabe que para el día de la graduación sólo quedan aproximadamente cien en la promoción. Ahora se me permite decirles que ustedes, los graduados, son los que han salido airosos del proceso de eliminación más brutalmente rígido, más diabólicamente minucioso que ha sido posible desarrollar.

"Todos los hombres a los que se puede hacer revelar alguna debilidad real son descartados. La mayoría de ellos son expulsados de la Patrulla. Sin embargo, hay muchos hombres espléndidos que, por alguna razón que no implica depravación moral, no son exactamente lo que un Lensman debe ser. Estos hombres componen nuestra organización, desde los monos grasientos hasta los más altos oficiales comisionados por debajo del rango de

---

reconocida durante muchos años y los proveedores de tabaco se centraron en las cualidades gustativas y de sabor del tabaco, de forma parecida a lo que hacemos hoy con el café.

Lensman. Esto explica lo que usted ya sabe: que la Patrulla Galáctica es el mejor cuerpo de seres inteligentes que ha servido bajo un mismo estandarte.

"Del millón que empezó, quedáis unos pocos. Al igual que todos los seres que han llevado o llevarán la Lente, cada uno de ustedes ha demostrado repetidamente, hasta el frío borde de la misma muerte, que es en todos los aspectos digno de llevarla. Por ejemplo, Kinnison, aquí presente, mantuvo una vez una entrevista muy aventurada con una dama de Aldebarán II y sus amigos. Él no sabía que nosotros lo sabíamos todo, pero así fue".

Las mismas orejas de Kinnison ardían escarlatas, pero el comandante siguió imperturbable:

"Así ocurrió con Voelker y el hipnotizador de Karalon; con LaForge y los devoradores de bentlam; con Flewelling cuando los contrabandistas de tionita de Ganymede-Venus intentaron sobornarle con diez millones de oro".

"¡Santo cielo, comandante!", irrumpió un joven indignado. "¿Usted-sabía-todo lo que pasó?"

"No del todo, quizás, pero es asunto mío saber lo suficiente. Ningún hombre que pueda ser agrietado ha llevado ni llevará nunca la Lente. Y ninguno de ustedes debe avergonzarse, pues han pasado todas las pruebas. Los que no las pasaron fueron los descartados.[3]

"Tampoco es ninguna desgracia haber sido expulsado del Cuerpo de Cadetes. El millón que empezó con usted era la selección del planeta, aunque sabíamos de antemano que de ese millón seleccionado apenas uno de cada diez mil daría la talla en todo lo esencial. Por lo tanto, sería manifiestamente injusto estigmatizar al resto de ellos porque no nacieron con ese algo extra, esa cualidad última de la fibra que caracteriza, y necesariamente *debe* caracterizar, a los portadores de la Lente. Por esa razón, ni siquiera el propio

---

[3] Es interesante imaginar cómo se organizaban estas pruebas.

hombre sabe por qué fue despedido, y nadie, salvo los que llevan la Lente, sabe por qué fueron seleccionados, y un Lensman no habla.

"Es necesario considerar la historia y los antecedentes de la Patrulla para poner claramente de manifiesto la necesidad de ese cuidado en la selección de su personal. Todos ustedes están familiarizados con ella, pero probablemente muy pocos han pensado en ella en ese sentido.

"La Patrulla es, por supuesto, una consecuencia de los antiguos sistemas de Policía Planetaria; y, hasta su desarrollo, la aplicación de la ley siempre iba por detrás de la violación de la ley. Así, en los viejos tiempos que siguieron a la invención del automóvil, los policías estatales no podían cruzar las fronteras estatales. Luego, cuando la Policía Nacional finalmente tomó el mando, no podían seguir a los criminales equipados con cohetes a través de las fronteras nacionales.

"Aún más tarde, cuando los vuelos interplanetarios se convirtieron en algo habitual, la Policía Planetaria se encontraba en la misma vieja desventaja. No tenían autoridad fuera de sus propios mundos, mientras que los enemigos públicos revoloteaban sin trabas de planeta en planeta. Y finalmente, con la invención de la propulsión sin inercia y el consiguiente tráfico entre los mundos de muchos sistemas solares, el crimen se volvió tan desenfrenado, tan absolutamente incontrolable, que amenazó los cimientos mismos de la Civilización. Un hombre podía perpetrar cualquier crimen imaginable sin temor a las consecuencias, ya que en una hora podía estar tan lejos del lugar de los hechos como para quedar completamente fuera del alcance de la ley.

"Y ayudando poderosamente al caos total estaban los nuevos vicios que se extendían de mundo en mundo; entre otros, el consumo de nuevas y horribles drogas. La tionita, por ejemplo; que sólo se da en Trenco; una droga tanto más mortífera que la heroína como ese compuesto lo es que el café, y que incluso ahora alcanza un precio tan fabuloso que un hombre puede llevar una fortuna en el tacón hueco de una bota.

"Así surgieron la Patrulla Triplanetaria y la Patrulla Galáctica. La primera era una organización bastante lamentable. Estaba minada desde fuera por la política y los políticos, y panalizada desde dentro por el habitual pequeño pero totalmente venenoso porcentaje de incapaces: estafadores, corruptos, sobornadores y criminales redomados. Se vio obstaculizada por el hecho de que entonces no existía ningún emblema o credencial que no pudiera falsificarse: nadie podía decir con certeza que el hombre de uniforme era un patrullero y no un delincuente disfrazado.

"Como todo el mundo sabe, Virgil Samms, entonces Jefe de la Patrulla Triplanetaria, se convirtió en el Primer Lensman Samms y fundó nuestra Patrulla Galáctica. La Lente, que, al ser a prueba de falsificaciones o incluso imitaciones, hace que la identificación de los Lensmen sea automática y positiva, fue lo que hizo posible nuestra Patrulla. Al tener la Lente, era fácil eliminar a los pocos no aptos. Los estándares de ingreso se elevaron cada vez más, y cuando se hubo demostrado sin lugar a dudas que cada Lensman era de hecho incorruptible, se concedió cada vez más autoridad al Consejo Galáctico. Cada vez más sistemas solares, habiendo desarrollado Lensmen propios, votaron a favor de unirse a la Civilización y buscaron representación en el Consejo Galáctico, a pesar de que tal proceder significaba renunciar a gran parte de su soberanía sistémica.

"Ahora el poder del Consejo y de su Patrulla es prácticamente absoluto. Nuestro armamento y equipo son lo último; podemos seguir al infractor de la ley dondequiera que vaya. Además, cualquier Lensman puede requisar cualquier material o ayuda, donde y cuando sea necesario; en cualquier planeta de cualquier sistema solar adherido a la Civilización; y la Lente es tan respetada en toda la galaxia que cualquier portador de ella puede ser llamado en cualquier momento para ser juez, jurado y verdugo. Dondequiera que vaya, sobre, en o a través de cualquier tierra, agua, aire o espacio en cualquier lugar dentro de los confines de nuestro Universo Insular, su palabra es LEY.[4]

"Eso explica lo que le han obligado a sufrir. La única excusa para su severidad es que produce resultados: ningún portador de la Lente la ha deshonrado jamás.

"Ahora en cuanto a la Lente en sí. Como todos los demás, ustedes saben *de* ella desde que pueden hablar, pero no saben nada de su origen ni de su naturaleza. Ahora que sois Lensmen, puedo contaros lo poco que sé sobre ella. ¿Preguntas?"

"Todos nos hemos preguntado por los Lens, señor, por supuesto", aventuró Maitland. "Al parecer, los forajidos nos siguen el ritmo en ciencia. Siempre he supuesto que lo que la ciencia puede construir, la ciencia lo puede duplicar. Seguro que más de un Lente ha caído en manos de los forajidos".

"Si hubiera sido un invento o un descubrimiento científico, habría sido duplicado hace mucho tiempo", respondió sorprendentemente el Comandante. "Sin embargo, no es de naturaleza esencialmente científica. Es casi enteramente filosófica y fue desarrollada para nosotros por los arisios.

"Sí, cada uno de ustedes fue enviado a Arisia hace muy poco", prosiguió

---

[4] Este enfoque de la organización social y política tendría muchas ventajas, el único problema sería cómo encontrar hombres incorruptibles (si es que realmente existe ese tipo de hombre). Es una lástima que Smith no pudiera entrar en más detalles sobre ese "algo especial" que hace que un Lensman sea quien es. Parece que es un atributo identificable incluso al nacer. Pero este atributo constituye un terreno fértil para las historias. Por ejemplo, se puede imaginar una narración sobre un Lensman que *se cae*. También sería interesante una narración sobre el desarrollo de un patrullero débil hasta convertirse en uno fuerte que acaba ganando un Lens gracias a su desarrollo moral o a sus logros.

von Hohendorff, mientras los oficiales recién comisionados le miraban, estupefactos, a él y entre sí. "¿Qué pensó de ellos, Murphy?"

"Al principio, señor, pensé que eran algún tipo nuevo de dragón; pero dragones con cerebros que realmente se podían *sentir*. Me alegré de alejarme, señor. Me daban bastante escalofríos, aunque nunca vi a uno de ellos ni siquiera moverse".

"Son una raza peculiar", prosiguió el Comandante. "En lugar de ser los peores enemigos de la humanidad, como generalmente se cree, son la *condición sine qua non* de nuestra Patrulla y de la Civilización. No puedo comprenderlos; no conozco a nadie que pueda hacerlo. Ellos nos dieron la Lente; sin embargo, los Lensmen no deben revelar ese hecho a nadie más. Hacen una Lente a la medida de cada candidato; sin embargo, no hay dos candidatos que, aparentemente, hayan visto las mismas cosas allí, ni se cree que nadie las haya visto nunca como son en realidad. Para todos, excepto para los Lensmen, parecen ser completamente antisociales; e incluso aquellos que se convierten en Lensmen van a Arisia sólo una vez en su vida. Parecen -aunque le advierto que esta apariencia puede no contener más de realidad que las formas físicas que usted creyó ver- ser supremamente indiferentes a todas las cosas materiales.

"Durante más generaciones de las que usted puede comprender se han dedicado a pensar, principalmente, en la esencia de la vida. Dicen que apenas saben nada fundamental sobre ella; pero aun así saben más que cualquier otra raza conocida. Aunque de ordinario no tienen ningún tipo de relación con los forasteros, consintieron en ayudar a la Patrulla, por el bien de toda la inteligencia.

"Así, cada ser a punto de graduarse en Lensmanship es enviado a Arisia, donde se construye una Lente que se ajusta a su fuerza vital individual. Aunque ninguna mente que no sea la de un arisiano puede entender su funcionamiento, pensar que su Lente está sincronizada con, o en resonancia exacta con, su propio principio vital o ego le dará una idea aproximada de ello. La Lente no está realmente viva, tal y como entendemos el término. Sin embargo, está dotada de una especie de pseudo-vida, en virtud de la cual emite su luz fuerte y característicamente cambiante siempre que esté en circuito metal-carne con la mentalidad viva para la que fue diseñada. También en virtud de esa pseudo-vida, actúa como un telépata a través del cual puede conversar con otras inteligencias, aunque no posean órganos del habla ni del oído.

"La Lente no puede ser quitada por nadie excepto por su portador sin desmembramiento; brilla mientras su legítimo dueño la lleve; deja de brillar en el instante de la muerte de su dueño y se desintegra poco después. Además -y aquí está lo que hace completamente imposible la suplantación de un Lensman- no sólo la Lente no brilla si la lleva un impostor; sino que si un Lensman es capturado vivo y se le quita su Lente, esa Lente mata en un espacio de segundos a cualquier ser vivo que intente llevarla. Mientras brille -mientras esté en circuito con su propietario vivo- es inofensiva; pero en la oscuridad su pseudovida interfiere tan fuertemente con cualquier vida con la que no esté en sintonía que esa vida es destruida de inmediato."

Se hizo un breve silencio, durante el cual los jóvenes asimilaron la impresionante importancia de lo que su Comandante había estado diciendo. Más aún, en cada una de las jóvenes conciencias golpeaba la comprensión del crudo heroísmo del gran anciano Lensman que tenían ante ellos; ¡un hombre de tal fibra que, aunque físicamente incapacitado y mucho más allá de la edad de jubilación, había conquistado sus emociones humanas lo suficiente como para aceptar deliberadamente su papel de ogro porque de ese modo podía impulsar mejor el progreso de su Patrulla!

"Apenas he allanado el terreno", continuó von Hohendorff. "Me he limitado a presentarle su nuevo estatus. Durante las próximas semanas, antes de que se le asignen tareas, otros oficiales le aclararán las muchas cosas sobre las que aún no se ha enterado. Nuestro tiempo se agota, pero quizá tengamos tiempo para una pregunta más".

"No es una pregunta, señor, sino algo más importante", intervino Kinnison. "Hablo en nombre de la Clase cuando digo que le hemos juzgado gravemente mal y deseamos disculparnos".

"Le agradezco sinceramente el detalle, aunque es innecesario. No podría haber pensado en mí de otro modo que como lo ha hecho. No es una tarea agradable la que tenemos los viejos; la de escardar a los que no dan la talla. Pero somos demasiado viejos para el servicio activo en el espacio -ya no tenemos las respuestas nerviosas instantáneas que son imprescindibles para ese deber-, así que hacemos lo que podemos. Sin embargo, el trabajo tiene su lado más brillante, ya que cada año se encuentran unos cien dignos de la Lente. Esta, mi hora con los graduados, compensa con creces el año que la precede; y los otros veteranos tienen compensaciones algo similares.

"En conclusión, ahora ya puede comprender qué tipo de mentalidades llenan nuestras filas. Saben que cualquier criatura que lleve la Lente es en todos los sentidos un Lensman, ya sea humano o, procedente de algún planeta extraño y lejano, una monstruosidad de una forma que aún ni siquiera han imaginado. Sea cual sea su forma, pueden estar seguros de que ha sido puesto a prueba igual que ustedes; de que es tan digno de confianza como ustedes mismos.[5] Mi última palabra es ésta: los hombres mueren, pero

---

[5] Esta idea de un valor central común a todas las formas de vida inteligente en todas partes, de tal manera que entre todas ellas sea posible encontrar a unos pocos que sean "superhombres" éticos, es uno de los conceptos más importantes de la serie Lensman. Se trata de una novela escrita en 1937, el mismo año en que la Unión Soviética inició la Gran Purga matando al menos a 700.000 personas, el año en que Guernica fue bombardeada por los alemanes durante la Guerra Civil española y el mismo año en que el *Hindenburg* explotó en Nueva Jersey. Fue una época convulsa,

no se pliegan: los individuos van y vienen, ¡pero la Patrulla Galáctica continúa!"

Entonces, de nuevo todo martinete:

"¡Clase cinco, atención!", ladró. "¡Preséntense en el escenario del auditorio principal!"

La promoción, de nuevo una unidad rígidamente militar, marchó fuera de la sala A y recorrió el largo pasillo hacia el gran teatro en el que, ante el Cuerpo de Cadetes en masa y una multitud de civiles, iban a ser formalmente graduados.

Y mientras marchaban, los graduados se dieron cuenta de qué manera los portadores de las Lentes que salían de la Sala A eran diferentes de los candidatos que habían entrado en ella tan poco tiempo antes. Habían entrado como muchachos; nerviosos, aprensivos y todavía algo inseguros de sí mismos, a pesar de haber sobrevivido a los cinco largos años de agotadoras pruebas que ahora quedaban atrás. Salieron de la Sala A como hombres: hombres que conocían por primera vez el verdadero significado de las torturas físicas y mentales a las que se habían sometido; hombres capaces de ejercer con justicia los vastos poderes cuyo alcance y escala podían comprender incluso ahora sólo vagamente.

___

como lo es la nuestra.

___

CAPÍTULO 2

Al mando

Apenas un mes después de su graduación, incluso antes de que hubiera completado por completo los periodos de servicio posteriores a su graduación mencionados por von Hohendorff, Kinnison fue convocado a la Base Prime nada menos que por el propio Almirante de Puerto Haynes. Allí, en el avión privado del almirante, cuyas luces intermitentes cortaban el paso al tráfico en tropel, el novato y el veterano sobrevolaron lentamente el vasto establecimiento de la Base.

Tiendas y fábricas, barracones con aspecto de ciudad, campos de aterrizaje que se extendían más allá del lejano horizonte; naves voladoras que iban desde diminutos helicópteros unipersonales, pasando por pequeños y grandes exploradores, patrulleros y cruceros, hasta los inmensos y globulares superdreadnoughts del espacio: todo ello fue observado y comentado. Finalmente, el aero aterrizó junto a un edificio largo y comparativamente bajo - una estructura fuertemente vigilada, aunque Base interior- dentro del cual Kinnison vio una cosa que le dejó sin aliento.

Era una nave espacial, ¡pero qué nave![6] En volumen era mucho mayor

---

[6] *En las "grandes lágrimas" -cruceros y acorazados- la fuerza motriz se dirige siempre hacia arriba, a lo largo del eje geométrico de la nave, y la gravedad artificial es siempre hacia abajo, a lo largo de esa misma línea. Así, a lo largo de cualquier maniobra posible, libre o inerte, "abajo" y "arriba" tienen el mismo significado que dentro de cualquier estructura terrestre.*

Normalmente, estas embarcaciones sólo se desembarcan en muelles especiales, pero en caso de emergencia se pueden desembarcar casi en

incluso que los superdreadnoughts de la Patrulla; pero, a diferencia de ellos, su forma era la de una lágrima perfecta, aerodinámica hasta el máximo grado posible.

"¿Qué opina de ella?", preguntó el almirante del puerto.

"¡Piense en ella!" El joven oficial tragó saliva dos veces antes de alcanzar la coherencia. "No puedo expresarlo con palabras, señor; pero algún día, si vivo lo suficiente y desarrollo la fuerza suficiente, espero comandar un barco como ése".

"Antes de lo que cree, Kinnison", le dijo Haynes, rotundamente. "Usted está al mando de ella a partir de mañana por la mañana".

"¿Eh? ¿Yo?" exclamó Kinnison, pero se recompuso rápidamente. "Oh, ya veo, señor. Se necesitan diez años de logros demostrados para calificar al mando de una nave de primera clase, y yo no tengo calificación alguna. Usted ya ha insinuado que esta nave es experimental. Hay, pues, algo en él que es nuevo y no probado, y tan peligroso que no quiere arriesgar en él a un comandante experimentado. Voy a ponerla a prueba, y si puedo traerla de vuelta de una pieza, se la entregaré a su verdadero capitán. Pero por mí no hay problema, almirante de puerto; muchas gracias por elegirme. Qué oportunidad... ¡Qué oportunidad!" y los ojos de Kinnison brillaron ante la perspectiva de comandar siquiera brevemente semejante creación.

"Correcto e incorrecto", respondió sorprendentemente el viejo almirante. "Es cierto que es nueva, no probada y peligrosa, tanto que no estamos dispuestos a entregársela a ninguno de nuestros capitanes actuales. No,

---

cualquier lugar, con la popa afilada hacia abajo, ya que su inmenso peso las hunde lo suficiente incluso en el terreno más duro para mantenerlas en posición vertical. Se hunden en el agua, pero son fácilmente maniobrables, incluso bajo el agua. E.E.S.

tampoco es realmente nueva. Más bien, su idea básica es tan antigua que lleva siglos abandonada. Ella utiliza explosivos; de un tipo que no puede ser probado completamente excepto en combate real. Su arma principal es lo que hemos llamado la "pistola Q". El propulsor es heptadetonita: el proyectil lleva una carga de veinte toneladas métricas de duodecaplylatomato".

"Pero señor...", empezó Kinnison.

"Un momento, luego hablaré de eso. Aunque sus premisas eran correctas, su conclusión no lo es. Usted se graduó con el número uno, y en todos los aspectos, salvo la experiencia, está tan bien cualificado para mandar como cualquier capitán de la Flota; y dado que el *Brittania* es una desviación tan radical de cualquier tipo convencional, la experiencia en batalla no es un requisito previo. Por lo tanto, si resiste un solo combate, es suya para siempre. En otras palabras, para compensar la posibilidad de tener que dispersarse por todo el espacio, tiene la oportunidad de ganar esos diez años de calificación que mencionó hace un minuto, todo en un solo viaje. ¿Le parece justo?"

¿"Bien"? Está bien, ¡maravilloso! Y gracias a-"

"No se preocupe por los agradecimientos hasta que vuelva. ¿Estaba a punto de comentar, creo, la imposibilidad de utilizar explosivos contra un oponente libre?"

"No puede ser imposible, por supuesto, ya que el *Brittania* ha sido construido. Sólo que no veo muy bien cómo podría haberse hecho efectivo".

"Bloqueas al pirata con tractores, pantalla a pantalla a unos diez kilómetros. Haces un agujero a través de sus pantallas hasta su escudo-muro. La boca del cañón Q se monta como un proyector múltiplex anular que emite un tubo de fuerza de tipo Q-Q47SM9, para ser exactos. Como puede ver en la fórmula del tipo, esta hélice extiende el cañón de una nave a otra y confina los gases propulsores detrás del proyectil, donde deben estar. Cuando el proyectil golpee la pared-escudo del pirata y detone, *algo* tendrá que ceder -

todos los cerebros están de acuerdo en que veinte toneladas de duodec, que alcanzan una temperatura de unos cuarenta millones de grados absolutos en menos de un microsegundo, simplemente no pueden ser confinadas.

"El tubo y los tractores, al ser pura fuerza y estar calculados para esta combinación particular de explosiones, aguantarán; y nuestros físicos han calculado que la columna de diez kilómetros de gases propulsores inertes ofrecerá tanta inercia y resistencia que cualquier posible pared-escudo tendrá que bajar. Ése es el punto que no puede comprobarse experimentalmente: entra dentro de lo posible que los piratas hayan podido desarrollar escudos-muro tan potentes como nuestras hélices de tipo Q, aunque nosotros no lo hayamos hecho.

"No debería ser necesario señalarle que si *han* sido capaces de desarrollar un muro-escudo que resista en esas condiciones, la ráfaga de retroceso a través de la culata del cañón Q hará estallar al *Brittania* como si fuera un trozo de madera de fósforo. Ese es sólo uno de los riesgos -y quizá no el mayor- que usted y su tripulación tendrán que correr. Son todos voluntarios, por cierto, y recibirán mucha puntuación extra si salen con vida. ¿Quiere el trabajo?"

"No tiene que preguntármelo, jefe, ¡*sabe* que lo quiero!"

"Por supuesto, pero alguna vez tuve que pasar por la formalidad de preguntar. Pero para seguir con la discusión, esta situación de los piratas está totalmente fuera de control, como usted ya sabe. Ni siquiera sabemos si Boskone es una realidad, un testaferro, un símbolo o simplemente un producto de la imaginación de un antiguo Lensman. Pero sea quien sea o lo que sea Boskone en realidad, algún ser, o algún grupo de seres ha perfeccionado una organización de forajidos poderosamente eficiente; tan eficiente que ni siquiera hemos sido capaces de localizar su base principal.

"Y puede que ahora conozca un hecho que aún no es de dominio público: que incluso los buques transportados ya no son seguros. Los piratas han desarrollado naves de un tipo nuevo y extraordinario; naves mucho más rápidas que nuestros acorazados pesados y, sin embargo, mucho más armadas que nuestros cruceros rápidos. Así, pueden superar en velocidad a cualquier patrullero que pueda atraparlos y pueden correr más que cualquiera de los nuestros lo suficientemente armado como para resistir sus rayos".

"Eso explica las fuertes pérdidas recientes", reflexionó Kinnison.

"Sí", continuó Haynes, sombríamente. "Un barco tras otro de los mejores de los nuestros ha sido expulsado del éter, condenado antes de apuntar una viga, y más lo serán. No podemos forzar un combate en nuestros términos; debemos luchar contra ellos donde y cuando les plazca.

"Esa es la intolerable situación actual. *Debemos* averiguar cuál es el nuevo sistema de energía de los piratas. Nuestros científicos dicen que puede ser cualquier cosa, desde receptores y convertidores de energía cósmica hasta un warp espacial controlado, sea lo que sea.[7] En cualquier caso, no han sido capaces de duplicarlo, así que nos corresponde a nosotros averiguar qué es. El *Brittania* es la herramienta que nuestros ingenieros han diseñado para obtener esa información. Es la cosa más rápida del espacio, desarrollando a pleno rendimiento una aceleración inerte de *diez gravedades*. Averigüe usted mismo qué velocidad significa eso ¡libre en el espacio abierto!".

"Acaba de decir que no podemos tenerlo todo en una sola nave", dijo

---

[7] En 1933 se informó ampliamente de que Nikola Tesla estaba trabajando en una forma de utilizar la energía cósmica (partículas de alta energía, rayos cósmicos) como fuente de energía. "Dado que ningún hombre puede predecir con seguridad la rapidez o la lentitud con que se introducirá comercialmente un descubrimiento científico revolucionario y su complemento mecánico, me resulta imposible decir en cuánto tiempo estará en uso la nueva energía universal". - Tesla, citado de un artículo de prensa reproducido en https://teslauniverse.com/nikola-tesla/articles/device-harness-cosmic-energy-claimed-tesla (consultado el 19 de noviembre de 2021)

Kinnison, pensativo. "¿Qué han sacrificado para conseguir esa velocidad?".

"Todo el armamento ofensivo convencional", respondió Haynes con franqueza. "No tiene rayos de largo alcance en absoluto, y sólo lo suficiente de corto alcance para ayudar a conducir la hélice Q a través de las pantallas enemigas. Prácticamente su única ofensiva es el cañón Q. Pero tiene muchas pantallas defensivas, tiene velocidad suficiente para atrapar cualquier cosa a flote y tiene el cañón Q, que esperamos que sea suficiente.

"Ahora repasaremos el plan general de acción. Los ingenieros profundizarán con usted en todos los detalles técnicos, durante un vuelo de prueba que durará todo el tiempo que desee. Cuando usted y su tripulación se hayan familiarizado a fondo con cada fase de su funcionamiento, traiga a los ingenieros de vuelta a la Base y salga a patrullar.

"En algún lugar de la galaxia encontrará un barco pirata del nuevo tipo. Usted se fija a él, como le he dicho antes. Fijas el cañón Q bien a proa, asegurándote de que el punto de fijación está lo suficientemente lejos de las salas de máquinas para que no se destruyan los mecanismos esenciales. Usted aborda y asalta -otro revival de la técnica de tiempos pasados. Los especialistas de su tripulación, que no habrán hecho gran cosa hasta entonces, averiguarán entonces lo que nuestros científicos quieren saber. Si es posible, lo enviarán al instante a través de un comunicador de haz estrecho. Si por alguna razón les fuera imposible comunicarse, todo dependerá de nuevo de usted".

El almirante del puerto hizo una pausa, sus ojos se clavaron en los del hombre más joven, y luego prosiguió de forma impresionante:

"Esa información DEBE volver a la Base. Si no lo hace, el *Brittania* será un fracaso; volveremos al punto de partida; la matanza de nuestros hombres y la destrucción de nuestras naves continuarán sin control. En cuanto a cómo debe hacerlo, no podemos dar ni siquiera instrucciones generales. Todo lo que puedo decir es que hoy tiene la misión más importante del Universo y repito: esa *información* DEBE VOLVER A LA BASE. Ahora venga a bordo y reúnase con su tripulación y los ingenieros".

 Bajo la experta tutela de los diseñadores y constructores de la *Brittania*, el teniente Kinnison la condujo de aquí para allá por los yermos sin huella de la galaxia.[8] Inerte y libre, bajo todos los grados posibles de potencia la maniobró; atacando a enemigos imaginarios y a meteoritos reales con igual celo.

---

[8] *Navegación. Cada nave tiene como esfera de referencia una brújula galáctica-inductora. Este instrumento, que oscila libremente en un soporte casi sin fricción, se mantiene en una posición respecto al conjunto de la galaxia gracias a las líneas de fuerza galácticas, análogas a las líneas de fuerza magnéticas terrestres que afectan a las brújulas terrestres. Su ecuador es siempre paralelo al ecuador galáctico; su línea de ceros es siempre paralela a la línea que une Centralia, el sistema solar central de la Primera Galaxia, con el sistema de Vandemar, que se encuentra en su mismo borde. La posición de la nave en la galaxia se conoce en todo momento por la de un punto móvil en el depósito. Este punto se desplaza automáticamente mediante máquinas calculadoras acopladas inductivamente a los cables de los propulsores. Cuando la nave está inerte este dispositivo no funciona, ya que cualquier distancia recorrida en vuelo inerte es totalmente despreciable en los cálculos galácticos. Debido a diversas perturbaciones y otros ligeros errores, se*

Maniobró y atacó hasta que él y su nave fueron uno; hasta que reaccionó automáticamente a su menor demanda; hasta que él y cada hombre de su ansiosa y altamente entrenada tripulación conocieron hasta el último voltio y hasta el último amperio su gargantuesca capacidad tanto para darla como para recibirla.

Entonces y sólo entonces regresó a la Base, descargó a los ingenieros y emprendió la búsqueda. Siguió un rastro tras otro, pero todos eran fríos. Alarma tras alarma respondió, pero siempre llegaba demasiado tarde: llegaba para encontrar un mercante destripado y una patrullera acribillada, sin vida en ninguno de los dos y sin nada que indicara en qué dirección podían haberse ido los merodeadores.

Finalmente, sin embargo:

"¡QBT! Llamando a QBT!" La llamada en clave del *Britannia* sonó por el altavoz de banda sellada, y a continuación se escuchó una cadena de números: las coordenadas espaciales de la posición de la desafortunada nave.

El piloto jefe Henry Henderson pulsó las cifras de su localizador y en el "tanque" -la enorme maqueta minuciosamente cúbica de la galaxia- apareció un punto de luz rojiza y brillante. Kinnison salió disparado de su estrecha litera, quitándose el sueño de los ojos, y se colocó junto al piloto.

"¡Justo en nuestro regazo!", se exultó. "¡A apenas diez años luz de distancia! Empiecen a revolver el éter!" y mientras el vengativo crucero se lanzaba hacia la escena de la depredación todo el espacio se llenó de ráfaga

---

producen discrepancias acumulativas, por lo que el piloto debe corregir manualmente de vez en cuando la posición del punto en el depósito que representa a su nave. E.E.S.

tras ráfaga de interferencias estáticas a través de las cuales, se esperaba, el pirata no podría convocar la ayuda que tan pronto iba a necesitar.

Pero aquella estática aullante hizo reflexionar al comandante pirata. ¿Seguramente se trataba de algo nuevo? Ante él yacía un carguero ricamente cargado, sus dos barcos de convoy ya prácticamente fuera de combate. Unos minutos más y el premio sería suyo. No obstante, se lanzó, barrió el éter con sus detectores, vio el *Britannia* y giró en una huida precipitada. Porque si este caza aerodinámico estaba lo suficientemente convencido de su proeza como para intentar cubrir el éter contra *él*, esa información era algo que Boskone valoraría muy por encima de un cargamento de riquezas materiales.

Pero la nave pirata estaba ahora sobre las visiplacas del *Britannia* y, haciendo caso omiso por completo de las naves espaciales averiadas, Henderson lanzó su nave tras la otra. Manipulando sus increíblemente complejos controles únicamente con el tacto, mientras miraba fijamente su placa no sólo con los ojos, sino también con cada fibra de su ser, lanzó su enorme montura de un lado a otro en frenéticos saltos. Tras lo que pareció una eternidad, pulsó un interruptor de palanca y se relajó lo suficiente para sonreír a Kinnison.

"¿Sosteniéndolos?", preguntó el joven comandante.

"Los tengo, Skipper", respondió el piloto, positivamente. "Fue touch and go durante noventa segundos, pero ahora tengo un trazador CRX sobre él a toda máquina. No puede lanzar suficientes jets para escapar de eso, ¡puedo retenerlo para siempre!"

"¡Buen trabajo, Gallina!" Kinnison se ató a su asiento y se puso los auriculares. "¡Llamada general! ¡Atención! ¡Puestos de combate! Por estaciones, ¡informen!"

"¡Estación Uno, rayos tractores-calientes!"

"Estación Dos, ¡repulsores-calientes!"

"Estación Tres, proyector Uno: ¡caliente!"

Así estación tras estación de la nave de guerra del vacío informó, hasta que:

"Estación Cincuenta y Ocho, ¡el cañón Q al rojo vivo!" informó el propio Kinnison; luego dirigió al piloto las palabras que en todos los caminos espaciales de la galaxia habían llegado a significar completa disposición para afrontar cualquier emergencia.

"¡Calientes y apretadas, Gallina, tomémoslas!"

El piloto empujó su palanca bláster, ya casi al máximo, contra su tope y se encorvó aún más sobre sus instrumentos, variando por infinitesimales la dirección del empuje que impulsaba al *Britannia* hacia el enemigo a la inimaginable velocidad de noventa pársecs por hora[9] -una velocidad sólo posible para la materia sin inercia que es impulsada a través de un vacío casi perfecto por una ráfaga motriz capaz de levantar el estupendo tonelaje normal del inmenso aerodeslizador contra una gravedad diez veces superior a la de su Tierra natal.

¿Inimaginable? Completamente: la nave de la Patrulla Galáctica se lanzaba a través del espacio a un ritmo en comparación con el cual cualquier velocidad que la mente pueda captar sería el mero gateo: un ritmo que haría que la propia luz pareciera inmóvil.

La visión ordinaria habría sido inútil, pero los observadores de entonces no utilizaban sistemas ópticos anticuados. Sus haces detectores, convertidos en luz sólo en sus placas, se heterodinaban y eran transportados por ultraondas subetéreas; vibraciones que residían muy por debajo del nivel del éter y

---

[9] *Con la neutralización de la inercia se descubrió que no existe límite alguno para la velocidad de la materia sin inercia. Una nave libre adquiere instantáneamente la velocidad a la que la fuerza de su impulso es exactamente igualada por la fricción del medio. E.E.S.*

que, por tanto, poseían una velocidad y un alcance infinitamente superiores a los de cualquier onda posible transportada por el éter.

Aunque las estrellas se movían a través de las visiplacas en llameantes líneas de luz en zigzag mientras perseguido y perseguidor pasaban sistema solar tras sistema solar en fantásticos saltos de años luz de longitud, Henderson mantuvo su crucero a la cola del pirata y recortó constantemente la distancia que los separaba. Pronto un rayo tractor salió de la nave patrulla, tocó ligeramente al merodeador que huía y las dos naves espaciales se dirigieron una hacia la otra.

Tampoco la enemiga estaba poco preparada para el combate. Uno de los asaltantes más destacados de Boskone, maestro pirata del Universo conocido, nunca antes había encontrado dificultades para conquistar a ningún navío con flota suficiente para atraparla. Por ello, su comandante no intentó cortar el haz. O más bien, dado que las dos naves sin inercia se dirigieron juntas al contacto de la zona de repulsión en una fracción de segundo tan diminuta que cualquier acción humana en ese tiempo era imposible, sería más correcto decir que el capitán pirata cambió instantáneamente sus tácticas de las de vuelo a las de combate.

Lanzó sus propios rayos tractores y de las gargantas refractarias de sus proyectores, ya al rojo vivo, brotaron rayos de aniquilación terriblemente potentes; rayos de un poder espantoso que desgarraron con locura las tensas pantallas defensivas de la nave patrulla. Las pantallas llameaban vivamente, irradiando todos los colores del espectro. El propio espacio parecía un arco iris enloquecido, pues se estaban ejerciendo fuerzas de una magnitud que asombraba a la imaginación; fuerzas que sólo podían ser cedidas por el poder atómico del que surgían; fuerzas cuya neutralización establecía tensiones visibles en el propio tejido del éter.

El joven comandante apretó los puños e hizo un juramento de espacio profundo sobresaltado mientras las luces rojas parpadeaban y las campanas de alarma tintineaban. Sus pantallas estaban goteando como tamices -prácticamente caídas- aguja tras aguja de fuerza increíble apuñalando y atravesando su pared-escudo: ¡cuatro estaciones desaparecidas ya y van más!

"¡Descarten el plan!", gritó en su micrófono.

"Ábralo todo hasta el tope absoluto, cortocircuite todas las resistencias, póngales todo lo que pueda a través de las barras colectoras desnudas. Dalhousie, corte todos sus repulsores; llévenos hasta su zona. Todos ustedes, transportadores, concéntrense en el área cinco. Rompan *esas pantallas*". Kinnison estaba encorvado rígidamente sobre su panel, su voz salía áspera a través de dientes apretados.

"¡Atraviesa ese muro-escudo para que pueda usar esta pistola Q!"

Bajo la fuerza redoblada del ataque del *Britannia*, las defensas del enemigo empezaron a fallar. Las manos de Kinnison volaron sobre sus controles. Un puerto se abrió en el costado blindado de la Patrullera y un feo hocico sobresalió: la boca anillada por un proyector de un cañón escuálido y monstruoso. De sus bandas proyectoras saltó con la velocidad de la luz un tubo de fuerza casi sólida que era en realidad una continuación del sombrío cañón del cañón; un tubo que se estrelló contra la debilitada tercera pantalla del enemigo con una sacudida que crujía el espacio y golpeó salvajemente, con retorcidos y retorcidos empujones, a la segunda. Ayudado por la concentración masiva de todas las baterías de rayos de corto alcance del *Britannia*, lo atravesó. Y atravesó el primero. Ahora golpeó la mismísima pared-escudo del forajido, esa pantalla inexpugnable que, diseñada para soportar el peso de cualquier posible colisión inerte, nunca había sido perforada ni rota por ninguna sustancia material, por muy aplicada que fuera.

A esta defensa interior se aferró el cañón inmaterial. Simultáneamente, los haces tractores, que hasta entonces sólo ejercían unas pocas dinas de fuerza, se endurecieron hasta convertirse en barras de energía irrompibles e inflexibles, uniendo las dos naves del espacio en un sistema rígido: cada una, en relación con la otra, inamovible.

Entonces la yema del dedo volador de Kinnison tocó un botón y el cañón Q habló.

De su hosca garganta brotó un enorme torpedo. Lentamente, el gigantesco proyectil se arrastró, observado con asombro y estupefacción por los oficiales de ambas naves. Porque para aquellos veteranos curtidos en el espacio la velocidad de la luz era un auténtico reptar; ¡y aquí había una cosa que necesitaría cuatro o cinco segundos enteros para cubrir apenas diez kilómetros de distancia!

Pero, aunque lenta, esta bomba *podía* resultar peligrosa, por lo que el comandante pirata volcó todos sus recursos en intentar cortar el tubo de fuerza, alejarse de los haces tractores, hacer explotar el lento misil antes de que pudiera alcanzar su escudo mural. En vano, pues todos los haces del *Britannia* estaban dispuestos para proteger el torpedo y las poderosas barras de energía sin cuyo agarre la masa sin inercia de la nave enemiga no ofrecería resistencia alguna a la fuerza de la explosión propuesta.

Lentamente, *tan* lentamente, a medida que los eternos segundos se arrastraban hacia la eternidad, se extendía desde el barco patrulla casi hasta la pared pirata una columna furiosa y al rojo vivo -los gases de la combustión del propulsor heptadetonita- por delante de la cual se precipitaba el tremendo proyectil del cañón Q con su horrible carga destructiva. ¿Qué ocurriría? ¿Podría incluso la fuerza casi inconmensurable de aquella espantosa carga de explosivo atómico derribar un muro-escudo diseñado para resistir los asaltos cósmicos de los misiles meteóricos? ¿Y qué ocurriría si ese muro-escudo resistiera?

A pesar suyo, la mente de Kinnison insistía en pintar el espantoso cuadro: la espantosa explosión; la pantalla del pirata aún intacta; los gases que se precipitaban hacia delante impulsados hacia atrás a lo largo del tubo de fuerza. El metal desnudo de la culata del cañón Q, lo sabía, no estaba ni podía estar reforzado por los escudos infinitamente más fuertes, aunque inmateriales, de energía pura que protegían el casco; y ninguna sustancia concebible, por resistente que fuera, podría impedir salvo momentáneamente las fuerzas inimaginables que estaban a punto de desatarse.

Tampoco habría tiempo para liberar el tubo Q después de la explosión, sino antes de *la* propia destrucción del *Brittania*; porque si el escudo del enemigo permanecía levantado aunque sólo fuera una fracción de segundo, la impensable presión de la explosión se propagaría hacia atrás a través de los gases ya densamente comprimidos del tubo, barrería como si nada la inmensamente gruesa barrera metálica de la culata del cañón y causaría en las entrañas de la nave patrullera una destrucción aún más completa que la prevista para el enemigo.

Tampoco sus hombres estaban en mejor caso. Cada uno sabía que aquel era el instante culminante de su existencia; que la vida misma pendía de la cuestión de la siguiente fracción de segundo. ¡Date prisa! ¡Apresúrense! ¿*No* atacará nunca esa cosa rastrera y reptante?

Algunos rezaron brevemente, otros juraron amargamente; pero las plegarias y las maldiciones eran igualmente inconscientes y tenían precisamente el mismo significado: cada hombre, con el rostro blanco y la mandíbula adusta, apretaba las manos y esperaba, tenso y crispado, el impacto.

CAPÍTULO 3

En los botes salvavidas

El misil impactó, y en el instante de golpear las estrellas fríamente brillantes se borraron de la vista en un vasto globo de llamas intolerables.

El escudo del pirata había fallado y, bajo la fuerza cataclísmica de aquella horrible detonación, toda la sección del morro de la nave enemiga se había convertido en vapor incandescente y se había sumado a la nube de fuego que se expandía rápidamente. A medida que se expandía, la nube se enfriaba. Su feroz resplandor disminuyó hasta convertirse en un resplandor rosado, a través del cual empezaron a brillar de nuevo las estrellas. Se desvaneció, se enfrió, se oscureció, revelando el casco lisiado del barco pirata. Todavía luchaba; pero ineficazmente, ahora que todas sus pesadas baterías de proa habían desaparecido.

"¡Agujas, fuego a discreción!", ladró Kinnison, e incluso esa débil resistencia terminó. Los hombres de los rayos aguja de ojos agudos, trabajando con visiplacas de rayos espía, perforaron agujero tras agujero al cautivo, buscando y destruyendo los paneles de control de las vigas y pantallas restantes.

"¡Arriba!", llegó la siguiente orden. Las dos naves del espacio relampaguearon una contra otra, la proa del raider, abierta como una bala, sólidamente contra el costado blindado del *Brittania*. Se abrió un gran puerto.

"Ahora, Bus, es todo tuyo. Clasificación a seis puestos, sobresalientes, son humanos o aproximadamente. ¡Al abordaje y al asalto!"

Detrás de aquel puerto se habían concentrado un centenar de hombres de combate; vestidos con toda la panoplia de armaduras espaciales, armados con las armas más mortíferas conocidas por la ciencia de la época y propulsados por los gigantescos acumuladores de su nave. A su cabeza estaba el sargento van Buskirk, dos metros y medio de dinamita valeriana holandesa, que había quedado fuera del Cuerpo de Cadetes de Valeria sólo por una incapacidad innata para dominar los entresijos de las matemáticas superiores. Ahora los atacantes avanzaban en una oleada negra y plateada.

Cuatro enormes proyectores semiportátiles se estrellaron contra sus abrazaderas magnéticas y, en el feroz ardor de sus rayos, el grueso mamparo que tenían delante recorrió toda la gama del espectro y se hinchó hacia el exterior. Una veintena de defensores se revelaron, igualmente ataviados con armaduras, y la batalla volvió a unirse. Las balas explosivas y sólidas detonaron contra aquella armadura altamente eficiente y rebotaron en ella, los haces de los proyectores manuales DeLameter salpicaron en torrentes de relámpagos artificiales sus campos de fuerza protectores. Pero esa escaramuza terminó pronto. Los semi-portátiles, cuyas vastas energías ninguna armadura personal ordinaria podía resistir, fueron subidos y sujetados; y en su holocausto de destrucción vibratoria toda vida desapareció del compartimento de los piratas.

"¡Un mamparo más y estaremos en su sala de control!" gritó van Buskirk. "¡Bájenlo!"

Pero cuando los haces pulsaron sus interruptores, no ocurrió nada. Los piratas habían conseguido manipular un generador de pantalla y con él habían cortado los haces de energía detrás de las fuerzas invasoras. También habían hecho agujeros en el mamparo, a través de los cuales, con frenética prisa, intentaban alinear sus propios proyectores pesados.

"Suban la pasta ferral", ordenó el sargento. "¡Acérquense a ese muro todo lo que puedan, para que no puedan volarnos!".

El engrudo -sucesor de la termita- fue sacado a relucir y el gigante holandés lo aplicó en furiosos vaivenes, desde el suelo hacia arriba y alrededor en un enorme arco y de vuelta al suelo. Lo disparó y, simultáneamente, algunos de los artilleros enemigos consiguieron angular un proyector lo suficiente como para alcanzar las filas más alejadas de los Patrulleros. Entonces se mezclaron el resplandor centelleante y gaseoso de la termita y la energía delirante del rayo de los piratas para hacer de aquel espacio confinado un verdadero infierno.

Pero la pasta había hecho su trabajo, y al caer el semicírculo de muralla los soldados del Lens saltaron a través del agujero en la muralla aún brillante para luchar cuerpo a cuerpo contra los piratas, que ahora hacían una desesperada última resistencia. Los semiorbes y demás artillería pesada propulsados desde el *Brittania* eran, por supuesto, inútiles. Las pistolas eran ineficaces contra el blindaje de aleación dura de los piratas; los rayos de mano eran igualmente impotentes contra sus escudos defensivos. Ahora empezaron a llover pesadas granadas de mano entre los combatientes, haciendo saltar en pedazos a patrulleros y piratas por igual, pues a los jefes forajidos no les importaba nada matar a muchos de sus propios hombres si con ello podían cobrarse un peaje de la Ley. Y lo que era peor, un grupo de artilleros estaba haciendo girar un poderoso proyector sobre su montura apresuradamente improvisada para cubrir el sector del compartimento en el que los policías estaban más densamente aglomerados.

Pero a los esbirros de la Ley les quedaba un arma, llevada expresamente para esta eventualidad. El hacha espacial, una combinación y sublimación de hacha de combate, maza, cachiporra y picarón de leñador, un instrumento masivamente puntiagudo de potencialidades limitadas únicamente por la fuerza física y la agilidad corporal de su portador.

Ahora bien, todos los hombres de la partida de asalto del *Brittania* eran valerianos, y por lo tanto eran grandes, duros, rápidos y ágiles; y de todos ellos su sargento líder era el más grande, duro, rápido y ágil. Cuando el vértice de esa monstruosidad de treinta libras, impulsado por las cuatrocientas y pico libras de cuero crudo y hueso de ballena que era su cuerpo, golpeó la armadura pirata, ésta cedió. Tampoco importaba si ese pico infernal de acero golpeaba o no una parte vital tras estrellarse contra la armadura. Cabeza o cuerpo, pierna o brazo, el resultado neto era el mismo; un hombre no lucha eficazmente cuando respira espacio en lugar de atmósfera.

Van Buskirk percibió el peligro que corrían sus hombres en el proyector que giraba lentamente y llamó por primera vez a su jefe.

"Kim", habló en tono nivelado en su micrófono. "Dispara ese rayo delta, ¿quieres? -¿O han cortado este rayo, para que no puedas oírme? -Supongo que lo han hecho".

"Han cortado nuestra comunicación", informó entonces a sus soldados. "Manténganlos alejados de mí todo lo que puedan y yo mismo me ocuparé de ese equipo de rayos delta".

Ayudado por la interferencia masiva de sus hombres se lanzó hacia el mecanismo amenazador, dando hachazos a derecha e izquierda mientras avanzaba. Junto al soporte provisional del proyector, por fin, dirigió un tremendo golpe al hombre que estaba a los mandos de los rayos delta; sólo para sentir cómo el hacha se dirigía instantáneamente hacia su objetivo y lo golpeaba con un suave empujón, y para ver cómo su pretendida víctima flotaba sin esfuerzo lejos del golpe. El comandante pirata había jugado su última carta: van Buskirk flotaba, no sólo sin peso, ¡sino también sin inercia!

Pero la mente del enorme holandés, aunque no era matemática, era aún más rápida que sus músculos, y no en vano había pasado arduas semanas en pruebas inerciales de fuerza y destreza. Enganchando pies y piernas alrededor de una cómoda rueda, agarró al operador enemigo y le hundió la cabeza con casco entre la base de la montura y la larga y pesada palanca de acero mediante la que se hacía girar. Entonces, lanzando cada onza de su maravilloso cuerpo en el esfuerzo, apoyó ambos pies contra el sombrío cañón del proyector y pesó. El casco voló en pedazos como una cáscara de huevo, la sangre y los sesos brotaron a borbotones nauseabundos: pero el proyector de rayos delta estaba tan atascado que no volvería a convertirse pronto en una amenaza.

Entonces van Buskirk se dirigió a través de la sala hacia el panel de control principal de la nave de guerra. Oficial tras oficial, empujó a un lado y luego accionó dos interruptores de doble palanca, devolviendo la gravedad y la inercia al acribillado crucero.

Mientras tanto, la marea de la batalla había continuado a favor de la Patrulla. Aunque había pocos supervivientes de la fuerza negro-plateada, de los piratas había aún menos, luchando ahora a la defensiva de forma desesperada y sin esperanza. Pero en este combate no se *podía* pensar en la cuartelada, y el sargento van Buskirk volvió a meterse en la refriega. Cuatro veces más su horriblemente eficaz arma híbrida descendió como el martillo de Thor, hendiendo y aplastando su camino a través del acero y la carne y el hueso. Luego, dirigiéndose a grandes zancadas hacia el tablero de control, manipuló interruptores y diales, y volvió a hablarle uniformemente a Kinnison.

"Puedes oírme ahora, ¿verdad? Todo fregado, ¡venid a por la droga!"

Los especialistas, encabezados por el Técnico Maestro LaVerne Thorndyke, llevaban minutos esperando tensamente esa palabra. Ahora volaban literalmente en sus tareas; con una prisa furiosa pero siguiendo rígidamente y en perfecta coordinación un programa preestablecido. Cada control y cable, cada barra colectora y haz de fuerza inmaterial fue rastreado y comprobado. Se desmantelaron instrumentos y máquinas, los mecanismos sellados fueron desgarrados sin piedad por gatos o rebanados con vigas cortantes. Y en todas partes, todo y cada movimiento estaba siendo fotografiado, trazado y diagramado.

"Ahora entiendo la idea, Kim", dijo finalmente Thorndyke, durante una breve pausa en su trabajo. "Un sistema dulce-"

"¡Miren esto!", interrumpió un mecánico. "¡Aquí hay una máquina que está hecha polvo!"

La cubierta de blindaje había sido arrancada de una monstruosa fabricación de metal, aparentemente un motor o generador de un tipo excesivamente complejo. El aislamiento de sus bobinas y devanados se había desprendido en fragmentos carbonizados, su cobre se había fundido en flujos lentos y viscosos.

"¡Eso es lo que buscamos!" gritó Thorndyke. "¡Comprueben esas pistas! ¡Alfa!"

"¡Siete-tres-nueve-cuatro!" y el minucioso estudio continuó hasta que-

"Es suficiente; ya tenemos todo lo que necesitamos. ¿Tienen ustedes dibujantes y fotógrafos todo bien anotado?"

"¡En las tablas!" y "¡En las latas!" rapearon los dos informes como uno solo.

"¡Entonces vamos!"

"¡Y vaya *rápido*!" ordenó Kinnison, enérgicamente. "¡Me temo que nos vamos a quedar sin tiempo!"

Todos se apresuraron a volver al *Brittania*, sin prestar atención a los cadáveres que cubrían las cubiertas. Tan desesperada era la emergencia, que cada hombre sabía que no se podía hacer nada por los muertos, fueran amigos o enemigos. Todos los recursos del mecanismo, del cerebro y de la fuerza muscular, debían forzosamente agotarse al máximo si ellos mismos no iban a encontrarse pronto en un caso similar.

"¿Puedes hablar, Nels?", exigió Kinnison a su oficial de comunicaciones, incluso antes de que la esclusa se hubiera cerrado.

"No, señor, nos están cubriendo de estática", respondió al instante aquel digno. "El espacio está tan lleno de estática que no se podría conducir un rayo de energía a través de él, y mucho menos un comunicador. No podría hablar directamente, de todos modos-mire dónde estamos", y señaló en el tanque su ubicación actual.

"Hmm. No podría haberse alejado mucho más sin saltar la galaxia por completo. Boskone recibió un aviso, bien de esa nave de ahí atrás o de la perturbación. Sin duda se están concentrando en nosotros ahora- Uno de ellos nos atravesará con un tractor, tan seguro como una trampa para hombres-"

El comandante novato se metió ambas manos en los bolsillos y pensó con negra intensidad. *Debía llevar* estos datos a la Base, pero ¿cómo? ¿*CÓMO?*

Henderson ya estaba conduciendo la nave de vuelta hacia Sol con cada ápice de su inconcebible velocidad máxima, pero estaba fuera de cuestión incluso esperar que llegara alguna vez allí. La vida del *Brittania* debía medirse ahora, estaba fríamente seguro, en horas, y una medida demasiado escasa, incluso de ellas. Porque debía de haber cientos de naves piratas surcando ahora mismo el vacío, formando una gigantesca red para cortarle el regreso a la Base. Por muy rápida que fuera, una de esa horda atrincherada conseguiría sin duda enganchar un tractor, y cuando eso ocurriera su noche estaría acabada.

Tampoco podía luchar. Había conquistado un buque de guerra de primera clase del enemigo público, era cierto: ¡pero a qué horrible precio! Un nuevo buque podría hacer saltar por los aires a su lisiada montura; y no habría sólo uno. En un espacio de minutos tras la colocación de un trazador el *Brittania* estaría rodeado por la flor y nata de los cazas de Boskone. Sólo había una oportunidad; y lenta, pensativa y finalmente sombría, la joven teniente Kinnison -ahora y brevemente capitán Kinnison- decidió aprovecharla.

"¡Escuchad todos!", ordenó. "*Debemos* llevar esta información a la Base, y no podemos hacerlo en el *Britannia*. Los piratas están obligados a atraparnos, y nuestra oportunidad en otro combate es exactamente cero.

Tendremos que abandonar el barco y subir a los botes salvavidas, con la esperanza de que al menos uno pueda pasar.

"Los técnicos y especialistas tomarán todos los datos que hayan obtenido -información, descripciones, diagramas, fotografías, todo-, los reducirán y los pondrán en un carrete de cinta.[10] Harán unas cien copias de la misma. La tripulación y los soldados valerianos tripularán los barcos empezando por el Número Veintiuno y zarparán tan pronto como puedan conseguir sus cintas. Una vez lejos, utilicen muy poca potencia detectable, o mejor aún ninguna, hasta que estén seguros de que los piratas han perseguido al *Brittania* a un buen número de parsecs de distancia de donde se encuentran.

"El resto de nosotros -los especialistas y los no oficiales valerianos- iremos los últimos. Veinte botes, dos hombres por bote, y cada hombre tendrá un carrete. Empezaremos a botar cuando estemos tan lejos como sea seguro. Cada bote irá estrictamente por su cuenta. Háganlo como puedan; pero de alguna manera, de todos modos, lleven su carrete a la Base. Es inútil que intente impresionarle con la importancia de estas cosas; usted sabe lo que significan tan bien como yo.

"Los compañeros de barco serán sorteados. El intendente escribirá todos nuestros nombres -y el suyo propio, para que sean cuarenta- en papelitos y los sacará de un casco de dos en dos. Si dos navegantes, como Henderson y yo, salimos sorteados juntos, ambos nombres volverán al bote. A trabajar".

Dos veces el nombre de "Kinnison" salió junto con el de otro experto en astronáutica y fue sustituido. La tercera vez, sin embargo, salió emparejado con "van Buskirk", para alegría manifiesta del gigante Valerian y para aprobación también de la multitud.

"¡Eso fue un descanso para mí, Kim!" gritó el sargento, por encima de

---

[10] Esto es mucho antes de la era digital. Es interesante especular sobre el aspecto que podría tener la bobina o cómo se codificaba la información.

los vítores de sus compañeros. "¡Estoy *seguro* de volver ahora!"

"Eso es tirar el aceite, grandullón, pero no conozco a nadie a quien preferiría tener a mi espalda más que a ti", replicó Kinnison, con una sonrisa infantil.

Se hicieron los emparejamientos; se comprobaron y probaron los DeLameters, las baterías de repuesto y otros equipos; se sellaron los carretes de cinta en sus contenedores anticorrosión y se distribuyeron; y Kinnison se sentó a hablar con el Técnico Maestro.

"¡Así que han resuelto el problema de la recepción y conversión realmente eficaces de la radiación cósmica!" Kinnison silbó suavemente entre dientes. "¡Y un sol -incluso uno pequeño- irradia la energía desprendida por la aniquilación de uno a varios millones de toneladas de materia por segundo! ALGO de energía!"

"Esa es la historia, capitán, y explica completamente por qué sus naves han sido tan superiores a las nuestras. Podrían haber instalado propulsores más rápidos incluso que *los del Brittania*; probablemente lo harán, ahora que se ha hecho necesario. Además, si las barras conductoras de ese receptor-convertidor hubieran tenido una sección transversal unos centímetros cuadrada mayor, habrían podido sostener su escudo mural, incluso contra nuestra bomba duodéc. Entonces, ¿qué? -Tenían mucha entrada, pero no suficiente distribución".

"Tienen motores atómicos, iguales a los nuestros; igual de grandes e igual de eficaces", caviló Kinnison. "Pero esos motores son todo lo que *tenemos*, mientras que ellos los utilizan, y a plena potencia, además, simplemente como excitadores de primera etapa para las pantallas de energía cósmica. Cegadoras llamaradas azules, ¡qué potencia! Algunos de nosotros *tenemos* que volver, Verne. Si no lo hacemos, Boskone tendrá a toda la galaxia cogida por la cola, y la civilización se hundirá sin dejar rastro".

"Lo diré; pero también diré esto para los que no volvamos: no será por falta de intentos. Bueno, mejor voy a revisar mi barco. Si no te vuelvo a ver, viejo Kim, ¡fuera éter!"[11]

Se estrecharon brevemente la mano y Thorndyke se alejó. En el camino, sin embargo, se detuvo junto al intendente y le hizo una señal para que desconectara su comunicador.

"¡Chico listo, Allerdyce!" susurró Thorndyke, con una sonrisa. "Como que cargaste los dados un poco una o dos veces, ¿no? Aunque no creo que nadie más que yo oliera una rata. Ciertamente ni el capitán ni Henderson lo hicieron, o habrías tenido que hacerlo de nuevo".

"Al menos un equipo tiene que pasar", respondió Allerdyce, en voz baja y oblicuamente, "y los equipos más fuertes que podamos reunir encontrarán que la cosa no es nada fácil. Cualquier equipo compuesto de fuerza y debilidad es un equipo débil. Kinnison, nuestro único Lensman, es por supuesto el mejor hombre a bordo de este buzz-buggy. ¿A quién elegiría como número dos?"

"Van Buskirk", por supuesto, igual que tú. No te estaba criticando, tío, te estaba haciendo un cumplido, y agradeciéndote, de forma indirecta, que me dieras a Henderson. Él también tiene lo que hay que tener".

"No fue 'van Buskirk, por supuesto', de ninguna manera", se regocijó el intendente. "Es muy difícil imaginarte a ti o a Henderson en tercer lugar, por no hablar del cuarto, en cualquier tipo de compañía, por rápida que sea mental y físicamente. Sin embargo, me pareció que usted encajaba mejor con el piloto. Sólo podía elegir a dos equipos sin que me pillaran en ello - usted me descubrió tal como era-, pero creo que elegí a los dos equipos más fuertes posibles. Uno de vosotros lo conseguirá; si ninguno de vosotros cuatro lo logra, nadie podrá hacerlo".

---

[11] ¡Éter claro! fue finalmente el título de un conocido fanzine de ciencia ficción de Samuel Edward Konkin III.

"Bueno, al menos eso espero. Gracias de nuevo. Nos vemos de nuevo en algún momento, tal vez-éter claro! "

El piloto jefe Henderson había cambiado, hacía unos minutos, el rumbo del crucero de un vuelo en línea recta a fantásticos saltos en zig-zag a través del espacio, y ahora se volvió con el ceño fruncido hacia Kinnison.

"Creo que será mejor que empecemos a echarlos muy pronto", sugirió. "Todavía no hemos detectado nada, pero según las cifras no tardará mucho; y después de que pongan sus trampas, nos quedaremos sin tiempo muy rápido".

"Correcto", y uno tras otro, pero aún así separados por varios años luz en el espacio, dieciocho de los pequeños botes fueron lanzados al vacío. En la sala de control sólo quedaban Henderson y Thorndyke con van Buskirk y Kinnison, que por supuesto iban a ser los últimos en abandonar la nave.

"Muy bien, Hen, ahora probaremos tu ruleta-director-por-casualidad", dijo Kinnison, y luego continuó, en respuesta a la mirada interrogante de Thorndyke: "Una bola que rebota en una mesa oscilante. Cada vez que la bola se desvía de un bolo, cambia el recorrido en un ángulo bastante grande, pero imprevisible. Pura casualidad, pensamos que podría cruzarlos un poco".

Se conectaron vigas de los paneles a las clavijas y pronto cuatro espectadores interesados contemplaron mientras, sin guía humana, el *Brittania* daba bandazos y saltos aún más erráticos que los que había dado bajo la dirección de Henderson. Ahora, sin embargo, los vectores siempre cambiantes de su rumbo eran tan inesperados y sorprendentes para sus pasajeros como para cualquier posible observador externo.

Un bote salvavidas más abandonó la nave y sólo quedaron el Lensman y su ayudante gigante. Mientras esperaban los minutos necesarios antes de su propia partida, Kinnison habló.

"Bus, hay una cosa más que debemos hacer, y se me acaba de ocurrir cómo hacerlo. No queremos que esta nave caiga intacta en manos de los piratas, ya que hay muchas cosas en ella que probablemente serían tan nuevas para ellos como lo fueron para nosotros. Saben que sacamos lo mejor de ese barco suyo, pero no saben qué hicimos ni cómo. Por otro lado, queremos que siga navegando el mayor tiempo posible después de que la abandonemos: cuanto más se aleje de nosotros, mayores serán nuestras posibilidades de escapar. Deberíamos tener algo para disparar esos torpedos duodec que nos quedan -los siete a la vez- al primer toque de un rayo espía; tanto para evitar que la estudien como para hacerle un poco de daño si es posible -se inertizarán y la acercarán en cuanto le pongan un trazador-. Por supuesto, no podemos hacerlo deteniendo el rayo espía por completo, con una pantalla espía, pero creo que puedo establecer un campo R7TX7M fuera de nuestras pantallas regulares que interferirá con un TX7 lo suficiente -digamos una décima del uno por ciento- para accionar un relé en el rayo que soporta el campo".

"Una décima parte del uno por ciento de un milivatio es un microvatio, ¿no? No es mucha potencia, diría yo, pero eso está un poco fuera de mi línea. Adelante, observaré mientras usted está ocupado".

Así fue como, unos minutos más tarde, el inmenso aerodeslizador de la Patrulla Galáctica se lanzó a la carrera completamente desguarnecido. Y fue su timonel no humano, que operaba únicamente por casualidad, el que prolongó la persecución mucho más de lo que hubiera podido esperar incluso el miembro más optimista de su tripulación. Porque los pilotos de los perseguidores piratas eran inteligentes y suponían que su presa también estaba dirigida por la inteligencia. Por lo tanto, dirigieron sus naves hacia puntos hacia los que el *Brittania* debería dirigirse lógicamente; sólo y enloquecedoramente para verla dirigirse hacia otro lugar. Sin sentido alguno se lanzó directamente hacia enormes soles, una vez rozó uno tan de cerca que los acosadores piratas jadearon ante la temeridad de tal exposición a una radiación letal. Sin motivo alguno, salió disparada hacia atrás, casi hacia un grupo de naves piratas, sólo para lanzarse por otra tangente inesperada antes de que los asustados forajidos pudieran lanzar un rayo contra ella.

Pero finalmente lo hizo una vez demasiado a menudo. Volando entre dos naves, mantuvo su línea la más mínima fracción de segundo de más. Dos tractores arremetieron y las tres naves relampaguearon juntas, de zona en zona. Entonces, instantáneamente, las dos naves piratas se volvieron inertes, para anclar en el espacio a su presa que huía salvajemente. Entonces salieron rayos espía, para explorar el interior del *Brittania*.

Al contacto de aquellos rayos, ligeros y delicados como eran, el relé hizo clic y los torpedos se soltaron. Aquellos espantosos proyectiles estaban tan diseñados y tan cargados que uno de ellos podía demoler cualquier estructura inerte conocida por el hombre: ¿y siete? Hubo una explosión para asombrar a la imaginación, y que debe dejarse a la imaginación, ya que no hay palabras en ningún idioma de la galaxia que puedan describirla adecuadamente.

La Brittania, literalmente hecha pedazos, más de la mitad fundida y parcialmente volatilizada por la inconcebible furia del estallido, fue lanzada en todas direcciones en serpentinas, gotas, trozos y masas; cada parte componente empujada lejos del centro de presión por los gases furiosamente comprimidos de la detonación. Además, cada componente era ahora, por supuesto, inerte y, por tanto, capaz de ceder toda su energía cinética a cualquier objeto inerte con el que entrara en contacto.

Una masa de restos, tan ferozmente acelerada que su víctima no tuvo tiempo ni de esquivar ni de volverse inercial, se estrelló de lleno contra el costado del atacante más cercano. Las pantallas de meteorito se iluminaron de un color violeta brillante y cayeron. El escudo de la muralla, completamente impulsado, aguantó; pero tan terrible fue la conmoción que los pocos tripulantes que no murieron en el acto no se interesarían por los acontecimientos actuales durante muchas horas.

La otra atacante, algo más distante, fue más afortunada. Su comandante había tenido tiempo de volverla inercial, y mientras se alejaba a caballo, por delante de la franja más externa y tenue de vapor, informó sucintamente a su cuartel general de todo lo que había ocurrido. Hubo un breve interludio de silencio, luego un orador dio la lengua.

"Helmuth, hablando en nombre de Boskone", espetó. "Su informe no es ni completo ni concluyente. Encuentre, estudie, fotografíe y traiga al cuartel general cada fragmento y partícula perteneciente a los restos del naufragio, prestando especial atención a todos los cuerpos o partes de ellos."

"¡Helmuth, al habla por Boskone!" rugió desde el descodificador de onda general. "¡Comandantes de todas las naves, de cualquier clase y tonelaje, en cualquier misión a la que se dirijan, atención! La nave a la que nos referíamos en nuestro mensaje anterior ha sido destruida, pero se teme que parte o todo su personal haya podido escapar. Cada unidad de ese personal debe ser abatida antes de que tenga oportunidad de comunicarse con cualquier base de patrulla. Por lo tanto, cancele sus órdenes actuales, cualesquiera que sean, y diríjase a máxima velocidad a la región previamente designada. Recorra todo ese volumen de espacio. Expulse de la existencia a toda nave cuyos papeles no den cuenta incuestionable de cada ser inteligente a bordo. Investiguen todas las vías de escape posibles. Se les darán órdenes más detalladas a cada uno de ustedes cuando se acerquen más al vecindario bajo búsqueda."[12]

---

[12] Este es nuestro primer encuentro con Helmuth, el Kaloniano. Una versión algo alterada de este personaje aparece ampliamente en la serie de televisión anime japonesa *Galactic Patrol Lensman* que se emitió en 1984-85.

Helmuth es un villano bien construido, y sería interesante conocer más de su historia de fondo. Hay mucho margen en este "universo Lensman" que nunca llegamos a ver.

CAPÍTULO 4

Escape

Completamente ataviados con trajes espaciales excepto los cascos, y con éstos a mano, Kinnison y van Buskirk estaban sentados en la diminuta sala de control de su bote salvavidas mientras éste derivaba inerte por el espacio interestelar. Kinnison estudiaba detenidamente las cartas tomadas de la sala de pilotos del *Brittania*; el sargento miraba ociosamente una placa detectora.

"No hay éter claro todavía, supongo", comentó el capitán, mientras enrollaba una carta y la tiraba a un lado.

"No aflojen ni un segundo; no se arriesgan en absoluto. ¿Han averiguado dónde estamos? Alsakan debería estar por aquí, ¿no?"

"Sí. No muy cerca, sin embargo, incluso para un barco fuera de la cuestión para nosotros. Tampoco hay mucho habitado por aquí, por no decir nada civilizado. Apenas uno a la manzana. No creo haber estado aquí antes; ¿y tú?"

"Fuera de mi ritmo por completo. ¿Cuánto tiempo crees que pasará antes de que sea seguro para nosotros despegar?"

"No podemos empezar a disparar hasta que sus placas estén limpias. Todo lo que podamos detectarnos tan pronto como empecemos a sacar energía".

"Puede que nos toque esperar, entonces. ..." Van Buskirk se interrumpió de repente y su tono cambió a uno de tensa excitación. "¡Ayuda, Noshab-keming, ayuda! Mira eso!"

"¡Rayos azules cegadores!" exclamó Kinnison, mirando fijamente al plato. "Con todo el espacio macrouniversal y toda la eternidad para jugar, ¿por qué en todos los infiernos del espacio tuvo que volver aquí y ahora?".

Porque allí, justo en su regazo, a menos de cien millas de distancia, ¡yacían el *Brittania* y sus dos captores piratas!

"Mejor nos liberamos, ¿no?", susurró van Buskirk.

"¡Negativo!" gruñó Kinnison. "A esta distancia nos descubrirían en una fracción de segundo. Actuar como un trozo de metal suelto es nuestra única oportunidad. Creo que podremos esquivar cualquier trozo volador. -¡Ahí va!"

Desde su coign de vantage[13] los dos Patrulleros vieron el terrible final de su gallardo barco; vieron a la una nave pirata sufrir la colisión con el fragmento volador; vieron a la otra escapar inercialmente; la vieron desaparecer.

La nave pirata inerte tenía ahora casi exactamente la misma velocidad que el bote salvavidas, tanto en velocidad como en dirección; sólo muy lentamente se acercaban la nave grande y la pequeña. Kinnison permanecía rígido, con la mirada fija en su plato, sus manos nerviosas aferrando los interruptores cuyo cierre, a la primera señal de detección, los dejaría sin inercia y lanzaría toda la potencia a sus proyectores impulsores. Pero pasaban los minutos y no ocurría nada.

"¿Por qué no *hacen* algo?", estalló finalmente. "Saben que estamos aquí; no se ha fabricado ningún detector que pueda estar tan averiado como para no vernos a esta distancia. Por qué, ¡pueden vernos desde allí, sin detectores en absoluto!"

"Dormidos, inconscientes o muertos", diagnosticó van Buskirk, "y no están dormidos. Créeme, Kim, esa nave recibió un codazo. Debe haber sido golpeada lo suficientemente fuerte como para dejar a toda su tripulación inconsciente. -y digamos que tiene un puerto de entrada de emergencia

---

[13] "Coign: esquina o ángulo saliente de una pared".

estándar- ¿qué te parece, eh?"

La mente de Kinnison saltó ansiosa ante la atrevida sugerencia de su subordinado, pero no respondió de inmediato. Su primer, su *único* deber, se refería a la seguridad de los dos carretes de cinta. Pero si el bote salvavidas permanecía allí inerte hasta que los piratas recuperaran el control de su embarcación, la detección y captura eran seguras. El mismo destino era igual de seguro si intentaban volar con todo el espacio cercano tan lleno de voladores enemigos. Por lo tanto, por descabellada que pareciera a primera vista, ¡la descabellada idea de van Buskirk era en realidad el curso más seguro!

"Muy bien, Bus, lo intentaremos. Nos arriesgaremos a ir por libre y usar una décima de dina de impulso durante una centésima de segundo. Entra en la cerradura con tus imanes".

El bote salvavidas centelleó contra el costado blindado del pirata y el sargento, manipulando hábilmente sus dos pequeños imanes de mano, lo desplazó rápidamente a lo largo de la chapa de acero, hacia los propulsores. Allí, en la ubicación convencional, justo delante de los proyectores de propulsión principales, se encontraba efectivamente el puerto de entrada de emergencia, con sus controles estándar galácticos.

En pocos minutos los dos guerreros estaban dentro, corriendo hacia la sala de control. Allí Kinnison echó un vistazo al tablero y lanzó un suspiro de alivio.

"¡Bien! Del mismo tipo que el que estudiamos. También de la misma raza", prosiguió, observando las formas inmóviles esparcidas por el suelo. Agarrando uno de los cuerpos, lo apoyó contra un panel oscureciendo así una lente múltiple.

"Ese es el ojo que da a la sala de control", explicó innecesariamente. "No podemos cortar los haces visuales de su cuartel general sin crear sospechas, pero no queremos que miren por aquí hasta que hayamos hecho una pequeña puesta en escena".

"Pero sospecharán de todos modos cuando salgamos libres", protestó van Buskirk.

"Claro, pero nos ocuparemos de eso más tarde. Lo primero que tenemos que hacer es asegurarnos de que toda la tripulación, excepto posiblemente uno o dos de los que están aquí, están realmente muertos. No se transporten a menos que sea necesario; queremos que parezca que todos murieron o resultaron fatalmente heridos en el accidente".

Se dio una vuelta completa al navío, con un acompañamiento sombrío y desagradable. No todos los piratas estaban muertos, ni siquiera incapacitados; pero desarmados como estaban y cogidos completamente por sorpresa, los supervivientes apenas podían ofrecer resistencia. Se abrió un puerto de carga y se introdujo en su interior *el* bote salvavidas del *Brittania*. Luego volvieron a la sala de control, donde Kinnison recogió otro cuerpo y se dirigió a los paneles principales.

"Este tipo", anunció, "estaba malherido, pero consiguió llegar al tablero. Accionó el interruptor libre, así, y luego la propulsión a toda máquina, así. Luego se acercó al globo de dirección y trató de poner rumbo hacia el cuartel general, pero no lo consiguió. Murió con el rumbo fijado justo ahí. No exactamente hacia Sol, fíjese -eso sería demasiada coincidencia- pero lo suficientemente cerca como para ayudar mucho. Su brazalete quedó atrapado en la guardia, así. Hay pruebas claras de lo que ocurrió exactamente. Ahora saldremos del alcance de ese ojo y dejaremos que el cuerpo que lo cubre se aleje flotando de forma natural".

"¿Y ahora qué?", preguntó van Buskirk, después de que los dos se hubieran escondido.

"Nada de nada hasta que tengamos que hacerlo", fue la respuesta. "Ojalá pudiéramos seguir así un par de semanas, pero no hay posibilidad. El cuartel general sentirá curiosidad muy pronto por saber por qué nos largamos".

Mientras hablaba, un furioso estallido de ruido salió del comunicador; un ruido que significaba:

"¡Buque F47U596! ¿Adónde se dirige y por qué? ¡Informe!"

Ante aquella brusca orden, una de las formas inmóviles se puso débilmente de rodillas e intentó articular palabra, pero cayó muerta.

"¡Perfecto!" respiró Kinnison al oído de van Buskirk. "No podría haber sido mejor. Ahora probablemente se tomen su tiempo para rodearnos; tal vez podamos volver a algún lugar cerca de Tellus, después de todo. Escucha, aquí viene algo más". El comunicador volvía a enviar. "Mira a ver si puedes conseguir una línea con su transmisor".

"¡Si hay algún superviviente que pueda informar, que lo haga de inmediato!" Kinnison entendió que decía el cono dinámico. Luego, la voz se moderó como si el orador se hubiera dirigido desde su micrófono a alguien cercano, y continuó: "Nadie responde, señor. Ésta, como sabe, es la nave que estaba más cerca de la nueva patrullera cuando explotó; tan cerca que su navegante no tuvo tiempo de liberarse antes de la colisión con los escombros. Al parecer, toda la tripulación murió o quedó incapacitada por la sacudida".

"Si alguno de los oficiales sobrevive que lo traigan para ser juzgado", ordenó una voz más lejana, salvajemente. "Boskone no tiene uso para los chapuceros excepto para servir de ejemplo. Que el barco sea incautado y devuelto aquí lo antes posible".

"¿Podrías rastrearlo, Bus?" Preguntó Kinnison. "Incluso una línea sobre su cuartel general sería muy útil".

"No, llegó revuelto, no pude separarlo del resto de la estática que había. ¿Y ahora qué?"

"Ahora comemos y dormimos. Particularmente y con más énfasis, dormimos".

"¿Relojes?"

"No hace falta; me despertarán con tiempo suficiente si ocurre algo. Mis lentes, ya sabe".

Comieron vorazmente y durmieron prodigiosamente; luego comieron y volvieron a dormir. Descansados y refrescados, estudiaron las cartas, pero era evidente que la mente de van Buskirk no estaba en los mapas que tenían ante sí.

"Usted entiende esa jerga y a mí ni siquiera me parece un idioma", reflexionó. "Es la Lente, por supuesto. ¿Quizá es algo de lo que no se debe hablar?".

"No es ningún secreto, al menos no entre nosotros", le aseguró Kinnison. "El Lente recibe como pensamiento puro cualquier patrón de fuerza que represente, o esté relacionado de algún modo, con el pensamiento. Mi cerebro recibe este pensamiento en inglés, ya que es mi lengua materna. Al mismo tiempo, mis oídos están prácticamente fuera de circuito, de modo que oigo realmente la lengua inglesa en lugar de cualquier ruido que se produzca. No oigo en absoluto los sonidos extranjeros. Por lo tanto, no tengo la menor idea de cómo suena la lengua de los piratas, ya que nunca he oído nada de ella.

"Por el contrario, cuando quiero hablar con alguien que no conoce ninguna lengua que yo hable, simplemente pienso en el Lens y dirijo su fuerza hacia él, y cree que le estoy hablando en su propia lengua materna. Así, me está oyendo ahora en perfecto holandés valeriano, aunque sabe que sólo sé hablar una docena de palabras de él, y ésas con un vil acento americano. También lo está oyendo en mi voz, aunque sabe que en realidad no estoy diciendo ni una palabra, ya que puede ver que tengo la boca muy abierta y que ni mis labios, ni mi lengua, ni mis cuerdas vocales se mueven. Si fuera un francés, lo estaría oyendo en francés; o, si fuera un manarkan y no pudiera hablar en absoluto, lo estaría recibiendo como telepatía manarkan normal".

"Oh. Ya veo... Creo", tragó saliva el asombrado holandés. "Entonces,

¿por qué no pudo hablar con ellos a través de sus teléfonos?".

"Porque la Lente, aunque es una cosa muy fina y versátil, no es omnipotente", respondió Kinnison, secamente. "Sólo envía pensamiento; y las ondas de pensamiento, que se encuentran por debajo del nivel del éter, no pueden afectar a un micrófono. El micrófono, al no ser él mismo inteligente, no puede recibir el pensamiento. Por supuesto que puedo emitir un pensamiento -todo el mundo lo hace, más o menos-, pero sin una Lente en el otro extremo no puedo llegar muy lejos. El poder, me dicen, se adquiere con la práctica; aún no se me da muy bien".

"Puede recibir un pensamiento. Todo el mundo lo transmite. ¿Entonces puede leer la mente?", afirmó van Buskirk, en lugar de preguntar.

"Cuando quiero, sí. Eso fue lo que estuve haciendo mientras hacíamos la limpieza. Exigí la ubicación de su base a cada uno de ellos con vida, pero ninguno la conocía. Obtuve muchas fotos y descripciones de los edificios, la disposición, los arreglos y el personal de la base, pero ni una pista de dónde se encuentra en el espacio. Los navegantes estaban todos muertos, y ni siquiera los arisios entienden la muerte. Pero eso es adentrarse mucho en la filosofía y es hora de volver a comer. Vámonos".

Los días pasaron sin novedad, pero finalmente el comunicador volvió a hablar. Dos barcos piratas se acercaban al buque supuestamente abandonado; discutían entre ellos el punto exacto de convergencia de los tres rumbos.

"Esperaba que pudiéramos comunicarnos con la Base Prima antes de que nos alcanzaran", comentó Kinnison. "Pero supongo que no hay dados: no consigo contactar con nadie y el éter está tan lleno de interferencias como siempre. Son un grupo desconfiado y no van a dejar que nos salgamos con la nuestra si pueden evitarlo. ¿Tienes construido ese duplicado de su descifrador de comunicaciones?"

"Sí, eso es lo que acaba de escuchar. Lo construí con nuestro propio material, y he revisado todo el barco con un limpiador. No hay ni rastro, ni siquiera una huella dactilar, que demuestre que nadie excepto su propia tripulación haya estado a bordo".

"¡Buen trabajo! Este rumbo nos lleva justo a través de un sistema planetario en unos minutos y tendremos que descargar allí. Veamos. ... esta carta marca los planetas dos y tres como habitados, pero con un número de referencia rojo, once veintisiete. Eso significa prácticamente inexplorados y desconocidos. Ningún aterrizaje jamás realizado-ninguna representación de patrulla o conexión. Sin comercio-estado de civilización desconocido. Escaneado sólo una vez, en el Tercer Estudio Galáctico, y de eso hace muchísimo tiempo. No tan bueno, aparentemente-pero quizás tanto mejor para nosotros, en eso. De todos modos, es un aterrizaje forzoso, así que prepárense para zarpar".

Subieron a su bote salvavidas, lo colocaron en la esclusa de carga, abrieron el puerto exterior en su bloque automático y esperaron. A su espantosa velocidad galáctica recorrerían el diámetro de un sistema solar en una fracción de segundo tan pequeña que la observación sería imposible, por no hablar del cálculo. Tendrían que actuar primero y calcular después.

Se adentraron en el extraño sistema. Un planeta se acercaba aterradoramente, a su espantosa velocidad casi invisible incluso sobre sus placas de ultravisión. El bote salvavidas salió disparado, volviéndose inerte al pasar por la pantalla. El puerto de carga se cerró. La suerte les había acompañado; el planeta estaba a apenas un millón de millas. Mientras van Buskirk se dirigía hacia él, Kinnison hizo observaciones apresuradas.

"Podría haber sido mejor, pero podría haber sido mucho peor", informó. "Este es el planeta cuatro. Deshabitado, lo que es muy bueno. El tres, sin embargo, está despejado al otro lado del sol, y el dos no está demasiado cerca para un vuelo con traje espacial-más de ochenta millones de millas. Bastante fácil en cuanto a distancia -todos hemos hecho saltos más largos en nuestros trajes- pero estaremos expuestos a ser detectados durante unos quince minutos. No se puede evitar, sin embargo. Aquí estamos".

"Va a desembarcar gratis, ¿eh?", silbó van Buskirk. "¡Qué oportunidad!"

"Sería más grande tomarse el tiempo de aterrizarla inerte. Su poder aguantará, espero. La inertizaremos e igualaremos intrínsecamente con ella cuando volvamos; entonces tendremos más tiempo".

El bote salvavidas se detuvo instantáneamente, en un aterrizaje libre, sobre el suelo deshabitado, desolado y rocoso del extraño mundo. Sin mediar palabra, los dos hombres saltaron de él, portando mochilas completamente cargadas. Entonces sacaron un proyector portátil y dirigieron su feroz haz hacia la base de la colina junto a la que habían venido a tierra. Rápidamente se hizo una caverna y, mientras sus paredes vidriosas aún humeaban de calor, se introdujo en ella el bote salvavidas. Con sus DeLameters, los dos caminantes socavaron entonces la colina, de modo que un gran deslizamiento de tierra y roca borró toda señal de la visita. Kinnison y van Buskirk pudieron volver a encontrar su embarcación, a partir de sus rumbos tomados con precisión; pero, esperaban, nadie más podría hacerlo.

Luego, aún sin mediar palabra, los dos aventureros se lanzaron hacia arriba. La atmósfera del planeta, por tenue y fría que fuera, obstaculizaba tanto su avance que se necesitaron minutos de un tiempo precioso para que los proyectores impulsores de sus trajes les obligaran a atravesar su fina capa.

Finalmente, sin embargo, se encontraban en el espacio interplanetario y volaban al cuádruple de la velocidad de la luz. Entonces van Buskirk habló.

"Desembarcar el barco, esconderlo y este viaje son los puntos peligrosos. ¿Has oído algo ya?"

"No, y no creo que lo hagamos. Creo que probablemente los hemos perdido por completo. No lo sabremos definitivamente, sin embargo, hasta después de que alcancen el barco, y eso no será hasta dentro de diez minutos. Para entonces ya habremos desembarcado".

Un mundo se alzaba ahora bajo ellos; un mundo agradable, de apariencia terrenal, de nubes dispersas, bosques verdes, llanuras onduladas, cordilleras boscosas y nevadas, y océanos ondulantes. Aquí y allá se veía lo que parecían ciudades, pero Kinnison les dio la espalda; optó por aterrizar en una pradera abierta al abrigo de un acantilado negro y vidrioso.

"Ah, justo a tiempo: están empezando a hablar", anunció Kinnison. "Cosas sin importancia todavía, abrir la nave y demás. Transmitiré la charla lo más literalmente posible cuando se ponga interesante". Se quedó en silencio y luego prosiguió en tono cantarín, como si recitara de memoria, lo que en efecto era-.

"'¡Capitanes de las naves P4J263 y EQ69B47 llamando a Helmuth! Nos hemos detenido y hemos abordado el F47U596. Todo está en orden y según lo deducido e informado por sus observadores. Todos a bordo han muerto. No murieron todos al mismo tiempo, pero todos murieron por los efectos de la colisión. No hay rastro de interferencias externas y todo el personal está contabilizado".

"Helmuth, hablando en nombre de Boskone. Su informe no es concluyente. Registre minuciosamente la nave en busca de rastros, huellas, arañazos. Anote los suministros que falten o los elementos de equipo extraviados. Estudie detenidamente todos los mecanismos, en particular los convertidores y comunicadores, en busca de signos de manipulación o desmantelamiento.

"¡Uf!" silbó Kinnison. "¡Encontrarán donde desmontaste ese comunicador, Bus, tan seguro como que es una trampa para hombres!"

"No, no lo harán", declaró van Buskirk tan positivamente. "Lo hice con unos alicates de punta de goma, y si le dejé un rasguño, una cicatriz o una huella, me lo comeré, con tubos y todo".

Una pausa.

"'Hemos estudiado todo con sumo cuidado, Oh Helmuth, y no encontramos ningún rastro de manipulación o visita'.

"Helmuth de nuevo: 'Su informe sigue sin ser concluyente. Quienquiera que haya hecho lo que se ha hecho es probablemente un Lensman, y sin duda tiene *cerebro*. Deme el número de serie registrado actual de todas las aperturas de puertos, y el número exacto de veces que ha abierto cada puerto'".

"¡Ay!", gimió Kinnison. "Si eso significa lo que creo que significa, se acabó el infierno para el mediodía. ¿Vio algún registrador de numeración en esos puertos? No lo hice-por supuesto ninguno de nosotros pensó en tal cosa. Espera-aquí vienen algunas cosas más.

"Los números de serie de los registradores de apertura de puertos son los siguientes..." no significan nada para nosotros. 'Hemos abierto el puerto de entrada de emergencia una vez y la esclusa principal de estribor dos veces. Ningún otro puerto'.

"Y aquí está Helmuth de nuevo: 'Ah, como pensaba. El puerto de emergencia fue abierto una vez por los forasteros, y el puerto de carga de estribor dos veces. El Lensman subió a bordo, dirigió la nave hacia Sol, subió a bordo su bote salvavidas, nos escuchó y partió a su antojo. Y esto en medio mismo de nuestra flota, ¡cuyo personal al completo debía estar buscándole! Cómo unos hombres del espacio supuestamente inteligentes podían ser culpables de una estupidez tan absoluta e indefendible...'".

Les dice muchas cosas, Bus, pero es inútil repetirlas. El tono no se puede reproducir, y simplemente les está quitando el pellejo de encima. Aquí hay más. '*¡Transmisión general! La nave F47U596 en su supuesto estado de abandono voló desde el punto de destrucción de la nave Patrulla, en rumbo...*' No sirve de nada citar, Bus, simplemente está dando instrucciones para rastrear toda nuestra Línea de vuelo. Desvaneciéndose-van hacia adelante, o hacia atrás. Este equipo, por supuesto, es bueno sólo para el tipo más cercano de trabajo de cerca ".

"Y salimos de la sartén para caer en el fuego".

"Oh, no; estamos mucho mejor de lo que estábamos. Estamos en un planeta y no utilizamos ninguna energía que puedan rastrear. Además, tienen que cubrir tanto territorio que no pueden peinarlo muy fino, y eso da un respiro al resto de los compañeros. Además-"

Un peso aplastante descendió sobre su espalda y los patrulleros se encontraron luchando por sus vidas. De la desnuda y supuestamente segura cara del acantilado habían surgido monstruosidades atadas con cuerdas en un enjambre que atacaba vorazmente. En las salvajes ráfagas de DeLameters, cientos de la horda de gárgolas se desvanecieron en vívidas llamaradas de resplandor, pero siguieron avanzando; por miles y, al parecer, por millones. Finalmente, las baterías que energizaban los proyectores se agotaron. Entonces las bobinas agitadas se encontraron con el acero cortante, los picos de los loros ferozmente impulsados chocaron contra las armaduras templadas en el espacio, las cabezas bulbosas se pulverizaron bajo las hachas duramente blandidas; pero ni durante la fracción de segundo necesaria para el vuelo sin inercia pudieron los dos ganar terreno. Entonces Kinnison envió su SOS.

"¡Un Lensman pidiendo ayuda! Un Lensman pidiendo ayuda!" emitió con todo el poder de la mente y de Lens, e inmediatamente una voz aguda y clara se coló en su cerebro:

"¡Ya voy, portador de la Lente! Llegando a toda velocidad al acantilado de los Catlats. ¡Esperad hasta que llegue! Llego en treinta-"

¿Treinta qué? ¿Qué posible medida relativa inteligible de ese concepto desconocido e incognoscible, el Tiempo, puede transmitir sólo el pensamiento?

"¡Sigue golpeando, Bus!" jadeó Kinnison. "La ayuda está en camino. Un policía local -suena como si pudiera ser una mujer- estará aquí en treinta y tantos. No sé si son treinta minutos o treinta días; pero seguiremos allí".

"Puede que sí y puede que no", gruñó el holandés. "Algo viene además de ayuda. Mire hacia arriba y vea si ve lo que creo que veo".

Kinnison así lo hizo. Por el aire, desde lo alto del acantilado se precipitaba hacia ellos un auténtico dragón: un horror de pesadilla de horrible cabeza de reptil, de alas de cuero, de fauces de colmillos feroces, de pies espantosamente talonados, de múltiples brazos nudosos, de cuerpo de serpiente largo, sinuoso y de pesadas escamas. En fugaces vislumbres a través de los retorcidos tentáculos de sus oponentes, Kinnison percibió poco a poco la imagen completa de aquella increíble monstruosidad: y, acostumbrado como estaba a los extravagantes habitantes de mundos apenas conocidos por el hombre, sus mismos sentidos se tambaleaban.[14]

---

[14] Esta es la primera aparición de Worsel el Velantiano en la serie Lensman. Su aspecto físico exacto ha sido objeto de cierto debate. David Kyle, que escribió la obra autorizada "Dragon Lensman", en la que aparece el personaje de Worsel, fue incapaz de determinar cuántos ojos tenía Worsel. A menudo se hace referencia a él como alguien "parecido a una serpiente" pero con alas, lo que sí suena a dragón.

CAPÍTULO 5

Worsel al rescate

A medida que el organismo casi reptil descendía, los habitantes del acantilado enloquecieron. Su ataque contra los dos Patrulleros, ya de por sí vicioso, se volvió demencialmente frenético. Abandonando por completo al gigantesco holandés, todos los Catlat a su alcance se lanzaron sobre Kinnison y envolvieron de tal forma la cabeza, los brazos y el torso del Lensman que apenas podía mover un músculo. Luego, los captores entrelazados y el hombre indefenso se dirigieron lentamente hacia la mayor de las aberturas de la cara de obsidiana del acantilado.

Sobre aquella masa que se movía lentamente se lanzó van Buskirk, blandiendo su mortífera hacha espacial. Pero por más que golpeó y cortó, no pudo liberar a su jefe de la espantosa horda que lo envolvía ni impedir de forma apreciable el avance de esa horda hacia su objetivo. Sin embargo, pudo cortar, y así lo hizo, los comparativamente pocos cables que confinaban las piernas de Kinnison.

"Sujétame la cintura con un grillete, Kim", le ordenó, sin que aquel pensamiento relampagueante interfiriera en absoluto en su prodigioso juego con el hacha, "y en cuanto tenga ocasión, antes de que llegue la pelea de verdad, nos acoplaré con todos los broches de cinturón a mi alcance; ¡dondequiera que vayamos iremos juntos! Me pregunto por qué no se han confabulado contra mí también y qué estará haciendo ese lagarto. He estado demasiado ocupado para mirar, pero pensé que ya estaría sobre mi espalda antes de esto".

"No estará a su espalda. Es Worsel, el muchacho que respondió a mi llamada. ¿Te dije que su voz era graciosa? No pueden hablar ni oír, usan la telepatía, como los manarkanos. Los está limpiando en gran forma. Si me aguantas tres minutos, los tendrá a todos azotados".

"Puedo aguantarte tres minutos contra todas las alimañas de aquí a Andrómeda", declaró van Buskirk. "Ya está, tengo cuatro broches sobre ti".

"No demasiado apretado, Bus", advirtió Kinnison. "Deje suficiente holgura para que pueda soltarme si es necesario. Recuerda que los carretes son más importantes que cualquiera de nosotros. Una vez dentro de ese acantilado estaremos todos arrastrados -incluso Worsel no puede ayudarnos ahí- así que suéltame antes que entrar tú mismo".

"Um", gruñó el holandés, sin compromiso. "Ya está, he tirado mi carrete al suelo. Dígale a Worsel que si nos cogen, lo recoja y siga adelante. Nosotros seguiremos con el tuyo, dentro del acantilado si es necesario".

"¡He dicho que me sueltes si no puedes sujetarme!" espetó Kinnison, "y lo dije en serio. Es una orden oficial. Recuérdelo".

"¡Al diablo la orden oficial!", resopló van Buskirk, todavía blandiendo su pesada maza. "No te meterán en ese agujero sin partirme en dos, y eso será un trabajo de romper en la lengua de cualquiera. Ahora cierra el pico", concluyó sombríamente. "Estamos aquí, y voy a estar demasiado ocupado, incluso para pensar, muy pronto".

Habló con verdad. Ya había seleccionado su punto de resistencia y, al llegar a él, introdujo la cabeza de su maza en la grieta que había tras la trampilla abierta, encajó su asta en la hombrera de su armadura, apoyó las piernas en bloque y los brazos hercúleos contra el acantilado, arqueó su poderosa espalda y aguantó. Y el sorprendido Catlats, ahora dentro de la sombría fortaleza de su túnel, introdujo tentáculos de anclaje en las grietas de la pared y tiró; más fuerte, cada vez más fuerte.

Bajo la terrible tensión, la pesada armadura de Kinnison crujió mientras sus juntas herméticas se acomodaban a sus nuevas e inusuales posiciones. Esa armadura, o aleación templada en el espacio, por supuesto que no cedería, pero ¿y su anclaje?

Bien por Kimball Kinnison aquel día, y bien por nuestra civilización actual, que *el* intendente del *Brittania* hubiera elegido a Peter van Buskirk como compañero del Lensman; porque la muerte, inevitable y horrible, residía en aquel acantilado, y ningún armazón humano de crecimiento terrestre, por blindado que estuviera, habría podido soportar ni por una fracción de segundo la violencia del tirón de los Catlats.

Pero Peter van Buskirk, aunque de ascendencia terrestre-holandesa, había nacido y crecido en el planeta Valeria, y la enorme gravedad de ese planeta -más de dos veces y media la de la Tierra- le había dado un físico y una fuerza casi inconcebibles para nosotros, los habitantes de toda la vida de la pequeña y verde Terra. Su cabeza, como ya se ha dicho, sobresalía setenta y ocho pulgadas por encima del suelo; pero en ese momento parecía en cuclillas debido a la enorme extensión de sus hombros y a su asombrosa circunferencia. Sus huesos eran elefantinos; tenían que serlo para proporcionar el apoyo y la palanca adecuados a las increíbles masas de músculos que los recubrían y rodeaban. Pero incluso la fuerza valeriana de van Buskirk estaba siendo ahora exigida al máximo.

Las cadenas de anclaje zumbaban y gruñían mientras las abrazaderas mordían los anillos. Los músculos se retorcían y anudaban, los tendones se estiraban y amenazaban con romperse; el sudor rodaba por su poderosa espalda. Sus mandíbulas se trababan en agonía y los ojos se le salían de las órbitas por el esfuerzo; pero aun así van Buskirk aguantó.

"¡Suéltame!", ordenó Kinnison al fin. "Ni siquiera tú puedes aguantar mucho más. Es inútil dejar que te rompan la espalda. ... *Corta*, te digo. ... Dije *CORTA*, ¡gran mono valeriano tonto!"

Pero si van Buskirk oyó o sintió las órdenes de voz salvaje de su jefe, no hizo caso. Esforzándose hasta la última fibra de su ser, ejercitando cada ápice de mente leal y cada átomo de armazón brobdingnagiano[15] : adusta, tenaz, obstinadamente el gigantesco holandés aguantó.

Mientras Worsel de Velantia, ese aliado grotescamente horrible, fantásticamente reptiliano, se abalanzaba hacia los dos Patrulleros a través de la horda de Catlats: un auténtico tornado de colmillos desgarradores y garras cortantes, de alas batientes y hocicos aplastantes, de manos con malla y cola zanjadora...

Retenido mientras aquel demonio encarnado se acercaba cada vez más, lanzando a los cuatro vientos Catlats enteros e innumerables fragmentos desmembrados de Catlats a su paso-.

Aguantó hasta que el cuerpo serpenteante de Worsel, un cable flexible y sensible de acero vivo, con su aguijón de doble filo, afilado como una navaja y parecido a una cimitarra, se coló en el túnel junto a Kinnison y causó espeluznantes estragos entre los catlats allí hacinados.

Cuando la tremenda tensión que le atenazaba se liberó de repente, los propios esfuerzos de Van Buskirk le arrojaron lejos del acantilado. Cayó al suelo, con sus músculos sobrecargados crispándose sin control, y encima de él cayó el encadenado Lensman. Kinnison, con las manos ya libres, soltó las abrazaderas que unían su armadura a la de van Buskirk y giró para enfrentarse al enemigo, pero el combate había terminado. Los catlats se habían hartado de Worsel de Velantia; y, gritando y chillando con rabia desconcertada, los últimos de ellos desaparecían en sus cuevas.

Van Buskirk se puso temblorosamente en pie. "Gracias por la ayuda, Worsel, estábamos a punto de quedarnos sin tiempo-" comenzó, sólo para ser silenciado por un insistente pensamiento del grotescamente monstruoso extraño.

---

[15] Una referencia a Brobdingnag, la tierra de los gigantes en Los *viajes de Gulliver*.

"¡Dejen de irradiar! No piensen en absoluto si no pueden apantallar sus mentes!", llegaron urgentes órdenes mentales. "Estos Catlats son una plaga menor de este planeta Delgon. Hay otras peores con diferencia. Afortunadamente, tus pensamientos están en una frecuencia que nunca se usa aquí -si no hubiera estado tan cerca de ti, no te habría oído en absoluto-, pero si los Señores Superiores tuvieran un oyente en esa banda, tu pensamiento sin blindaje puede haber hecho ya un daño irreparable. Sígame. Reduciré mi velocidad a la tuya, pero date toda la prisa posible".

"Dígaselo usted, jefe", dijo van Buskirk, y se quedó en silencio; su mente tan casi en blanco como su férrea voluntad podía hacerla.

"Este es un pensamiento proyectado, a través de mis lentes", retomó la conversación Kinnison. "No necesita ir más despacio por nuestra cuenta; podemos desarrollar la velocidad que desee. Adelante".

El velantiano saltó al aire y se lanzó en un vuelo vertiginoso. Para su sorpresa, los dos seres humanos le siguieron el ritmo sin esfuerzo gracias a sus propulsores sin inercia, y al cabo de un momento Kinnison dirigió otro pensamiento.

"Si el tiempo es un inconveniente, Worsel, sepa que mi compañero y yo podemos llevarle a donde desee a una velocidad cientos de veces superior a esta que estamos utilizando", le garantizó.

Se dio cuenta de que el tiempo era lo más importante posible y los tres se acercaron. Las poderosas alas se replegaron, las manos y las garras agarraron las cadenas de las armaduras y el grupo, sin inercia alguna, salió disparado a un ritmo que Worsel de Velantia nunca había imaginado ni en sus sueños más salvajes de velocidad. Su objetivo, una tienda pequeña y sin rasgos, de chapa fina, que ocupaba un lugar estéril en una extensión retorcida y reptante de selva exuberantemente verde, fue alcanzado en un espacio de minutos. Una vez dentro, Worsel selló la abertura y se volvió hacia sus invitados blindados.

"Ahora podemos pensar libremente en una conversación abierta. Este muro es portador de una pantalla a través de la cual ningún pensamiento puede abrirse paso".

"Este mundo al que usted llama por un nombre que he interpretado como Delgon", comenzó Kinnison, lentamente. "Usted es nativo de Velantia, un planeta que ahora está más allá del sol. Por ello supuse que nos llevaba a su nave espacial. ¿Dónde está esa nave?"

"No tengo barco", respondió el velantiano, con serenidad, "ni lo necesito. Para el resto de mi vida -que ahora se medirá en unas pocas de sus horas- esta tienda es mi única..."

"¡Ningún barco!", interrumpió van Buskirk. "Espero que no tengamos que quedarnos en este planeta olvidado de Noshabkeming para siempre, y tampoco me apetece mucho ir mucho más lejos en ese bote salvavidas".

"Puede que no tengamos que hacer ninguna de esas dos cosas", tranquilizó Kinnison a su sargento. "Worsel procede de una tribu longeva, y el hecho de que piense que sus enemigos van a atraparle en unas horas no hace que sea cierto, ni mucho menos: ahora somos tres con los que hay que contar. Además, cuando necesitemos una nave espacial la conseguiremos, aunque tengamos que construirla. Ahora, averigüemos de qué va todo esto. Worsel, empieza por el principio y no te saltes nada. Entre todos seguro que encontramos una salida, para todos".

Entonces el velantiano contó su historia. Hubo muchas repeticiones, muchos rodeos, ya que algunos de los conceptos eran tan extraños que desafiaban la transmisión, pero finalmente los patrulleros se hicieron una idea bastante completa de la situación que se vivía entonces en aquel extraño sistema solar.

Los habitantes de Delgon eran malos, se caracterizaban por un tipo y una profundidad de depravación imposibles de visualizar por una mente humana.

Los delgonianos no sólo eran enemigos de los velantianos en el sentido ordinario de la palabra; no sólo eran piratas y ladrones; no sólo eran sus amos, tomándolos como esclavos y como ganado para comer; sino que había algo más, algo más profundo y peor, algo sólo parcialmente transmisible de mente a mente: un tipo de parasitismo mental e intelectual, además de biológico, horrible y repulsivamente saturnaliano. Esta relación se había prolongado durante eras, y durante esas eras la rebelión era imposible, ya que cualquier velantiano capaz de liderar un movimiento de este tipo desaparecía antes de poder avanzar lo más mínimo.

Finalmente, sin embargo, se había ideado una pantalla mental tras la cual Velantia desarrolló una alta ciencia propia. Los estudiantes de esta ciencia vivían con un único propósito en la vida, liberar a Velantia de la tiranía de los Señores Superiores de Delgon. Cada estudiante, cuando alcanzaba el cenit de su poder mental, se dirigía a Delgon para estudiar y, si era posible, destruir a los tiranos. Y tras desembarcar en el suelo de aquel temible planeta, ningún velantiano, ya fuera estudiante, científico o aventurero privado, había regresado jamás a Velantia.

"¿Pero por qué no presenta una queja contra ellos ante el Consejo?", exigió van Buskirk. "Ellos arreglarían las cosas en un santiamén".

"Hasta ahora no hemos sabido, salvo por los informes más poco fiables e indirectos, que una organización como su Patrulla Galáctica exista realmente", respondió el velantiano, oblicuamente. "Sin embargo, hace muchos años, lanzamos una nave espacial hacia su supuesta base más cercana. Sin embargo, dado que ese viaje requiere tres vidas normales, con peligros mortales en cada momento, será un milagro si la nave llega a completarlo. Además, incluso si la nave llegara a su destino, es probable que nuestra queja ni siquiera sea tenida en cuenta porque no tenemos ni una sola prueba real con la que apoyarla. Ningún velantiano vivo ha visto siquiera a un delgoniano, ni nadie puede atestiguar la veracidad de nada de lo que les he contado.

Aunque creemos que ésa es la verdadera condición de las cosas, nuestra creencia se basa, no en pruebas admisibles en un tribunal, sino en deducciones de pensamientos ocasionales irradiados desde este planeta. Estos pensamientos no eran iguales en tenor. ..."

"Sáltese eso por un minuto: tomaremos la foto como correcta", intervino Kinnison. "Nada de lo que ha dicho hasta ahora muestra la necesidad de que muera en las próximas horas".

"El único objetivo en la vida para un velantiano entrenado es liberar a su planeta de los horrores de la sujeción a Delgon. Muchos de los tales han venido aquí, pero ninguno ha encontrado una idea viable; ninguno ha regresado a Velantia ni se ha comunicado siquiera con ella después de empezar a trabajar aquí. Soy un velantiano. Estoy aquí. Pronto abriré esa puerta y me pondré en contacto con el enemigo. Puesto que hombres mejores que yo han fracasado, no espero tener éxito. Tampoco regresaré a mi planeta natal. En cuanto me ponga manos a la obra, los delgonianos me ordenarán que vaya con ellos. A pesar mío obedeceré esa orden, y muy poco después moriré, de qué manera no lo sé".

"¡Despierta, Worsel!" ordenó Kinnison, bruscamente. "Esa es la clase más rancia de derrotismo, y lo sabes. Nadie llegó nunca al primer puesto de control con ese tipo de combustible".

"Ahora está hablando de algo sobre lo que no sabe absolutamente nada". Por primera vez los pensamientos de Worsel mostraron pasión. "Tus pensamientos son ociosos-ignorante-vainas. No sabes nada en absoluto del poder mental de los delgonianos".

"Tal vez no -no pretendo ser un gigante mental-, pero sí sé que el poder mental por sí solo no puede vencer una *voluntad* definitiva y positivamente opuesta. Un arisiano probablemente podría doblegar mi voluntad, ¡pero me juego la vida a que ninguna otra mentalidad en el Universo conocido puede hacerlo!"

"¿Eso crees, terrícola?" y una hirviente esfera de fuerza mental envolvió el cerebro del teluriano. Los sentidos de Kinnison se tambaleaban ante el tremendo impacto, pero se sacudió el ataque y sonrió.

"Venga otra vez, Worsel. Esa me ha sacudido los talones, pero no me ha sonado del todo".

"Me halaga", declaró sorprendido el velantiano. "Apenas pude tocar su mente, no pude penetrar ni siquiera sus defensas más externas, y ejercí toda mi fuerza. Pero ese hecho me da esperanzas. Mi mente es, por supuesto, inferior a la suya, pero dado que no pude influir en usted en absoluto, ni siquiera en contacto directo y a plena potencia, es posible que pueda resistir a las mentes de los delgonianos. ¿Está dispuesto a arriesgar la apuesta que ha mencionado hace un momento? O mejor dicho, le pido, por las Lentes que lleva, que la arriesgue, ya que la libertad de todo un pueblo depende del resultado".

"¿Por qué no? Los carretes son lo primero, por supuesto, pero sin usted nuestros carretes estarían ahora enterrados en el interior del acantilado de los Catlats. Arréglelo para que su gente encuentre estos carretes y continúe con ellos en caso de que fracasemos, y yo soy su hombre. Allí-ahora dígame a qué nos podemos enfrentar, y luego suelte a sus perros".

"Eso no puedo hacerlo. Sólo sé que dirigirán contra nosotros fuerzas mentales como usted ni siquiera ha imaginado; no puedo prevenirle en modo alguno sobre las formas que puedan adoptar esas fuerzas. Sé, sin embargo, que sucumbiré al primer rayo de fuerza. Por tanto, áteme con estas cadenas antes de abrir el escudo. Físicamente soy extremadamente fuerte, como usted sabe; por lo tanto, asegúrese de ponerme suficientes cadenas como para que no pueda liberarme, pues si logro zafarme, sin duda los mataré a ambos."

"¿Cómo es que todas estas cosas están aquí, listas a mano?", preguntó van Buskirk, mientras los dos patrulleros cargaban tanto al pasivo velancio con cadenas, grilletes, esposas, grilletes y correas que no podía mover ni la cola.

"Ya se ha intentado antes, muchas veces", replicó Worsel sombríamente, "pero los rescatadores, siendo velantianos, también sucumbieron a la fuerza y se quitaron los grilletes. Ahora le advierto, con todo el poder de mi mente -no importa lo que vea, no importa lo que pueda ordenarle o rogarle, no importa lo urgentemente que usted mismo desee hacerlo- NO ME LIBERE BAJO NINGUNA CIRCUNSTANCIA a menos que y hasta que las cosas parezcan exactamente como son ahora, y esa puerta esté cerrada. Sepa plenamente y medite bien el hecho de que si me libera mientras esa puerta está abierta será porque ha cedido a la fuerza delgoniana; y que no sólo moriremos los tres, lenta y horriblemente; sino también y peor, que nuestras muertes no habrán sido de ningún beneficio para la civilización. ¿Lo entienden? ¿Están preparados?"

"Lo entiendo, estoy preparado", pensaron Kinnison y van Buskirk al unísono.

"Abra esa puerta".

Kinnison así lo hizo. Durante unos minutos no ocurrió nada. Entonces empezaron a formarse ante sus ojos imágenes tridimensionales-imágenes que sabían que sólo existían en sus propias mentes, pero que estaban compuestas de una sustancia tan sólida que ocultaban a la visión todo lo demás del mundo material. Al principio nebulosa e indistinta, la escena -pues ahora no era en ningún sentido una imagen- se volvió clara y nítida. Y, amontonando horror sobre horror, el sonido se añadió a la vista. Y directamente ante sus ojos, borrando por completo incluso el sólido metal de la pared a sólo unos metros de ellos, los dos forasteros vieron y oyeron algo que sólo puede representarse vagamente imaginando el Infierno de Dante hecho realidad y elevado a la enésima potencia.

En una caverna apagada y sombría había hordas de *cosas* tumbadas, sentadas y de pie. Estos seres -la "nobleza" de Delgon- tenían cuerpos de reptil, algo parecidos a los de Worsel, pero carecían de alas y sus cabezas eran claramente más de simio que de cocodrilo. Todos los ávidos ojos de la inmensa multitud estaban fijos en una enorme pantalla que, como la de un cine, tapiaba un extremo de la estupenda caverna.

Lentamente, estremeciéndose, la mente de Kinnison empezó a asimilar lo que estaba ocurriendo en aquella pantalla. Y estaba ocurriendo de verdad, Kinnison estaba seguro de ello: no se trataba de una imagen, como tampoco toda aquella escena era una ilusión. Todo era una realidad, en algún lugar.

Sobre aquella pantalla se extendían las víctimas. Cientos de ellas eran velantianos, más cientos eran delgonianos alados y decenas eran criaturas cuyo semejante Kinnison nunca había visto.

Y todos ellos estaban siendo torturados: torturados hasta la muerte tanto de formas conocidas por los inquisidores de antaño como de formas de las que ni siquiera aquellos expertos tenían idea. Algunos estaban siendo retorcidos escandalosamente en bastidores tridimensionales. Otros estaban siendo estirados sobre bastidores. A muchos los estaban separando horriblemente, con cadenas que extendían intermitente pero implacablemente cada miembro indefenso. Otros más estaban siendo bajados a fosas de temperatura en constante aumento o estaban siendo atacados por concentraciones gradualmente crecientes de algún vapor asquerosamente corrosivo que carcomía sus tejidos, poco a poco. Y, aparentemente la *pièce de résistance* de la infernal exhibición, un desafortunado velantiano, en un punto de luz dura y fría, estaba siendo presionado de plano contra la pantalla, como se podría presionar a un insecto entre dos cristales. Cada vez estaba más delgado bajo la influencia de alguna fuerza horrible e invisible; a pesar de todos los esfuerzos de unos músculos inhumanamente poderosos que impulsaban el cuerpo, la cola, las alas, los brazos, las piernas y la cabeza en todas las frenéticas maniobras que la muerte sombría e inminente podía suscitar.

Físicamente nauseabundo, con el cerebro mareado por las atroces visiones que asolaban su mente y por los gritos de los condenados que asaltaban sus oídos, Kinnison se esforzó por apartar su mente, pero fue frenado salvajemente por Worsel.

"¡*Debes* quedarte! *Debes* prestar atención!", ordenó el velantiano. "Es la primera vez que un ser vivo ha visto tanto; ¡*debes* ayudarme ahora! Me han estado atacando desde el primer momento; pero, reforzado por los poderosos negativos de su mente, he podido resistir y he transmitido una imagen veraz hasta ahora. Pero están sorprendidos por mi resistencia y están concentrando más fuerza. Estoy resbalando rápidamente, ¡*debe bracear* mi mente! Y cuando la imagen cambie -como debe cambiar, y pronto- no lo crea. Manteneos firmes, hermanos de la Lente, por vuestras propias vidas y por el pueblo de Velantia. Hay más, ¡y peor!"

Kinnison se quedó. También lo hizo van Buskirk, luchando con toda su obstinada mente holandesa. Revueltos, indignados, asqueados como estaban ante las imágenes y los sonidos, se quedaron. Se estremecieron con las víctimas mientras eran introducidas en las tolvas de los molinos que giraban lentamente; hicieron muecas de dolor ante los increíbles actos de los caldereros, los apaleadores, los flageladores, los desolladores; sufriendo ellos mismos todas las pesadillas posibles y muchas aparentemente imposibles de una tortura lenta y espantosa; con los puños cerrados y los dientes apretados, con la frente sudorosa sobre los rostros blancos y tensos, Kinnison y van Buskirk se quedaron.

La luz de la caverna cambió ahora a un fuerte resplandor amarillo verdoso; y en aquella dura iluminación se veía que cada ser moribundo estaba rodeado de un aura pálidamente resplandeciente. Y ahora, coronando el horror de aquella indeciblemente horrible orgía de sadismo resublimado, de los ojos de cada uno de los monstruosos espectadores saltaron visibles haces de fuerza. Estos haces tocaron las auras de los prisioneros moribundos; tocaron y se aferraron. Y al aferrarse, las auras se encogieron y desaparecieron.

¡Los Señores de Delgon se estaban ALIMENTANDO realmente de las fuerzas vitales menguantes de sus víctimas torturadas y moribundas![16]

CAPÍTULO 6

Hipnotismo delgoniano

Gradualmente y de forma tan insidiosa que las funestas advertencias del velantiano bien podrían no haber sido pronunciadas nunca, la escena cambió. O mejor dicho, la escena en sí no cambió, sino que la percepción que los observadores tenían de ella sufrió lentamente una transformación tan radical que no era en ningún sentido la misma escena que había sido unos minutos antes; y se sintieron casi abyectamente arrepentidos al darse cuenta de lo injustas que habían sido sus ideas anteriores.

Pues la caverna no era una cámara de tortura, como habían supuesto. Era en realidad un hospital, y los seres que habían creído víctimas de brutalidades indecibles eran en realidad pacientes sometidos a tratamientos y operaciones por diversos males. Como prueba de ello, los pacientes -que ya deberían haber muerto si las primeras ideas estuvieran bien fundadas- eran liberados ahora del quirófano que parecía una pantalla. Y no sólo cada uno de ellos estaba completamente entero y sano de cuerpo, ¡sino que también

---

[16] No puedo decir que sea el primer lugar de la ciencia ficción en el que los villanos se alimentan de la fuerza vital de otros, pero desde luego no es el último. Esta idea de alimentarse o absorber la fuerza vital aparece una y otra vez en la cienciaficción/fantasía, por ejemplo en la película de fantasía de 1982 *El cristal oscuro* y en *La princesa prometida* (1987).

poseía una claridad mental, un poder y una comprensión inimaginables antes de su hospitalización y tratamiento por los supercirujanos de Delgon!

Además, los intrusos habían malinterpretado completamente al público y su comportamiento. En realidad eran estudiantes de medicina, y los rayos que habían parecido rayos devoradores eran simplemente rayos visuales, mediante los cuales cada estudiante podía seguir, con todo detalle, cada paso de la operación en la que estaba más interesado. Los propios pacientes eran testigos vivos y vocales de la equivocación de los visitantes, ya que cada uno, a medida que se abría paso entre la asamblea de estudiantes, expresaba su agradecimiento por los maravillosos resultados de su tratamiento u operación en particular.

Kinnison se dio cuenta ahora agudamente de que él mismo necesitaba atención quirúrgica inmediata. Su cuerpo, al que siempre había tenido en tan alta estima, percibía ahora que era tristemente ineficiente; su mente estaba en peor forma incluso que su físico; y tanto el cuerpo como la mente mejorarían inconmensurablemente si pudiera llegar al hospital delgoniano antes de que los cirujanos se marcharan. De hecho, sintió un impulso casi irresistible de salir corriendo hacia ese hospital; al instante, sin perder ni un solo segundo precioso. Y, como no había tenido motivos para dudar de la evidencia de sus propios sentidos, su mente consciente no se despertó para oponerse activamente. Sin embargo, en su -en su subconsciente, o su esencia, o como quiera que se quiera llamar a ese algo último suyo que le convertía en un Lensman- comenzó a sonar una "campana muerta y lenta".

"Suéltame y nos iremos todos, antes de que los cirujanos abandonen el hospital", vino a decir insistentemente Worsel. "¡Pero date prisa, no tenemos mucho tiempo!"

Van Buskirk, completamente bajo la influencia de la frenética compulsión, saltó hacia el velantiano, sólo para ser frenado corporalmente por Kinnison, que intentaba nebulosamente aislar e identificar una cosa de la situación que no sonaba del todo cierta.

"¡Un momento, Bus-cierra esa puerta primero!", ordenó.

"¡No importa la puerta!" El pensamiento de Worsel llegó en un rugiente crescendo. "¡Libérenme al instante! ¡Deprisa! ¡Deprisa, o será demasiado tarde, para todos nosotros!"

"Todo este tremendo ajetreo no tiene ningún tipo de sentido", declaró Kinnison, cerrando su mente resueltamente al clamor de los pensamientos del velantiano. "Tengo tantas ganas de ir como tú, Bus, o quizá más, pero no puedo evitar la sensación de que hay algo raro en alguna parte. De todos modos, recuerda lo último que dijo Worsel, y cerremos la puerta antes de que desatemos una sola cadena".

Entonces algo hizo clic en la mente del Lensman.

"¡Hipnotismo, a través de Worsel!", ladró, con la oposición ahora encendida. "Tan gradual que nunca se me ocurrió oponer resistencia. Santo Klono, ¡qué tonto he sido! ¡Lucha contra ellos, Bus-lucha contra *ellos*! ¡No dejes que te tomen más el pelo y no prestes atención a nada de lo que te envíe Worsel!" Dándose la vuelta, saltó hacia la puerta abierta de la tienda.

Pero mientras saltaba su cerebro fue invadido por tal concentración de fuerza que cayó al suelo, físicamente fuera de control. *No* debía cerrar la puerta. *Debe liberar* al velantiano. *Debían* ir a la caverna delgoniana. Plenamente consciente ahora, sin embargo, de la fuente de las oleadas de compulsión, lanzó la suma total de su poder mental en una intensa negación y luchó, centímetro a centímetro, hacia la abertura.

Sobre él latía ahora, además de la compulsión de los delgonianos, a quemarropa todo el poder de la poderosa mente de Worsel, exigiendo liberación y conformidad. También, y lo que era peor, percibió que se estaba ejerciendo alguna poderosa mentalidad para hacer que van Buskirk le matara. Un golpe de la pesada maza del valeriano destrozaría casco y cráneo, y todo habría terminado; una vez más los delgonianos habrían triunfado.

Pero el obstinado holandés, aunque al borde mismo de la rendición, seguía luchando. Daba un paso adelante, con la cachiporra en alto, sólo para lanzarla convulsivamente hacia atrás. Luego, a pesar suyo, se acercaba y la recogía, para dar de nuevo un paso hacia su jefe que se arrastraba.

Una y otra vez van Buskirk repitió su inútil actuación mientras el Lensman forcejeaba cada vez más cerca de la puerta. Finalmente la alcanzó y la cerró de una patada. Al instante cesó la agitación mental y los dos patrulleros, blancos y temblorosos, liberaron de sus ataduras al velantiano, inerte e inconsciente.

"¿Me pregunto qué podemos hacer para ayudarle a revivir?", jadeó Kinnison, pero su solicitud era innecesaria: el velantiano recuperó el conocimiento mientras hablaba.

"Gracias a su maravilloso poder de resistencia, estoy vivo, ileso, y sé más de nuestros enemigos y de sus métodos que cualquier otro de mi raza haya aprendido jamás", pensó Worsel, con sentimiento. "Pero no tiene ningún valor a menos que pueda enviarlo de vuelta a Velantia. La pantalla-pensamiento sólo es transportada por el metal de estas paredes; y si hago una abertura en la pared para pensar a través de ella, por pequeña que sea, ahora significará la muerte. Por supuesto que la ciencia de su Patrulla no ha perfeccionado un aparato para conducir el pensamiento a través de tal pantalla..."

"No. De todos modos, me parece que sería mejor que nos preocupáramos de algo más que de las pantallas de pensamiento", sugirió Kinnison. "Seguramente, ahora que saben dónde estamos, vendrán aquí a por nosotros, y no tenemos mucha defensa".

"No saben dónde estamos, ni les importa...", comenzó el velantiano.

"¿Por qué no?", interrumpió van Buskirk. "¡Cualquier rayo espía capaz de un escaneo como el que nos mostró -nunca había visto nada parecido-

sería sin duda tan fácil de rastrear como una explosión atómica en toda regla!"

"No envié ningún rayo espía ni nada por el estilo", pensó Worsel, detenidamente. "Como nuestra ciencia es tan ajena a la suya, no estoy seguro de poder explicárselo satisfactoriamente, pero intentaré hacerlo. Primero, en cuanto a lo que vio. Cuando esa puerta está abierta, no existe ninguna barrera para el pensamiento. Me limité a emitir un pensamiento, poniéndome en comunicación con los Señores Supremos delgonianos en su retirada. Establecida esta condición, por supuesto oí y vi exactamente lo que ellos oyeron y vieron, y también, igualmente por supuesto, usted, puesto que también estaba en rapport conmigo. Eso es todo".

"¡Eso es *todo!*", se hizo eco van Buskirk. "¡Qué sistema! Se puede hacer una cosa así, sin aparatos de ningún tipo, ¡y aun así decir ï¿½eso es todo'!"

"Son los resultados los que cuentan", le recordó Worsel con suavidad. "Si bien es cierto que hemos hecho mucho -es la primera vez en la historia que un velantiano se encuentra con la mente de un señor supremo delgoniano y vive-, no es menos cierto que fue la fuerza de voluntad de ustedes, los patrulleros, lo que lo hizo posible; no mi mentalidad. También sigue siendo cierto que no podemos salir de esta habitación y vivir".

"¿Por qué no necesitaremos armas?", preguntó Kinnison, volviendo a su línea de pensamiento anterior.

"Las pantallas mentales son la única defensa que necesitaremos", afirmó Worsel positivamente, "ya que no utilizan más armas que sus mentes. Sólo con su poder mental nos hacen venir hacia ellos; y, una vez allí, sus esclavos hacen el resto. Por supuesto, si mi raza quiere alguna vez librar al planeta de ellos, debemos emplear armas ofensivas de poder. Disponemos de ellas, pero nunca hemos sido capaces de utilizarlas. Porque, para localizar al enemigo, ya sea por telepatía o por rayos espía, debemos abrir nuestros escudos metálicos, y en el instante en que liberamos esas pantallas estamos perdidos.

De esas condiciones no hay escapatoria", concluyó Worsel, sin esperanza.

"No sea tan pesimista", le ordenó Kinnison. "Hay muchas cosas que aún no se han probado. Por ejemplo, por lo que he visto de su equipo generador y el patrón de esa pantalla, no necesita un conductor metálico más de lo que una serpiente necesita caderas. Tal vez me equivoque, pero creo que en eso vamos un poco por delante de usted. Si un proyector deVilbiss puede manejar esa pantalla -y creo que sí, con una sintonización especial-, Van Buskirk y yo podemos arreglar las cosas en una hora para que los tres podamos salir de aquí con total seguridad -de interferencias mentales, al menos-. Mientras lo probamos, díganos todo lo nuevo que acaba de conseguir sobre ellos, y cualquier otra cosa que por alguna posibilidad pueda resultar útil. Y recuerden que han dicho que es la primera vez que alguno de ustedes ha sido capaz de cortarles el paso. Ese hecho debería hacerles sentarse y tomar nota; probablemente se revolverán más que nunca. Vamos, Bus-¡destrocemoslo!"

Los proyectores deVilbiss estaban montados y afinados. Kinnison había tenido razón: funcionaban. Entonces se elaboró un plan tras otro, sólo para ser descartados a medida que se señalaban sus puntos débiles.

"Miremos por donde miremos hay demasiados 'si' y 'peros' que me convencen", resumió finalmente Kinnison la situación. "*Si* podemos encontrarlos, y *si* podemos acercarnos a ellos sin perder la cabeza por ellos, podríamos limpiarlos *si* tuviéramos algo de energía en nuestros acumuladores. Así que yo diría que lo primero que debemos hacer es cargar nuestros acumuladores. Vimos algunas ciudades desde el aire, y las ciudades siempre tienen energía. Llévanos a la energía, Worsel -a casi *cualquier* tipo de energía- y pronto la tendremos en nuestras armas".

"Hay ciudades, sí", Worsel no estaba nada entusiasmado, "moradas de los delgonianos ordinarios; la gente que viste siendo devorada en la caverna de los Overlords. Como vio, se parecen a nosotros, los velantianos, hasta cierto punto. Sin embargo, como son de una cultura inferior y su fuerza vital es mucho más débil que la nuestra, los Señores Superiores nos prefieren a sus propias razas esclavas.

"Visitar cualquier ciudad de Delgon está fuera de lugar. Cada habitante de cada ciudad es un esclavo abyecto, y su cerebro es un libro abierto. Cualquier cosa que vea, cualquier cosa que piense, se comunica instantáneamente a su amo. Y ahora percibo que puede que le haya informado mal en cuanto a la capacidad de los Señores Superiores para utilizar armas. Aunque la situación nunca se ha planteado, es lógico suponer que en cuanto seamos vistos por cualquier delgoniano los controladores ordenarán a todos los habitantes de la ciudad que nos capturen y nos lleven ante ellos."

"¡Qué tipo!", intervino van Buskirk. "¿Has visto alguna vez su punta para ver el lado bueno de la vida?".

"Sólo en la conversación", respondió el Lensman. "Cuando el éter se abarrota, se da cuenta, él está ahí dentro, disparando y sin decir una palabra. Pero volviendo a la cuestión del poder. Sólo me quedan unos minutos de vuelo libre en mi batería; y con su masa, debe de estar a punto de agotarse. Ahora que lo pienso, ¿no aterrizaste un poco fuerte cuando nos sentamos aquí?".

"Bastante, me metí en el suelo hasta las rodillas".

"Me lo imaginaba. *Tenemos* que conseguir algo de energía, y la ciudad más cercana -fuera o no- es el mejor lugar para conseguirla. Por suerte, no está lejos".

Van Buskirk gruñó. "Por lo que a mí respecta bien podría estar en Marte, teniendo en cuenta lo que hay entre aquí y allí. Puede coger mis baterías y yo esperaré aquí".

"¿Sobre su comida, agua y aire de emergencia? Eso está fuera!"

"¿Qué más, entonces?"

"Puedo extender mi campo para cubrirnos a los tres", propuso Kinnison.

"Eso nos dará al menos un minuto de vuelo libre; casi, si no del todo, suficiente para despejar la jungla. Aquí es de noche; y, como nosotros, los delgonianos son noctámbulos. Empezamos al anochecer, y esta noche recargamos nuestras baterías".

La hora siguiente, durante la cual el enorme y ardiente sol se dejó caer en el horizonte, transcurrió en una intensa discusión, pero no se pudo idear ninguna mejora significativa del plan del Lensman.

"Es hora de partir", anunció Worsel, curvando un ojo extensible hacia el orbe que se desvanecía. "He registrado todos mis descubrimientos. Ya he vivido más tiempo y, a través de usted, he logrado más, de lo que nadie jamás creyó posible. Estoy listo para morir; debería haber muerto hace tiempo".

"Vivir de prestado es mucho mejor que no vivir en absoluto", respondió Kinnison, con una sonrisa. "Enlaza. ¿Listos? ¡Ya!"

Accionó sus interruptores y el grupo de tres, muy unido, salió disparado hacia el aire y se alejó. Hasta donde alcanzaba la vista en cualquier dirección se extendía el crecimiento sensible y voraz de la jungla; pero los ojos de Kinnison no estaban sobre aquella alfombra verde fantásticamente inimical. Toda su atención estaba ocupada por dos importantísimos medidores y por la tarea de dirigir su vuelo de tal forma que ganara la mayor distancia horizontal posible con la potencia de que disponía.

Cincuenta segundos de vuelo intermitente, entonces:

"¡Muy bien, Worsel, ponte delante y prepárate para tirar!" espetó Kinnison. "Quedan diez segundos de impulso, pero puedo mantenernos libres durante cinco segundos después de que mi conductor abandone. ¡Tire!"

El conductor de Kinnison expiró, su pequeño acumulador completamente agotado; y Worsel, con sus poderosas alas, asumió la tarea de la propulsión. Sin inercia aún, con Kinnison y van Buskirk agarrados a su cola, cada uno dando un salto de una milla, siguió adelante. Pero demasiado pronto la batería que alimentaba los neutralizadores también se agotó y los tres empezaron a caer en picado en un ángulo cada vez más agudo, a pesar de los hercúleos esfuerzos del velantiano por mantenerlos a flote.

A cierta distancia por delante de ellos, el verde de la selva terminaba en una línea muy recortada, más allá de la cual había un denso crecimiento de bosque bastante abierto. Un par de millas de esto y allí estaba la ciudad, su objetivo: ¡tan cerca y sin embargo tan lejos!

"Llegaremos a la madera o no llegaremos", anunció desapasionadamente Kinnison, trazando mentalmente el rumbo. "Mejor si aterrizamos en la selva, creo. Nos amortiguará la caída, de todos modos -golpear suelo sólido inerte a esta velocidad sería malo".

"Si aterrizamos en la selva, nunca la abandonaremos", el pensamiento de Worsel no ralentizó el increíble ritmo de sus prodigiosos piñones, "pero poco importa si muero ahora o más tarde".

"¡Nos lo parece a nosotros, pesimista!", espetó Kinnison. "¡Olvide por un momento ese complejo de moribundo que tiene! ¡Recuerde el plan y sígalo! Vamos a atacar la jungla, a unos noventa o cien metros. Si entras con nosotros mueres enseguida, y el resto de nuestro plan se va al garete. Así que cuando le soltemos, vaya usted y aterrice en el bosque. Nos uniremos a usted allí, no tema: nuestro blindaje aguantará lo suficiente para que nos abramos paso a través de cien metros de cualquier jungla que haya crecido, incluso ésta. Prepárate, Bus. Leggo!"

Cayeron. A través de la exuberante suculencia de hojas y tentáculos superiores apretados se estrellaron; a través de las ramas principales más pesadas y leñosas de abajo; hasta el suelo. Y allí lucharon por sus vidas; porque aquellas plantas voraces se nutrían no sólo del suelo en el que estaban incrustadas sus raíces, sino también de cualquier cosa orgánica lo suficientemente desafortunada como para ponerse a su alcance. Tentáculos flácidos pero resistentes los rodeaban; espantosos discos chupadores, que exudaban un potente corrosivo, babeaban húmedamente su armadura; cachiporras nudosas y puntiagudas golpeaban contra el acero templado cuando los monstruosos organismos empezaron a darse cuenta, vagamente, de que estas particulares chucherías estaban revestidas de algo mucho más resistente que la piel, las escamas o la corteza.

Pero el Lensman y su gigantesco compañero no estaban quietos. Bajaron orientados y luchando. Van Buskirk, en la camioneta, blandía su espantosa hacha espacial como un segador blande su guadaña: un sólido y corto paso adelante con cada golpe. Y muy cerca detrás del valeriano caminaba Kinnison, con su propia hacha voladora protegiendo la cabeza y la espalda del gigante. Avanzaron, y avanzaron: ni los tallos más fuertes y resistentes de aquella hierba monstruosa podían resistir la fuerza hercúlea de Buskirk; ni el más ágil de los zarcillos y tentáculos enroscados podía lograr un agarre maniatador ante la fulgurante velocidad de corte, estocada y tajo de Kinnison.

Masas de la obscena vegetación se abatían sobre sus cabezas desde arriba, con repugnantes orificios en forma de copa que chupaban y golpeaban; y les llovían continuamente riadas de la opaca y corrosiva savia, a cuya acción ni siquiera su armadura era del todo inmune. Pero, entorpecidos como estaban y casi cegados, siguieron luchando, mientras a sus espaldas un corredor de demolición cada vez más largo marcaba su avance.

"¿No nos divertimos?" gruñó el holandés, al compás de su balanceo. "Pero somos todo un equipo en eso, jefe: cerebro y fuerza muscular, ¿eh?".

"Uh-uh," disintió Kinnison, su arma volando. "Gracia y aplomo; o, si quiere ser realmente romántico, jamón y huevos".

"Rack y la ruina será más como él si no nos escapamos antes de que este confounded goo come a través de nuestra armadura. Pero lo estamos logrando-la cosa se está adelgazando y creo que puedo ver árboles más adelante".

"Está bien si puedes", vino un pensamiento frío y claro de Worsel, "porque estoy muy acosado. Date prisa o pereceré".

Ante ese pensamiento, los dos patrulleros se adelantaron en una ráfaga de actividad aún más furiosa. Al atravesar las delgadas barreras del borde de la jungla, limpiaron parcialmente sus lentes, miraron rápidamente a su alrededor y vieron al velantiano. Aquel digno estaba "penosamente acosado", en efecto. Seis animales -enormes, reptilianos, pero ágiles y activos- lo tenían abatido. Tan impotentemente inmóvil estaba Worsel que apenas podía mover la cola, y los monstruos ya empezaban a roer su piel escamosa y acorazada.

"¡Yo pondré fin a eso, Worsel!", llamó Kinnison; refiriéndose al hecho, bien conocido por todos nosotros los modernos, de que cualquier animal real, por salvaje que sea, puede ser controlado por cualquier portador de la Lente. Porque, no importa lo bajo en la escala de inteligencia que sea el animal, el Lensman puede entrar en contacto con cualquier mente que tenga la criatura, y razonar con ella.

Pero estas monstruosidades, como Kinnison aprendió inmediatamente, no eran realmente animales. Aunque de forma y movilidad animal, eran puramente vegetales en motivación y comportamiento, reaccionando sólo a los estímulos de la comida y de la reproducción. Extraña y completamente hostiles a todas las demás formas de vida creada, eran tan absolutamente ruidosos, tan completamente extraños, que todo el poder de la mente y de la Lente fracasó por completo a la hora de compenetrarse.[17]

Sobre aquel montón que se retorcía confusamente se lanzaron los Patrulleros, con sus terribles hachas en destructivo movimiento. A su vez fueron atacados con saña, pero esta batalla no duró mucho. El primer golpe

---

[17] Es algo decepcionante saber que la Lente no puede permitir a su portador comunicarse con la vida vegetal.

terrible de Van Buskirk derribó a un adversario, que casi giraba sobre sí mismo. Kinnison eliminó a uno, el holandés a otro, y los tres restantes no fueron rival en absoluto para el humillado y furiosamente enfurecido velantiano. Pero no fue hasta que las monstruosidades hubieron sido espantosamente trinchadas y despedazadas, literalmente en pedazos, que cesaron sus ataques insensatamente voraces.

"Me cogieron por sorpresa", explicó Worsel, innecesariamente, mientras los tres se abrían paso a través de la noche hacia su objetivo, "y seis de ellos a la vez fueron demasiado para mí. Intenté retener sus mentes, pero al parecer no tienen ninguna".

"¿Y los Señores Superiores?", preguntó Kinnison. "Supongamos que han recibido alguno de nuestros pensamientos. Puede que Bus y yo hayamos hecho alguna irradiación desprevenida".

"No", respondió afirmativamente Worsel. "Las baterías de la pantalla de pensamiento, aunque pequeñas y de muy poca potencia real, tienen una vida útil muy larga. Ahora repasemos de nuevo los siguientes pasos de nuestro plan de acción".

Como ningún otro imprevisto empañó su avance hacia la ciudad delgoniana, pronto llegaron a ella. Estaba en su mayor parte oscura y tranquila, sus sombríos edificios no eran más que manchas negras sobre un fondo negro. Aquí y allá, sin embargo, se veían vehículos de motor circulando, y los tres invasores se agazaparon contra una pared conveniente, esperando a que uno se acercara por la "calle" en la que se encontraban. Finalmente, uno lo hizo.

Al pasar junto a ellos, Worsel emprendió un vuelo vertiginoso y planeante, con el pesado cuchillo de Kinnison en un nudoso puño. Y mientras navegaba, golpeó letalmente. Antes de que el cerebro del desdichado delgoniano pudiera irradiar un solo pensamiento, ya no estaba en condiciones de funcionar en absoluto, pues la cabeza que lo contenía rebotaba en la cuneta. Worsel hizo retroceder el peculiar vehículo por la acera y sus dos compañeros saltaron a él, tumbándose en el suelo y cubriéndose de la vista lo mejor que pudieron.

Worsel, familiarizado con las cosas delgonianas y con un aspecto lo bastante parecido al de un nativo del planeta como para pasar una inspección casual en la oscuridad, conducía el coche. Atravesó calles y avenidas a velocidad temeraria, deteniéndose finalmente ante un edificio largo y bajo; completamente a oscuras. Escaneó su entorno con cuidado, en todas direcciones. No había ni una criatura a la vista.

"Todo está despejado, amigos", pensó, y los tres aventureros se dirigieron a la entrada del edificio. La puerta -tenía una especie de puerta- estaba cerrada con llave, pero el hacha de van Buskirk resolvió esa dificultad en poco tiempo. Dentro, apuntalaron la puerta destrozada contra la intrusión, y luego Worsel abrió paso al interior sin luz. Pronto encendió su lámpara a su alrededor y pisó una baldosa negra, peculiarmente marcada, incrustada en el suelo, con lo que una luz blanca y dura iluminó la estancia.

"¡Córtala, antes de que alguien se alarme!", espetó Kinnison.

"No hay peligro de eso", respondió el velancio. "No hay ventanas en ninguna de estas habitaciones; no se ve luz desde el exterior. Ésta es la sala de control de la central eléctrica de la ciudad. Si pueden convertir algo de esta energía para sus usos, sírvanse de ella. En este edificio también hay un arsenal delgoniano. Si algo de lo que hay en él puede o no serles de utilidad es, por supuesto, algo que ustedes deben decidir. Ahora estoy a su disposición".

Kinnison había estado estudiando los paneles y los instrumentos. Ahora él y van Buskirk desgarraron sus armaduras -ya habían aprendido que la atmósfera de Delgon, aunque no tan saludable para ellos como la de sus trajes, soportaría al menos durante un tiempo la vida humana- y trabajaron diligentemente con alicates, destornilladores y otras herramientas del electricista. Pronto sus baterías agotadas estaban en el suelo bajo el panel de instrumentos, absorbiendo con avidez el fluido eléctrico de las barras colectoras de los Delgonianos.

"Ahora, mientras se llenan, veamos qué usan estas personas como armas. ¡Adelante, Worsel!"

CAPÍTULO 7

El paso de los señores

Con Worsel a la cabeza, los tres intrusos se apresuraron a recorrer un corredor, pasando por ramificaciones y pasillos que se entrecruzaban, hasta llegar a un ala distante de la estructura. Allí, era evidente, se llevaba a cabo la fabricación de armas; pero un rápido estudio de los dispositivos y mecanismos de aspecto extraño que había sobre los bancos y en el interior de los estantes de almacenamiento alineados en las paredes convenció a Kinnison de que la sala no podía aportarles nada de provecho permanente. Había proyectores de rayos de alta potencia, era cierto; pero eran tan pesados que ni siquiera eran semiportátiles. También había armas de mano de varios modelos peculiares, pero sin excepción eran ridículamente inferiores a los DeLameters de la Patrulla en todos los aspectos de potencia, alcance, controlabilidad y capacidad de almacenamiento. No obstante, tras probarlas lo suficiente como para cerciorarse de lo anterior, seleccionó un puñado de los modelos más potentes y se dirigió a sus compañeros.

"Volvamos a la sala de energía", me instó. "Estoy nervioso como un gato. Me siento completamente desnudo sin mis baterías; y si a alguien se le ocurriera entrar ahí y acabar con ellas, nos hundiríamos sin dejar rastro".

Cargados de armas delgonianas se apresuraron a regresar por donde habían venido. Para alivio de Kinnison, comprobó que sus presentimientos habían sido infundados; las baterías seguían allí, absorbiendo gigavatio-hora tras gigavatio-hora de los generadores delgonianos. Mirando fijamente los contenedores de aspecto inocuo, frunció el ceño pensativo.

"Mejor aislamos un poco más esos cables y volvemos a poner las latas en nuestra armadura", sugirió finalmente. "Se cargarán igual de bien en su sitio, y no tiene sentido que este drenaje de energía pueda prolongarse durante el resto de la noche sin que *alguien* se dé cuenta. Y cuando eso ocurra, esos Señores Superiores seguramente tomarán muchas medidas, de las cuales no tenemos ni idea de cuáles van a ser".

"Debe tener suficiente energía ahora para que todos podamos volar lejos de cualquier posible problema", sugirió Worsel.

"¡Pero eso es exactamente lo que *no vamos a* hacer!" declaró Kinnison, con firmeza. "Ahora que hemos encontrado un buen cargador, no vamos a dejarlo hasta que nuestros acumuladores estén a tope. Está entrando más rápido de lo que la corriente de aire la sacará, y vamos a conseguir una carga completa aunque tengamos que rechazar a todas las alimañas de Delgon para hacerlo".

Estuvieron mucho más tiempo del que Kinnison había creído posible sin ser molestados, pero finalmente un par de ingenieros delgonianos acudieron a investigar la escasez sin precedentes en la producción de sus generadores completamente automáticos. En la entrada fueron detenidos, pues ninguna herramienta ordinaria podía forzar la barricada que van Buskirk había levantado tras aquel portal. Con las armas niveladas, los patrulleros permanecieron de pie, esperando el esperado ataque, pero no se desarrolló ninguno. Hora tras hora, la larga noche transcurrió sin incidentes. Al amanecer, sin embargo, apareció un grupo de asalto y entraron en acción enormes arietes.

Mientras las sordas y pesadas concusiones reverberaban por todo el edificio, los patrulleros recogieron cada uno dos de las armas apiladas ante ellos y Kinnison se dirigió al velantiano.

"Arrastra un par de esos bancos de metal por esa esquina y enróllate detrás de ellos", les indicó. "Serán suficientes para conectar a tierra cualquier carga perdida; si no pueden verle, no sabrán que está aquí, así que probablemente no le llegará mucho directamente".

El velantiano objetó, declarando que no se escondería mientras sus dos compañeros libraban su batalla, pero Kinnison le hizo callar ferozmente.

"¡No seas tonto!", espetó el Lensman. "Uno de estos rayos te freiría en diez segundos, pero los campos defensivos de nuestra armadura podrían neutralizar mil de ellos, desde ahora. Haz lo que te digo, y hazlo rápido, ¡o te daré una descarga eléctrica que te dejará inconsciente y te arrojaré allí yo mismo!"

Al darse cuenta de que Kinnison quería decir exactamente lo que decía, y sabiendo que, sin armadura como estaba, era totalmente incapaz de resistirse ni al teluriano ni a su enemigo común, Worsel levantó de mala gana su barrera metálica y enroscó su sinuosa longitud tras ella. Se escondió justo a tiempo.

La barricada exterior había caído y ahora una oleada de formas reptilianas inundaba la sala de control. No se trataba de una investigación ordinaria. Los Overlords habían estudiado la situación desde lejos, y esta oleada era de soldados fuertemente armados -para Delgon-. Siguieron adelante, con los proyectores encendidos; confiados en su creencia de que nada podría resistirse a sus ráfagas. Pero ¡qué equivocados estaban! Los dos bípedos repulsivamente erguidos que tenían ante ellos ni ardían ni caían. Los rayos, por potentes que fueran, no les alcanzaban en absoluto, sino que se consumían en una crepitante furia incandescente, a centímetros de sus objetivos.

Estos seres extravagantes tampoco eran inofensivos. Totalmente despreocupados por la vida útil de los proyectores delgonianos, lastimosamente débiles, los utilizaban al máximo y con una apertura extrema, y en los haces resultantes los soldados-esclavos delgonianos caían en montones chamuscados y humeantes. Siguieron las reservas, pelotón tras pelotón, sólo y continuamente para correr la misma suerte; pues tan pronto como un proyector se debilitaba el invencible blindado lo arrojaba a un lado y recogía otro. Pero finalmente la última arma requisada se agotó, y la pareja asediada puso en juego sus propios DeLameters, las armas portátiles más potentes conocidas por los científicos militares de la Patrulla Galáctica.

¡Y qué diferencia! En *esos rayos* los reptiles atacantes no humeaban ni ardían. Simplemente desaparecieron en un resplandor de luz llameante, ¡al igual que las paredes cercanas y una buena parte del edificio que había más allá! Una vez desaparecidas las hordas delgonianas, van Buskirk apagó su proyector. Kinnison, sin embargo, dejó el suyo encendido dirigiendo su haz bruscamente hacia arriba, convirtiendo en vapor ardiente el techo y el tejado sobre sus cabezas.

"Ya que estamos podríamos arreglar las cosas para poder hacer una escapada rápida si queremos".

Entonces esperaron. Esperaron, viendo cómo las agujas de sus medidores se acercaban cada vez más a las marcas de "carga completa"; esperaron mientras, como sospechaban, los distantes y cobardes Overlords planeaban alguna otra línea de ataque físico más prometedora.

Tampoco tardó en desarrollarse. Apareció otro pequeño ejército, blindado esta vez; o, más exactamente, avanzando tras escudos metálicos. Sabiendo lo que le esperaba, Kinnison no se sorprendió cuando el rayo de su DeLameter no sólo no perforó uno de esos escudos, sino que no impidió en absoluto el avance de la columna delgoniana.

"Bueno, en lo que a mí respecta, ya hemos terminado", sonrió Kinnison al holandés mientras hablaba. "Mis latas han estado mostrando toda la presión trasera durante los últimos dos minutos. ¿Y las tuyas?"

"Lo mismo digo", informó van Buskirk, y los dos saltaron ligeramente hacia el refugio de los velantianos. Entonces, sin inercia alguna, los tres salieron disparados por los aires a tal velocidad que para los lentos sentidos de los esclavos delgonianos simplemente desaparecieron. De hecho, no fue hasta que la barrera había sido derribada y cada habitación, rincón y grieta de la inmensa estructura había sido literal y minuciosamente peinada que los delgonianos -y a través de sus mentes esclavizadas los superamos- se convencieron de que su presa les había eludido de alguna forma extraña y desconocida.

Ahora en las alturas, los tres aliados recorrieron en cuestión de minutos la misma distancia que tanto tiempo y esfuerzo les había costado el día anterior. Sobrevolaron a toda velocidad el bosque infestado de monstruos, sobrevolaron la engañosamente apacible exuberancia verde de la jungla, para descender hacia la tienda a prueba de pensamientos de Worsel. En el interior de aquel refugio, apagaron sus pantallas de pensamiento y Kinnison bostezó prodigiosamente.

"Trabajar tanto de día como de noche está bien durante un tiempo, pero con el tiempo se vuelve monótono. Dado que éste parece ser el único lugar realmente seguro del planeta, sugiero que nos tomemos un día o dos de descanso y nos pongamos al día con lo que comemos y dormimos."

Durmieron y comieron; durmieron y volvieron a comer.

"Lo siguiente en el programa", anunció entonces Kinnison, "es limpiar esa guarida de Overlords. Entonces Worsel estará libre para ayudarnos a seguir con nuestros propios asuntos".

"Hablas a la ligera de lo imposible", le reprochó Worsel, todo desaliento. "Ya he explicado por qué la tarea está, y debe seguir estando, fuera de nuestro alcance".

"Sí, pero usted no acaba de comprender las posibilidades del material que tenemos ahora para trabajar", replicó el teluriano. "Escuche: nunca podría hacer nada porque no podría ver a través de sus pantallas de pensamiento ni trabajar con ellas. Ni nosotros ni usted podríamos, ni siquiera ahora, esclavizar a un delgoniano y hacer que nos condujera a la caverna, porque los superamos lo sabrían todo 'con mucha antelación y el esclavo nos llevaría a cualquier otro sitio menos a la caverna. Sin embargo, uno de nosotros puede cortar su pantalla y rendirse; posiblemente manteniendo la pantalla suficiente para evitar que el enemigo posea su mente lo suficiente como para enterarse de que los otros dos se acercan. La gran pregunta es: ¿cuál de nosotros se rendirá?".

"Eso ya está decidido", respondió Worsel al instante. "Soy el lógico -de hecho, el único- para hacerlo. No sólo les parecería perfectamente natural que me dominaran, sino que, además, soy el único de nosotros tres lo suficientemente capaz de controlar sus pensamientos como para ocultarles el conocimiento de que me están acompañando. Además, ambos saben que no sería bueno para sus mentes, poco acostumbradas como están a esa práctica, ceder voluntariamente su control a un enemigo."

"¡Yo diría que no!" Kinnison estuvo de acuerdo, con sentimiento. "Podría hacerlo si tuviera que hacerlo, pero no me gustaría y creo que nunca lo superaría del todo. Odio cargarte con un trabajo tan horrible, Worsel, pero sin duda eres la mejor preparada para manejarlo, e incluso puede que tengas las manos llenas."

"Sí", dijo el velantiano, pensativo. "Aunque la empresa ya no es una imposibilidad absoluta, es difícil, muy difícil. En cualquier caso, probablemente tendrán que transportarme ustedes mismos si conseguimos llegar a la caverna. Los Señores Superiores se encargarán de ello. Si es así, háganlo sin remordimientos: sepan que lo espero y que me conformo con morir de ese modo. Cualquiera de mis compañeros estaría encantado de estar en mi lugar, signifique lo que signifique para toda Velantia. Sepa también que ya he informado de lo que va a ocurrir, y que su bienvenida a Velantia está asegurada, tanto si le acompaño allí como si no."

"No creo que tenga que matarte, Worsel", respondió Kinnison, lentamente, imaginándose con todo detalle exactamente lo que aquel cuerpo reptiliano duro como el acero sería capaz de hacer cuando, sin grilletes, su mente directora fuera completamente tomada por un Overlord totalmente desalmado y sin conciencia. "Si no puedes evitar salirte de tus casillas, por supuesto que te pondrás duro, y sé que eres muy difícil de manejar. Sin embargo, como te dije antes, creo que puedo dejarte inconsciente sin matarte. Puede que tenga que quemar algunas escamas, pero intentaré no hacer ningún daño que no se pueda reparar".

"Si puede detenerme así, será realmente maravilloso. ¿Estamos listos?"

Estaban preparados. Worsel abrió la puerta y en un instante se precipitó por el aire, sus gigantescas alas le impulsaban a una velocidad a la que ninguna criatura alada de la Tierra podría siquiera aproximarse. Y, siguiéndole fácilmente a poca distancia, flotaban los dos Patrulleros sobre sus impulsores sin inercia.

Durante aquel largo vuelo apenas se intercambió un pensamiento, ni siquiera entre Kinnison y van Buskirk. Dirigir un pensamiento al velantiano estaba, por supuesto, fuera de lugar. Todas las líneas de comunicación con él habían sido cortadas; y además su mente, capaz como era, estaba siendo exigida al máximo para hacer lo que se había propuesto. Y los dos Patrulleros eran reacios a conversar entre ellos, incluso a través de sus haces herméticos, radios o sondas, por miedo a que alguna ligera fuga de energía del pensamiento pudiera revelar su presencia a los siempre vigilantes Señores Superiores. Si perdían esta oportunidad, sabían, quizá nunca se presentaría otra ocasión de acabar con aquella horda infernal.

Atravesaron tierra y mar, pero finalmente una estupenda cordillera de montañas se alzó ante ellos y Worsel, plegando sus incansables alas, salió disparado hacia abajo en un chirriante picado a toda velocidad. En su línea de vuelo, Kinnison vio la boca de una cueva, una mancha de negrura en la negra roca de la ladera de la montaña. Sobre el saliente de aproximación yacía un delgoniano, un guardia o vigía, por supuesto.

El DeLameter del Lensman ya estaba en su mano, y al ver al reptil guardián apuntó y disparó en un rápido movimiento. Pero por rápido que fuera, seguía siendo demasiado lento: los Señores Superiores habían visto que el velantiano tenía compañeros de los que hasta entonces había podido mantenerlos en la ignorancia.

Al instante, las alas de Worsel comenzaron de nuevo a batir, llevándole en un amplio ángulo; y, aunque los Patrulleros estaban aislados de su pensamiento, el significado de sus payasadas era muy claro. Les estaba diciendo de todas las maneras posibles que el agujero de abajo *no era* la caverna de los Overlords; que estaba por aquí; que debían seguirle hasta él. Entonces, como se negaron a seguirle, se abalanzó sobre Kinnison en un ataque de locura.

"¡Derríbalo, Kim!", gritó van Buskirk. "¡No te arriesgues con ese pájaro!" y niveló su propio DeLameter.

"¡Déjalo en paz, Bus!", espetó el Lensman. "Puedo manejarle, es mucho más fácil aquí fuera que en tierra".

Y así resultó. Inercial como era, los embates del velantiano no le afectaron en absoluto; y cuando Worsel enroscó su flexible cuerpo a su alrededor y empezó a ejercer presión, Kinnison simplemente expandió su pantalla-pensamiento para cubrirlos a ambos, liberando así la mente de su temporalmente inimputable amigo de las garras del Overlord. Al instante, el velantiano volvió a ser él mismo, se encajó en su propio escudo, y los tres continuaron como uno solo su interrumpido curso descendente.

Worsel se detuvo en la cornisa, junto al cadáver prácticamente incinerado del vigía; sabiendo, sin armadura como estaba, que ir más allá significaba la muerte súbita. La pareja acorazada, sin embargo, salió disparada hacia el sombrío pasadizo. Al principio, no les ofrecieron ninguna oposición: los Señores Superiores no habían tenido tiempo de reunir una defensa adecuada. Puñados dispersos de esclavos se abalanzaron sobre ellos, sólo para ser fulminados cuando sus armas de mano resultaron inútiles contra el blindaje de la Patrulla Galáctica. Los defensores se hicieron más numerosos a medida que se acercaban a la propia caverna, pero tampoco se les permitió detener el avance de la Patrulla. Finalmente, una barrera de metal pálidamente brillante apareció para impedirles el paso. Sus campos de fuerza neutralizaban o absorbían las ráfagas de los DeLameters, pero su sustancia material ofrecía muy poca resistencia a un trineo de treinta libras, balanceado por uno de los hombres más fuertes jamás producidos por cualquier planeta colonizado por la humanidad de la Tierra.

Ahora estaban en la propia caverna, el sanctasanctórum de los Señores de Delgon. Allí estaba la infernal pantalla de tortura; ahora lamida hasta quedar limpia de vida. Allí estaba el público que había estado tan ávido, ahora arremolinado en un frenesí de pánico. Allí, en un balcón elevado, estaban los "peces gordos" de este nauseabundo clan; ahora haciendo todo lo posible por reunir alguna fuerza capaz de hacer frente con eficacia a esta inaudita violación de su secular inmunidad.

Una última oleada de esclavos delgonianos se lanzó hacia delante, con sus inútiles proyectores furiosamente encendidos, sólo para desaparecer en los abanicos de fuerza de los DeLameters. Los patrulleros odiaban matar a aquellos esclavos descerebrados, pero era un trabajo desagradable que había que hacer. Con los esclavos fuera del camino, aquellos rayos voraces siguieron perforando a los DeLameters en masa.

Y ahora Kinnison y van Buskirk mataban, si no alegremente, al menos implacablemente, sin piedad, y sin ninguna señal ni sensación de remordimiento. Porque había que matar a esta tribu increíblemente monstruosa, de raíz y en rama: no debía permitirse que sobreviviera ni un vástago o retoño de ella, que siguiera contaminando la civilización de la galaxia. De un lado a otro, de un lado a otro, de arriba abajo barrieron los rayos furiosos; jugando hasta que en todo el vasto volumen de aquella cámara horripilante no vivió nada salvo las dos sombrías figuras de su portal.

Asegurados de este hecho, pero con DeLameters aún en la mano, los dos destructores desandaron el camino hasta la boca del túnel, donde Worsel les esperaba ansiosamente. Establecidas de nuevo las líneas de comunicación, Kinnison informó al velantiano de todo lo que había ocurrido y éste redujo gradualmente la potencia de su pantalla-pensamiento. Pronto estuvo a potencia cero, e informó jubiloso de que, por primera vez en eras incalculables, ¡los Señores Superiores de Delgon estaban fuera del aire!

"¡Pero seguramente el peligro aún no ha terminado!", protestó Kinnison. "No hemos podido atraparlos a todos en esta única incursión. Algunos deben haber escapado, y debe haber otras guaridas de ellos en algún lugar de este planeta..."

"Posiblemente, posiblemente"; el velantiano agitó la cola airosamente, el primer signo de alegría que había mostrado. "Pero su poder se ha roto, definitivamente y para siempre. Con estas nuevas pantallas, y con las armas y armamento que, gracias a usted, podemos fabricar ahora, la tarea de aniquilarlos por completo será comparativamente sencilla. Ahora me acompañarán a Velantia; donde, se lo aseguro, los recursos del planeta se pondrán sólidamente detrás de ustedes en sus propios esfuerzos. Ya he convocado una nave espacial; en menos de doce días estaremos de vuelta en Velantia y trabajando en sus proyectos. Mientras tanto. ..."

"¡Doce días! Noshabkeming el Radiante!", estalló van Buskirk, y Kinnison intervino:

"Claro, te olvidas de que no tienen tracción libre. Creo que será mejor que saltemos y cojamos nuestro bote salvavidas. No es tan bueno, de cualquier manera, pero en nuestro propio bote estaremos abiertos a la detección en menos de una hora, frente a doce días en el de los velantianos. Y los piratas pueden llegar en cualquier momento. Es tan bueno como seguro que su barco será detenido y registrado mucho antes de que regrese a Velantia, y si estuviéramos a bordo, sería una lástima".

"Y, como la tripulación sabe de nosotros, los piratas pronto lo sabrán, y de todos modos será una lástima", razonó van Buskirk.

"En absoluto", interpuso Worsel. "Los pocos de los míos que saben de ustedes han recibido instrucciones de sellar ese conocimiento. Debo admitir, sin embargo, que me inquieta enormemente su concepción de estos piratas del espacio. Verá, hasta que le conocí, no sabía nada más de los piratas que de su Patrulla".

"¡Qué mundo!", exclamó van Buskirk. "¡Sin Patrulla y sin piratas! Pero en eso, la vida podría ser más sencilla sin ambos y sin la libre conducción espacial; más como solía ser en los buenos tiempos de los aviones de los que tanto deliran los novelistas".

"Por supuesto que no podría juzgar en cuanto a eso". El velantiano estaba muy serio. "Esto en lo que vivimos parece ser una sección apartada de la galaxia; o puede ser que no tengamos nada que los piratas quieran".

"Lo más probable es simplemente que, al igual que la Patrulla, aún no se hayan organizado en este distrito", sugirió Kinnison. "Hay tantos miles de millones de sistemas solares en la galaxia que probablemente pasarán miles de años todavía antes de que la Patrulla llegue a todos ellos".

"Pero sobre estos piratas", Worsel volvió a su punto. "Si tienen mentes como las de los Señores Superiores, serán capaces de romper los sellos de nuestras mentes. Sin embargo, deduzco de sus pensamientos que sus mentes no tienen esa fuerza..."

"No que yo sepa", respondió Kinnison. "Ustedes tienen los cerebros más poderosos de los que he oído hablar, a excepción de los arisios. Y hablando de poder mental, podéis oír los pensamientos mucho más lejos que yo, incluso con mis Lentes o con este receptor pirata que tengo. A ver si puedes averiguar si hay piratas en el espacio por aquí, ¿quieres?".

Mientras el velantiano se concentraba, van Buskirk preguntó:

"¿Por qué, si su mente es tan fuerte, pudieron los Señores Supremos someterlo con tanta más facilidad que a nosotros, los seres humanos de 'mente débil'?".

Creo que confunde "mente" con "voluntad". Los siglos de sumisión a los Señores Superiores hicieron que la fuerza de voluntad de los velantianos fuera nula, en lo que respecta a los jefes. Por otro lado, usted y yo podríamos aumentar la obstinación para venderla a la mayoría de la gente. De hecho, si los Señores Superiores hubieran conseguido doblegarnos de verdad, allí atrás, lo más probable es que nos hubiéramos vuelto locos".

"Probablemente tenga razón: nos rompemos, pero no nos doblamos", y el velantiano se dispuso a informar.

"He escaneado el espacio hasta las estrellas más cercanas -unos once de sus años luz- y no he encontrado ninguna entidad intrusa", anunció.

"Once años luz... ¡qué alcance!" exclamó Kinnison. "Sin embargo, eso es sólo un poco más de dos minutos para una nave pirata a toda máquina. Pero alguna vez tenemos que arriesgarnos, y cuanto antes empecemos antes volveremos. Te recogeremos aquí, Worsel. Es inútil que vuelvas a tu tienda: estaremos de vuelta aquí mucho antes de que puedas alcanzarla. Estarás lo suficientemente seguro, creo, especialmente con nuestros DeLameters de repuesto. Pongámonos en marcha, Bus".

De nuevo se lanzaron al aire, de nuevo atravesaron las profundidades sin aire del espacio interplanetario. Localizar la tumba temporal de su bote salvavidas sólo requirió unos minutos, desenterrarla sólo unos pocos más. Una vez más, desafiaron la detección en el vacío; Kinnison tenso a sus mandos, van Buskirk en tensa atención escuchando y mirando fijamente sus descifradores y detectores. Pero el éter seguía en blanco cuando el bote salvavidas chocó contra la atmósfera de Delgon; seguía en blanco mientras el bote, inerte, se lanzaba frenéticamente para igualar la velocidad intrínseca de Worsel.

"¡Muy bien, Worsel, apresúrate!" llamó Kinnison, y se dirigió a van Buskirk: "Ahora, gran sabueso espacial valeriano de pies planos, espero que ese dios espacial tuyo se encargue de que nuestra suerte se mantenga durante sólo catorce minutos más. Ya hemos tenido más suerte de la que teníamos derecho a esperar, ¡pero podemos aprovechar un poco más!"

"Noshabkeming *sí* trae suerte a los hombres del espacio", insistió el gigante, haciendo una peculiar mueca de saludo hacia una pequeña imagen dorada engarzada en el interior de su casco, "y el hecho de que ustedes, pequeñas pulgas espaciales verrugosas, atropelladas y ateas de Tellus, no tengan el suficiente sentido común para saberlo -ni siquiera el suficiente para creer realmente en sus propios dioses, ni siquiera en Klono- no cambia las cosas en absoluto".

"¡Eso es decirles, Bus!" aplaudió Kinnison. "Pero si les ayuda a cargar las pilas, adelante. ¡Listos para explotar! ¡Arriba!"

El velantiano había subido a bordo, la pequeña esclusa volvía a estar apretada y la pequeña nave se alejaba de Delgon hacia la lejana Velantia. Y aún así el éter permanecía vacío hasta donde alcanzaban los detectores. Este hecho tampoco era sorprendente, a pesar de los temores del Lensman en sentido contrario; pues los Patrulleros habían dado a los piratas una línea tan extremadamente larga que aún debían transcurrir muchos días antes de que los esbirros de Boskone llegaran a visitar aquel sistema solar sin importancia, inexplorado y casi desconocido. De camino a su planeta natal, Worsel se puso en contacto con la tripulación de la nave velantiana que ya se encontraba en el espacio, ordenándoles que regresaran a puerto cuanto antes e instruyéndoles detalladamente sobre qué pensar y cómo actuar en caso de ser detenidos y registrados por uno de los incursores de Boskone. Para cuando se hubieron dado estas instrucciones, Velantia asomaba bajo el enano volador. Entonces, con Worsel como guía, Kinnison condujo sobre un poderoso océano en cuya orilla opuesta se encontraba la gran ciudad en la que vivía Worsel.

"¡Pero me gustaría que le dieran la bienvenida como corresponde a lo que ha hecho, y que fuera a la Cúpula!", se lamentó el velantiano. "¡Piénsalo!

Has hecho una cosa que durante siglos el poder masivo del planeta ha intentado en vano conseguir, ¡y aun así insistes en que sólo yo me lleve el mérito!"

"No insisto en tal cosa", argumentó Kinnison, "aunque de todas formas es prácticamente todo tuyo. Sólo insisto en que nos mantengas a nosotros y a la Patrulla al margen, y sabes tan bien como yo por qué tienes que hacerlo. Diles cualquier otra cosa que quieras. Diga que un par de chickladorianos de pelo rosa le ayudaron y luego se largaron de vuelta a casa. *Ese planeta está* lo suficientemente lejos como para que si los piratas les persiguen, les den una buena paliza. Cuando todo esto acabe podrá decir la verdad, pero *no hasta entonces.*

"Y en cuanto a que vayamos a la Cúpula para un gran abracadabra, eso está completa y definitivamente FUERA. No vamos a ir a ningún sitio excepto al aeropuerto más grande que tengan. No nos vais a dar nada excepto un montón de material y un montón de ayuda altamente entrenada que puede mantener sus pensamientos sellados.

"Tenemos que construir un montón de cosas pesadas rápidamente; ¡y tenemos que ponernos a ello tan rápido como Klono y Noshabkeming nos dejen!".

CAPÍTULO 8

La cantera contraataca

Worsel conocía a su consejo de científicos, como buenamente podía; ya que resultó que él mismo ocupaba un lugar destacado en ese selecto círculo. Fiel a su promesa, el mayor aeropuerto del planeta fue inmediatamente vaciado de su personal habitual, que fue sustituido a la mañana siguiente por un grupo de trabajadores completamente nuevo.

Estos sustitutos tampoco eran trabajadores ordinarios. Eran jóvenes, entusiastas y muy bien formados; sacados en su totalidad de detrás de las pantallas de pensamiento de los científicos. Es cierto que no tenían ni idea de lo que debían hacer, ya que ninguno de ellos había soñado nunca con la posibilidad de unos motores como los que iban a ser llamados a construir.

Pero, por otro lado, estaban bien versados en las teorías y operaciones fundamentales de las matemáticas, y de las matemáticas puras a la mecánica aplicada no hay más que un paso. Además, tenían *cerebro*; sabían pensar de forma lógica, coherente y eficaz; y no necesitaban ni conducción ni supervisión, sólo instrucción. Y lo mejor de todo es que prácticamente todos los mecanismos necesarios ya existían, en miniatura, dentro del bote salvavidas del *Brittania*, listos para su disección, análisis y ampliación. No era la falta de comprensión lo que ralentizaba el trabajo; era simplemente que el planeta no disponía de máquinas-herramienta y equipos lo suficientemente grandes o fuertes como para manejar las necesariamente enormes y pesadas piezas y miembros requeridos.

Mientras se apresuraba la construcción de esta pesada maquinaria, Kinnison y van Buskirk dedicaron sus esfuerzos a la fabricación de un receptor ultrasensible, sintonizable con las bandas de ondas codificadas de los piratas. Con sus conocimientos exactamente detallados, y con los técnicos más astutos y el equipo más selecto de Velantia a su disposición, el conjunto quedó pronto terminado.

Kinnison estaba dando a sus extremadamente delicadas bobinas su alineación final cuando Worsel entró alegremente en el laboratorio de radio.

"¡Hola, Kimball Kinnison de la Lente!", llamó alegremente. Lanzando unos metros de su cuerpo de serpiente en bucles de relámpago alrededor de un pilar conveniente, hizo una barra horizontal con el resto de sí mismo y dejó caer la punta de una de sus alas al suelo. Luego, indiferente boca abajo, sacó tres o cuatro ojos y enroscó sus tallos sobre el hombro del Lensman, para inspeccionar mejor los resultados de los esfuerzos de los mecánicos. Atrás había quedado por completo el Worsel taciturno, pesimista y acosado por la muerte; alegre, feliz, despreocupado y realmente juguetón -¡si es que se puede imaginar que una pitón de nueve metros de largo, con cabeza de cocodrilo y alas de cuero sea juguetona!

"¡Hola, su real nave serpiente!" replicó Kinnison de la misma manera. "¿Todavía aquí, eh? Pensé que estarías de vuelta en Delgon a estas horas, limpiando el resto de ese desastre".

"El equipo no está listo, pero no hay prisa por eso", el juguetón reptil desenrolló tres o cuatro metros de cola del pilar y la agitó airosamente. "Su poder está roto; su raza está acabada. ¿Está a punto de probar el nuevo receptor?".

"Sí, voy a por ellos ahora mismo", y Kinnison empezó a manipular con destreza los verniers micrométricos de sus diales.

Con los ojos fijos en los medidores y calibradores, escuchó. ... escuchó. Aumentó su potencia y volvió a escuchar. Aplicó cada vez más potencia a su aparato, escuchando continuamente. De repente se puso rígido, sus manos se quedaron inmóviles como una roca. Escuchó, si cabe, con más atención que antes; y mientras escuchaba su rostro se volvió adusto y duro como el granito. Entonces los micrómetros comenzaron de nuevo a moverse arrastrándose, como si estuviera trazando un rayo.

"¡Bus! Engancha el haz-antena de enfoque!", espetó. "¡Necesitaremos cada milivatio de potencia que tenemos en este enganche para captar su rayo, pero creo que tengo a Helmuth directamente en lugar de a través de un relé de una nave pirata!"

Una y otra vez comprobó las lecturas de sus diales y de los directores de su antena; cada vez constatando la hora exacta del día velantiano.

"¡Allí! En cuanto tengamos algo de tiempo, Worsel, me gustaría elaborar estas cifras con algunos de sus astrónomos. Ellos me darán una línea recta a través del cuartel general de Helmuth, espero. Algún día, si me perdonan la vida, ¡conseguiré otra!"

"¿Qué noticias tiene, jefe?", preguntó van Buskirk.

"Bueno y malo a la vez", respondió el Lensman. "Buenas en el sentido de que Helmuth no se cree que nos quedáramos en su barco tanto tiempo como lo hicimos. Es un diablo desconfiado, ya sabe, y está bastante convencido de que intentamos hacerle la misma jugada que la otra vez. Como no tiene suficientes barcos para trabajar en toda la línea, se está concentrando en el otro extremo. Eso significa que aún nos quedan muchos días. Lo malo es que ya tienen cuatro de nuestros barcos y seguro que conseguirán más. Señor, ¡cómo me gustaría poder llamar al resto! Algunos de ellos sin duda podrían llegar hasta aquí antes de ser capturados".

"¿Puedo entonces ofrecerle una sugerencia?", preguntó Worsel, de repente tímido.

"¡Claro!", respondió sorprendido el Lensman. "Sus ideas nunca han sido ninguna tontería. ¿Por qué tan tímido de repente?".

"Porque ésta es tan-tan-tan peculiarmente personal, ya que ustedes los hombres estiman tanto la privacidad de sus mentes. Nuestras dos ciencias, como ya habrá observado, son enormemente diferentes. Ustedes nos superan con creces en mecánica, física, química y demás ciencias aplicadas. Nosotros, en cambio, hemos profundizado mucho más que ustedes en la psicología y los demás estudios introspectivos. Por esa razón sé positivamente que la Lente que usted lleva es capaz de cosas enormemente mayores de las que usted es actualmente capaz de hacer que realice. Por supuesto, no puedo utilizar su Lente directamente, ya que está sintonizada con su propio ego. Sin embargo, si la idea le atrae, podría, con su consentimiento, ocupar su mente y utilizar su Lente para ponerle en sintonía con sus semejantes. No le he ofrecido la sugerencia antes porque sé lo reacia que es su mente a cualquier control ajeno".

"No necesariamente al control extranjero", le corrigió Kinnison. "Sólo al control *enemigo*. La idea de un control amigo ni siquiera se me ocurrió. Eso sería una raza de gatos completamente diferente. Adelante".

Kinnison relajó su mente por completo, y la del velantiano entró a raudales; oleada tras oleada amistosa de poder benevolente. Y no sólo -o no precisamente- poder. Era más que poder; era una conmoción dinámica, una penetración vibrante, una profundidad y una claridad de percepción que Kinnison, en sus momentos más convincentes, nunca había soñado como una posibilidad. El poseedor de aquella mente conocía cosas, claras hasta el detalle microscópico, que las mentes más agudas de la Tierra sólo podían percibir como masas caóticamente indistintas de luz y sombra mentales, ¡sin patrón reconocible alguno!

"Dame el patrón de pensamiento de aquel con quien deseas conversar primero", llegó el pensamiento de Worsel, esta vez desde lo más profundo del propio cerebro del Lensman.

Kinnison sintió un sutil estremecimiento de inquietud ante aquella nueva y ultraextraña doble personalidad, pero recapacitó con firmeza: "Lo siento, no puedo".

"Disculpe, debería haber sabido que usted no puede pensar según nuestros patrones. Piense, entonces, en él como una persona, como un individuo. Eso me dará, creo, datos suficientes".

En la mente del terrícola saltó una imagen de Henderson, nítida y clara. Sintió que su Lens realmente hormigueaba y palpitaba mientras una concentración de fuerza vital como nunca había conocido se derramaba a través de todo su ser y en aquella creación casi viviente de los arisianos; ¡e inmediatamente después estaba en plena comunicación mental con el Piloto

Maestro! Y allí, sentado frente a la pequeña mesa de su bote salvavidas, estaba LaVerne Thorndyke, el Técnico Maestro.

Henderson se puso en pie con un grito cuando el mensaje telepático cayó como una bomba en su cerebro, y necesitó varios segundos para convencerse de que no era víctima de la locura espacial ni sufría ninguna otra forma de alucinación. Una vez convencido, sin embargo, actuó: su bote salvavidas salió disparado hacia la lejana Velantia a máxima potencia.

Entonces: "¡Nelson! ¡Alerdyce! ¡Thompson! ¡Jenkins! ¡Uhlenhuth! ¡Smith! Chatway!" Kinnison pasó lista.

Nelson, el especialista en comunicaciones, acudió a la llamada de su capitán. También lo hizo Allerdyce, el malabarista de intendencia. También lo hizo Uhlenhuth, técnico. También lo hicieron los de otros tres barcos. Dos de estos tres se encontraban aparentemente bien dentro de la zona de peligro y podían salir despedidos, pero sus tripulaciones decidieron sin vacilar correr el riesgo. Cuatro barcos, ya se sabía, habían sido capturados por los piratas. Los demás. ...

"Sólo ocho barcos", reflexionó Kinnison. "No es tan bueno, pero podría haber sido mucho peor: podrían habernos atrapado a todos a estas horas, y quizá algunos estén fuera de nuestro alcance". Luego, volviéndose hacia el velantiano, que se había retirado en cuanto terminó el trabajo:

"Gracias, Worsel", dijo simplemente. "¡Algunos de esos muchachos que vienen tienen mucho de lo que se necesita, y de *cómo* podemos utilizarlos!"

Uno a uno, los botes salvavidas llegaron a puerto, donde sus tripulaciones fueron recibidas breve pero sentidamente antes de ser puestos a trabajar. Nelson, uno de los últimos en llegar, fue especialmente bien recibido.

"Nels, te necesitamos urgentemente", le informó Kinnison en cuanto se hubieron intercambiado los saludos. "Los piratas tienen un haz, que transporta una señal peculiarmente codificada, que pueden recibir y descodificar a través de cualquier tipo ordinario de interferencia de cobertura, y usted es el mejor hombre que tenemos para estudiar su sistema. Algunos de estos científicos velantianos probablemente puedan ayudarle mucho en eso -cualquier raza que pueda desarrollar una pantalla contra figuras de pensamiento debería saber más que algo sobre la vibración en general. Tenemos modelos de trabajo de los instrumentos de los piratas, así que puede averiguar sus patrones y fórmulas. Cuando haya hecho eso, quiero que usted y sus velantianos diseñen algo que perturbe todos los haces comunicadores de los piratas en el espacio, hasta donde pueda llegar. Si puedes arreglar las cosas para que no puedan hablar, más que nosotros, ¡ayudará mucho, créeme!"

"QX, Jefe, le daremos los trabajos", y el hombre de la radio pidió herramientas, aparatos y electricistas.

Luego, en todo el gran aeropuerto, los numerosos velantianos y el puñado de patrulleros trabajaron con ahínco, codo con codo, y con muy buenos resultados, por cierto. Poco a poco el puerto se fue rodeando de, y tachonado por todas partes de, monstruosos mecanismos. Por todas partes había proyectores: demonios de garganta refractaria dispuestos a vomitar todas las fuerzas conocidas por los expertos técnicos de la Patrulla. También había absorbedores, respaldados por sus resistencias de purga, entrehierros, varillas de tierra y bastidores para acumuladores descargados. También había receptores y convertidores para la energía cósmica que iba a potenciar muchos de los dispositivos. Había, por supuesto, motogeneradores atómicos por montones, y batería tras batería de acumuladores gigantescos. Y el codificador de alta potencia de Nelson estaba listo para ponerse a trabajar.

Estas máquinas parecían toscas, ásperas, inacabadas; porque no se había malgastado tiempo ni trabajo en cosas no esenciales. Pero en el interior de cada una de ellas las piezas móviles encajaban con precisión micrométrica y con un equilibrio de resorte de pelo. Todas, sin excepción, funcionaban perfectamente.

A la llamada de Worsel, Kinnison salió de un gran foso a prueba de rayos, cuya pared superior estaba prácticamente compuesta de proyectores de rayos tractores. Sin detenerse más que para asegurarse de que se había sustituido un interruptor atascado en uno de los generadores de la cúpula-pantalla, se dirigió a toda prisa a la sala de control, fuertemente blindada, donde le esperaba su pequeña fuerza de compañeros de patrulla.

"Ya vienen, muchachos", anunció. "Todos sabéis lo que hay que hacer. Hay muchas más cosas que podríamos haber hecho si hubiéramos tenido más tiempo, pero tal como están las cosas nos pondremos a trabajar en ellas con lo que tenemos", y Kinnison, de nuevo todo un capitán enérgico, se inclinó sobre sus instrumentos.

En el curso ordinario de los acontecimientos, el pirata se habría acercado al planeta con los rayos espía apagados y emitiendo una demanda preventiva para que el planeta mostrara un certificado de buena salud o para que entregara al instante a los fugitivos que pudieran haber desembarcado en él últimamente. Pero Kinnison no quería -no podía- esperar a eso. Los rayos espía, lo sabía, revelarían la presencia de su armamento; y tal armamento, con toda seguridad, no pertenecía a este planeta. Por lo tanto, actuó primero, y todo sucedió prácticamente a la vez.

Un trazador salió disparado, el rayo piloto de la batería del borde de unos tractores extraordinariamente potentes. Bajo su terrible atracción, la nave sin inercia se dirigió hacia su centro de acción. En el mismo momento estallaron en actividad el codificador de Nelson, una cúpula-pantalla contra la entrada de energía cósmica, y un círculo completo de proyectores superpotentes.

Todo esto ocurrió en un abrir y cerrar de ojos, y la nave estaba siendo frenada por la atmósfera de Velantia antes de que su sobresaltado comandante pudiera siquiera darse cuenta de que estaba siendo atacado. Sólo las pantallas defensivas de reacción automática salvaron a aquella nave de la destrucción instantánea; pero la salvaron y en cuestión de segundos todas las armas de los piratas ardían furiosamente.

En vano. Las defensas de aquel foso podían soportarlo. Estaban accionadas por mecanismos fácilmente capaces de absorber la potencia de cualquier equipo montable sobre una base móvil, y para su consternación el pirata descubrió que su consumo de energía cósmica estaba, y permanecía, en cero.

Envió una llamada tras otra pidiendo ayuda, pero no pudo establecer contacto con ninguna otra estación pirata: tanto el éter como el sub-éter estaban cerrados para él, sus señales estaban completamente cubiertas. Tampoco podían sus conductores, a pesar de funcionar a una sobrecarga ruinosa, moverle del centro geométrico de aquel pozo incandescentemente llameante, tan inconcebiblemente rígidas eran las abrazaderas de los tractores sobre él.

Y pronto su energía empezó a fallar. Su nave, diseñada para funcionar con la ingesta de energía cósmica, sólo llevaba acumuladores suficientes para estabilizar el flujo de energía, una cantidad ridículamente inadecuada para un combate tan derrochador de energía como éste. Pero, extrañamente, a medida que se debilitaban sus defensas, también disminuía la potencia del ataque. No formaba parte del plan del Lensman destruir este superacorazado del vacío.

"Eso era algo bueno de la vieja *Brittania*", gruñó, mientras reducía paso a paso la potencia de sus rayos, "¡el poder que tenía nadie podía bloquearlo!".

Pronto la energía acumulada del acorazado se agotó y quedó tendido, quiescente. Entonces unos presores gigantes entraron en acción y fue elevada por encima de la pared del foso, para posarse en un espacio abierto junto a ella -abierto, pero aún bajo las cúpulas de fuerza.

Kinnison no disponía aún de rayos-aguja, el tiempo de que disponía sólo había sido suficiente para la construcción de los equipos absolutamente in-dispensables. Ahora, mientras debatía con sus compañeros qué parte del navío destruir para acabar con su tripulación, los propios piratas pusieron fin al debate. Se abrieron puertos en el costado del navío y salieron a luchar.

Porque no eran una raza para morir como ratas en una trampa, y sabían que permanecer dentro de su nave era morir cuando y como quisieran sus captores. Sabían también que debían morir si no podían vencer. Su rendición, aunque fuera aceptada, sólo significaría una muerte algo más tardía en las letales cámaras de la Ley. A la intemperie, al menos podrían llevarse a algunos de sus enemigos.

Además, al no ser hombres como conocemos a los hombres, no tenían nada en común ni con los seres humanos ni con los velantianos. Para ellos ambos eran alimañas, como ellos mismos lo eran para los seres que tripulaban esta fortaleza sorprendentemente inexpugnable aquí, en este rincón baldío de la galaxia. Por lo tanto, veteranos curtidos en el espacio todos ellos, lucharon, con la ferocidad demencial y la desesperación de la última batalla; pero no vencieron. En su lugar, y hasta el último hombre, murieron.

En cuanto terminó la batalla, antes de que se cortara la interferencia que cubría los comunicadores de los piratas, Kinnison recorrió la nave capturada, destruyendo las visiplacas del cuartel general y todos los emisores automáticos que podían transmitir cualquier tipo de mensaje a cualquier base pirata. Entonces se puso fin a las interferencias, se liberaron las cúpulas y se retiró la nave del campo de operaciones. Entonces, mientras Thorndyke y sus ayudantes reptilianos -ahora ellos mismos expertos en radio de nada despreciables logros- se ocupaban de instalar un codificador de alta potencia a bordo de ella, Kinnison y Worsel escudriñaban el espacio en busca de más presas. Pronto la encontraron, más distante de lo que había estado la primera -a dos sistemas solares de distancia- y en una dirección totalmente distinta. Rastreadores y tractores e interferencias y cúpulas de fuerza volvieron a estar a la orden del día. Los proyectores volvieron a delirar con su poder incandescente, y pronto otro inmenso crucero del vacío yacía junto a su nave hermana. Otro, y otro; luego, durante mucho tiempo, el espacio quedó en blanco.

El Lensman encendió entonces su ultrarreceptor, apuntando su antena cuidadosamente hacia la línea galáctica que conducía a la base de Helmuth, tal y como le habían trazado los astrónomos velantianos. De nuevo, tan apretado y duro era el haz de Helmuth, que tuvo que accionar su aparato tan inmisericordemente que el ruido del tubo casi ahogó las señales, pero de nuevo fue recompensado al oír débilmente la voz del Director de Operaciones pirata:

"-cuatro naves, todas dentro o cerca de uno de esos cinco sistemas solares, han dejado de comunicarse; cada cese ha ido acompañado de un periodo de interferencia generalizada de un patrón nunca antes registrado. Las dos naves que reciben estas órdenes tienen instrucciones de investigar esa región con el máximo cuidado. Vayan con las pantallas apagadas y todo en los viajes, y con los registradores automáticos puestos en mí aquí. No se cree que la Patrulla tenga nada que ver con esto, ya que se ha demostrado una capacidad que trasciende todo lo que se sabe que posee. Como hipótesis de trabajo se supone que uno de los sistemas solares, hasta ahora prácticamente inexplorado y desconocido, es en realidad la sede de una raza muy avanzada, que tal vez se haya ofendido por la actitud o la conducta de nuestra primera nave en visitarlos. Por lo tanto, proceda con extrema precaución, con una búsqueda minuciosa con rayos espía a gran distancia antes de acercarse. Si aterriza, utilice el tacto y la diplomacia en lugar de las tácticas habituales. Averigüe si nuestras naves y tripulaciones han sido destruidas, o sólo están siendo retenidas y recuerde, reporteros automáticos sobre mí en todo momento. Helmuth al habla por Boskone-off".

Durante minutos, Kinnison manipuló sus controles en vano: no conseguía otro sonido.

"¿Qué intentas conseguir, Kim?" preguntó Thorndyke. "¿No fue suficiente?"

"No, eso es sólo la mitad", le devolvió Kinnison. "Helmuth no es tonto de nadie. Sin duda está tratando de trazar los límites de nuestra interferencia, y quiero ver cómo sale con ello. Pero ni hablar. Está tan lejos y su rayo es tan duro que no puedo trabajar con él a menos que por casualidad esté hablando casi directamente hacia nosotros. Bueno, no pasará mucho tiempo hasta que le demos alguna interferencia real para tramar. Ahora veamos qué podemos hacer con esas otras dos naves que se dirigen hacia aquí".

Por mucho que aquellas dos naves investigaran y por mucho que intentaran obedecer las instrucciones de Helmuth, todas sus precauciones no sirvieron exactamente para nada. Tal como se les ordenó, empezaron a hacer prospecciones con rayos espía a distancia extrema; pero incluso a esa distancia los rastreadores de Kinnison fueron eficaces y aquellos piratas también dejaron de comunicarse en una llamarada de interferencias. Entonces se repitió la historia reciente. Los detalles cambiaron un poco, ya que había dos naves en lugar de una; pero el foso era de tamaño suficiente para albergar dos naves, y los tractores podían sujetar dos tan bien y tan rígidamente como una. El conflicto fue un poco más largo, los rayos un poco más calientes y coruscantes, pero el final fue el mismo. Se instalaron revólveres y otros aparatos especiales y Kinnison convocó a sus hombres.

"Estamos a punto de largarnos de nuevo. Huir ha funcionado dos veces hasta ahora y debería funcionar una vez más, si podemos hacer suficientes variaciones sobre el tema para mantener a Helmuth adivinando un poco más. Tal vez, si el suministro de barcos piratas se mantiene, ¡podamos hacer que Helmuth nos proporcione transporte de vuelta a la base principal!

"Esta es la idea. Tenemos seis naves y suficientes velantianos se han ofrecido voluntarios para tripularlas, a pesar de que probablemente no regresen. Seis naves, por supuesto, no es una fuerza de tarea suficiente para abrirse camino a través de las flotas de Helmuth; así que nos dispersaremos, cubriendo un montón de parsecs y emitiendo cada vatio de interferencia que podamos emitir, en tantas formas y tamaños diferentes como nuestros generadores puedan imaginar. No podremos hablar entre nosotros, pero nadie más podrá hablar tampoco cerca de nosotros, y eso debería darnos una oportunidad. Cada nave estará por su cuenta, como estábamos antes en los barcos; la gran diferencia es que estaremos en superdreadnoughts.

"Pregunta: ¿deberíamos separarnos de nuevo o permanecer juntos? Creo que es mejor que vayamos todos en un solo barco, con los carretes a bordo de los otros, por supuesto. ¿Qué opinas?"

Estaban de acuerdo con él, y dirigió un pensamiento al velancio.

"Ahora, Worsel, sobre vosotros aquí, probablemente tampoco lo tendréis tan fácil. Tarde o temprano-y más temprano sería mi conjetura-los muchachos de Helmuth vendrán a verlos. En fuerza y amartillados y cebados y con sangre en los ojos. Será una batalla, no una matanza".

"Que vengan, con la fuerza que quieran traer. Cuantos más ataquen aquí, menos habrá para detener su avance. Este armamento representa lo mejor de lo que poseen tanto su Patrulla como los piratas, con mejoras desarrolladas por sus científicos y los nuestros en plena cooperación. Conocemos a fondo su construcción, funcionamiento y mantenimiento. Puede estar seguro de que los piratas nunca nos cobrarán tributo, y de que cualquier pirata que visite este sistema permanecerá en él... ¡permanentemente!"

"¡At-a-snake, Worsel-long may you wiggle!" exclamó Kinnison. Luego, más serio: "Quizá, cuando todo esto acabe, vuelva a verte alguna vez. Si no, adiós. Adiós a toda Velantia. ¿Todos listos? ¡Despejen el éter!"

Seis naves, una nave pirata, ahora naves de la Patrulla Galáctica, se lanzaron hacia y a través del aire velantiano; hacia y a través del espacio interplanetario; hacia el vacío más grande, más ancho y más abierto del vacío interestelar. Seis naves, cada una emitiendo con prodigiosa potencia y volumen una interferencia total a través de la cual ni siquiera un trazador CRX podría ser conducido.

CAPÍTULO 9

Desglose

Kimball Kinnison estaba sentado a los mandos, fumando un raro cigarrillo festivo y sonriendo, en paz con todo el universo.

Porque esta nueva imagen era en todos los elementos diferente de la anterior. En lugar de estar en un bote salvavidas lastimosamente débil e indefenso, merodeando y escondiéndose, estaba en uno de los acorazados más poderosos a flote, conduciendo audazmente a toda máquina casi directamente hacia casa. Aunque los patrulleros eran tan terriblemente pocos en número que la mayoría de ellos tenían que trabajar en doble turno -Kinnison y Henderson tenían que hacer todo el pilotaje y la navegación-, tenían a sus órdenes una tripulación completa de velantianos alertas y altamente entrenados. Y el enemigo, en lugar de ser un grupo muy unido, que mantenía a Helmuth informado momento a momento de la situación y respondía instantáneamente a sus órdenes, estaba ahora totalmente incomunicado entre sí y con su cuartel general; a tientas e indefenso. Tanto en sentido literal como figurado, los piratas se encontraban en la oscuridad, la negrura absoluta del espacio interestelar.

Thorndyke entró en la habitación, frunciendo ligeramente el ceño. "Pareces el legendario gato de Cheshire, Kim. Odio estropear tan perfecta dicha, pero estoy aquí para decirte que aún no hemos salido del bosque, por siete mil hileras de grandes y verdes árboles de menta".

"Puede que no", respondió alegremente el Lensman, "pero comparado con el atasco en el que estábamos hace poco no sólo estamos sentados en la cima del mundo; estamos encaramados justo en el vértice exacto del universo. No pueden enviar ni recibir informes ni órdenes, y no pueden comunicarse. Incluso sus detectores son muy poco potentes: ya sabe lo lejos que pueden llegar con el electromagnetismo y los aparatos visuales. Además, no hay ningún número de identificación, símbolo o nombre en el exterior de este buzz-buggy. Si alguna vez tuvo uno, la fricción y el desgaste lo han desgastado, hasta el blindaje. ¿Qué puede pasar que no podamos afrontar?".

"Estos motores pueden pasar", respondió el técnico, tajante. "El Bergenholm está desarrollando un salto de metros que no me gusta nada".

"¿Golpea? ¿O incluso tictac?", preguntó Kinnison.

"Todavía no", confesó Thorndyke, a regañadientes.

"¿Cómo de grande es el salto?"

"Bastante cerca de dos milésimas como máximo. Media de una milésima y media".

"Eso apenas es un meneo en la línea de la grabadora. Los conductores corren durante meses con saltos mayores que ese".

"Sí, conductores. Pero de todos los problemas que alguien ha tenido con Bergenholms, una patada en el metro nunca fue uno de ellos, y eso es lo que me tiene adivinando el por qué. No estoy tratando de asustarte... todavía. Sólo se lo digo".

La máquina a la que nos referíamos era el neutralizador de la inercia, la *condición sine qua non* de la velocidad interestelar, y no era de extrañar que la más mínima irregularidad en su funcionamiento fuera para el técnico motivo de grave preocupación. Sin embargo, pasaban los días y el enorme convertidor seguía funcionando, tomando y enviando sus acostumbrados torrentes de energía. No desarrolló ni un tick, y el salto del contador no empeoró. Y durante esos días dejaron atrás una distancia inconcebible.

Durante todo este tiempo sus instrumentos visuales permanecieron en blanco; para todos los aparatos ópticos el espacio estaba vacío salvo por la tenencia normal de los cuerpos celestes. De vez en cuando, algo invisible o más allá del alcance de la visión se registraba en uno de los detectores de electroimanes, pero estos instrumentos eran tan lentos que no se obtenía nada de sus señales. De hecho, para cuando se registraban los avisos, los objetos causantes de la perturbación se encontraban probablemente muy a popa.

Un día, sin embargo, el Bergenholm dejó de funcionar. No hubo trabajo, ni golpes, ni calentamiento, ni aviso alguno. Un instante la nave iba a toda velocidad en vuelo libre, y al siguiente yacía inerte en el espacio. Prácticamente inmóvil, ya que cualquier posible velocidad acumulada por la aceleración inerte es apenas un rastreo, tal y como van las velocidades espaciales libres.

Entonces todo el equipo trabajó como un loco. En cuanto quitaron las enormes cubiertas, Thorndyke escudriñó el interior de la máquina y se volvió hacia Kinnison.

"Creo que podemos curarla, pero llevará bastante tiempo. Quizá sería más útil en la sala de control; esto no es tan seguro como la iglesia, ¿verdad, tumbada aquí inerte?"

"La mayoría de las cosas están en viaje automático, pero tal vez sea mejor que eche un ojo a las cosas, en eso. Hágame saber de vez en cuando cómo le va", y el Lensman volvió a sus controles -nada demasiado pronto.

Pues un barco pirata ya lo estaba atacando con saña. Sólo el hecho de que su armamento defensivo estuviera en sus disparos automáticos había salvado al acorazado robado de una destrucción prácticamente instantánea. Y mientras el sorprendido Lensman empezaba a comprobar sus otros instrumentos, otra nave espacial surgió a su otro lado y también se puso a trabajar.

Como Kinnison ya había señalado más de una vez, Helmuth distaba mucho de ser un tonto, y aquel nuevo y asombrosamente eficaz blanketing de todos sus medios de comunicación era un problema cuya solución revestía una importancia capital. Casi todos los barcos disponibles habían estado durante días al margen de aquella interferencia; observando e informando continuamente. Sin embargo, tan rápido se movía, tan peculiar era su forma aparente y tan contradictorias eran las lecturas direccionales obtenidas, que los ordenadores de Helmuth habían quedado desconcertados.

Entonces el Bergenholm de Kinnison falló y su nave quedó inerte. En un espacio de minutos se conoció la ubicación de un centro de interferencias. Se determinaron sus coordenadas y se ordenó a media docena de buques de guerra que se precipitaran hacia ese lugar. El primer raider en llegar había hecho señales, visuales y audibles; luego, al no obtener respuesta, había anclado con un tractor y había soltado sus pernos. El resultado tampoco habría sido diferente si todos a bordo, en lugar de nadie, hubieran estado en la sala de control en el momento de la señalización. Kinnison podría haber leído los mensajes, pero ni él ni nadie que estuviera entonces a bordo de la antigua nave pirata podría haberles respondido de la misma manera.

Las dos naves espaciales que atacaban a la lancha se convirtieron en tres, y aun así el Lensman se sentó despreocupado ante su tablero. Sus medidores no mostraban ninguna sobrecarga peligrosa; su noble nave estaba recibiendo todo lo que sus naves hermanas podían enviar.

Entonces Thorndyke entró en la habitación, ya no como un elegante oficial del espacio. En su lugar, estaba desnudo hasta la camiseta interior empapada de sudor y el mono de trabajo, estaba cubierto de grasa y mugre, y lo que se veía de su rostro espesamente embadurnado estaba casi demacrado por la fatiga. Abrió la boca para decir algo, luego la cerró bruscamente cuando su ojo fue captado por un visiplate llameante.

"¡Santas garras de Klono!", exclamó, "¿Ya a nosotros? ¿Por qué no gritaste?"

"¿De qué habría servido?" quiso saber Kinnison. "Por supuesto, si hubiera sabido que estabas holgazaneando en el trabajo y hubiera podido apurarlo un poco, lo habría hecho. Pero no hay ninguna prisa especial en esto. Harán falta al menos cuatro de ellos para derribarnos, y esperaba que nos hicieras viajar antes de que nos sobrecargaran. ¿Qué tenías en mente?"

"Subí aquí: Uno, para decirle que estamos listos para la explosión; Dos, para sugerirle que la golpee suavemente al principio; y Tres, para preguntarle si sabe dónde hay jabón de engrasar. Pero puede cancelar Dos y Tres. No queremos jugar con estos chicos mucho más tiempo -juegan demasiado duro- y no voy a lavarme hasta ver si aguanta o no. ¡Dale caña-y no se sorprenderán esos chicos!"

"¡Ya lo creo! ¡Algunas de estas cosas son NUEVAS!"

El Lensman hizo girar un par de mandos y luego pulsó con fuerza tres botones. Al hacerlo, las placas de la llamarada se oscurecieron; volvían a estar solos en el espacio. Para los estupefactos piratas fue como si su presa se hubiera deslizado hacia la cuarta dimensión. Sus tractores no agarraban nada; sus rayos voraces perforaban sin obstáculos el espacio ocupado un instante antes por las pantallas resistentes; los rastreadores eran inútiles. No sabían qué había ocurrido, ni cómo, y no podían informar a la mente maestra de Boskone ni ser guiados por ella.

Durante unos minutos Thorndyke, van Buskirk y Kinnison esperaron tensos porque no sabían qué iba a ocurrir; pero no pasó nada y entonces la tensión se relajó gradualmente.

"¿Qué le pasaba?" preguntó finalmente Kinnison.

"Sobrecargado", fue la escueta respuesta de Thorndyke.

"¡Sobrecargado-hooey!", espetó el Lensman. "¿Cómo *podrían*

sobrecargar un Bergenholm? Y, aunque pudieran, ¿por qué en los nueve infiernos de Valeria querrían hacerlo?".

"*Podrían* hacerlo con bastante facilidad, justo de la forma en *que* lo hicieron; acumulando acumuladores en él en serie-paralelo. En cuanto al por qué, dejaré que usted haga las conjeturas. Sin carga en el Bergenholm tiene plena inercia, con plena carga tiene inercia cero, no puede ir más allá. A mí me parece una tontería. Pero entonces, creo que a todos los piratas les faltan algunos chorros en alguna parte-si no fuera así no serían piratas".

"No sé si tiene razón o no. Espero que sí, pero me temo que no. Personalmente, no creo que esta gente sean piratas en absoluto, en el sentido ordinario de la palabra".

"¿Eh? ¿Qué son, entonces?"

"La piratería implica similitud de cultura, pensaría yo", dijo el Lensman, pensativo. "Los piratas ordinarios suelen ser renegados, deficientes de algún modo, como usted sugirió; rebelándose contra una autoridad constituida que ellos mismos han reconocido en algún momento y de la que todavía tienen miedo. Ese patrón no encaja en absoluto en esta matriz, en ninguna parte".

"¿Y qué? Ahora te respondo 'tonterías'. De todos modos, ¿por qué preocuparse por ello?"

"No me preocupa exactamente, pero alguien tiene que hacer algo al respecto, o de lo contrario-"

"No me gusta pensar; me produce dolor de cabeza", interrumpió van Buskirk. "Además, nos estamos alejando del Bergenholm".

"Ahí sí que le dolerá la cabeza", rió Kinnison, "porque apuesto un buen bistec telluriano a que los piratas intentaban establecer una inercia negativa cuando sobrecargaron el Bergenholm; ¡y pensar en ese estado de la materia es suficiente para provocar dolor de cabeza *a cualquiera*!".

"Sabía que algunos de los doctores en mecánica superior han estado especulando sobre ello", ofreció Thorndyke, "pero no puede hacerse así,

¿verdad?".

"Ni de ninguna otra forma que nadie haya intentado todavía, y si tal cosa es posible los resultados pueden ser realmente sorprendentes. Pero será mejor que os larguéis, estáis muertos del cuello para arriba. El Berg gira como una peonza, tan suave como tanto terciopelo verde. Encontrarás una lata de jabón en mi taquilla, creo".

"Quizá aguante lo suficiente para que podamos dormir un poco". El técnico miró dubitativo un medidor, aunque su aguja no se movía ni un pelo de la línea verde. "Pero le diré al Universo chiflado que le dimos un aparejo de jurado si es que alguna vez lo hubo. No se puede depender de ella ni una hora hasta después de haberla tirado y repasado; y eso, usted lo sabe tan bien como yo, requiere un taller de verdad, con equipo de sobra: Si sigue mi consejo se sentará en algún sitio mientras pueda y tan pronto como pueda. Ese Bergenholm está en mal estado, créame. Podemos mantenerla un tiempo con nuestra fuerza principal y nuestra torpeza, pero antes de que pase mucho tiempo saldrá a flote, y cuando lo haga no querrás encontrarte a cincuenta años de un taller mecánico en lugar de a cincuenta minutos."

"Yo diría que no", asintió el Lensman. "Pero, por otro lado, tampoco queremos que esos pájaros salten sobre nosotros en cuanto aterricemos. Veamos, ¿dónde estamos? ¿Y dónde están las bases? Um. Las bases sectoriales son anillos blancos, ya sabe, las bases subsectoriales estrellas rojas..." Tres cabezas inclinadas sobre las cartas.

"El marcador de estrella roja más cercano parece estar en el Sistema 240-16-37", anunció finalmente Kinnison. "No sé el nombre del planeta-nunca he estado allí-"

"Demasiado lejos", interrumpió Thorndyke. "Nunca lo lograremos; será mejor que intentemos ir directamente a la Base Principal en Tellus. Si no puedes encontrar un rojo más cerca, busca un naranja o un amarillo".

"Las bases de cualquier tipo parecen escasear por aquí", comentó el

Lensman. "Uno pensaría que serían más gruesas. Aquí hay un triángulo violeta, pero eso no nos ayudaría; es sólo un puesto avanzado. ¿Qué tal este cuadrado azul? Está más o menos en nuestra línea hacia Tellus, y no veo nada mejor que podamos alcanzar".

"Esa parece nuestra mejor apuesta", coincidió Thorndyke, tras unos minutos de estudio. "Probablemente nos falten varias averías, pero quizá podamos llegar a tiempo. Los azules son puertos espaciales de muy baja calidad, pero tienen herramientas, de todos modos. ¿Cómo se llama, Kim-o es sólo un número?"

"Es ese planeta tan famoso, Trenco", anunció el Lensman, tras buscar los números de referencia en el atlas.

"¡Trenco!", exclamó Thorndyke con disgusto. "El planeta más chiflado y loco de la galaxia... dibujaríamos algo así para sentarnos a reparar, ¿verdad? Bueno, estoy en tiempo extra para dormir. Llámame si nos quedamos inertes antes de que me despierte, ¿quieres?"

"Seguro que lo haré; e intentaré encontrar una forma de bajar a tierra sin traer a todos los piratas del espacio con nosotros".

Luego Henderson entró a hacer su guardia, Kinnison durmió y el poderoso Bergenholm siguió manteniendo el buque sin inercia. De hecho, todos los hombres estaban completamente descansados y refrescados antes de que llegara la esperada avería. Y cuando llegó, estaban más o menos preparados para ella. El retraso no fue lo suficientemente largo como para que los piratas pudieran volver a encontrarlos; pero desde ese punto del espacio hasta el mal llamado planeta, que era su destino, el avance fue una larga serie de saltos.

Los sudorosos, gruñones y malhumorados ingenieros realizaban una reparación aparentemente imposible tras otra, a fuerza de esquivar, improvisar e improvisar lo que sólo el fértil cerebro de LaVerne Thorndyke conocía. El Maestro Técnico, uno de los ingenieros más agudos y mejor formados de todo el Sistema Solariano, no estaba acostumbrado a trabajar con las manos. Aunque joven en años, acostumbraba a utilizar sólo la cabeza, para dirigir los trabajos y las energías de los demás.

Sin embargo, ahora trabajaba como un estibador. Estaba permanentemente mugriento y grasiento -su única lata de jabón para mecánicos se había agotado hacía tiempo-, tenía las uñas negras y rotas, las manos y la cara quemadas, ampolladas y agrietadas. Sus músculos le dolían y chillaban por el esfuerzo desacostumbrado, hasta que ahora estaban en plena forma. Pero a pesar de todo se había aferrado sin rechistar, incluso animosamente, a su tarea. Un día, durante un interludio de vuelo libre, entró en la sala de control y echó un vistazo al goniómetro de trazado de rumbo,[18] y luego se dirigió al "tanque".

"Sigo en el curso original, por lo que veo. ¿Ya tiene algo dopado?"

"Nada muy bueno, por eso me quedo en este rumbo hasta que lleguemos al punto más cercano a Trenco. He calculado hasta que mi supuesto cerebro me ha fallado, y esto es todo lo que puedo conseguir:

"He estado encogiendo y ampliando nuestra zona de interferencia, cambiando su forma tanto como he podido y cortándola por completo de vez en cuando; para despistar a sus topógrafos tanto como he podido. Cuando lleguemos al lugar del salto simplemente cortaremos todo lo que esté enviando vibraciones rastreables. El Berg tendrá que funcionar, por supuesto, pero no irradia mucho, y podemos conectarlo a tierra prácticamente en su totalidad. El propulsor es lo malo: parece que tendremos que cortar hasta donde podamos conectar a tierra la radiación".

"¿Y la bengala?" Thorndyke sacó la inevitable regla de cálculo de un bolsillo de su mono.

---

[18] Un "goniómetro" es un instrumento real, mide ángulos o permite girar objetos con precisión en términos de momento angular.

"Ya he hecho que los velantianos nos construyan algunos deflectores - tenemos mucho tantalio, tungsteno, carballoy y refractario de repuesto, ya sabe- por si quisiéramos utilizarlos".

"Radiación... detección... decremento... coseno al cuadrado theta-um-llámelo punto cero cero tres ocho", murmuró el ingeniero, entrecerrando los ojos ante su "palanca de deslizamiento". "Por medio millón. Unas mil novecientas luces tendrán que ser lo máximo.[19] Muy lento, pero llegaríamos en algún momento, tal vez. Ahora sobre los deflectores", y entró en otro ataque de cálculo durante el cual se podían distinguir algunas palabras como "temperatura... corpúsculos inertes... velocidad... punto de fusión... Constante de Weinberger...". Entonces-

"Calcula que a unas mil ochocientas luces sus deflectores se apagan", anunció. "Bastante cerca del límite de radiación. QX, supongo-pero me estremezco al pensar lo que tendremos que hacerle a ese Bergenholm para mantenerlo unido tanto tiempo".

"No está tan bien. Yo mismo no creo mucho en el esquema", admitió Kinnison con franqueza. "Probablemente se le ocurra algo mejor antes de-"

"¿Quién, yo? ¿Con qué?" interrumpió Thorndyke, con una carcajada. "Me parece que es nuestra mejor apuesta; de todos modos, ¿no es usted la mente maestra de este equipo? ¡Largo!"

Así fue como, mucho tiempo después, el Lensman cortó sus interferencias, cortó su potencia motriz, cortó todos los mecanismos cuyo funcionamiento generaba vibraciones que revelarían a los detectores enemigos la ubicación de su crucero. Mecánicos con trajes espaciales salieron de la esclusa de popa y colocaron sobre los respiraderos aún al rojo vivo de los proyectores de propulsión los deflectores que habían construido previamente.

---

[19] Presumiblemente se trata de 1900 veces la velocidad de la luz, es decir, 570 millones de kilómetros por segundo.

Por supuesto, es bien sabido que todas las naves del espacio son propulsadas por la proyección inerte, mediante campos estáticos de alto potencial, de partículas nacientes de cuarto orden o "corpúsculos", que se forman, inertes, en el interior del proyector sin inercia, por la conversión de alguna forma de energía en materia. Esta conversión libera algo de calor, y una gran cantidad de luz.[20] Esta luz, o "llamarada", que brilla directamente sobre y a través del gas altamente tenue formado por los corpúsculos proyectados, convierte a una nave espacial en marcha en uno de los espectáculos más hermosos conocidos por el hombre; y era este efecto tan espectacular el que Kinnison y su equipo debían eliminar si querían que su audaz plan tuviera alguna posibilidad de éxito.

Los deflectores estaban en su sitio. Ahora, en lugar de salir disparada en una luminiscencia delatora, la luz estaba encerrada, pero también lo estaba, por desgracia, aproximadamente el tres por ciento del calor. Y la generación de calor *debía reducirse hasta* un punto en el que la temperatura de equilibrio de radiación de los deflectores estuviera por debajo del punto de fusión de los refractarios de los que estaban compuestos. Esto reduciría enormemente su velocidad; pero, por otro lado, estaban prácticamente a salvo de ser detectados y llegarían a Trenco con el tiempo... si el Bergenholm aguantaba.

Por supuesto, aún existía la posibilidad de detección visual o electromagnética, pero esa posibilidad era insignificante. La proverbial tarea de encontrar una aguja en un pajar sería ciertamente fácil, comparada con la de ver en un telescopio o sobre visiplate o magneplate una nave negra y sin luz en la infinidad del espacio. No, el Bergenholm era su gran, su única preocupación; y los ingenieros prodigaron a aquella monstruosa fabricación de metal una devoción a la que sólo podría compararse la de un cuerpo de

---

[20] Esta bonita explicación de la "proyección inerte" es la única que conozco que aparezca en los libros.

enfermeras atendiendo al bebé enfermo de un multimillonario.

Esta concentración de la atención sí dio resultados. Los ingenieros seguían teniendo que sudar, gruñir y maldecir, pero de algún modo conseguían que el aparato funcionara, la mayor parte del tiempo. Tampoco entonces fueron detectados.

Porque la atención del alto mando pirata estaba muy ocupada con aquel volumen de interferencia en rápido movimiento, en constante expansión, peculiarmente fluctuante, totalmente enigmático e impenetrable para todos sus instrumentos de comunicación. En ese sistema se encontraba la base principal de la Patrulla Galáctica. Por lo tanto, *era* obra del Lensman; ¡sin duda el mismo Lensman que había conquistado una de sus supernavees y, tras conocer todos sus secretos, había escapado en un bote salvavidas a través de la red de malla fina tendida para atraparlo! Y, amontonando Ossa sobre Pelión, ¡este mismo Lensman había -*debía* haber- capturado barco tras barco inconquistable de sus mejores e incluso ahora navegaba tranquilamente de vuelta a casa con ellos! Era intolerable, insoportable, un insulto que no se podía ni se quería soportar.

Por lo tanto, utilizando como herramientas todos los barcos piratas de ese sector del espacio, Helmuth y sus ordenadores y navegantes fueron resolviendo lenta pero sombríamente las ecuaciones del movimiento de ese volumen de interferencia. Las incertidumbres se hicieron cada vez más pequeñas. Entonces, nave tras nave se adentraron en la turbiedad subetérea, para igualar el rumbo y la velocidad con, y en última instancia llegar a enfrentarse a, cada foco de perturbación a medida que se determinaba.

Así, en cierto sentido y aunque Kinnison y sus amigos no lo supieran entonces, fue sólo el fracaso del Bergenholm lo que iba a salvar sus vidas, y con ellas nuestra actual Civilización.

Lentamente, a trompicones y, por razones ya dadas, sin ser detectado, Kinnison avanzó lastimosamente hacia Trenco; maldiciendo impaciente e imparcialmente a su nave, al generador averiado, a su diseñador y a sus anteriores operadores mientras avanzaba. Pero por fin Trenco se cernió bajo ellos y el Lensman utilizó su Lente.

"¡Lensman del puerto espacial de Trenco, o cualquier otro Lensman dentro de la llamada!" envió claramente. "Kinnison de Tellus-Sol III-llamando. Mi Bergenholm está casi fuera de servicio, y debo posarme en el espacio-puerto de Trenco para reparaciones. He evitado a los piratas hasta ahora, pero pueden estar detrás o delante de mí, o ambas cosas. ¿Cuál es la situación allí?"

"Me temo que no puedo ser de ninguna ayuda", volvió un pensamiento débil, sin la identificación habitual. "Estoy fuera de control. Sin embargo, Tregonsee está en el-"

Kinnison sintió un impacto mental conmovedor, insoportablemente agonizante, que le sacudió hasta lo más profundo: un choque que, aunque de fuerza de maza, era de un timbre tan agudamente penetrante que casi hizo estallar cada célula de su cerebro. Parecía como si algún puño poderoso, armado con agujas de una yarda de longitud, hubiera asestado un golpe real en los centros nerviosos más vitalmente sensibles de su ser.

La comunicación cesó y el lensano supo, con una certeza enfermiza y estremecedora, que mientras hablaba con él un lensano había muerto.

E. E. 'Doc' Smith

CAPÍTULO 10

Trenco

Juzgado según cualquier criterio terrestre, el planeta Trenco era -y es- realmente peculiar. Su atmósfera, que no es aire, y su líquido, que no es agua, son sus dos peculiaridades más destacadas y las fuentes de la mayoría de las demás. Casi la mitad de esa atmósfera y con mucho la mayor parte de la fase líquida del planeta es una sustancia de calor latente de vaporización extremadamente bajo, con un punto de ebullición tal que durante el día es un vapor y por la noche un líquido. Para empeorar las cosas, los demás constituyentes de la envoltura gaseosa de Trenco tienen un poder de cobertura muy débil, un calor específico bajo y una permeabilidad elevada, por lo que sus días son intensamente calurosos y sus noches amargamente frías.

Por la noche, por tanto, llueve. Las palabras son totalmente inadecuadas para describir a cualquiera que nunca haya estado allí cómo llueve durante las noches de Trenco. En la Tierra una pulgada de lluvia en una hora es un aguacero tremendo. En Trenco esa cantidad de precipitación apenas se consideraría una niebla; porque a lo largo del cinturón ecuatorial, en menos de trece horas telúricas, llueve exactamente cuarenta y siete pies y cinco pulgadas cada noche -ni más ni menos, todas y cada una de las noches de cada año.

También hay relámpagos. No en los destellos ocasionales de Terra, sino en un resplandor continuo y cegador que hace que la noche tal y como la conocemos sea desconocida allí; en descargas que crispan los nervios, golpean y destruyen los sentidos y que hacen que el éter y el sub-éter sean impenetrables por igual a cualquier rayo o señal que no sea un rayo de potencia a toda potencia. Los días son prácticamente igual de malos. Los

123

relámpagos no son violentos entonces, pero el bombardeo del monstruoso sol de Trenco, a través de esa atmósfera extravagantemente peculiar, produce casi el mismo efecto.

Debido a la diferencia de presión creada por las enormes precipitaciones, siempre y en todas partes en Trenco hay viento, ¡y qué viento! Excepto en los polos, donde hace demasiado frío incluso para la vida trenconiana, apenas hay un lugar en el que o un momento en el que un vendaval terrestre no se considere una calma chicha; y a lo largo del ecuador, en cada amanecer y en cada atardecer, ¡el viento sopla del lado del día al lado de la noche a una velocidad de más de ochocientas millas por hora!

A lo largo de incontables miles de años, el viento y las olas han cepillado y raspado el planeta Trenco hasta convertirlo en un esferoide oblato geométricamente perfecto. No tiene elevaciones ni depresiones. Nada fijo en un sentido terrestre crece o existe sobre su superficie; nunca se ha construido en él ninguna estructura capaz de permanecer en un lugar durante un día entero de los cataclísmicos fenómenos meteorológicos que constituyen el entorno natural trenconiano.

En Trenco viven dos tipos de vegetación, cada tipo con innumerables subdivisiones. Un tipo brota en el barro de la mañana; florece de plano, a fuerza de raíces profundamente enviadas y poderosas, durante el viento y el calor del día; llega a fructificar plenamente al caer la tarde; y al atardecer muere y es arrastrado por la riada. El otro tipo es de flotación libre. Algunos de sus géneros se parecen remotamente a balones de fútbol, otros a plantas rodadoras y otros a cardos. Cientos de otros no tienen ni su más remoto homólogo en la Tierra. En esencia, sin embargo, se parecen en los hábitos de vida. Pueden hundirse en el "agua" de Trenco; luego pueden excavar en su barro, del que obtienen parte de su sustento; pueden emerger de él a la luz del sol; pueden, sin sufrir daños, flotar o rodar ante el siempre presente viento de Trenco; y pueden envolver, enredar o agarrar y sujetar de cualquier otra forma cualquier cosa con la que entren en contacto y que por casualidad pueda resultar comestible.

También la vida animal, aunque abundante y diversa, se caracteriza por tres cualidades. De menor a mayor es anfibia, es aerodinámica y es omnívora. La vida en Trenco es dura, y cualquier forma de vida que evolucione allí debe por severa necesidad estar dispuesta, sí, incluso ansiosa, de comer literalmente *cualquier cosa* disponible. Y por esa razón todas las formas de vida supervivientes, tanto vegetales como animales, tienen una voracidad y una fecundidad casi desconocidas en cualquier otro lugar de la galaxia.

La tionita, la droga nociva a la que se ha hecho referencia anteriormente en esta narración, es la única razón de la importancia galáctica de Trenco. Como la clorofila lo es para la vegetación terrestre, así lo es la tionita para la de Trenco. Trenco es el único planeta conocido hasta ahora en el que se da esta sustancia, y nuestros científicos aún no han sido capaces ni de analizarla ni de sintetizarla. La tionita sólo es capaz de afectar a las razas que respiran oxígeno y poseen sangre caliente, roja de hï¿½moglobina. Sin embargo, los planetas poblados por tales razas son legión, y muy poco después del descubrimiento de la droga hordas de adictos, contrabandistas, vendedores ambulantes y piratas redomados se precipitaban hacia la nueva Bonanza. Miles de estos aventureros murieron, ya fuera por los cañones de rayos de los demás o bajo una avalancha de hambrienta vida trenconiana; pero siendo la tionita lo que es, siguieron llegando miles más. También llegó la Patrulla, para frenar el tráfico maligno en su origen, derribando sin piedad a cualquier ser que intentara recolectar vegetación trenconiana.

Así, entre la Patrulla y el sindicato de la droga se libra una amarga y continua batalla a muerte. Enfrentada a ambas facciones está la vida en masa del ruidoso planeta, omnívora como es, eternamente voraz, y de un poder y ferocidad individuales y un agregado colectivo de números de ningún modo despreciables. Y eternamente furiosos contra todas estas paridas contendientes están el viento, el relámpago, la lluvia, el diluvio y la infernal producción vibratoria del enorme, maligno y blanquiazul sol de Trenco.

Este era, pues, el planeta en el que Kinnison tenía que aterrizar para reparar su averiado Bergenholm, ¡y al final qué bien que fuera así!

"Kinnison de Tellus, saludos. Tregonsee de Rigel IV llamando desde el puerto espacial de Trenco. ¿Ha aterrizado antes en este planeta?"

"No, pero qué..."

"Sáltese eso por un momento; lo más importante es que aterrice aquí de forma rápida y segura. ¿Dónde se encuentra en relación con este planeta?"

"Su diámetro aparente es de algo menos de seis grados. Estamos cerca del plano de su eclíptica y casi en el plano de su terminador, en el lado de la mañana".

"Eso está bien, tienen tiempo de sobra. Coloque su nave entre Trenco y el sol. Entre en la atmósfera exactamente a quince minutos G-P del momento actual, a veinte grados después del meridiano, lo más cerca posible de la eclíptica, que es también nuestro ecuador. Permanezca inerte al entrar en la atmósfera, ya que un aterrizaje libre en este planeta es imposible. Sincronícese con nuestra rotación, que es de veintiséis coma dos horas G-P. Descienda verticalmente hasta que la presión atmosférica sea de setecientos milímetros de mercurio, lo que hará a una altitud aproximada de mil metros. Dado que usted confía en gran medida en ese sentido llamado vista, permítame advertirle ahora que no se fíe de él. Cuando su presión externa sea de setecientos milímetros de mercurio su altitud será de mil metros, lo crea o no. Deténgase en esa presión e infórmeme del hecho, mientras tanto manténgase tan casi inmóvil como pueda. ¿Comprobado hasta ahora?"

"QX-¿Pero quiere decirme que no podemos localizarnos a *mil metros*?" A Kinnison se le escapó un pensamiento de asombro. "¿Qué clase de...?"

"Yo puedo localizarle a usted, pero usted no puede localizarme a mí", fue la seca respuesta. "Todo el mundo sabe que Trenco es peculiar, pero nadie que no haya estado nunca aquí puede darse cuenta, ni siquiera vagamente, de lo peculiar que es en realidad. Los detectores y los rayos espía son inútiles, los electromagnéticos están prácticamente paralizados y los aparatos ópticos son claramente poco fiables. Aquí no puede confiar en su visión: no crea nada de lo que vea. Antes se necesitaban días para desembarcar un barco en este puerto, pero con nuestros lentes y mi "sentido de la percepción", como usted lo llama, será cuestión de minutos".

Kinnison dirigió su nave a la posición designada.

"Corta el Berg, Thorndyke, ya hemos terminado. Tenemos que construir una velocidad inerte para que coincida con la rotación, y la tierra inerte ".

"Gracias a todos los dioses del espacio por ello". El ingeniero lanzó un suspiro de alivio. "Llevaba una hora esperando que estallara y no sé si habríamos conseguido engranarlo de nuevo o no".

"QX en posición y órbita", informó Kinnison al todavía invisible puerto espacial unos minutos después. "Ahora, ¿qué pasa con ese Lensman? ¿Qué ha pasado?"

"Lo de siempre", fue la respuesta sin emoción. "Les ocurre a demasiados hombres de Lens que pueden ver, a pesar de todo lo que podamos decirles. Insistió en salir tras sus zwilniks en un coche de tierra y, por supuesto, tuvimos que dejarle marchar. Se despistó, perdió el control, dejó que algo - posiblemente la bomba de un zwilnik- se metiera bajo su borde de ataque, y el viento y los trencos hicieron el resto. Era Lageston de Mercator V, un buen hombre, además. ¿Cuál es su presión ahora?"

"Quinientos milímetros".

"Reduzca la velocidad. Ahora, si no puede vencer la tendencia a creer en sus ojos, será mejor que apague sus visiplacas y observe sólo el manómetro".

"Al estar advertido, creo que no puedo creer lo que ven mis ojos", y durante un minuto más o menos cesó la comunicación.

Ante un juramento sobresaltado de van Buskirk, Kinnison miró hacia la placa, y necesitó todo su valor para no sacudir salvajemente los mandos. Porque todo el planeta se estaba inclinando, tambaleándose, girando; girando locamente en un frenesí de movimientos imposibles; ¡e incluso mientras los patrulleros miraban fijamente una enorme masa de algo salió disparada directamente hacia la nave!

"¡Vete, Kim!", gritó la valeriana.

"Espera, Bus", advirtió el Lensman. "Eso es lo que nos espera, ¿sabe? Yo pasé todo el material tal y como lo recibí. Todo, es decir, excepto que un ï¿½zwilnik' es cualquier cosa o persona que venga despuï¿½s de la tionita, y que un 'trenco' es cualquier cosa, animal o vegetal, que viva en el planeta. QX, Tregonsee-setecientos, y me mantengo firme-¡espero!"

"Suficientemente estable, pero está demasiado lejos para que nuestro rayo de aterrizaje lo alcance. Aplique un poco de impulso. ... Cambie el rumbo a su izquierda y abajo-más a la izquierda-arriba un poco-eso es todo. Reduzca la velocidad... QX".

Se produjo un choque suave y desairado, y Kinnison volvió a traducir a sus compañeros los pensamientos del desconocido:

"Le tenemos. Corte toda la energía y bloquee todos los controles en punto muerto. No hagan nada más hasta que les ordene salir".

Kinnison obedeció; y, liberados de todo deber, los visitantes contemplaron con fascinada incredulidad la visiplate. Porque aquello que contemplaban era y debía seguir siendo para siempre imposible de duplicar en la Tierra, y sólo en la imaginación puede imaginarse siquiera débilmente. Imagine todas las criaturas fantásticas y monstruosas de una visión de delirium-tremens encarnada y real. Imagínelas lanzadas por los aires, arrastradas por un vendaval cargado de polvo más severo que cualquiera de los que haya soportado jamás el gran polvorín americano o el desierto del Sahara africano. Imagine esta escena como si se viera, no en un espejo ordinario, sólido y deformante, sino en uno cuyos contornos falsamente reflectantes cambiaran constantemente, sin ningún ritmo lógico o inteligible, en nuevas y cada vez más grotescas deformaciones. Si la imaginación ha estado a la altura de la tarea, el resultado es lo que los visitantes intentaron ver.

Al principio, no pudieron distinguir nada. Sin embargo, al acercarse más, la espantosa distorsión fue disminuyendo y la llana extensión adquirió una apariencia de rigidez. Directamente bajo ellos distinguieron algo que parecía una inmensa ampolla plana sobre el terreno, por lo demás sin rasgos. Hacia esta ampolla se dirigió su nave.

Se abrió un puerto, empequeñecido en tamaño aparente a una mera ventana por la inmensidad de la estructura una de cuyas entradas era. A través de este puerto, la inmensa masa de la nave espacial fue transportada sobre las barras de aterrizaje, y tras ella se cerraron con estrépito las poderosas compuertas de bronce y acero. La esclusa fue bombeada al vacío, se oyó un silbido de aire entrante, un rocío de líquido vaporoso bañó cada centímetro de la superficie de la nave, y Kinnison sintió de nuevo el tranquilo pensamiento de Tregonsee, el Lensman Rigelliano:

"Ya puede abrir su esclusa y salir. Si he leído bien nuestra atmósfera es lo suficientemente parecida a la suya en contenido de oxígeno como para que no sufra efectos nocivos por ella. Puede ser bueno, sin embargo, que lleve su armadura hasta que se haya acostumbrado a su densidad considerablemente mayor."

"¡Eso será un alivio!" gruñó el bajo profundo de van Buskirk, cuando su jefe hubo transmitido el pensamiento. "Llevo tanto tiempo respirando esta cosa tan fina que me estoy mareando".

"¡Eso es gratitud!" replicó Thorndyke. "Hemos estado teniendo un aire tan pesado que ahora todos los demás estamos espesos de cabeza. Si el aire de este puerto espacial es más pesado que el que hemos estado teniendo, ¡voy a llevar armadura mientras permanezcamos aquí!"

Kinnison abrió la esclusa, encontró satisfactoria la atmósfera del puerto espacial y salió; para ser saludado cordialmente por Tregonsee el Lensman.

Esta-esta aparición estaba al menos erguida, lo que ya era algo. Su cuerpo tenía el tamaño y la forma de un bidón de aceite. Debajo de este enorme cilindro de cuerpo había cuatro piernas cortas y en forma de bloque sobre las que se contoneaba con sorprendente rapidez. A media altura del cuerpo, por encima de cada pierna, brotaba un brazo tentacular de tres metros de largo, retorcido y sin huesos, que hacia la extremidad se ramificaba en docenas de tentáculos menores, cuyo tamaño variaba desde zarcillos como pelos hasta poderosos dedos de cinco centímetros o más de diámetro. La cabeza de Tregonsee no era más que una cúpula abultada, inmóvil y sin cuello en el centro de la superficie superior plana de su cuerpo, una cúpula que no tenía ni ojos ni orejas, sino sólo cuatro bocas desdentadas espaciadas por igual y cuatro orificios nasales únicos y acampanados.

Pero Kinnison no sintió ningún reparo de repugnancia ante el aspecto monstruoso de Tregonsee, porque incrustada en la carne correosa de un brazo estaba la Lente. Aquí, sabía el Lensman, había en todo lo esencial un HOMBRE, y probablemente un superhombre.[21]

"Bienvenido a Trenco, Kinnison de Tellus", decía Tregonsee. "Aunque somos vecinos cercanos en el espacio, nunca he visitado su planeta. Me he encontrado con telurianos aquí, por supuesto, pero no eran del tipo de los que se reciben como invitados".

"No, un zwilnik no es un tipo elevado de teluriano", convino Kinnison. "A menudo he deseado poder tener su sentido de la percepción, aunque sólo

---

[21] Esta es la primera aparición de Tregonsee el Lensman Rigeliano en la serie. Rigel ha tenido muchos tipos de vida diferentes representados en la ciencia ficción. Wikipedia (como era de esperar) tiene un artículo detallado: https://en.wikipedia.org/wiki/Rigel_in_fiction

fuera por un día. Debe de ser realmente maravilloso poder percibir una cosa en su totalidad, por dentro y por fuera, en lugar de tener la visión detenida en su superficie, como ocurre con la nuestra. Y ser independiente de la luz o de la oscuridad, no estar nunca perdido ni necesitar instrumentos; saber definitivamente dónde estás en relación con cualquier otro objeto o cosa que te rodee... ese, creo, es el sentido más maravilloso del Universo."

"Igual que he deseado la vista y el oído, esos dos sentidos extraordinarios y para nosotros totalmente inexplicables. He soñado, he estudiado volúmenes, sobre el color y el sonido. El color en el arte y en la naturaleza; el sonido en la música y en las voces de los seres queridos; pero siguen siendo símbolos sin sentido sobre una página impresa. Sin embargo, tales pensamientos son vanos. Con toda probabilidad, ninguno de los dos disfrutaría del equipo del otro si lo tuviera, y este intercambio no es de ninguna ayuda material para usted."

En un parpadeo de pensamientos, Kinnison comunicó entonces al otro Lensman todo lo que había ocurrido desde que abandonó la Base Prima.

"Percibo que su Bergenholm es de la clasificación estándar catorce", dijo Tregonsee, cuando el teluriano terminó su relato. "Tenemos varios repuestos aquí; y, aunque todos tienen montajes de Patrulla reglamentarios, llevaría mucho menos tiempo cambiar los montajes que revisar su máquina".

"Así es. Nunca pensé en la posibilidad de que tuviera repuestos a mano, y ya hemos perdido mucho tiempo. ¿Cuánto tardaremos?"

"Un turno de trabajo para cambiar los montajes; al menos ocho para reconstruir el suyo lo suficiente para estar seguro de que le llevará a casa".

"Cambiaremos de montura, entonces, por supuesto. Llamaré a los muchachos".

"No hay necesidad de eso. Estamos ampliamente equipados y ni ustedes, los humanos, ni los velantianos podrían manejar nuestras herramientas". Tregonsee no hizo ningún movimiento visible ni Kinnison pudo percibir una pausa en su pensamiento, pero mientras conversaba con el teluriano media docena de sus rigelianos de bloques habían dejado lo que estuvieran haciendo y se dirigían hacia la nave visitante. "Ahora debo dejarles por un tiempo, ya que tengo un viaje más que hacer esta tarde".

"¿Hay algo que pueda hacer para ayudarle?", preguntó Kinnison.

"No", fue la negativa definitiva. "Volveré dentro de tres horas, ya que mucho antes de la puesta de sol el viento hace imposible que entre en el puerto ni siquiera un coche de tierra. Entonces le demostraré por qué puede sernos de poca ayuda".

Kinnison pasó esas tres horas observando a los Rigellians trabajar en el Bergenholm; no había necesidad de dirección o consejo. Sabían lo que tenían que hacer y lo hacían. Aquellos dedos diminutos como cabellos, literalmente cientos de ellos a la vez, realizaban tareas delicadas con una delicadeza y una prontitud sobrecogedoras; cuando se trataba de tareas pesadas, los dedos más grandes o incluso los brazos enteros se envolvían alrededor del trabajo y, con el sólido refuerzo de las cuatro piernas en forma de bloque, ejercían fuerzas a las que ni siquiera el gigantesco armazón de van Buskirk podría haberse acercado.

A medida que se acercaba el final de la tercera hora, Kinnison observó con un rayo espía -no había ventanas en el puerto espacial de Trenco- la vía terrestre a sotavento de la estructura. A pesar de las extrañas payasadas del sol de Trenco -girando, saltando, apareciendo y desapareciendo- sabía que estaba bajando. Pronto vio que el coche de tierra se acercaba, desplazándose a paso de cangrejo, con el morro contra el viento pero moviéndose en realidad hacia atrás y hacia los lados. Aunque la "visión" era muy pobre, a esta corta distancia la distorsión era mínima y pudo ver que, al igual que su nave progenitora, el coche de tierra era una ampolla. Sus bordes tocaban realmente el suelo por todas partes, inclinándose hacia arriba y por encima en una curva inversa tan suave que cuanto más fuerte soplaba el viento más firmemente se presionaba el vehículo hacia abajo.

La aleta del suelo se levantó lo suficiente para despejar la parte superior del coche y la pequeña nave se deslizó hacia arriba. Pero antes de que las barras de aterrizaje pudieran agarrarlo, el coche de tierra chocó con un remolino de la aleta, un remolino en un medio que, aunque gaseoso, a esa velocidad era prácticamente sólido. La tierra salió despedida a torrentes por el borde de ataque, el coche saltó por los aires y salió despedido, de punta a punta. Pero Tregonsee, con consumada maestría, volvió a forzarla para que quedara plana, y de nuevo se arrastró hacia el alerón. Esta vez las barras de aterrizaje se afianzaron y, aunque la pequeña embarcación aleteó como una hoja en un vendaval, fue arrastrada hacia el interior del puerto y la aleta bajó tras ella. Entonces fue rociada y Tregonsee salió.

"¿Por qué el spray?", pensó Kinnison, cuando el Rigelliano entró en su sala de control.

"Trencos Gran parte de la vida de este planeta comienza a partir de esporas casi imperceptibles. Se desarrolla rápidamente, alcanza un tamaño considerable y consume todo lo orgánico que toca. Este puerto fue despoblado una y otra vez antes de que se desarrollara el aerosol letal. Ahora gire de nuevo su rayo espía a sotavento del puerto".

Durante los pocos minutos que habían transcurrido, el viento había aumentado su furia hasta tal punto que el propio suelo hervía en el tumultuoso remolino que se formaba en el borde de fuga, por más que el puerto espacial fuera ultraligero. Y ese remolino, que superaba con creces en violencia a cualquier tormenta conocida en la Tierra, era para los habitantes de Trenco un lugar tranquilo de apariencia milagrosa en el que podían detenerse y descansar, comer y ser comidos.

Una monstruosidad globular había clavado pseudópodos en la tierra hirviente. Otras extremidades salieron ahora disparadas, agarrando un crecimiento parecido a una planta rodadora. Esta última se defendió con saña, pero no pudo hacer mella en el gomoso tegumento de la primera. Entonces, una criatura más pequeña, deslizándose por la curva pulida del escudo, fue enredada por la planta rodadora. Se produjo el asombroso espectáculo de una mitad de la planta rodadora devorando al recién llegado, ¡incluso mientras su otra mitad era devorada por el globo!

"Ahora mire más lejos, aún más lejos", le dirigió Tregonsee.

"No puedo. Las cosas adoptan movimientos imposibles y se distorsionan tanto que resultan irreconocibles".

"Exactamente. Si vieras un zwilnik ahí fuera, ¿dónde dispararías?"

"A él, supongo... ¿por qué?"

"Porque si disparara hacia donde cree verle, no sólo fallaría, sino que el rayo podría muy bien girar y entrar por su propia espalda. Muchos hombres han sido asesinados por sus propias armas precisamente de esa manera. Puesto que sabemos, no sólo cuál es el objeto, sino exactamente dónde está, podemos corregir nuestras líneas de puntería en función de los valores de distorsión existentes en ese momento. Ésta es, por supuesto, la razón por la que los rigelianos y otras razas que poseen el sentido de la percepción somos los únicos que podemos vigilar eficazmente este planeta."

"Razón suficiente, diría yo, por lo que he visto", y se hizo el silencio.[22]

Durante minutos, los dos Lensmen observaron, mientras criaturas de cien tipos afluían a sotavento del puerto espacial y se mataban y comían unas a otras. Finalmente algo se acercó arrastrándose contra el viento, contra aquel vendaval inimaginable; una criatura aerodinámica y plana parecida en cierto modo a una tortuga pero con la forma de un coche terrestre. Clavando

---

[22] Trenco no es probablemente la inspiración del planeta Solaris de la gran novela de Stanislav Lem con ese nombre, pero hay algunos puntos en común: ambos planetas son misteriosos y ambos tienen un impacto psicodélico en la conciencia humana... o mortal.

en la tierra unas aletas largas y ganchudas, avanzó arrastrándose, sin prestar atención a las decenas de criaturas menores que se lanzaban sobre su lomo acorazado, hasta que estuvo cerca de la criatura más grande con forma de balón de fútbol del remolino. Entonces, como un rayo, clavó un órgano afilado como una aguja de al menos veinte centímetros en la masa coriácea de su víctima. Luchando convulsivamente, la cosa golpeada levantó a la tortuga una fracción de pulgada y ambos fueron lanzados instantáneamente fuera de la vista; la bola viviente seguía comiendo un delicioso trozo de presa a pesar del hecho de que estaba empalada en el poniard de la tortuga y estaba ciertamente condenada.

"Dios mío, ¿qué ha sido eso?", exclamó Kinnison.

¿"El piso"? Era un representante de la forma de vida más elevada de Trenco. Puede que desarrolle una civilización con el tiempo; ahora es bastante inteligente".

"¡Pero las dificultades!", protestó el teluriano. "Construir ciudades, incluso hogares..."

"Ni las ciudades ni las viviendas son necesarias aquí, ni siquiera deseables. ¿Para qué construir? Nada es ni puede ser fijo en este planeta, y puesto que un lugar es exactamente igual a todos los demás, ¿por qué desear permanecer en un lugar concreto? Lo hacen muy bien, a su manera móvil. Aquí, se darán cuenta, viene la lluvia".

Llegó la lluvia -cuarenta y cuatro pulgadas por hora de lluvia- y los relámpagos incesantes. La tierra se convirtió primero en barro y luego en agua turbia que se precipitaba en trombas y masas que volaban ferozmente. Ahora, a sotavento del puerto espacial, los extravagantes habitantes de Trenco estaban excavando en el barro, comiéndose unos a otros y cualquier otra cosa que se pusiera a su alcance.

El agua se hacía cada vez más profunda y su superficie superior se batía ahora en frenéticas láminas de rocío. La estructura estaba ahora a flote, y

Kinnison vio con asombro que, a pesar de lo pequeña que era la superficie expuesta y de su curvatura plana, arrastraba por el agua a una velocidad espantosa los anchos anclajes de mar de acero que sujetaban su cabeza al vendaval.

"Sin puntos de referencia, ¿cómo sabe adónde va?", preguntó.

"Ni lo sabemos ni nos importa", respondió Tregonsee, encogiéndose mentalmente de hombros. "En eso somos como los nativos. Puesto que un lugar es como cualquier otro, ¿por qué elegir entre ellos?"

"¡Qué mundo, *qué* mundo! Sin embargo, empiezo a entender por qué la tionita es tan cara" y, abrumado por la furia cada vez mayor que se desataba en el exterior, Kinnison buscó su litera.

Llegó la mañana, un revés de la noche anterior. El líquido se evaporó, el barro se secó, la vegetación de crecimiento plano brotó con una rapidez pasmosa, los animales emergieron y de nuevo comieron y fueron comidos.

Y finalmente llegó el anuncio de Tregonsee de que era casi mediodía y que ahora, durante media hora más o menos, habría calma suficiente para que la nave espacial abandonara el puerto.

"¿Está seguro de que no le sería de ninguna ayuda?", preguntó el Rigelliano, medio en broma.

"Lo siento, Tregonsee, pero me temo que usted no encajaría en mi matriz mejor de lo que yo encajaría en la suya. Pero aquí tiene el carrete del que le hablé. Si se lo lleva a su base en su próximo relevo hará más bien a la civilización y a la Patrulla de lo que podría hacerlo viniendo con nosotros. Gracias por el Bergenholm, que está cubierto por los créditos, y muchas gracias por su ayuda y cortesía, que no se pueden cubrir. Adiós".

Y la nave, ahora totalmente apta para el espacio, salió disparada por el puerto, a través de la atmósfera nocivamente peculiar de Trenco, hacia el vacío del espacio.

CAPÍTULO 11

Gran Base

A cierta distancia de la galaxia, pero encadenado a ella por los flexibles pero poderosos lazos de la gravitación, el pequeño pero confortable planeta en el que se encontraba la base de Helmuth giraba en torno a su sol progenitor. Este planeta había sido elegido con sumo cuidado y su ubicación era un secreto celosamente guardado. Apenas uno de cada millón de las miríadas de habitantes de Boskone sabía siquiera que existía un planeta así; y de los pocos elegidos a los que se les había pedido que lo visitaran, a menos aún, con diferencia, se les había permitido abandonarlo.

La Gran Base cubría cientos de kilómetros cuadrados de la superficie de aquel planeta. Estaba equipada con todas las armas y armamento conocidos por el genio militar de la época; y en el centro exacto de aquella inmensa ciudadela se alzaba una reluciente cúpula metálica.

La superficie interior de aquella cúpula estaba forrada de visiplacas y comunicadores, cientos de miles de ellos. Kilómetros de pasarelas se aferraban precariamente a la pared curvada hacia el interior. Paneles de control y tableros de instrumentos cubrían el suelo en bancos y gradas, con sólo estrechas pasarelas entre ellos. Y ¡qué personal! Había solarianos, crevenienses, sirios. Había antareanos, vandemarianos, arcturianos. Había representantes de decenas, sí, cientos de otros sistemas solares de la galaxia.

Pero fuera cual fuera su forma externa, todos respiraban oxígeno y todos se nutrían de sangre roja y caliente. Además, todos eran iguales mentalmente. Cada uno había ganado su actual alto puesto pisoteando a los que tenía por debajo y derribando a los que tenía por encima en la rama a la que había pertenecido primero de la organización "pirata". Cada uno se caracterizaba por una falta total de escrúpulos, por una pasión fríamente despiadada por el poder y el lugar.

Kinnison había estado eminentemente en lo cierto en su creencia de que Boskone's no era un "equipo pirata" en ningún sentido ordinario de la palabra, pero incluso sus ideas sobre su verdadera naturaleza se quedaban muy lejos de la verdad. Era una cultura ya de alcance intergaláctico, pero construida sobre ideales diametralmente opuestos a los de la civilización representada por la Patrulla Galáctica.

Era una tiranía, una monarquía absoluta, un despotismo ni remotamente aproximado a las dictaduras de épocas anteriores. Sólo tenía un credo: "El fin justifica los medios". Cualquier cosa -literalmente *cualquier cosa*- que produjera el resultado deseado era encomiable; fracasar era el único delito. Los que tenían éxito nombraban sus propias recompensas; los que fracasaban eran disciplinados con una severidad impersonal y rígida exactamente proporcional a la magnitud de sus fracasos.[23]

Por lo tanto, en aquella fortaleza no habitaba ningún débil; y de toda su fría, dura y despiadada tripulación, el más frío, duro y despiadado con diferencia era Helmuth, el "portavoz de Boskone", que se sentaba en el gran escritorio del centro geométrico de la cúpula. Este individuo era casi humano en forma y complexión, ya que procedía de un planeta muy parecido a la Tierra en cuanto a masa, atmósfera y clima. De hecho, sólo su aura general y omnipresente de color azulado atestiguaba que no era oriundo de Tellus.

Sus ojos eran azules, su pelo era azul e incluso su piel era débilmente

---

[23] La organización secreta y las malévolas intenciones de SPECTRE de la franquicia James Bond suenan mucho a esto. ¿Coincidencia?

azul bajo su capa de bronceado ultravioleta. Su personalidad intensamente dinámica irradiaba azulidad, no el azul suave de un cielo terrenal, ni el azul dulcemente inocuo de una flor terrenal, sino el azul agudamente despiadado de un rayo delta, el azul frío y amargo de un iceberg polar, el azul inflexible e inflexible del acero de tungsteno-cromo templado y estirado.

Ahora un ceño se fruncía en su rostro arrogantemente patricio mientras sus ojos se clavaban en el plato que tenía ante sí, de cuya base salían las palabras que pronunciaba el ayudante retratado en su profunda superficie:

" -el quinto se sumergió en el océano más profundo de Corvina II, en cuyas profundidades todos los rayos son inútiles. Las naves que le siguieron aún no han informado, pero lo harán en cuanto hayan completado su misión. No se ha encontrado ningún rastro de la sexta, por lo que se supone que fue destruida-"

"¿Quién lo supone?", preguntó Helmuth, fríamente. "No hay justificación alguna para tal suposición. Continúe".

"El Lensman, si lo hay y si está vivo, debe estar por tanto en el quinto barco, que está a punto de ser tomado".

"Su informe no es ni completo ni concluyente, y no apruebo en absoluto su insinuación de que el Lensman es simplemente un producto de mi imaginación. Que fuera un Lensman es la única conclusión lógica posible - ninguna otra de las fuerzas de la Patrulla podría haber hecho lo que se ha hecho. Postulando su realidad, me parece que en lugar de ser una mera posibilidad, es altamente probable que se nos haya escapado de nuevo, y de nuevo en una de nuestras propias naves-esta vez en la que usted ha asumido tan convenientemente que ha sido destruida. ¿Ha buscado en la línea de fuga?"

"Sí, señor. Todo en el espacio y cada planeta al alcance de esa línea ha sido examinado con cuidado; excepto, por supuesto, Velantia y Trenco".

"Velantia carece, por el momento, de importancia. La sexta nave salió de Velantia y no volvió allí. ¿Por qué Trenco?" y Helmuth pulsó una serie de botones. "Ah, ya veo... Recapitulando, una nave, la que con toda probabilidad transporta ahora al Lensman, sigue en paradero desconocido. *¿Dónde se encuentra?* Sabemos que no ha aterrizado en ningún planeta solariano ni cerca de él, y se están tomando medidas para que no lo haga en ningún planeta de la "Civilización" ni cerca de él. Ahora, creo, se ha hecho necesario peinar ese planeta Trenco, palmo a palmo".

"Pero señor, ¿cómo?", comenzó el subordinado de ojos ansiosos.

"¿Desde cuándo es necesario dibujar diagramas y hacer planos para ustedes?", preguntó Helmuth, con dureza. "Tenemos naves tripuladas por ordoviques y otras razas que tienen el sentido de la percepción. Averigüe dónde están y llévelos allí a toda máquina" y pulsó un botón, para sustituir la imagen de su placa por otra.

"Ahora es de suma importancia que completemos nuestro conocimiento de la Lente de la Patrulla", comenzó, sin saludo ni preámbulo. "¿Ha rastreado ya su origen?"

"Creo que sí, pero no lo sé con certeza. Ha resultado ser una tarea de tal dificultad-"

"Si hubiera sido fácil, no se lo habría asignado especialmente a usted. Adelante".

"Todo parece apuntar al planeta Arisia, del que no puedo saber nada definitivo salvo-"

"¡Un momento!" Helmuth pulsó más botones y escuchó. "Inexplorado... desconocido. Rechazado por todos los hombres del espacio..."

"Superstición, ¿eh?", espetó. "¿Otro de esos planetas encantados?"

"Algo más que una superstición ordinaria de los astronautas, señor, pero justo lo que no he podido descubrir. Peinando mi departamento conseguí formar una tripulación de aquellos que o no le temían o nunca habían oído hablar de ello. Esa tripulación está ahora en camino hacia allí".

"¿A quién tenemos en ese sector del espacio? Me parece deseable comprobar sus hallazgos".

El jefe de departamento desgranó una lista de nombres y números que Helmuth consideró detenidamente.

"Gildersleeve, el valeriano", decidió. "Es un buen hombre, que avanza rápidamente. Aparte de una firme creencia en sus peculiares dioses, no ha mostrado signos de debilidad. ¿Le ha considerado?"

"Desde luego". El esbirro, tan frío como su gélido jefe, sabía que las explicaciones no satisfacerían a Helmuth, por lo que no ofreció ninguna. "En este momento está haciendo una redada, pero le pondré sobre él si quiere".

"Hágalo", y en el plato de Helmuth apareció una escena del espacio profundo de rapiña y pillaje.

El crucero de la Patrulla de convoy ya había sido borrado de la existencia; sólo quedaban unas masas de escombros a la deriva para demostrar que alguna vez había existido. Los haces de agujas estaban trabajando y pronto el mercante colgaba inerte e indefenso. Los piratas, despreciando utilizar el puerto de entrada de emergencia, simplemente volaron todo el panel de entrada. Luego abordaron, un enjambre acorazado, DeLameters en llamas esparciendo muerte y destrucción ante ellos.

Los marineros, superados en número y sobrearmados, lucharon heroicamente, pero inútilmente. Cayeron en grupos y por separado; los que no estaban ya muertos fueron arrojados cruelmente al espacio en trajes espaciales rajados y con los pilotos destrozados. Sólo las mujeres más jóvenes - las azafatas, las enfermeras, una o dos de las pocas pasajeras- fueron tomadas como botín; todas las demás compartieron el destino de la tripulación.

Entonces, con el barco saqueado desde el morro hasta las hélices de popa y todo artículo o cosa de valor transbordado, el asaltante se alejó, bañado en el resplandor blanquiazul de las bombas que estaban destruyendo todo rastro de la existencia del mercante. Entonces y sólo entonces Helmuth se reveló a Gildersleeve.

"Un trabajo bueno y limpio, capitán", elogió. "Ahora, ¿le gustaría visitar Arisia por mí, directamente?"

Una palidez cubrió el rostro normalmente rubicundo del valeriano y un temblor incontrolable sacudió su gigantesco armazón. Pero mientras consideraba las implicaciones residentes en la frase final de Helmuth, se lamió los labios y habló.

"Odio decir que no, señor, si usted me lo ordena y si hubiera alguna forma de hacer que mi tripulación lo hiciera. Pero estuvimos cerca de allí una vez, señor, y nosotros-nosotros... bien, señor, *vi* cosas, señor, y fui-¡fui *advertido*, señor!"

"¿Vio qué? ¿Y fue advertido de qué?"

"No puedo describir lo que vi, señor. Ni siquiera puedo pensar en ello con pensamientos que signifiquen algo. En cuanto a la advertencia, sin embargo, fue muy definitiva, señor. Me dijeron muy claramente que si vuelvo a acercarme a ese planeta, tendré una muerte peor que cualquiera que haya repartido a cualquier otro ser vivo".

"¿Pero volverá a ir allí?"

"Le digo, señor, que la tripulación no lo hará", respondió Gildersleeve, tenazmente. "Aunque estuviera ansioso por ir, todos los hombres a bordo se amotinarían si lo intento".

"Llámelos ahora mismo y dígales que le han ordenado ir a Arisia".

El capitán así lo hizo, pero apenas había empezado a hablar cuando su primer oficial -también valeriano, por supuesto- le paró en seco, tiró de su DeLameter y habló salvajemente:

"¡Córtala, Gil! No vamos a ir a Arisia. Estuve contigo antes, lo sabes. Pon rumbo a menos de cinco puntos de ese maldito planeta y te reviento donde estás sentado".

"¡Helmuth, habla en nombre de Boskone!", arrancó el altavoz del cuartel general. "Esto es un motín del más alto rango. Usted conoce la pena, ¿no es así?"

"Por supuesto que sí, ¿y qué?" replicó el primer oficial.

"Suponga que le *digo* que vaya a Arisia". La voz de Helmuth era ahora suave y sedosa, pero instintiva con una amenaza mortal.

"¡En ese caso *le* digo que se vaya al noveno infierno, o a Arisia, un millón de veces peor!"

"¿Qué? ¿Te atreves a *hablarme* así?", exigió el archipirata, con el puro asombro ante la audacia del tipo cubriendo su creciente ira.

"Así me atrevo", declaró el rebelde, descarado desafío e inalterable resolución en cada línea de su duro cuerpo y en cada lineamento de su duro rostro. "Todo lo que puedes hacer es matarnos. Podéis ordenar que salgan suficientes naves para volarnos del éter, pero eso es todo lo que *podéis* hacer. Eso sería sólo la muerte y tendríamos la diversión de llevarnos a muchos de los muchachos con nosotros. Si vamos a Arisia, sin embargo, sería diferente, muy, *muy* diferente. No, Helmuth, y te echo esto en cara: si vuelvo a acercarme a Arisia será en un barco en el que tú, Helmuth, en persona, estés sentado a los mandos. Si cree que es un desafío vacío y no le gusta, no lo acepte. Envíe a sus perros".

"¡Eso bastará! Preséntense en la Base D bajo-" Entonces la llamada de ira de Helmuth pasó, y su fría razón se hizo cargo. Aquí había algo totalmente sin precedentes; una tripulación entera de los merodeadores más duros del espacio ofreciendo un motín abierto y descarado -no, no un motín, sino una rebelión real- a él, Helmuth, en su propia persona. Y no un levantamiento típico, escurridizo y cuidadosamente planeado, sino la desesperación inamoviblemente descarada de unos hombres que hacen en última instancia un último esfuerzo. Verdaderamente, debía de ser una superstición poderosa para que aquella tripulación de duros infernales eligiera una muerte segura antes que enfrentarse de nuevo a los imaginarios -*debían de* ser imaginarios- peligros de un planeta desconocido e inexplorado por los planetógrafos de Boskone. Pero eran, después de todo, hombres del espacio corrientes, de poca fuerza mental y de escasa capacidad real. Aun así, estaba claramente indicado que en este caso debía evitarse una acción precipitada.

Por ello prosiguió con calma y casi sin pausa. "Cancele todo esto que se ha hablado y que ha tenido lugar. Continúe con sus órdenes originales a la espera de una investigación más profunda", y volvió a cambiar su plato hacia el jefe de departamento.

"He comprobado sus conclusiones y las he encontrado correctas", anunció, como si no hubiera ocurrido nada fuera de lo normal. "Ha hecho bien en enviar una nave a investigar. Esté donde esté o haga lo que haga, avíseme al instante al primer signo de irregularidad en el comportamiento de cualquier miembro del personal de esa nave".

Esa llamada tampoco se hizo esperar. La tripulación cuidadosamente seleccionada -seleccionada por su total desconocimiento del temible planeta que era su objetivo- navegaba en feliz ignorancia, tanto del verdadero significado de su misión como de lo que iba a ser su espantoso final. Poco después de la insatisfactoria entrevista de Helmuth con Gildersleeve y su compañero, la desafortunada nave exploradora alcanzó la barrera que los arisios habían establecido alrededor de su sistema y a través de la cual no se permitía el paso a ningún extraño no invitado.

La nave en vuelo libre chocó contra aquella frágil barrera y se detuvo. En el instante del contacto, una oleada de fuerza mental inundó la mente del capitán, que, farfullando de puro terror y pánico, alejó su nave de aquel muro impregnado de horror y lanzó llamada tras llamada frenética a lo largo de su manga, de vuelta al cuartel general. Su primera llamada, en el instante de la recepción, fue retransmitida a Helmuth en su escritorio central.

"¡Quieto, hombre; informe con inteligencia!", espetó aquel dignatario, y sus ojos, grandes ahora sobre la placa del capitán acobardado, se clavaron fijos, hipnóticos, en los del jefe de la expedición. "Contrólese y cuénteme exactamente lo que ha pasado. ¡Todo!"

"Bueno, señor, cuando chocamos contra algo -una pantalla de algún tipo- y nos detuvimos, algo subió a bordo. Era-¡oh-ay-ay-e-e!" su voz se elevó a un chillido, pero bajo la mirada dominante de Helmuth se calmó rápidamente y continuó. "Un monstruo, señor, si alguna vez hubo uno. Un demonio que escupe fuego, señor, con dientes y garras y una cola cruelmente espinosa. Me habló en mi propia lengua crevense. Dijo-"

"No importa lo que haya dicho. No lo oí, pero puedo adivinar lo que fue. Te amenazó de muerte de alguna manera horrible, ¿no es así?" y los tonos fríamente irónicos hicieron más por restablecer el equilibrio del tembloroso hombre de lo que hubieran podido hacer montones de remordimientos.

"Bueno, sí, eso era más o menos, señor", admitió.

"¿Y eso le parece razonable a usted, comandante de un acorazado de primera clase de la Flota de Boskone?", se mofó Helmuth.

"Bueno, señor, dicho así, parece un poco descabellado", respondió el capitán, tímidamente.

"*Es* inverosímil". El director, en la seguridad de su cúpula, podía permitirse ser positivo. "No sabemos exactamente qué causó esa alucinación, aparición o lo que fuera; usted fue el único que pudo verla, aparentemente; desde luego, no era visible en nuestras placas maestras. Probablemente fue alguna forma de sugestión o hipnotismo; y usted sabe tan bien como nosotros que cualquier sugestión puede ser desechada por una voluntad definitivamente opuesta. Pero usted no se opuso, ¿verdad?".

"No, señor, no tuve tiempo".

"Tampoco tenían sus pantallas apagadas, ni grabadoras automáticas en el viaje. De hecho, casi nada. ... Creo que será mejor que vuelvan aquí, a toda máquina".

"¡Oh, no, señor, por favor!" Sabía qué recompensas se concedían a los fracasos, y las palabras cuidadosamente elegidas de Helmuth ya habían producido el efecto deseado por su interlocutor. "Me tomaron por sorpresa entonces, pero pasaré por esto la próxima vez".

"Muy bien, le daré una oportunidad más. Cuando se acerquen a la barrera, o lo que sea, pónganse inertes y apaguen todas sus pantallas. Manejen sus placas y armas, pues lo que pueda hipnotizar puede ser matado. Avance a toda velocidad, con toda la aceleración que pueda conseguir. Choquen contra todo lo que se les oponga y transporten todo lo que puedan detectar o ver. ¿Se le ocurre algo más?"

"Eso será suficiente, señor". La ecuanimidad del capitán se restableció por completo, ahora que los preparativos bélicos hacían cada vez más nebulosa la repentina, pero única, oleada de pensamientos del arisiano.

"¡Adelante!"

El plan se llevó a cabo al pie de la letra. Esta vez la nave pirata golpeó inerte la frágil barrera, y su ligera fuerza no ofreció ningún obstáculo tangible a la prodigiosa masa de metal. Pero esta vez, como la barrera fue realmente traspasada, no hubo advertencia mental ni posibilidad de retirada.

Muchos hombres tienen esqueletos en sus armarios. Muchos tienen fobias, cosas a las que temen conscientemente. Muchos otros las tienen, no conscientemente, sino enterradas en lo más profundo del subconsciente; espectros que rara vez o nunca se elevan por encima del umbral de la percepción. Todo ser sensible tiene, si no espectros como éstos, al menos unas cuantas aversiones, temores o miedos activos o latentes. Esto es cierto, por muy tranquila y pacífica que haya sido la vida del ser.

Estos piratas, sin embargo, eran la escoria del espacio. Eran seres de vidas duras y criminales y de pasiones violentas y sin ley. Sus odios y actos desgarradores de conciencia habían sido legión, su recuento de crímenes largo, negro y espantoso. Por lo tanto, ligero fue en verdad el esfuerzo requerido para localizar en sus mentes conscientes -por no hablar de las nocivas profundidades de sus subconscientes- visiones de horror aptas para hacer estallar intelectos más fuertes que el suyo. Y eso es exactamente lo que hizo el Vigilante de Arisia.

De la mente total de cada pirata, un verdadero pozo de carbonilla, extraía las heces más asquerosas e indecibles, las cosas profundamente ocultas que el sujeto más temía. De estas cosas formaba un todo de horror incomprensible e increíble, y este todo espantoso lo hacía encarnado y visible para el pirata que era su padre involuntario; tan visible como si estuviera compuesto de carne y hueso, de cobre y acero. ¿Es de extrañar que cada uno de los miembros de aquella tripulación de forajidos, al ver tan abominable materialización, enloqueciera al instante?

Es inútil entrar en las formas horriblemente monstruosas de aquellas cosas, aunque fuera posible; porque cada una de ellas era visible para un solo hombre, y ninguna de ellas era visible para los que las observaban desde la seguridad de la base distante. Para ellos, toda la tripulación simplemente abandonaba sus puestos y se atacaban unos a otros, sin sentido y con un frenesí demencial, con cualquier arma que tuvieran a mano. De hecho, muchos de ellos lucharon con las manos desnudas, con las armas colgando sin usar en sus cinturones, golpeando, arañando, mordiendo hasta que la vida les fue arrancada horriblemente. En otras partes de la nave los DeLameters flamearon brevemente, las barras se estrellaron crujiendo, los cuchillos y las hachas se cizallaron y mordieron zanjadoramente. Y pronto todo terminó, casi. El piloto seguía vivo, inmóvil y rígido a sus mandos.

Entonces él también se movió; rápida y decididamente. Cortó el Bergenholm, hizo girar la nave, puso sus propulsores al máximo y la estabilizó en un rumbo exacto, y cuando Helmuth leyó ese rumbo incluso sus nervios de hierro le fallaron momentáneamente. Porque la nave volaba, no hacia su propio puerto base, sino directamente hacia la Gran Base, ¡el planeta celosamente secreto cuyas coordenadas espaciales ni aquel piloto ni ninguna otra criatura de las filas piratas habían conocido jamás!

Helmuth soltó órdenes, a las que el piloto no prestó atención. Su voz - por primera vez en su carrera- se elevó a un aullido, pero el piloto siguió sin prestarle atención. En su lugar, con los ojos desorbitados por el horror y los dedos curvados tensamente en auténticas garras, se irguió sobre su banco y saltó como si quisiera agarrar y desgarrar a algún enemigo indeciblemente espantoso. Saltó por encima de su tabla hacia el aire delgado y vacío. Cayó desplomado en un laberinto de barras de autobús desnudas y de alto potencial. Su cuerpo se desvaneció en un destello de llamas abrasadoras y una nube de humo espeso y grasiento.

Las barras de los autobuses se limpiaron de su horripilante "corto" y la gran nave, tripulada ahora enteramente por cadáveres, siguió adelante.

"-¡Klebots apestosos,[24] los cobardes lirondos!" el jefe de departamento, que también había estado gritando órdenes, seguía golpeando su escritorio y gritando. "Si tienen *tanto* miedo -se vuelven locos y se matan sin que nadie les toque- tendré que ir yo mismo".

"No, Sansteed", interrumpió Helmuth secamente. "No tendrá que ir. Después de todo, creo que hay algo allí, algo que puede que no seas capaz de manejar. Verá, ha pasado por alto el único hecho clave esencial". Se refería al curso, cuyo escenario le había sacudido hasta la médula.

"Déjalo", acalló el torrente de preguntas y protestas del otro. "No serviría de nada detallárselo ahora. Que lleven el barco de vuelta a puerto".

Helmuth sabía ahora que no era la superstición lo que hacía que los hombres del espacio rehuyeran Arisia. Sabía que, al menos desde su punto

---

[24] No he podido encontrar un significado histórico en el mundo real para un "klebot". "Von Klebot" es un patronímico, posiblemente de origen alemán.

de vista, había algo que fallaba gravemente. Pero no tenía ni la más remota idea de la situación real, ni del poder real y terrible que los arisios podían ejercer, y en ocasiones ejercerían.

CAPÍTULO 12

Kinnison trae a casa el tocino

Helmuth se sentó en su escritorio, pensando; pensando con toda la precisión fríamente analítica de la que era capaz.

Este Lensman era a la vez poderoso y tremendamente ingenioso. El motor de energía cósmica, desarrollado por la ciencia de un mundo del que la Patrulla no sabía nada, era el único gran elemento de superioridad de Boskone. Si se lograba mantener a la Patrulla en la ignorancia de ese impulso, la lucha habría terminado en un año; la cultura de la mano de hierro sería indiscutible en toda la galaxia.

Sin embargo, si la Patrulla lograba conocer el secreto más importante de Boskone, la guerra entre las dos culturas podría prolongarse indefinidamente. Este Lensman conocía ese secreto y seguía suelto, de eso estaba demasiado seguro. Por lo tanto, el Lensman debía ser destruido. Y eso sacó a relucir el Lens.

¿Qué era? Una chuchería peculiar; de hecho, imposible de duplicar debido a alguna sutileza de disposición intraatómica, y que poseía unas potencialidades peculiares y funestas. La vieja creencia de que nadie excepto un Lensman podía llevar una Lente era cierta; él lo había demostrado. La Lente debía explicar de algún modo la extraordinaria habilidad del Lensman, y debía relacionarse, de algún modo, tanto con Arisia como con las pantallas-pensamiento. La Lente era lo único que poseía la Patrulla que sus propias fuerzas no tenían. Debía tenerla y la tendría, pues sin duda era un arma poderosa. No comparable, por supuesto, con su propio monopolio de la energía cósmica, pero ese monopolio estaba ahora amenazado, y seriamente. Ese Lensman *debía ser destruido*.

¿Pero cómo? Era fácil decir "Peine Trenco, palmo a palmo", pero hacerlo resultaría una tarea hercúlea. Supongamos que el Lensman volviera a escapar, en aquel volumen de medios tan fantásticamente distorsionados. Ya había escapado dos veces, en un éter mucho más claro que el de Trenco. Sin embargo, si su información no llegaba nunca a la Base Prima poco daño se haría, y se habían lanzado naves alrededor de todos los sistemas solares a los que el Lensman podía llegar. Ni siquiera un meteorito de grano de polvo podría pasar esas pantallas sin ser detectado. Demasiado para el Lensman. Ahora sobre conseguir el secreto de la Lente.

De nuevo, ¿cómo? Había *algo* en Arisia; algo relacionado de algún modo con la Lente y con el pensamiento -posiblemente también con esas pantallas de pensamiento.....

Su mente repasó la forma poco ortodoxa en que había adquirido aquellos dispositivos -poco ortodoxa en el sentido de que ni los había robado ni había asesinado a su inventor. Una persona se había acercado a él con claves y credenciales que no podían ignorarse; le había entregado un contenedor fuertemente sellado que, según dijo, procedía de un planeta llamado Ploor; había comentado casualmente "Datos de pantalla de pensamiento, ya sabrá cuándo los necesita"; y se había marchado.

Fuera lo que fuera el arisiano, tenía poder mental; de ese hecho no cabía duda. Fuera de la esfera completa del espacio, ¿cuál era la probabilidad matemática de que el piloto de aquella nave de la muerte hubiera fijado por accidente su rumbo tan exactamente sobre la Gran Base? Vanamente pequeña. La traición no explicaría los hechos: no sólo el piloto había estado completamente loco cuando fijó el rumbo, sino que, además, *no sabía dónde estaba la Gran Base*.

Como explicación la fuerza mental por sí sola parecía fantástica, pero ninguna otra se presentaba aún como posibilidad. Además, estaba apoyada por lo increíble, la negativa absolutamente definitiva de la tripulación de

Gildersleeve, normalmente intrépida, incluso a acercarse al planeta. Se necesitaría una fuerza mental inaudita para afectar así a unos veteranos tan curtidos en el crimen.

Helmuth no era de los que subestiman a un enemigo. ¿Había algún hombre bajo aquella cúpula, salvo él mismo, con el suficiente calibre mental para emprender la ahora necesaria misión a Arisia? No lo había. Él mismo tenía la mente más fina del planeta; si no, ese otro le habría depuesto hace tiempo y se habría sentado él mismo en el puesto de mando. Estaba sublimemente seguro de que ningún pensamiento ajeno podría doblegar *su* voluntad definitivamente opuesta y, además, estaban las pantallas de pensamiento, cuyo secreto aún no había compartido con nadie. Había llegado el momento de utilizar esas pantallas.

Ya ha quedado claro que Helmuth no era un tonto. Tampoco era un cobarde. Si él mismo podía hacer una cosa mejor que todas sus fuerzas, esa cosa la hacía; con la eficacia fríamente despiadada que marcaba por igual cada una de sus acciones y cada uno de sus pensamientos.

¿Cómo debería ir? ¿Debería aceptar el desafío y llevar a la rebelde banda de degolladores de Gildersleeve a Arisia? No. En caso de un resultado que no fuera un éxito total, no serviría de nada perder la cara ante esa banda de rufianes. Además, la idea de que semejante cuadrilla enloqueciera detrás de él no era algo que le entusiasmara. Iría solo.

"Wolmark, ven al centro", ordenó. Cuando aquel digno apareció, prosiguió: "Siéntese, ya que ésta va a ser una conferencia seria".

"He observado con admiración y aprecio, así como con cierta leve diversión, el desarrollo de sus líneas de información; especialmente las relativas a asuntos que muy claramente no son de su departamento. Son, sin embargo, eficientes: usted ya sabe exactamente lo que ha sucedido". Una afirmación ésta, en modo alguno una pregunta.

"Sí, señor", en voz baja. Wolmark se quedó algo sorprendido, pero en absoluto avergonzado.

"Esa es la razón por la que está usted aquí ahora. Le apruebo totalmente. Voy a dejar el planeta durante unos días, y usted es el mejor hombre de la organización para hacerse cargo en mi ausencia."

"Sospechaba que se marcharía, señor".

"Sé que lo hizo, pero ahora le informo, simplemente para asegurarme de que no desarrolla ninguna idea peculiar en mi ausencia, de que hay al menos unas cuantas cosas que no sospecha en absoluto. Esa caja fuerte, por ejemplo", señalando con la cabeza un globo de fuerza peculiarmente brillante que se ancla en el aire. "Ni siquiera su eficacísimo sistema de espionaje ha sido capaz de averiguar nada al respecto".

"No, señor, aún no lo hemos hecho", no pudo evitar añadir.

"Ni lo harás, con ninguna habilidad o fuerza conocida por el hombre. Pero siga intentándolo, me divierte. Sé, ya ves, de todos tus intentos. Pero para seguir adelante. Ahora le digo, y por su propio bien le aconsejo que lo crea, que el fracaso por mi parte en volver a este escritorio resultará muy desafortunado para usted."

"Eso creo, señor. Cualquier hombre inteligente haría tal arreglo, si pudiera. Pero señor, supongamos que los Arisios. ..."

"Si su ï¿½si pudieraï¿½ implica una duda, actï¿½e en consecuencia y aprenda sabidurï¿½a", le aconsejï¿½ Helmuth frï¿½amente. "A estas alturas ya debería saber que ni juego ni voy de farol. He tomado medidas para protegerme, tanto de los enemigos, como los arisios y la Patrulla, como de los amigos, como los jóvenes ambiciosos que intentan suplantarme. Si no estuviera totalmente segura de volver aquí sana y salva, mi querido Wolmark, no iría".

"Me malinterpreta, señor. Realmente, no tengo ninguna idea de suplantarle".

"No hasta que tenga una buena oportunidad, querrá decir -le entiendo perfectamente; y, como le he dicho antes, le apruebo. Siga adelante con todos sus planes. Hasta ahora me he mantenido al menos una vuelta por delante de usted, y si llegara el momento en que ya no pudiera hacerlo, ya no estaría en condiciones de hablar en nombre de Boskone. ¿Comprende, por supuesto, que el asunto más importante ahora en marcha es la búsqueda del Lensman, de la que el peinado de Trenco y el cribado de los sistemas de la Patrulla son sólo dos fases?"

"Sí, señor".

"Muy bien. Creo que puedo dejar los asuntos en sus manos. Si surge algo realmente grave, como una novedad en el caso Lensman, hágamelo saber de inmediato. De lo contrario, no me llame. Tome el escritorio", y Helmuth se alejó.

Fue conducido al puerto espacial, donde le esperaba su speedster especial, equipado desde hacía tiempo con buzos y diversos equipos cuyas funciones sólo él conocía.

Para él, el viaje a Arisia no fue ni largo ni tedioso. El pequeño corredor era totalmente automático, y mientras surcaba el espacio trabajó con la misma frialdad y eficacia que acostumbraba a hacerlo en su escritorio. De hecho, más, pues aquí podía concentrarse sin interrupciones. Muchos eran los asuntos que planeaba y las decisiones que tomaba, mientras su cartera de notas se hacía cada vez más gruesa.

Cuando se acercaba a su destino, guardó su trabajo, accionó sus mecanismos especiales y esperó. Cuando el velocista chocó contra la barrera y se detuvo, Helmuth esbozó una leve y dura sonrisa; pero esa sonrisa desapareció con un chasquido cuando un pensamiento se estrelló en su cerebro supuestamente blindado.

"¿Le sorprende que sus pantallas de pensamiento no sean eficaces?". El pensamiento fue fríamente despectivo. "Sé en esencia lo que el mensajero de

Ploor le dijo sobre ellas cuando se las entregó; pero hablaba desde la ignorancia. Nosotros, los de Arisia, conocemos el pensamiento de una forma que
ningún miembro de su raza es capaz de comprender ahora ni lo será nunca.

"Sepa, Helmuth, que los arisianos no queremos ni toleraremos visitantes
no invitados. Su presencia es particularmente desagradable, representando
como lo hace una cultura despótica, degradante y antisocial. El mal y el bien
son, por supuesto, puramente relativos, por lo que no puede decirse en
términos absolutos que su cultura sea malvada. Sin embargo, se basa en la
codicia, el odio, la corrupción, la violencia y el miedo. No reconoce la justicia, ni la misericordia, ni la verdad salvo como utilidad científica. Se opone
básicamente a la libertad. Ahora bien, la libertad -de la persona, del pensamiento, de la acción- es la base y el objetivo de la civilización a la que usted
se opone, y con la que cualquier mente realmente filosófica debe encontrarse
de acuerdo.

"Inflados desmesuradamente por vuestras ideas torcidas y pervertidas,
por vuestro éxito momentáneo en dominar a vuestro puñado de adláteres,
atados a vosotros por lazos de codicia, de pasión y de crimen, venís aquí a
arrancarnos el secreto de la Lente; a nosotros, una raza tanto más hábil que
la vuestra como más antigua, en una proporción de millones a uno.

"Usted se considera frío, duro, despiadado. Comparado conmigo, usted
es débil, blando, tierno, tan indefenso como un niño recién nacido. Que
puedas aprender y apreciar ese hecho es una de las razones por las que estás
viviendo en este momento presente. Su lección comenzará ahora".

Entonces Helmuth, totalmente rígido, incapaz de mover un músculo,
sintió cómo delicadas sondas penetraban en su cerebro. Una a una fueron
perforando su ser más íntimo, cada una hasta un centro definitivamente seleccionado. Parecía que cada estocada llevaba consigo la última medida de
angustia exquisitamente conmovedora posible de soportar, pero cada aguja
sucesiva llevaba consigo un estremecimiento de agonía aún más agudamente

insoportable.

Helmuth no estaba ahora tranquilo y frío. Podría haber gritado con salvaje abandono, pero incluso ese alivio le fue negado. Ni siquiera podía gritar; lo único que podía hacer era sentarse y sufrir.

Entonces empezó a ver cosas. Allí, materializándose realmente en el aire vacío del speedster, vio en interminable procesión cosas que había hecho, en persona o por poderes, tanto durante su ascenso a su actual alto puesto en la organización de los piratas como desde la consecución de ese puesto. Larga era la lista, y negra. A medida que se desarrollaba, su tormento se hacía cada vez más intenso, hasta que finalmente, tras un intervalo que pudo haber sido una fracción de segundo o pudo haber sido de incontables horas, no pudo aguantar más. Se desmayó, hundiéndose más allá del alcance del dolor en un mar de negra inconsciencia.

Se despertó blanco y tembloroso, empapado de sudor y tan débil que apenas podía sentarse erguido, pero con la suprema felicidad de darse cuenta de que, al menos por el momento, su castigo había terminado.

"Esto, como observará, ha sido un tratamiento muy suave", continuaron los fríos acentos arisios dentro de su cerebro. "No sólo sigues vivo, sino que incluso sigues cuerdo. Llegamos ahora a la segunda razón por la que no has sido destruido. Su destrucción por nosotros no sería buena para esa joven civilización en lucha a la que usted se opone.

"Hemos dado a esa civilización un instrumento en virtud del cual debe llegar a ser capaz de destruirles a ustedes y todo lo que ustedes representan. Si no puede hacerlo, aún no está preparada para convertirse en una civilización y se permitirá que vuestra odiosa cultura conquiste y florezca durante un tiempo.

"Ahora vuelva a su cúpula. No regrese. Sé que no tendrá la temeridad de hacerlo en persona. No intente hacerlo mediante ninguna forma de poder".

No hubo amenazas, ni advertencias, ni mención de consecuencias; pero el tono llano e incisivo de la arisiana metió en el frío corazón de Helmuth un miedo como nunca antes había conocido.

Hizo girar su speedster y la lanzó a toda velocidad hacia su planeta natal. Sólo después de muchas horas fue capaz de recuperar siquiera una semblanza de su habitual aplomo, y transcurrieron días antes de que pudiera pensar con la suficiente coherencia como para considerar en su conjunto lo chocante, lo increíble que le había sucedido.

Quería creer que la criatura, fuera lo que fuera, se había echado un farol: que no podía matarle, que había hecho lo peor que podía. En un caso similar habría matado sin piedad, y ese curso le parecía el único lógico a seguir. Sin embargo, su fría razón no le permitía albergar esa reconfortante creencia. En el fondo *sabía que* el arisiano podría haberle matado tan fácilmente como había matado al miembro más bajo de su banda, y ese pensamiento le heló hasta los tuétanos.

¿Qué podía hacer? ¿Qué *podía hacer*? Sin cesar, a medida que los kilómetros y los años luz se alejaban detrás de su veloz corredor, esta pregunta se reiteraba; y cuando su planeta natal se acercaba, seguía sin respuesta.

Como Wolmark creía implícitamente su afirmación de que sería una mala técnica oponerse a su regreso, las pantallas del planeta se apagaron a la señal de Helmuth. Su primer acto fue convocar a todos los jefes de departamento al centro, para un importantísimo consejo de guerra. Allí les contó todo lo que había sucedido, con calma y concisión, concluyendo:

"Son distantes, desinteresados, imparciales hasta un punto que me resulta imposible comprender. Nos desaprueban por motivos puramente filosóficos, pero no tomarán parte activa contra nosotros mientras nos mantengamos alejados de su sistema solar. Por lo tanto, no podemos obtener el conocimiento de los Lens mediante la acción directa, pero existen otros métodos que se elaborarán a su debido tiempo.

"Los arisios sí aprueban a la Patrulla y les han ayudado hasta el punto de darles la Lente. Sin embargo, ahí se detienen. Si los Lensmen no saben utilizar sus Lentes de forma eficiente -y deduzco que no lo hacen- nos ï¿½permitirï¿½n conquistar y florecer durante un tiempo'. Conquistaremos, y nos encargaremos de que el tiempo de nuestro florecimiento sea realmente largo.

"Toda la situación, pues, se reduce a esto: nuestra energía cósmica contra el objetivo de la Patrulla. El nuestro es el brazo mucho más poderoso, pero nuestra única esperanza de éxito inmediato reside en mantener a la Patrulla en la ignorancia de nuestros receptores y convertidores de energía cósmica. Un Lensman ya tiene ese conocimiento. Por lo tanto, señores, está muy claro que la muerte de ese Lensman se ha convertido ahora en algo absolutamente imperativo. *Debemos* encontrarle, aunque ello signifique el abandono de cualquier otra empresa nuestra en toda esta galaxia. Denme un informe completo sobre el cribado de los planetas en los que el Lensman puede intentar aterrizar".

"Está hecho, señor", fue la rápida respuesta. "Están completamente bloqueados. Los barcos están espaciados tan estrechamente que incluso los detectores electromagnéticos tienen un solapamiento del quinientos por ciento. Los detectores visuales tienen al menos un solapamiento del doscientos cincuenta por ciento. Nada tan grande como un milímetro en cualquier dimensión puede pasar sin ser detectado y observado".

"¿Y qué hay de la búsqueda de Trenco?"

"Los resultados siguen siendo negativos. Una de nuestras naves, con los papeles en regla, visitó abiertamente el puerto espacial de Trenco. No había nadie allí, salvo la fuerza regular de Rigellians. Nuestro capitán no estaba en condiciones de ser demasiado inquisitivo, pero la nave desaparecida no estaba ciertamente en el puerto y dedujo que era el primer visitante que habían tenido en un mes. En Rigel IV nos enteramos de que Tregonsee, el

Lensman de guardia en Trenco, lleva allí un mes y no será relevado hasta dentro de otro mes. Era el único Lensman allí. Por supuesto, continuamos la búsqueda en el resto del planeta. Se ha perdido aproximadamente la mitad del personal de cada nave que ha llegado a tierra, pero empezaron con tripulaciones dobles y se están enviando reemplazos".

"La historia de Lensman Tregonsee puede ser cierta o no", reflexionó Helmuth. "Poco importa. Sería imposible ocultar esa nave en el puerto espacial de Trenco incluso de una inspección casual, y si la nave no está allí, el Lensman tampoco. Puede que esté escondido en otro lugar del planeta, pero lo dudo. Continúe buscando, no obstante. Hay muchas cosas que puede haber hecho. Tendré que considerarlas, una por una".

Pero Helmuth tuvo muy poco tiempo para considerar lo que Kinnison podría haber hecho, ya que el Lensman había abandonado Trenco hacía mucho tiempo. Debido a los deflectores de bengala de sus proyectores de conducción, su paso era lento; pero para compensar esta condición, la distancia a cubrir no era demasiado larga. Por lo tanto, incluso mientras Helmuth cavilaba sobre qué hacer a continuación, el Lensman y su tripulación se acercaban a la lejana pantalla de naves de guerra boskonianas que invertía todo el Sistema Solariano.

Acercarse a esa pantalla sin ser detectado era una imposibilidad física, y antes de que Kinnison se diera cuenta de que estaba en una zona de peligro, seis tractores habían salido disparados, se habían apoderado de su nave y la habían puesto a distancia de combate. Pero el Lensman estaba preparado para todo, y de nuevo todo sucedió a la vez.

Las advertencias gritaron en la distante base pirata y Helmuth, tenso en su escritorio, se hizo cargo personalmente de su poderosa flota. En el campo de acción, las pantallas de Kinnison ardieron en obstinada defensa, los tractores se quebraron bajo sus cizallas cortantes, los deflectores desaparecieron en una llamarada incandescente cuando disparó la máxima ráfaga en su propulsor y el espacio volvió a inundarse con la salida de sus ahora ultrapotentes codificadores multiplex.

Y a través de esa oscuridad el Lensman dirigió un pensamiento, con todo el poder de la mente y el Lens.

¡"Puerto Almirante Haynes-Base Prime! ¡Puerto Almirante Haynes-Base Prime! ¡Urgente! Kinnison llamando desde la dirección de Sirio-¡urgente!" envió el mensaje con fiereza.

Sucedió que en la base Prime era noche cerrada y el almirante de puerto Haynes dormía profundamente; pero el viejo gato espacial de gatillo nervioso que era, se despertó al instante y por completo. Apenas había abierto un ojo cuando su respuesta fue lanzada hacia atrás:

"Haynes acusando recibo. ¡Envíalo, Kinnison!"

"Entrando, en un barco pirata. Todos los piratas del espacio están sobre nuestros cuellos, pero vamos a entrar, ¡a pesar del infierno y del agua alta! No envíen ninguna nave para ayudarnos a bajar; podrían volarlos del espacio en un segundo, pero no pueden detenernos. Prepárense-¡no tardaremos mucho!"

Entonces, después de que el almirante del puerto hiciera sonar la alarma de emergencia, Kinnison continuó:

"Nuestra nave no lleva marcas, pero sólo hay uno de nosotros y sabrán cuál es: nosotros haremos el amago. Estarían locos si nos siguieran hasta la atmósfera, con todo el material que tienen, pero actúan lo suficientemente locos como para hacer casi cualquier cosa. Si nos siguen hacia abajo, prepárate para darles caña-¡aquí estamos!"

Perseguidos y perseguidores habían tocado la franja más exterior de la estratosfera; y, ralentizada hasta la visibilidad óptica incluso por esa atmósfera altamente rarificada, la batalla se libraba en un esplendor incandescente. Una nave giraba, giraba, giraba en bucle, giraba, saltaba y se lanzaba de un

E. E. 'Doc' Smith

lado a otro -realizando todas las maniobras extrañas que las fértiles y ágiles mentes de los patrulleros podían improvisar- para librarse de la horda de atacantes.

Los piratas, por su parte, estaban desesperadamente decididos a que, costara lo que costara, EL LENSMAN no desembarcara. Los tractores no aguantarían y la nave sin inercia no podía ser embestida. Por lo tanto, su estrategia era la que había funcionado con tanto éxito cuatro veces antes en casos similares: englobar la nave por completo y así transportarla a tierra. Y mientras intentaban este englobamiento, concentraron sus fuerzas de tal forma que alejaron la nave del Lensman lo más posible de las sombrías y tremendamente poderosas fortificaciones de la Base Prime, casi directamente debajo de ellas.

Pero las cuatro naves que los piratas habían recapturado habían sido tripuladas por velantianos; mientras que en ésta, Kinnison el Lensman y Henderson el Piloto Maestro estaban apelando a todos sus recursos de reacción nerviosa instantánea, de cerebro brillante y de mano relampagueante para evitar aquella trampa fatal. Y la evitaron, mediante una serie tras otra de fantásticas maniobras nunca establecidas en ningún manual de combate espacial.

Por potentes que fueran las armas de la Base Prima, en aquella espesa atmósfera su alcance efectivo era inferior a las cincuenta millas. Por ello, los artilleros, ociosos a sus mandos, y los oficiales de los supergrandes acorazados, encadenados por órdenes precisas a tierra, echaban humo y maldiciones mientras, impotentes para ayudar a sus compañeros de batalla, se quedaban mirando en sus platos el furioso combate que se desarrollaba tan alto sobre sus cabezas.

Pero despacio, *tan* despacio, Kinnison se abrió paso hacia abajo, manteniéndose tan cerca de la Base como podía sin ser engullido, y finalmente consiguió ponerse al alcance de los gigantescos proyectores de la Patrulla.

Sólo los más pesados de los cañones de montaje fijo podían alcanzar aquel loco torbellino de naves, pero cada uno de ellos arremetió contra el mismo punto precisamente en el mismo instante. En el infierno en el que se convirtió instantáneamente aquel punto, ni siquiera un escudo de muralla a toda potencia pudo resistir, y un inmenso agujero bostezó donde habían estado los barcos piratas. Los rayos se apagaron, y cronometrado por su Lente, Kinnison disparó su nave a través de ese agujero antes de que pudiera cerrarse y se lanzó hacia abajo a la máxima potencia.

Una nave tras otra de la horda pirata le siguieron hacia abajo en últimos intentos locamente suicidas de lanzarle por los aires, hacia el terrorífico armamento de la base. La mismísima Base Prime, ¡la más temida, la más fuertemente armada, la más inexpugnable fortaleza de la Patrulla Galáctica! Nada a flote podía siquiera amenazar esa ciudadela: los audaces atacantes simplemente desaparecían en breves destellos de vapor coruscantino.

Kinnison, incluso antes de inertizar su barco preparándose para el desembarco, llamó a su comandante.

"¿Alguno de los otros chicos se nos adelantó, señor?", preguntó.

"No, señor", fue la cortante respuesta. Las felicitaciones, los parabienes y la celebración llegarían más tarde; Haynes era ahora el almirante del puerto que recibía un informe oficial.

"Entonces, señor, tengo el honor de informarle de que la expedición ha tenido éxito", y no pudo evitar añadir informalmente, juvenilmente exultante por el éxito de su primera misión real: "¡Hemos traído el tocino a casa!".[25]

CAPÍTULO 13

---

[25] Parece lamentable que en un futuro lejano, entre seres tan buenos y perfeccionados, todavía se sacrifique a los cerdos como alimento. O tal vez este dialecto no sea más que la traducción de un sentimiento inexpresable en su forma original.

E. E. 'Doc' Smith

Maulers a flote

Se había enviado una poderosa flota para rescatar a aquellos tripulantes del *Brittania* que hubieran logrado mantenerse fuera de las garras de los piratas. La entusiasta celebración en el interior de la Base Prima había terminado. Fuera de los muros de fuerza de la Reserva, sin embargo, no había hecho más que empezar. Los especialistas y los velantianos estaban en el ajo. Nadie en la Tierra sabía nada de Velantia, y aquellos seres reptilianos altamente inteligentes sabían igual de poco de Tellus. Sin embargo, por el simple hecho de haber ayudado a los patrulleros, a los visitantes se les habían dado prácticamente las llaves del planeta, y estaban disfrutando enormemente de la experiencia.

"¡Queremos a Kinnison-queremos a Kinnison!" había estado gritando la multitud festiva, encabezada por los hombres de Universal Telenews; y finalmente el Lensman salió. Pero tras una pose ante un objetivo y unas palabras ante un micrófono, suplicó: "¡Ahí está mi llamada, ahora-urgente!" y huyó de nuevo al interior de Reservation. Entonces la marea de celebrantes retrocedió hacia la ciudad, llevándose consigo a todos los patrulleros que pudieron salir.

Ingenieros y diseñadores pululaban por y sobre la nave pirata que Kinnison había conducido a casa, cada uno armado con una gavilla de planos ya preparados de la reserva de datos largamente acariciada, cada uno dirigiendo a un cuerpo de mecánicos en el desmantelamiento de algún mecanismo del gran vehículo espacial. A este hervidero de bulliciosa actividad había sido llamado Kinnison. Permaneció allí, respondiendo lo mejor que pudo a la multitud de preguntas que le disparaban desde todas partes, hasta que fue rescatado nada menos que por el almirante del puerto Haynes.

"Ustedes, caballeros, pueden obtener su información de las hojas de datos mejor que de Kinnison", comentó con una sonrisa, "y quiero tomar su informe sin más demora".

Con la mano bajo el brazo, el viejo Lensman se llevó a la joven, pero una vez dentro de su despacho privado no llamó ni a la secretaria ni a la grabadora. En su lugar, pulsó los botones que establecían un escudo de cobertura total y habló.

"Ahora, hijo, ábrete. Saca todo lo que has estado ocultando desde que aterrizaste. Recibí tu señal".

"Bueno, sí, me he estado conteniendo", admitió Kinnison. "No tengo suficiente chispa como para estar jugándome el cuello en compañía rápida, aunque fuera algo para discutir en público, que no lo es. Me alegro de que pudiera concederme este tiempo tan rápido. Quiero repasar una idea con usted, y con *nadie más*. Puede ser tan disparatada como la de Trenco -usted será el único juez de eso-, pero sabrá que tengo buenas intenciones, por muy disparatada que sea".

"Ciertamente no es una exageración", respondió Haynes, secamente. "Adelante".

"La gran peculiaridad del combate espacial es que volamos libres, pero luchamos inertes", comenzó Kinnison, aparentemente sin importancia, pero eligiendo su fraseología con cuidado. "Para forzar un enfrentamiento una nave se fija a la otra primero con trazadores, luego con tractores, y se queda inerte. Así, la velocidad relativa determina la capacidad de forzar o evitar el enfrentamiento; pero es el poder relativo el que determina el resultado. Hasta ahora los piratas-

"Y por cierto, estamos menospreciando a nuestros adversarios y creando un desastroso exceso de confianza en nosotros mismos al llamarlos piratas. No lo son, no pueden serlo. Boskonia debe ser algo más que una raza o un sistema: es muy probable que se trate de una cultura de toda la galaxia. Es un despotismo absoluto, que mantiene su autoridad mediante un rígido sistema de recompensas y castigos. A nuestros ojos es fundamentalmente erróneo, pero funciona, ¡*cómo* funciona! Está organizada igual que nosotros, y aparentemente es tan fuerte en bases, naves y personal.

"Boskonia nos ha superado, tanto en velocidad -excepto por la ventaja momentánea del Brittania- como en potencia. Esa ventaja la han perdido ahora. Tendremos, pues, dos inmensas potencias, cada una de alcance galáctico, cada una tremendamente poderosa en armas, equipamiento y personal; cada una con exactamente las mismas armas y defensas, y cada una decidida a aniquilar a la otra. Un estancamiento es inevitable; un punto muerto absoluto; una guerra de desgaste puramente destructiva que se prolongará durante siglos y que debe terminar en la aniquilación tanto de Boskonia como de la civilización".

"¡Pero nuestros nuevos proyectores y pantallas!", protestó el anciano. "Nos dan una ventaja abrumadora. Podemos forzar o evitar el enfrentamiento, según nos plazca. Usted conoce el plan para aplastarlos; usted ayudó a desarrollarlo".

"Sí, conozco el plan. También sé que no los aplastaremos. Usted también. Ambos sabemos que nuestra ventaja será sólo temporal". El joven Lensman, poco impresionado, hablaba muy en serio.

El almirante no contestó durante un rato. En el fondo, él mismo había sentido la duda; pero ni él ni ningún otro de su escuela habían mencionado nunca lo que Kinnison había expresado ahora con tanta rotundidad. Sabía que todo lo que tuviera un bando, de arma o armadura o equipo, tarde o temprano pasaría a ser propiedad del otro, como lo atestiguaba la desesperada empresa que el propio Kinnison había concluido tan recientemente y con tanto éxito. Sabía que los dispositivos instalados en las naves capturadas en Velantia habían sido destruidos antes de caer en manos del enemigo, pero también sabía que con flotas enteras tan equipadas las nuevas armas no podían mantenerse en secreto indefinidamente. Por lo tanto, finalmente respondió:

"Puede que sea cierto". Hizo una pausa y luego continuó como el indomable veterano que era. "Pero ahora tenemos la ventaja y la aprovecharemos mientras la tengamos. Después de todo, puede que seamos capaces de mantenerla el tiempo suficiente".

"Se me acaba de ocurrir una cosa más que ayudaría: la comunicación", Kinnison no discutió el punto anterior, sino que siguió adelante. "Parece imposible conducir cualquier tipo de haz comunicador a través de la doble interferencia-"

"¡Parece que sí!", ladró Haynes. "¡Es imposible! Nada más que un pensamiento-"

"¡Eso es *exactamente*!", interrumpió a su vez Kinnison. "Los velantianos pueden hacer cosas con un Lens que nadie creería posibles. ¿Por qué no examinar a algunos de ellos para ver si son Lensmen? Estoy seguro de que Worsel podría pasar, y probablemente muchos otros. Pueden conducir pensamientos a través de cualquier cosa excepto de sus propias pantallas de pensamiento, ¡y qué comunicadores serían!"

"Esa idea tiene claras posibilidades y se le dará seguimiento. Sin embargo, no es lo que usted quería discutir. Adelante".

"QX". Kinnison entró en comunicación lente a lente. "Quiero algún tipo de escudo o pantalla que neutralice o anule un detector. Se lo pregunté a Hotchkiss, el experto en comunicaciones, bajo secreto. Dijo que nunca se había investigado, ni siquiera como problema académico en la investigación, pero que era teóricamente posible."

"Esta sala está blindada, ¿sabe?". Haynes se sorprendió por el uso de las lentes. "¿Es *tan* importante?"

"No lo sé. Como dije antes, puedo estar chiflado; pero si mi idea sirve de algo, ese anulador es lo más importante del universo, y si se corre la voz puede ser inútil. Verá, señor, a la larga, la única ventaja realmente permanente que tenemos sobre Boskonia, lo único que ellos no pueden conseguir, es la Lente. Debe haber alguna forma de utilizarla. Si ese anulador es posible, y si podemos mantenerlo en secreto durante un tiempo, creo que lo he encontrado. Al menos, quiero intentar algo. Puede que no funcione -probablemente no lo haga, es una posibilidad muy remota-, pero si lo hace, tal vez podamos acabar con Boskonia en unos meses en lugar de continuar eternamente una guerra de desgaste. Primero, quiero ir-"

"¡Espere!" espetó Haynes. "Yo también he estado pensando. No puedo ver ninguna relación posible entre un artefacto así y cualquier arma militar real, o el Objetivo, tampoco. Si yo no puedo, no muchos otros pueden, y eso es un punto a su favor. Si hay algo en su idea, es demasiado grande para compartirlo con nadie, ni siquiera conmigo. Guárdatelo para ti".

"Pero es un enganche peculiar, y puede que no sirva para nada", protestó Kinnison. "Quizá quiera cancelarlo".

"No hay peligro de eso", fue la afirmación positiva. "Usted sabe más sobre los piratas -perdón, sobre Boskonia- que cualquier otro patrullero. Usted cree que su idea tiene alguna ligera posibilidad de éxito. Muy bien, ese hecho es suficiente para poner todos los recursos de la Patrulla detrás de usted. Ponga su idea en una cinta bajo el sello de Lensman, para que no se pierda en caso de su muerte. Entonces, adelante. Si es posible desarrollar ese anulador usted lo tendrá. Hotchkiss se hará cargo de él y dispondrá de cualquier otro Lensmen que desee. Nadie excepto los Lensmen trabajará en él ni sabrá nada al respecto. No se llevará ningún registro. Ni siquiera existirá hasta que usted mismo nos lo entregue".

"Gracias, señor", y Kinnison salió de la habitación.

Entonces, durante semanas, la base Prime fue el escenario de una actividad realmente furiosa. Se diseñaron y probaron nuevos aparatos: nuevas cizallas, nuevos generadores, nuevos codificadores y muchas otras cosas nuevas. Cada elemento fue diseñado y probado, rediseñado y vuelto a probar, hasta que incluso el más escéptico de los ingenieros de la Patrulla ya no pudo encontrar en él nada que criticar. Entonces, por toda la galaxia, las naves de la Patrulla fueron llamadas a sus bases sectoriales para ser reconstruidas.

Debía haber dos grandes clases de buques. Las de la primera -cruceros especiales de exploración- debían tener velocidad y defensa, nada más. Debían ser las cosas más rápidas del espacio y capaces de defenderse de los ataques, eso era todo. Los buques de la segunda clase debían construirse de la quilla hacia arriba, ya que hasta entonces no se había concebido nada ni remotamente parecido. Debían ser enormes, desgarbados, lentos, simples almacenes de un poder ofensivo incomprensiblemente vasto. Llevaban proyectores de un tamaño y potencia nunca antes puestos sobre cimientos móviles, ni dependían de la energía cósmica. Llevaban la suya propia, en banco sobre banco de estupendos acumuladores. De hecho, ¡cada una de estas monstruosas fortalezas flotantes debía ser capaz de generar pantallas de tal diseño y potencia que ningún navío cercano a ellas pudiera recibir energía cósmica!

Este era, pues, el rayo que la civilización se disponía a lanzar contra Boskonia. En teoría, la cosa era muy sencilla. Los cruceros ultrarrápidos atraparían al enemigo, se trabarían con tractores tan duros que no se podrían cizallar, y quedarían inertes, anclando así al enemigo en el espacio. Entonces, mientras absorbían y disipaban todo lo que la oposición pudiera enviar, emitirían una interferencia con un patrón peculiar, cuyo centro podría localizarse fácilmente. Las fortalezas móviles subirían entonces, cortarían la entrada de energía de los boskonianos y terminarían el trabajo.

No tardó en forjarse ese cerrojo; pero con el tiempo la civilización estuvo lista para lanzar su terrorífico y, según se esperaba y creía en general, concluyente ataque contra Boskonia. Cada base y subbase del sector estaba preparada; se había fijado la hora cero.

En la base principal, Kimball Kinnison, el teluriano más joven que jamás había lucido las cuatro barras plateadas de capitán, estaba sentado ante la placa de mando del crucero de batalla pesado *Brittania*, bautizado así a petición propia. Se estremecía interiormente al pensar en su velocidad. Tal era su fuerza de propulsión que, a pesar de ser aerodinámico en grado sumo, contaba con escudos de pared especiales y disipadores especiales para irradiar al espacio el calor de la fricción del medio a través del cual se desgarraba tan locamente. De lo contrario, se habría destruido a sí misma en una hora a toda potencia, ¡incluso en el duro vacío del espacio interestelar!

Y en su despacho, el almirante del puerto Haynes miraba un cronómetro. Faltaban minutos y segundos.

"¡Éter claro!" Su profunda voz era ronca por la emoción no expresada. "¡Cinco segundos-cuatro-tres-dos-uno-elevación!" y la Flota se disparó en el aire.

El primer objetivo de esta flota telúrica estaba muy cerca de casa, pues los boskonianos habían establecido una base en la luna de Neptuno, aquí mismo, en el Sistema Solariano. Tan cerca de la Base Prima que sólo un control intensivo y una vigilancia constante habían mantenido alejados sus rayos espía; tan poderosa que los acorazados ordinarios de la Patrulla no habían sido enviados contra ella. Ahora iba a ser reducida.

Corto como era el tiempo necesario para atravesar cualquier distancia interplanetaria, los solarianos fueron detectados y se enfrentaron en fuerza a las naves de Boskone. Pero apenas se había entablado combate cuando el enemigo empezó a darse cuenta de que ésta iba a ser una batalla como nunca antes habían visto; y cuando empezaron a comprenderlo, ya era demasiado tarde. No podían huir, y todo el espacio estaba tan lleno de interferencias que ni siquiera podían informar a Helmuth de lo que estaba ocurriendo. Estas primeras naves de la Patrulla, con su peculiar forma de lágrima, no lucharon en absoluto. Simplemente aguantaron como bull-dogs, recibiendo sin respuesta todo lo que los proyectores al rojo vivo podían lanzarles. Sus pantallas defensivas irradiaban ferozmente, en lo alto del violeta, bajo el espantoso castigo que les estaban infligiendo las baterías de barco y de tierra, pero no se hundieron. Ni el agarre de un solo tractor aflojó de su anclaje. Y en cuestión de minutos los escuálidos y monstruosos maulers se vinieron arriba. Salieron de sus pantallas de bloqueo de energía cósmica, dispararon sus haces tractores y de las gargantas refractarias de sus estupendos proyectores rugieron las fuerzas más terriblemente destructivas jamás generadas por una maquinaria móvil.

Las pantallas exteriores boskonianas apenas parpadearon al hundirse ante lo inconmensurable, la increíble violencia de aquel empuje. La segunda trayectoria ofreció un breve estallido brillante de resplandor violeta al ceder. La pantalla interior se resistió obstinadamente mientras recorría el espectro en un despliegue salvajemente coruscante de esplendor pirotécnico; pero también ella atravesó el ultravioleta y se adentró en el negro. Ahora, el propio escudo de la muralla -esa fabricación inconcebiblemente rígida de fuerza pura que sólo la detonación de veinte toneladas métricas de duodec había logrado romper- era todo lo que impedía al metal base de las murallas boskonianas la furia totalmente indescriptible de los rayos de los maulers. Ahora la fuerza brotaba de ese escudo en auténticos torrentes. Tan terribles eran las energías en conflicto allí enfrentadas que su neutralización era realmente visible y tangible. En láminas y masas, en terribles vórtices que agitaban el éter, y en serpentinas y destellos kilométricos, esas energías estaban siendo lanzadas lejos. Lanzadas a todos los puntos del compás completo de la esfera, llenando y sofocando todo el espacio cercano.

Los comandantes boskonianos miraban fijamente sus instrumentos, primero con perplejo asombro y luego con un horror absoluto, descarnado e incrédulo, a medida que su toma de energía descendía a cero y sus escudos de pared empezaban a fallar... y aun así el ataque continuaba con una potencia incesante. Sin duda, aquel rayo *debía* aflojar pronto: ¡ninguna planta móvil concebible podría lanzar semejante carga durante mucho tiempo!

Pero esas plantas móviles podían -y lo hicieron. El ataque continuó, al nivel terriblemente alto en el que había comenzado. No eran células de almacenamiento ordinarias las que alimentaban a esos poderosos proyectores; no eran barras colectoras ordinarias las que transportaban sus amperajes titánicos. Aquellos machacadores estaban diseñados para hacer sólo una cosa: *machacar,* y esa única cosa la hacían bien: implacable y minuciosamente.

Cada vez más alto en el espectro comenzaron a irradiar los escudos-muro defensores. En la primera explosión habían saltado casi a través del espectro visible, en una sucesión insoportablemente feroz de rojo, naranja, amarillo, verde, azul e índigo; hasta un violeta bochornoso, coruscante, cegadoramente duro. Ahora los escudos condenados comenzaron a saltar erráticamente hacia el ultravioleta. Para el ojo ya eran invisibles; en las grabadoras mostraban momentáneos destellos de negro.

Pronto se hundieron; y en el instante de cada fracaso un navío de Boskonia ya no existía. Porque, desaparecida esa última defensa, no quedaba nada salvo el metal irresistible para resistir el ardor de esos rayos ultrapotentes y voraces. Como ya se ha dicho, ninguna sustancia, por refractaria o resistente o inerte que sea, puede resistir ni siquiera momentáneamente en semejante campo de fuerza. Por lo tanto, cada átomo, tanto del recipiente como del contenido, fue a conformar el abrasador y hirviente estallido de vapor brillante e incandescentemente luminoso que inundó todo el espacio circundante.

Así salieron del Esquema de las Cosas los buques del Destacamento Solariano de Boskonia. Ni una sola nave escapó; los cruceros se encargaron de ello. Y entonces el ataque tronó hacia la base. Aquí los cruceros fueron inútiles; se limitaron a formar una franja observadora, mientras seguían tapando de tal modo todos los canales de comunicación que los piratas condenados no podían enviar ninguna noticia de lo que estaba ocurriendo. Los maulers avanzaron y se pusieron a trabajar de forma sombría, tenaz y metódica.

Como una base siempre está mucho más blindada que un acorazado, la reducción de las fortalezas llevó más tiempo que la destrucción de la flota. Pero sus receptores ya no podían obtener energía del sol ni de ningún otro cuerpo celeste, y sus otras fuentes de energía eran comparativamente débiles. Por lo tanto, sus defensas también fallaron bajo aquel asalto incesante. Curso tras curso sus pantallas fueron cayendo, y con las últimas se fueron todas las estructuras. Los rayos de los maulers atravesaron el metal y la mampostería tan fácilmente como las balas con camisa de acero atraviesan la mantequilla, y siguieron taladrando, profundamente en el lecho de roca del planeta, antes de que su espantosa fuerza se agotara.

Luego giraron y giraron en espiral hasta que no quedó nada de las obras boskonianas; hasta que sólo un hirviente y blanquecino lago de lava fundida en medio de los gélidos residuos del satélite fue lo único que quedó para mostrar que alguna vez se había construido algo allí.

No se había pensado en la rendición. No se había pedido ni ofrecido cuartel ni clemencia. La victoria en sí misma no era suficiente. Ésta era, y por severa necesidad tenía que ser, una guerra de extinción total, completa y despiadada.[26]

CAPÍTULO 14

---

[26] Sí, estas palabras fueron escritas probablemente en 1935, 1936 a más tardar.

No inscritos

Habiendo sido borrada la fortaleza enemiga tan insultantemente cercana a la Base Principal, las Flotas Regionales, en formaciones sueltas, comenzaron a recorrer las diversas Regiones Galácticas. Durante unas semanas la caza fue bastante abundante. Cientos de naves de incursión fueron alcanzadas y retenidas por los cruceros de patrulla, y luego reducidas a vapor por los maulers.

También se redujeron muchas bases boskonianas. La ubicación de la mayoría de ellas era conocida desde hacía tiempo por el Servicio de Inteligencia, otras fueron detectadas o descubiertas por los propios cruceros de vuelo rápido. Los buques merodeadores revelaron los emplazamientos de otras al lograr alcanzarlas antes de ser alcanzados por los cruceros. Otros fueron encontrados por los rastreadores y bucles del Cuerpo de Señales.

Muy pocas de estas bases estaban ocultas o eran de difícil acceso, y la mayoría cayeron ante las ráfagas de un solo mauler. Pero si un mauler no era suficiente, se convocaba a otros hasta que caía. Una fortaleza, una Base Sectorial desconocida hasta entonces y sorprendentemente fuerte, requirió la concentración de todos los mauler de Tellus, pero fueron convocados y la fortaleza cayó. Como se había dicho, ésta era una guerra de extinción y todas las bases piratas que se encontraron fueron aniquiladas.

Pero un día un crucero encontró una base que no tenía ni siquiera un escudo antirradar levantado, y una inspección superficial mostró que estaba completamente vacía. Maquinaria, equipos, almacenes y personal habían sido evacuados. Sospechando, las naves patrulla se apartaron y la vigilaron desde lejos, pero no se produjo ningún incidente. Las estructuras simplemente se desplomaron en la lava, y eso fue todo.

Todas las bases descubiertas a partir de entonces se encontraban en las mismas condiciones, y al mismo tiempo las naves de Boskone, antes tan abundantes, desaparecieron por completo del espacio. Día tras día, los cruceros iban de un lado a otro por los vastos confines del vacío, a un ritmo inimaginablemente alto, sin encontrar ni rastro de ninguna nave boscona. Más notable aún, y por primera vez en años, el éter estaba absolutamente libre de interferencias boskonianas.

Siguiendo un impulso, Kinnison pidió y recibió permiso para llevar su nave en tareas de exploración. A máxima potencia se dirigió hacia el sistema velantiano, hasta el punto en el que había captado la línea de comunicación de Helmuth. A lo largo de esa línea condujo durante días, deteniéndose sólo cuando se encontraba bien fuera de la galaxia. Delante de él no había nada alcanzable, salvo algunos cúmulos estelares. Detrás de él se extendía la inmensidad del objetivo galáctico en todo su esplendor, pero el capitán Kinnison no tenía ojo para la belleza astronómica aquel día.

Sostuvo el *Brittania* allí durante una hora, mientras meditaba en su mente lo que podían significar los hechos aparentes. Sabía que había cubierto la línea, desde su punto de determinación hasta más allá del borde de la galaxia. Sabía que sus detectores, funcionando como lo habían hecho en un éter claro y sin distorsiones, no podían haber pasado por alto una cosa tan grande como debía ser la base de Helmuth, si es que había estado cerca de esa línea; que su alcance efectivo era inmensamente mayor que el mayor error posible en la determinación o el seguimiento de la línea. Había, concluyó, cuatro explicaciones posibles, y sólo cuatro.

En primer lugar, la base de Helmuth también podría haber sido evacuada. Esto era impensable. Por lo que él mismo sabía de Helmuth, esa base sería lo más inexpugnable que se podía hacer, y no era más propensa a ser desalojada que la base principal de la Patrulla. En segundo lugar, podría ser subterránea; enterrada bajo suficiente roca portadora de metales como para enterrar toda la radiación. Esta posibilidad era tan improbable como la primera. En tercer lugar, Helmuth podría tener ya el dispositivo que tanto deseaba y en el que Hotchkiss y los demás expertos habían estado trabajando tanto tiempo, un anulador de detectores. Esto era posible, claramente. Lo suficientemente posible, al menos, como para justificar el archivo de la idea para su futura consideración. En cuarto lugar, esa base podría no estar en la galaxia en absoluto, sino en ese cúmulo estelar de ahí delante, o posiblemente en uno aún más lejano. Esa idea parecía la mejor de las cuatro. Necesitaría comunicadores ultrapotentes, por supuesto, pero Helmuth podría muy bien tenerlos. Cuadraba en otros aspectos: su patrón encajaba muy bien en la matriz.

Pero si esa base estaba ahí fuera... podía quedarse ahí durante un tiempo. Un crucero de batalla no era suficiente nave para ese trabajo. Demasiada oposición ahí fuera, y no suficiente nave. ¿O demasiada nave? Pero de todas formas aún no estaba preparado. Necesitaba, y conseguiría, otra línea en la base de Helmuth. Por lo tanto, encogiéndose de hombros, hizo girar su nave y se dispuso a reunirse con la flota.

Cuando faltaba un día entero para la unión, Kinnison fue llamado a su plato, para ver sobre su superficie lambiscona el rostro del almirante del puerto Haynes.

"¿Averiguó algo en su viaje?", preguntó.

"Nada definitivo, señor. Sólo un par de cosas en las que pensar, eso es todo. Pero puedo decir que esto no me gusta en absoluto, no me gusta nada de esto ni de ninguna parte".

"Yo tampoco", convino el almirante. "Parece que su pronóstico de un punto muerto está a punto de cumplirse. ¿Hacia dónde se dirige ahora?"

"De vuelta a la Flota".

"No lo hagas. Quédese de explorador un rato más. Y, a menos que aparezca algo más interesante, infórmeme aquí: tenemos algo que puede interesarle. Los chicos han estado-"

La imagen del almirante se deshizo en destellos de luz cegadora y sus palabras se convirtieron en un estruendo revuelto y sin sentido. Había empezado a llegar una llamada de socorro, sólo para ser borrada por una avalancha de interferencias estáticas boskonianas, de las que el éter había estado limpio durante tanto tiempo. El joven Lensman utilizó su Lente.

"Disculpe, señor, ¿mientras veo de qué va todo esto?"

"Desde luego, hijo".

"¿Tenemos localizado su centro?" gritó Kinnison a su oficial de comunicaciones. "¡Están cerca, justo en nuestro regazo!"

"¡Sí, señor!" y el hombre de la radio sacó números.

"¡Ráfaga!" ordenó el capitán, innecesariamente; porque el piloto alerta ya había fijado el rumbo y estaba pateando a toda máquina. "Si ese bebé es lo que creo que es, todo un infierno para el mediodía".

Hacia el centro de la perturbación centelleó el *Brittania*, emitiendo ahora un grito de interferencia con un patrón peculiar que no sólo era un codificador de todas las comunicaciones sin lente en toda esa parte de la galaxia, sino también una llamada imperativa para cualquier mauler que estuviera a su alcance. Tan cerca había estado el crucero de la escena de la depredación que para llegar a ella sólo necesitó unos minutos.

Allí yacían el mercante y su asaltante bosnio. Envalentonado por el cese de las actividades piratas, algún consorcio naviero había enviado un carguero, cargado probablemente con mercancía muy "urgente"; y éste fue el resultado. El merodeador, inerte ahora, la había agarrado con sus tractores y la estaba sometiendo. Se resistía, pero ahora débilmente; era evidente que sus pantallas estaban fallando. Su tripulación debía abrir pronto las portas en señal de rendición o asarse a un hombre; y probablemente preferirían asarse.

Así quedó la situación en un instante. Al instante siguiente cambió; el boskoniano descubrió de repente que sus rayos, en lugar de perforar las débiles defensas del carguero, ni siquiera excitaban hasta el resplandor las poderosas envolturas protectoras de un crucero de batalla de la Patrulla. Cambió el difuso rayo de calor que había estado utilizando sobre el mercante por el más duro, caliente y penetrante rayo de aniquilación que había montado, con poco más que demostrar y sin mejores resultados. Pues las pantallas del *Brittania* habían sido diseñadas para resistir casi indefinidamente los haces más potentes de cualquier buque de guerra ordinario, y resistieron.

Kinnison tenía rayos propios tremendamente potentes, pero no los utilizaba. Haría falta la ofensiva superpoderosa de un mauler para obtener una respuesta definitiva a la pregunta que bullía en su mente.

Aumentara la potencia que aumentara el pirata, por ruinosa que fuera la sobrecarga, no pudo derribar las pantallas de Kinnison; ni, por mucho que esquivara, pudo ponerse de nuevo en posición de atacar a su antigua presa. Y finalmente llegó el mauler; afortunadamente, también había estado bastante cerca. Fuera extendió sus poderosos tractores. Uno de sus tremendos rayos impactó de lleno en las defensas del Boskonian.

Ese rayo impactó y el barco pirata desapareció, pero no en una llamarada neblinosamente incandescente de metal volatilizado. El asaltante desapareció corporalmente, y aún de una pieza. Había lanzado su propia súper cizalla, rompiendo como hilos los tractores supuestamente irrompibles del mauler; y la velocidad de su partida se debió casi tanto al efecto presor del rayo de la Patrulla como al empuje de sus propios conductores.

Fue el comienzo del estancamiento que Kinnison había previsto.

"Me lo temía", murmuró el joven capitán; y, sin prestar la menor atención al mercante, llamó al comandante del mauler. A tan corta distancia, por supuesto, ningún codificador de éter podía interferir con el aparato visual, y allí, en su placa, vio el rostro de Clifford Maitland, el hombre que se había graduado como número dos de su propia promoción.

"¡Hola, Kim, vieja pulga espacial!" exclamó Maitland encantado. "Oh, perdone, señor", continuó con fingida deferencia, con un saludo exagerado. "A un tipo con cuatro jets, debería decir. ..."

"¡Sella eso, Cliff, o treparé por ti como una ardilla, a la primera oportunidad que tenga!" replicó Kinnison. "Así que te tienen capitaneando un El Ponderoso, ¿eh? ¡Piensa en un mero infante como tú al que dejan jugar con tanta alta potencia! ¿Qué haremos con este montón de aquí?"

"Maldita sea si lo sé. No está cubierto, así que tendrá que decírmelo, capitán".

"¿Quién soy yo para dar órdenes? Como usted dice, no está contemplado en el libro: va contra los reglamentos GI que ellos estén cortando nuestros tractores. Pero es todo suyo, no mío, tengo que huir. Podría averiguar qué lleva, de dónde, a dónde y por qué. Luego, si quiere, puede escoltarlo de vuelta por donde vino o hacia donde va; lo que le parezca mejor. Si esta interferencia no cesa, quizá sea mejor que Lens Prime Base le dé órdenes. O use su propio juicio, si lo tiene. Despeja el éter, Cliff, tengo que ir zumbando".

"¡Despeja el éter, sabueso espacial!"

"Ahora, Hank", se volvió Kinnison hacia su piloto, "tenemos asuntos urgentes en la base Prime, y cuando digo 'urgentes' no quiero decir perentorios. Veamos cómo quemas un agujero en el éter".

El *Brittania se dirigió* a toda velocidad hacia la Tierra, y apenas había tocado tierra cuando Kinnison fue llamado al despacho del Almirante del Puerto. Nada más ser anunciado, Haynes despejó bruscamente su despacho y lo selló contra cualquier posible forma de intrusión o escucha. Había envejecido notablemente desde que ambos habían mantenido aquella memorable conferencia en esta misma sala. Su rostro estaba delineado y ajado, sus ojos y todo su porte daban testimonio de días y noches de trabajo continuo sin dormir.

"Tenías razón, Kinnison", empezó, Lens a Lens. "Un punto muerto es lo que hay, un punto muerto sin remedio. Le he llamado para decirle que Hotchkiss tiene su anulador hecho, y que funciona perfectamente contra todo lo de largo alcance. Contra los electromagnéticos, sin embargo, no es muy eficaz. Todo lo que se puede hacer, al parecer, es acortar el alcance; y no interfiere en absoluto con la visión."

"Puedo arreglármelas con eso, creo que estaré fuera del alcance electromagnético la mayor parte del tiempo, y nadie vigila sus electros muy de cerca, de todos modos. Muchas gracias. ¿Está listo para instalar?"

"No necesita instalación. Es una cosa tan pequeña que se puede meter en el bolsillo. Es autónomo y funcionará en cualquier sitio".

"Cada vez mejor. En ese caso necesitaré dos de ellos y una nave. Me gustaría tener una de esas nuevas lanchas rápidas automáticas.[27] Muchas

---

[27] *A diferencia de los grandes buques de guerra de la Patrulla, los veleros son muy estrechos en proporción a su eslora, y en su diseño no se tiene en cuenta nada más que la velocidad y la maniobrabilidad. Definitivamente, no están construidos para la comodidad. Así, aunque sus placas de gravedad están ajustadas para el vuelo horizontal, tienen chorros de frenado, chorros inferiores, chorros laterales y chorros superiores, así como chorros de propulsión; de modo que en la maniobra inerte cualquier dirección puede parecer "hacia abajo", y esa dirección puede cambiar con una rapidez desconcertante.*

Nada puede estar suelto en un speedster: todo, incluso los alimentos de los frigoríficos, debe estar sujeto en su sitio. Se duerme en hamacas, no en camas. Todos los asientos y lugares de descanso tienen pesadas correas de seguridad, y no hay muebles ni equipos sueltos en ninguna parte a bordo.

Debido a que están diseñados para alcanzar la máxima velocidad posible

piernas, alcance de crucero y pantallas. Sólo una viga, pero probablemente no usaré ni siquiera esa".

"¿Va *solo*?", interrumpió Haynes. "Mejor llévate tu crucero de batalla, por lo menos. No me gusta la idea de que vayas solo al espacio profundo".

"A mí tampoco me entusiasma la perspectiva, pero tiene que ser así. Toda la flota, con maulers y todo, no es suficiente para hacer por la fuerza lo que hay que hacer, e incluso dos hombres son demasiados para hacerlo de la única manera que se puede hacer. Verá, señor. ..."

"Sin explicaciones, por favor. Está en el carrete, donde podemos cogerlo si lo necesitamos. ¿Está informado de los últimos acontecimientos?"

"No, señor. Oí entrar un poco, pero no mucho".

"Estamos casi donde estábamos antes de que usted despegara en la primera *Brittania*. El comercio está casi paralizado. Todas las empresas navieras están prácticamente paradas, pero eso no es todo ni lo peor. Puede que no se dé cuenta de lo importante que es el comercio interestelar; pero como resultado de su paralización los negocios en general se han ralentizado enormemente. Como era de esperar, tal vez, están llegando quejas a millares porque no hemos expulsado ya a los piratas del espacio y exigen que lo hagamos de inmediato. No comprenden la verdadera situación, ni se dan cuenta de que estamos haciendo todo lo que podemos. No podemos enviar

---

en vuelo libre, *los velocípedos son extremadamente irritables y difíciles de manejar en vuelo inerte, a menos que se les maneje sobre sus chorros inferiores, que están diseñados y colocados específica y únicamente para el vuelo inerte.*

Algunas de las embarcaciones ultrarrápidas de los piratas, como se pondrá de manifiesto más adelante, también tenían esta forma y diseño. E.E.S.

---

un mauler con cada carguero y trasatlántico, y las naves escoltadas por maulers son las únicas que llegan a su destino".

"¿Pero por qué? Con cizallas tractoras en todas las naves, ¿cómo pueden retenerlas?", preguntó Kinnison.

"¡Imanes!", resopló Haynes. "Electroimanes sencillos y anticuados. Sin tirón del que hablar, a distancia, por supuesto, pero con el raider corriendo libre no necesitan mucho. Cerrar-cerrar a bordo y asaltar-¡todo hecho!"

"Hmm. Eso cambia las cosas. Tengo que encontrar un barco pirata. Estaba planeando seguir un carguero o un transatlántico hacia Alsakan, pero si no hay ninguno que seguir. Tendré que cazar por los alrededores-"

"Eso se arregla fácilmente. Muchas de ellas quieren ir. Dejaremos ir a una, con un mauler acompañándola, pero bien fuera del alcance del detector".

"Eso lo cubre todo, entonces, excepto la asignación. No puedo muy bien pedir permiso, pero ¿quizás podría ser puesto en misión especial, reportándome directamente a usted?"

"Algo mejor que eso", y Haynes sonrió ampliamente, con auténtico placer. "Todo está arreglado. Su baja ha sido anotada en los libros. Su comisión como capitán ha sido cancelada, así que deje su uniforme en su antiguo camarote. Aquí tiene su libreta de crédito y aquí tiene el resto de su equipo. Ahora es usted un Lensman Libre".

¡La liberación! La meta hacia la que todos los Lensmen se esfuerzan, ¡pero que tan pocos alcanzan!

Ahora era un agente libre, responsable ante nadie y ante nada salvo ante su propia conciencia. Ya no era de la Tierra, ni del Sistema Solariano, sino de la galaxia en su conjunto. Ya no era un minúsculo engranaje en la inmensa máquina de la Patrulla Galáctica; dondequiera que fuera, a través de la inmensidad de todo el Universo Insular, ¡él *sería* la Patrulla Galáctica!

"Sí, es real". El hombre mayor estaba disfrutando de la estupefacción del joven ante su Liberación, que le recordaba la vez, muchos años antes, en que había ganado la suya. "Vas adonde te plazca y haces lo que te plazca, durante el tiempo que te plazca. Coges lo que quieras, cuando quieras, con o sin dar razones -aunque normalmente entregarás a cambio un resguardo de crédito impreso con el pulgar. Usted informa si, como, cuando, donde, como y a quien le plazca-o no, como le plazca. Ya ni siquiera recibe un salario. También te ayudas a ti mismo con eso, estés donde estés; tanto como quieras, cuando quieras".

"Pero señor, yo... usted... quiero decir... eso es..." Kinnison tragó saliva tres veces antes de poder hablar coherentemente. "No estoy preparado, señor. Vaya, no soy más que un crío... no tengo los chorros suficientes para balancearlo. Sólo de pensarlo me pongo histérico".

"Lo haría-siempre lo hace". Haynes hablaba ahora muy en serio, pero era una seriedad alegre y orgullosa. "Usted va a ser un agente tan absolutamente libre como es posible que lo sea una criatura viva de carne y hueso. Para el hombre de la calle eso parecería significar una condición de dicha perfecta. Sólo un Lensman gris sabe qué espantosa carga es en realidad; pero es una carga que tal Lensman está contento y orgulloso de llevar."

"Sí, señor, lo estaría, por supuesto, si..."

"Ese pensamiento le molestará durante un tiempo -si no lo hiciera, no estaría aquí- pero no se preocupe por ello más de lo que pueda evitar. Todo lo que puedo decir es que, en opinión de quienes deben saberlo, no sólo ha demostrado estar preparada para la liberación, sino que además se la ha ganado."

"¿Cómo se dan cuenta de eso?" Preguntó Kinnison, acaloradamente. "Todo lo que me salvó el pellejo en ese viaje fue la suerte -un Bergenholm quemado- y en ese momento pensé que era mala suerte. Y van Buskirk y Worsel y los otros muchachos y Dios sabe quién más me sacaron de apuro tras apuro. Me gustaría muchísimo creer que estoy preparado, señor, pero no lo estoy. No puedo atribuirme el mérito de la pura suerte tonta y de las habilidades de otros hombres".

"Bueno, la cooperación es de esperar, y nos gusta convertir en Lensmen grises a los afortunados". Haynes rió profundamente. "Puede que le haga sentirse mejor, sin embargo, si le digo dos cosas más. Primero, que hasta ahora ha hecho usted la mejor actuación de todos los hombres que se han graduado en Wentworth Hall. Segundo, que en la Corte creemos que usted habría tenido éxito en esa misión casi imposible sin van Buskirk, sin Worsel y sin el afortunado fracaso del Bergenholm. De un modo diferente y ahora, por supuesto, imprevisible, pero éxito al fin y al cabo. Esto no debe tomarse en ningún sentido como un menosprecio de las capacidades muy reales de esos otros, ni como una negación de que la suerte, o el azar, existen. Es simplemente nuestro reconocimiento del hecho de que usted tiene lo que hay que tener para ser un Lensman No Adscrito.

"¡Séllalo ahora y lárgate!", ordenó, mientras Kinnison intentaba decir algo; y, dándole una palmada en el hombro, le dio la vuelta y le propinó un suave empujón hacia la puerta. "¡Despeja el éter, muchacho!"

"Lo mismo digo, señor: todo lo que hay. Sigo pensando que usted y todo el resto de la Corte están chiflados; pero intentaré no defraudarle", y el recién desatado Lensman salió dando tumbos. Traspasó el umbral a trompicones, chocó contra una taquígrafa que se apresuraba por el pasillo y casi se empotró contra la jamba de la puerta de entrada en lugar de atravesar la abertura. Fuera recuperó su aplomo físico y caminó a paso ligero hacia sus aposentos; pero nunca pudo recordar después qué hizo ni con quién se encontró en aquella larga y rápida caminata. Una y otra vez el único pensamiento martilleaba en su cerebro: ¡¡¡Sin ataduras! ¡¡¡desatado!!! ¡¡UNATTACHED!!

Y detrás de él, en el despacho del almirante del puerto, aquel alto funcionario se sentaba y musitaba, sonriendo débilmente con los labios y los ojos, mirando sin ver la puerta aún abierta por la que Kinnison se había tambaleado. El muchacho había dado la talla en todos los aspectos. Sería un buen hombre. Se casaría. No lo pensaba ahora, por supuesto -en su propia mente su vida estaba consagrada-, pero lo haría. Si era necesario, la propia Patrulla se encargaría de que lo hiciera. Había maneras, y esa estirpe era demasiado buena como para no propagarla. Y, dentro de quince años -si vivía-, cuando ya no fuera apto para la vida agotadora y extenuante que ahora esperaba con tanto anhelo, elegiría el trabajo en la Tierra para el que estuviera mejor dotado y se convertiría en un buen ejecutivo. Pues así eran los ejecutivos de la Patrulla. Pero esta ensoñación no le llevaba a ninguna parte, rápidamente: se sacudió y se sumergió de nuevo en su trabajo.

Kinnison llegó por fin a sus aposentos, dándose cuenta con un estremecimiento de que ya no eran suyos. Ahora no tenía aposentos, ni residencia, ni dirección. Dondequiera que estuviera, en todo el espacio ilimitable, allí estaba su hogar. Pero, en lugar de sentirse consternado por la idea de la vida a la que se enfrentaba, le invadió una feroz impaciencia por vivirla realmente.

Se oyó un golpecito en su puerta y entró un ordenanza, cargado con un voluminoso paquete.

"Sus Grays, señor", anunció, con un crujiente saludo.

"Gracias". Kinnison devolvió el saludo con la misma elegancia y, casi antes de que se cerrara la puerta, se estaba quitando de un tirón el espléndido uniforme negro, plateado y dorado que llevaba.

Desnudo, hizo el gesto rápido y significativo que realmente no había esperado poder hacer nunca. Sello Gris. Ninguna entidad se ha puesto o se pondrá jamás el Gris impasible, ni sin dedicarse de nuevo a aquello que representa.

El gris-el cuero sin adornos y de color neutro que era el orgulloso atuendo de esa rama de la Patrulla a la que iba a pertenecer a partir de entonces. Había sido confeccionado a su medida, y no pudo evitar estudiar con aprobación su reflejo en el espejo. La gorra redonda, casi sin visera, pesada y suavemente acolchada como protección contra el casco de su armadura. Las pesadas gafas, opacas a toda radiación nociva para los ojos. La chaqueta corta, resaltando los hombros anchos y la cintura estrecha. Los calzones recortados y las botas altas, envolviendo unas piernas poderosas y ahusadas.

"¡Qué atuendo, qué atuendo!", respiró. "¡Y tal vez no soy un simio tan mal parecido, con estos Grises!"

Entonces no se daba cuenta, y nunca se dio cuenta, de que llevaba el uniforme más sencillo, soso y estrictamente utilitario que existía; porque para él, como para todos los demás que lo conocían, la pura y descarnada sencillez del cuero gris liso del soldado raso superaba con creces los adornos llamativos de las otras ramas del Servicio. Se había admirado a sí mismo infantilmente, como hacen los hombres, sintiéndose un poco avergonzado al hacerlo; pero ni entonces ni nunca se dio cuenta de la impresionante figura de hombre que era en realidad mientras salía a grandes zancadas de los cuarteles y recorría la amplia avenida hacia el muelle del *Brittania.*

Se alegró mucho de que no hubiera habido ninguna ceremonia o espectáculo público relacionado con ésta, su verdadera y única graduación importante. Porque mientras sus compañeros -no sólo los de su propia tripulación, sino también sus amigos de toda la Reserva- se agolpaban a su alrededor, machacándole y aporreándole en señal de felicitación y aclamación, supo que no podría soportar mucho más. Si había mucho más, descubrió de repente, se desmayaría en frío o lloraría como un bebé; no sabía muy bien cuál de las dos cosas.

Toda aquella chusma aullante y cantarina se agrupó a su alrededor; y, considerando un honor llevar la menor de sus pertenencias personales, formaron una escolta vociferante y tocada de gorra. El tráfico no significaba nada en absoluto para aquella pandilla agradablemente enloquecida; ni tampoco, temporalmente, las normas. Dejemos que el tráfico se desvíe; dejemos que los peatones, por muy augustos que sean, refresquen sus talones; dejemos que los coches, los camiones, sí, incluso los trenes, esperen hasta que hayan pasado; dejemos que todo espere, o dé la vuelta y regrese, o vaya por otro camino. ¡Aquí llega Kinnison! ¡Kimball Kinnison! ¡Kimball Kinnison, Lensman Gris! ¡Abran paso! Y se abrió paso; desde el muelle del *Brittania* a través de la base hasta la grada en la que yacía el nuevo velocípedo del Lensman.

¡Y qué barco era este pequeño velocista! Recortada, trigonométrica, aerodinámica hasta el extremo yacía allí; quieta pero sobrecargada de poder. Casi sintiente era, esta pequeña fabricación de aleación endurecida por el espacio, repleta de potencia y ultrarrápida; instantáneamente lista a su toque para liberar esas tremendas energías que iban a lanzarle a través de los infinitos confines del vacío cósmico.

Nadie de la turba subió a bordo, por supuesto. Retrocedieron, todavía agitando frenéticamente y lanzando lo que tenían más a mano; y mientras Kinnison tocaba un botón y salía disparado por los aires, tragó saliva varias veces en un vano intento de deshacerse de un asombroso nudo que de algún modo había aparecido en su garganta.

CAPÍTULO 15

El señuelo

Sucedió que durante muchas largas semanas había estado esperando en el puerto espacial de Nueva York un envío urgente para Alsakan, y esa urgencia no era meramente un asunto de una sola dirección. Pues, con la posible excepción de unos pocos paquetes cuyos propietarios los habían encerrado en cámaras acorazadas y no se desprenderían de ellos a ningún precio, ¡no quedaba ni un solo cigarrillo alsakanita en la Tierra!

Los lujos, entonces como ahora, subían febrilmente de precio con la escasez. Sólo los ricos fumaban cigarrillos Alsakanite, y para esos ricos el precio de cualquier cosa que realmente quisieran era una cuestión de casi total indiferencia. Y muchos de ellos querían, y querían mucho, sus cigarrillos de alsakanita, de eso no había duda. El informe actual del mercado sobre ellos era:

"Oferta, mil créditos por paquete de diez. Ofrecido, ninguno a cualquier precio".

Con esa cifra siempre en mente, un príncipe mercader llamado Matthews había estado intentando conseguir una nave con destino a Alsakan. Sabía que un cargamento de cigarrillos alsakanitas desembarcado con seguridad en cualquier puerto espacial teluriano le reportaría más beneficios de los que podría obtener toda su flota en diez años de comercio normal. Por ello, durante semanas había estado tirando de todos los hilos, e incluso de todas las cuerdas, a su alcance; políticos, financieros, incluso a veces rozando demasiado lo delictivo, pero sin resultados.

Porque, aunque pudiera encontrar una tripulación dispuesta a correr el riesgo, lanzar la nave sin escolta sería impensable. No habría ningún beneficio en una nave que no regresara a la Tierra. La nave era suya, para hacer con ella lo que quisiera, pero los maulers de escolta eran asignados únicamente por la Patrulla Galáctica, y la Patrulla no daría escolta a su nave.

En respuesta a su primera petición, se le había informado de que sólo las cargas clasificadas como "necesarias" eran escoltadas con regularidad; que las cargas "seminecesarias" eran escoltadas ocasionalmente, cuando se trataba de una mercancía especialmente útil o deseable y si se presentaba la oportunidad; que las cargas "de lujo" como la suya no eran escoltadas en absoluto; que se le notificaría si se podía dar escolta al *Prometeo*, cómo y cuándo. Entonces el príncipe mercante comenzó su asedio.

Políticos de alto rango, locales y nacionales, enviaron "peticiones" de diverso grado de diplomacia. Los financieros primero ofrecieron alicientes, luego amenazaron con "presionar", después ejercieron todos los tipos de presión conocidos por los amantes de la presión. Los ruegos, las exigencias, las amenazas y las presiones fueron, sin embargo, inútiles por igual. No se pudo engatusar ni intimidar, ni engatusar, ni sobornar, ni acobardar a la Patrulla; y se ignoraron todas las comunicaciones posteriores sobre el tema, provinieran de donde provinieran.

Habiendo agotado todos sus recursos de diplomacia, política, astucia y finanzas, el príncipe mercader se resignó a lo inevitable y dejó de intentar que su nave despegara. Entonces la Base de Nueva York recibió de la Base Prima un mensaje abierto, ni siquiera codificado, que decía así:

"Autorizar a la nave espacial *Prometeo* a partir hacia Alsakan a voluntad, escoltada por la nave patrulla B 42 TC 838, cuyas órdenes actuales quedan anuladas por la presente. Firmado, Haynes".

Una bomba de demolición lanzada en aquella sub-base no habría causado mayor excitación que aquel mensaje. Nadie podía explicarlo -ni el comandante de la base, ni el capitán del mauler, ni el capitán del *Prometheus*, ni el muy complacido pero igualmente sorprendido Matthews- pero todos hicieron lo que pudieron para acelerar la salida del carguero. Estaba, y había estado durante mucho tiempo, prácticamente listo para zarpar.

Mientras el comandante de la base y Matthews estaban sentados en el despacho, poco antes de la hora prevista para la partida, Kinnison llegó o, más correctamente, les hizo saber que estaba allí. Les invitó a ambos a pasar a la sala de control de su lancha rápida; y las invitaciones de los hombres de lente gris se aceptaban sin preguntas ni reparos.

"Supongo que se estará preguntando de qué va todo esto", empezó. "Seré tan breve como pueda. Le he pedido que venga porque éste es el único lugar conveniente en el que *sé que* lo que digamos no será escuchado. Hay muchos espías por aquí, lo sepa o no. Al *Prometeo se le va a permitir* ir a Alsakan, porque es allí donde los piratas parecen ser más numerosos, y no queremos perder el tiempo buscando por todo el espacio para encontrar uno. Su nave fue seleccionada, Sr. Matthews, por tres razones, y a pesar de los intentos que ha estado haciendo para obtener privilegios especiales, no a causa de ellos. Primero, porque no hay ninguna carga necesaria o seminecesaria esperando autorización para entrar en esa región. Segundo, porque no queremos que su empresa fracase. No conocemos ninguna otra gran naviera en una posición tan inestable como la suya, ni ninguna firma en ningún lugar para la que un solo cargamento suponga una diferencia financiera tan inmensa."

"¡Sin duda tiene razón, Lensman!" Matthews estuvo de acuerdo, de todo corazón. "Significa la bancarrota por un lado y una fortuna por el otro".

"Esto es lo que va a ocurrir. La nave y el mauler despegan según lo previsto, dentro de catorce minutos. Están a punto de llegar a Valeria, cuando ambos son llamados de nuevo -órdenes urgentes para que el mauler vaya a las labores de rescate. El mauler regresa, pero su capitán, con toda probabilidad, seguirá adelante, diciendo que partió hacia Alsakan y que allí es adonde se dirige. ..."

"¡Pero no se *atrevería*!", jadeó el armador.

"Seguro que lo haría", insistió Kinnison, bastante alegre. "Esa es la tercera buena razón por la que se permite zarpar a su barco, porque sin duda será atacado. Usted no lo sabía hasta ahora, pero su capitán y más de la mitad de su tripulación son piratas ellos mismos y van a-"

"¿Qué? ¡Piratas!" bramó Matthews. "Iré allí y..."

"No hará nada en absoluto, Sr. Matthews, excepto observar las cosas, y lo hará desde aquí. La situación está bajo control".

"¡Pero mi barco! Mi carga!", se lamentó el cargador. "Estaremos arruinados si ellos..."

"Déjeme terminar, por favor", interrumpió el Lensman. "En cuanto el mauler retroceda es prácticamente seguro que su capitán enviará un mensaje, haciendo saber a los piratas que es una presa fácil. Un minuto después de enviar ese mensaje, muere. Al igual que todos los demás piratas a bordo. Su nave aterriza en Valeria y se enfrenta a una tripulación de salvajes luchadores espaciales, encabezados por Peter van Buskirk. Luego sigue hacia Alsakan, y cuando los piratas aborden esa nave, tras su preacordada resistencia a medias y su fácil rendición, van a pensar que se ha desatado el infierno del mediodía. Sobre todo porque la mauler, de vuelta de su 'trabajo de rescate', estará acompañándoles, no muy lejos".

"¿Entonces mi nave irá realmente a Alsakan, y volverá, sana y salva?" Matthews estaba casi aturdido. Los asuntos estaban totalmente fuera de sus manos, y las cosas se habían movido tan rápidamente que apenas sabía qué pensar. "Pero si mis propios tripulantes son piratas, puede que algunos de ellos ... pero por supuesto puedo conseguir protección policial si es necesario".

"A menos que ocurra algo totalmente imprevisto, el *Prometeo* hará el viaje de ida y vuelta en condiciones de seguridad, con carga y todo, bajo la escolta de un mauler todo el camino. Por supuesto, tendrá que tratar el otro asunto con su policía local".

"¿Cuándo tendrá lugar el ataque, señor?", preguntó el comandante de la base.

"Eso es lo que quería saber el capitán del mauler cuando le dije lo que tenía por delante", sonrió Kinnison. "Quería acercarse un poco más a esa hora. A mí también me gustaría saberlo, pero por desgracia eso tendrán que decidirlo los piratas cuando reciban la señal. Será al salir, sin embargo, porque la carga que lleva a bordo ahora es mucho más valiosa para Boskone de lo que sería una carga de cigarrillos alsakanitas".

"¿Pero cree que puede tomar el barco pirata de esa forma?" preguntó el comandante, dubitativo.

"No, pero reduciremos su personal hasta tal punto que tendrá que regresar a su base".

"Y eso es lo que usted quiere: la base. Ya veo".

No lo vio, pero el Lensman no le aclaró más.

Hubo una brillante llamada doble cuando el carguero y el mauler se elevaron en el aire, y Kinnison mostró la salida al armador.

"¿No sería mejor que me fuera yo también?", preguntó el comandante. "Esas órdenes, ya sabe".

"Un par de minutos todavía. Tengo otro mensaje para usted-oficial. Matthews no necesitará escolta policial por mucho tiempo, si es que la necesita. Cuando ese barco sea atacado será la señal para limpiar a todos los piratas del Gran Nueva York, el peor semillero de piratas de Tellus. Ni usted ni su fuerza estarán en ello directamente, pero podría pasar la voz, para que nuestros propios hombres sean informados antes que los equipos de Telenews".

"¡Bien! Hacía tiempo que necesitaba hacerlo".

"Sí, pero ya sabe que lleva mucho tiempo alinear a todos los hombres de una organización tan grande. Quieren pillarlos a todos, sin pillar a ningún transeúnte inocente".

"¿Quién lo está haciendo-Prime Base?"

"Sí. Se echarán aquí suficientes hombres para hacer todo el trabajo en una hora".

"¡Esas *son* buenas noticias! ¡Despeje el éter, Lensman!" y el comandante de la base volvió a su puesto.

Cuando las compuertas de la esclusa se cerraron, sellando la salida tras el visitante que se marchaba, Kinnison aligeró su velocípedo en el aire y se dirigió hacia Valeria. Dado que las dos naves que le precedían habían abandonado la inercia atmosférica, al igual que él, y dado que habían transcurrido varios cientos de segundos desde su despegue, se encontraba, por supuesto, a unas diez mil millas de su línea, así como a incontables millones de millas por detrás de ellas. Pero la distancia mayor no significaba más que la menor, y ninguna de ellas significaba nada en absoluto para el mejor velocista de la Patrulla. Kinnison, a velocidad de gira fácil, les alcanzó en cuestión de minutos. Acercándose a menos de un año luz, ralentizó su ritmo para igualar el de ellos y mantuvo la distancia.

Cualquier nave ordinaria habría sido detectada hace tiempo, pero Kinnison no viajaba en una nave ordinaria. Su velocípedo era inmune a toda detección excepto la electromagnética o visual, y por tanto, incluso a esa corta distancia -el viaje de medio minuto incluso para una nave espacial lenta en espacio abierto- estaba a salvo. Porque el electromagnetismo es inútil a esa distancia: y los aparatos visuales, incluso con convertidores subetéreos, sólo son fiables hasta unos pocos miles de kilómetros, a menos que el observador sepa exactamente qué buscar y dónde buscarlo.

Kinnison, entonces, se acercó y siguió al *Prometheus* y a su escolta de maulers; y cuando se acercaban al sistema solar Valerian, el mensaje de retirada llegó atronador. También, como se esperaba, el capitán renegado del carguero envió su respuesta desafiante y su mensaje al alto mando pirata. El mauler dio media vuelta; el mercante siguió adelante. De repente, sin embargo, se detuvo, inerte, y de sus puertos fueron expulsados discretos trozos de materia -probablemente los cuerpos de los miembros boskonianos de su tripulación. Entonces el *Prometeo*, de nuevo inerte, se dirigió directamente hacia el planeta Valeria.

Un aterrizaje sin inercia es, por supuesto, muy irregular, y sólo se realiza cuando la nave va a despegar de nuevo inmediatamente. Ahorra todo el tiempo que normalmente se pierde en la espiral y la deceleración, y ahorra el cálculo de una órbita de aterrizaje, que no es tarea para un ordenador de aficionado. Sin embargo, es peligroso. Se necesita energía, mucha energía, para mantener la fuerza que neutraliza la inercia de la masa, y si esa fuerza falla aunque sólo sea por un instante mientras una nave se encuentra sobre la superficie de un planeta, las consecuencias suelen ser altamente desastrosas. Porque en la neutralización de la inercia no hay magia, no se obtiene algo a cambio de nada, no se viola la ley natural de la conservación de la materia y la energía. En el instante en que esa fuerza se vuelve inoperante, la nave posee exactamente la misma velocidad, impulso e inercia que poseía en el instante en que la fuerza surtió efecto. Así, si una nave espacial despega de la Tierra, con su velocidad orbital de unas dieciocho millas y media por segundo respecto al sol, se libera, se precipita a Marte, aterriza libre y luego se inertiza, su velocidad original, tanto en velocidad como en dirección, se restablece instantáneamente; con consecuencias mejor imaginadas que descritas. Tal velocidad, por supuesto, *podría llevar* a la nave inofensivamente al aire; pero probablemente no lo haría.

Las naves sin inercia no suelen cargar mercancías. Sin embargo, sí aceptan pasajeros, especialmente personal militar acostumbrado a maniobras en espacio abierto con trajes espaciales propulsados. Los hombres y la nave deben inertizarse -por separado, por supuesto- inmediatamente después de abandonar el planeta, para que los hombres puedan igualar su velocidad intrínseca a la de la nave; pero eso sólo lleva una fracción muy pequeña del tiempo necesario para un aterrizaje inerte.

Por lo tanto, el *Prometeo* aterrizó libre, y también lo hizo Kinnison. Salió, completamente blindado contra la atmósfera extremadamente pesada de Valeria, y trabajando un poco bajo su terrible gravitación, para ser saludado cordialmente por *el teniente* van Buskirk, cuyos hombres de combate ya estaban subiendo a bordo del carguero.

"¡Hola, Kim!", llamó el holandés, alegremente. "Todo ha salido como un reloj. No te retrasaré mucho, despegaré en diez minutos".

"¡Ho, Lefty!" reconoció el Lensman, igual de cordialmente, pero saludando al oficial recién comisionado con una exagerada formalidad. "Oye, Bus, he estado pensando un poco. ¿Por qué no sería una buena idea...?"

"Uh-uh, *no lo* haría," negó el luchador, positivamente. "Sé lo que vas a decir: que quieres participar en esta fiesta, pero no lo digas".

"Pero yo..." Kinnison comenzó a argumentar.

"Nix", declaró rotundamente el valeriano. "Tiene que quedarse con su velocista. No hay sitio para ella dentro; está despejado lleno de carga y de mis hombres. No puede sujetarse en el exterior, porque eso lo delataría todo. Y además, por primera y última vez en mi vida tengo la oportunidad de dar órdenes a un Lensman Gris. Esas órdenes son permanecer fuera y lejos de esta nave, y me encargaré de que tú también lo hagas, ¡pequeño camarón teluriano! Chico, ¡qué patada me da eso!"

"Lo harías, simio valeriano grande y tonto; ¡siempre fuiste un tipo de alma pequeña!". replicó Kinnison. "Cerdito-cerdito. Haynes, ¿eh?"

"Ajá". Van Buskirk asintió. "¿Cómo si no podría hablarle tan *bruscamente* y salirme con la mía? Sin embargo, no se sienta demasiado mal; no se está perdiendo nada, de verdad. Ya está en las latas, y tu diversión está más adelante en alguna parte. Y por cierto, Kim, enhorabuena. Te lo merecías.

Todos te apoyamos, desde aquí hasta las Nubes de Magallanes y de vuelta".

"Gracias. Lo mismo te digo, Bus, y a muchos de ellos. Bueno, si no me dejan ir de polizón, me quedaré atrás, supongo. Éter claro... o más bien, espero que esté lleno de piratas mañana por la mañana. No lo estará, sin embargo, probablemente; no imagino que se muevan hasta que estemos casi allí".

Y así lo hizo Kinnison, a lo largo de miles y miles de parsecs de viaje sin incidentes.

Parte del tiempo lo pasó en el speedster corriendo de aquí para allá. La mayor parte la pasaba en el mucho más cómodo mauler; a cuyo costado blindado se aferraba su diminuta nave con sus abrazaderas magnéticas mientras dormía y comía, cotilleaba y leía, hacía ejercicio y jugaba con los oficiales y la tripulación del mauler, en camaradería del espacio profundo.

Sucedió, sin embargo, que cuando se desarrolló el tan esperado ataque, él estaba fuera en su speedster y, por tanto, lo vio y lo oyó todo desde el principio.

El espacio se llenó de la vieja y familiar interferencia. El pirata se acercó, se fijó con imanes y empezó a emitir rayos. No con fuerza -lo suficiente para calentar las pantallas defensivas- y Kinnison sondeó al pirata con su rayo espía.

"¡Terrestres-norteamericanos!", exclamó, medio en voz alta, sobresaltado por un instante. "Pero naturalmente lo serían, ya que éste es un trabajo de montaje y más de la mitad de la tripulación eran gángsters de Nueva York".

"El maldito tiene sus pantallas de rayos espía levantadas", refunfuñaba el piloto a su capitán. El hecho de que hablara en inglés era irrelevante para el Lensman; habría entendido igual de bien cualquier otra forma posible de comunicación o de intercambio de pensamientos. "Eso no formaba parte del plan, ¿verdad?".

Si Helmuth o alguna de las otras mentes capaces de la Gran Base hubiera estado dirigiendo aquel ataque, se habría detenido allí mismo. El piloto había mostrado un destello de sentimiento que, con un poco de estímulo, podría haberse convertido en una sospecha. Pero el capitán no era un hombre imaginativo. Por lo tanto:

"No se dijo nada al respecto, en cualquier caso", respondió. "Probablemente el oficial esté de servicio; no es uno de los nuestros, ya sabe. El capitán la abrirá. Si no lo hace rápido, la abriré yo mismo. Ahí, el puerto se está abriendo. Deslícese un poco hacia adelante... ¡manténgalo! ¡A por ellos, hombres!"

Hombres, cientos de ellos, armados y blindados, pululaban por las esclusas del carguero. Pero cuando el último hombre del grupo de abordaje pasó el portal ocurrió algo que decididamente no estaba en el programa. El puerto exterior se cerró de golpe y sus palancas se pusieron en marcha.

"¡Destruyan esas pantallas! Derríbenlas; ¡entren ahí con un rayo espía!", ladró el capitán pirata. No era una de esas almas duras y valientes que, como Gildersleeve, dirigían en persona los ataques de sus degolladores. Emulaba en cambio a los altos oficiales boskonianos y dirigía sus incursiones desde la seguridad de su sala de control; pero, como se ha insinuado, no era exactamente como esos oficiales. Sólo cuando ya era demasiado tarde empezó a sospechar. "¿Me pregunto si alguien podría habernos traicionado? ¿Secuestradores?"

"Pronto lo sabremos", gruñó el piloto, e incluso mientras hablaba el rayo espía lo atravesó, revelando un auténtico caos.

Porque van Buskirk y sus valerianos no habían sido sorprendidos durmiendo la siesta, ni eran una tripulación -desarmada, parcialmente armada y aún más impotente por motines internos, luchas y matanzas- como la que los piratas esperaban encontrar.

En su lugar, los abordadores se encontraron con una fuerza abrumadoramente superior a la suya. No sólo en la fuerza y agilidad de sus unidades, sino también en que al menos un proyector semi-portátil comandaba cada pasillo del carguero. Ante las ráfagas de esos proyectores, la mayoría de los piratas murieron al instante, sin saber qué les había golpeado.

Ellos fueron los afortunados. Los demás sabían lo que se les venía encima y lo vieron venir, pues los valerianos ni siquiera desenfundaron sus DeLameters. Sabían que el blindaje de los piratas podía resistir durante minutos los rayos de cualquier arma de mano, y desdeñaron volver a montar los pesados semiorbes. Entraron con sus hachas espaciales, y al verlas los piratas se quebraron y corrieron gritando de pánico. Pero no pudieron escapar. Las compuertas del puerto de salida estaban encajadas y bloqueadas.

Por lo tanto, la partida de asalto murió hasta el último hombre; y, como había predicho van Buskirk, apenas fue siquiera una lucha. Pues una armadura ordinaria es tan sólo hojalata contra un valeriano blandiendo un hacha espacial.

El rayo espía del capitán pirata llegó justo a tiempo para ver el espantoso final de la masacre, y su rostro se puso primero morado y luego blanco.

"¡La Patrulla!", jadeó. "¡Valerianos, una compañía entera de ellos! Diré que nos han traicionado".

"Cierto, nos han engañado", asintió el piloto. "Tampoco sabes ni la mitad. Alguien viene, y no es un boy scout. Si un mauler nos absorbiera, seríamos una fuerza muy gastada, ¿qué?"

"¡Basta de palabrería!", espetó el capitán. "¿Es un mauler o no?"

"Un poco lejos todavía para decirlo, pero probablemente lo sea. No habrían enviado a esos jaspers sin cobertura, viejo frijol; saben que podemos quemar las pantallas de ese carguero en una hora. Mejor prepárate para correr, ¿qué?"

El comandante lo hizo, con pensamientos salvajes corriendo por su mente. Si un mauler se le acercaba lo suficiente como para usar imanes, estaba acabado. Sus rayos más pesados ni siquiera calentarían las pantallas de un mauler; sus defensas no resistirían ni un segundo las ráfagas de un mauler. ... y se le ordenaría volver a la base. ...

"¡Tally ho, fruta vieja!" El piloto apretó al máximo. "Es un mauler y nos han jodido bien. ¿Volvemos a la base?"

"Sí", y el desconcertado capitán encendió su comunicador, para informar a su superior inmediato del humillante resultado del golpe supuestamente planeado con tanto cuidado.

CAPÍTULO 16

Kinnison conoce a los Wheeler

Mientras el pirata huía hacia el espacio, Kinnison le siguió, igualando a su presa en rumbo y velocidad. Entonces conectó el controlador automático de su propulsor, la grabadora automática de su placa y comenzó a sintonizar su haz-trazador; sólo para quedarse corto al darse cuenta de que el punto del rayo espía no se mantendría en la sala de control del pirata sin una atención constante y un ajuste manual. Él también lo había sabido. Incluso el más preciso de los controladores automáticos, impulsado por las corrientes electrónicas más cuidadosamente estabilizadas, es propenso a resbalar un poco incluso a una distancia tan cercana como diez millones de millas, especialmente en el éter agitado cercano a los sistemas solares, y no había nada que corrigiera el deslizamiento. No había pensado en ello antes; el piloto siempre hacía esas pequeñas correcciones como algo natural.

Pero ahora estaba dividido entre dos deseos. Quería escuchar la conversación que se produciría en cuanto el capitán pirata se pusiera en comunicación con sus oficiales superiores; y sobre todo, si Helmuth ponía su rayo, tenía muchas ganas de rastrearlo y asegurarse así otra línea sobre el cuartel general que tanto ansiaba localizar. Ahora temía no poder hacer ambas cosas -un temor que pronto demostraría estar bien fundado- y deseaba fervientemente poder ser durante unos minutos dos hombres. O al menos un velantiano; ellos tenían ojos y manos y compartimentos cerebrales separados lo suficiente como para poder hacer media docena de cosas a la vez y hacer cada una bien. Él no podía; pero podía intentarlo. Quizá debería haber traído a uno de los chicos. No, eso lo estropearía todo, más tarde; tendría que hacerlo lo mejor que pudiera.

Se estableció la comunicación y el capitán pirata comenzó a hacer su informe; y utilizando una mano en el rayo y la otra en el trazador, consiguió obtener una línea parcial y grabar retazos de la conversación. Se perdió, sin embargo, la parte esencial de todo el episodio, aquella en la que el comandante de la base entregó al fracasado capitán al propio Helmuth. Por ello, Kinnison se sorprendió realmente de la desaparición del rayo que tan laboriosamente intentaba rastrear, y de oír a Helmuth concluir su castigo al desafortunado capitán con:

"-No es enteramente culpa suya, esta vez no le castigaré con severidad. Preséntese en nuestra base de Aldebarán I, entregue su nave al comandante de allí y haga todo lo que él le diga durante treinta de los días de ese planeta".

Frenéticamente, Kinnison desenfundó su trazador y buscó el haz de Helmuth; pero antes de que pudiera sincronizarse con él, el mensaje del alto jefe de los piratas había terminado y su haz había desaparecido. El Lensman se quedó pensativo.

¡Aldebarán! Prácticamente al lado de su propio Sistema Solariano, desde el que había llegado tan lejos. ¿Cómo habían podido mantener oculta, o restablecer, una base tan cerca de Sol, a través de toda la búsqueda intensiva que se había hecho? Pero *lo habían hecho, eso era* lo importante. De todos modos, sabía adónde iba, y eso ayudaba. Otra cosa en la que no había pensado, y que podría haberlo estropeado todo, ¡era el hecho de que no podía permanecer despierto indefinidamente para seguir a aquella nave! Tenía que dormir en algún momento, y mientras dormía su presa estaba destinada a escapar. Por supuesto, disponía de un rastreador CRX, que retendría a una nave sin prestarle atención mientras se encontrara en cualquier lugar dentro de un radio de acción incluso extremo; y habría sido bastante sencillo hacer colocar un relé de fotocélulas entre la placa del CRX y los controles automáticos del espaciador y el conductor, pero él no lo había pedido. Por suerte, ahora sabía adónde iba y el viaje a Aldebarán sería lo suficientemente largo

E. E. 'Doc' Smith

como para que pudiera construir una docena de controles de este tipo. Tenía todas las piezas necesarias y muchas herramientas.

Por lo tanto, siguiendo fácilmente a la nave pirata mientras surcaba el espacio, Kinnison construyó su "perseguidor" automático, como él lo llamaba. Durante cada una de las cuatro o cinco primeras "noches" perdió la nave que perseguía, pero la encontró sin mayor dificultad al despertar. A partir de entonces lo mantuvo continuamente, mejorando día a día las prestaciones de su aparato hasta que pudo hacer casi cualquier cosa excepto hablar. Después dedicó su tiempo a un estudio intensivo del problema general que tenía ante sí. Sus resultados fueron muy insatisfactorios; porque para resolver cualquier problema hay que tener suficientes datos para plantearlo, ya sea en ecuaciones reales o en secuencias lógicas, y Kinnison no tenía suficientes datos. Tenía en conjunto demasiadas incógnitas y no suficientes conocimientos.

El primer problema concreto era el de entrar en la base pirata. Dado que los buscadores de la Patrulla no la habían encontrado, esa base debía de estar muy bien escondida. Y ocultar algo tan grande como una base en Aldebarán I, tal y como él lo recordaba, sería toda una hazaña en sí misma. Sólo había estado una vez en ese sistema, pero...

Solo en su nave, y en el espacio profundo aunque se encontraba, se sonrojó dolorosamente al recordar lo que le había ocurrido durante aquella visita. Había perseguido a un par de traficantes de droga hasta Aldebarán II, y allí se había encontrado con la chica más vívida, más impecable, más notable e intrigantemente bella que había visto nunca. Había visto mujeres hermosas, por supuesto, antes y en abundancia. Había visto bellezas amateurs y profesionales; mariposas sociales, bailarinas, actrices, modelos y posureras; tanto en carne y hueso como en telediarios; pero nunca había supuesto que una criatura tan absolutamente arrebatadora como ella pudiera existir fuera de un sueño de tionita. Como tímida e inocente damisela en apuros había sido perfecta, y si hubiera mantenido esa pose un poco más, Kinnison se estremecía al pensar en lo que podría haber ocurrido.

Pero, al haber conocido a demasiados drogadictos y a muy pocos patrulleros, se equivocó por completo, no sólo en los sentimientos del cadete, sino también en sus reacciones. Porque, incluso cuando ella acudió amorosamente a sus brazos, él había sabido que había algo raro. Las mujeres así no jugaban a ese tipo de juegos en vano. Debía de estar mezclada con las dos que él había estado persiguiendo. Consiguió escapar de ella, con sólo un par de rasguños, justo a tiempo para capturar a sus confederados cuando emprendían la huida, y desde entonces había tenido miedo de las mujeres hermosas. Le gustaría volver a ver a esa gata infernal de Aldebarán... sólo una vez. Había sido sólo un niño entonces, pero ahora-

Pero esa línea de pensamiento no le estaba llevando a ninguna parte, rápidamente. Era en Aldebarán I en quien debía estar pensando. Yermo, sin vida, desolado, sin aire, sin agua. Desnudo como su mano, cubierto de volcanes extintos, con cráteres, dentado y desgarrado. Ocultar una base en ese planeta llevaría mucho trabajo y, a la inversa, sería correspondientemente difícil acercarse. Si estuviera en la superficie, cosa que dudaba mucho, estaría cubierta. En cualquier caso, todas sus aproximaciones estarían minuciosamente vigiladas y equipadas con vigías en el ultravioleta y en el infrarrojo, así como en el visible. Su detector anulador no le ayudaría mucho allí. Esas pantallas y vigías eran malos, muy, muy malos. Una pregunta: ¿podría entrar *algo* en esa base sin activar una alarma?

Su velocista no podría ni acercarse, eso era seguro. ¿Podría él, solo? Tendría que llevar una armadura, por supuesto, para mantener el aire, e irradiaría. No necesariamente: podría aterrizar fuera de alcance y caminar, sin energía; pero aún estaban las pantallas y los vigías. Si los piratas estaban alerta, simplemente no estaba en las cartas; y tenía que asumir que estarían alerta.

¿Qué, entonces, podía traspasar esas barreras? La consideración prolongada de cada hecho de la situación le dio una respuesta definitiva y le marcó claramente el camino que debía seguir. Algo admitido por los propios piratas era lo único que podía entrar. El buque que iba delante del suyo iba a entrar. Por lo tanto debía entrar y entraría en esa base dentro del propio buque pirata. Con ese punto decidido sólo quedaba elaborar un método, que resultó ser casi ridículamente sencillo.

Una vez dentro de la base, ¿qué debía -o más bien, qué podía- hacer? Durante días hizo y desechó planes, pero finalmente los desechó todos de su mente. Dependía tanto de la ubicación de la base, de su personal, de su disposición y de su rutina, que no pudo desarrollar ni siquiera el esbozo de un plan de trabajo. Sabía lo que quería hacer, pero no tenía ni la más remota idea de cómo podía llevarlo a cabo. De las posibilidades que se le presentaban, tendría que elegir la más factible y ajustar sus acciones a la situación que obtuviera en ese momento.

Así que decidido, disparó su rayo espía hacia el planeta y lo estudió con detenimiento. Era, en efecto, como lo había recordado, o peor. Desolado, calurosamente árido, no tenía suelo alguno, toda su superficie estaba compuesta de roca ígnea, lava y piedra pómez. Estupendas cordilleras de montañas se entrecruzaban e intersectaban al azar, cada cordillera una sucesión de picos volcánicos muertos y cráteres volados. Las laderas de las montañas y las llanuras rocosas, las paredes de los cráteres y el fondo de los valles, estaban por igual e innumerablemente salpicados de subcráteres y de inmensos agujeros de concha, como si todo el planeta hubiera sido durante eras geológicas el blanco de un incesante bombardeo cósmico.

Sobre su superficie y a través y a través de su volumen condujo su rayo espía, sin encontrar nada. Sondeó su sustancia con sus detectores y sus trazadores, con resultados completamente negativos. Por supuesto, más cerca, su electromagnética le informaría de la existencia de hierro -en abundancia-

, pero esa información tampoco tendría sentido. Prácticamente todos los planetas tenían núcleos de hierro. Por lo que podían deducir sus instrumentos -y le había dado a Aldebarán I un repaso más minucioso con diferencia que el que le habría dado cualquier nave de reconocimiento ordinaria- no había ninguna base de ningún tipo sobre el planeta o dentro de él. Sin embargo, *sabía que* allí había una base. ¿Y qué? Puede que la base de Helmuth estuviera dentro de la galaxia, después de todo, protegida de la detección del mismo modo, probablemente por sólidas millas de hierro o de mineral de hierro. Una segunda línea sobre esa base se había convertido ahora en imperativa. Pero se acercaban rápidamente al sistema; más le valía estar preparado.

Se colocó el cinturón de su equipo personal, incluido un anulador, y luego inspeccionó su armadura, comprobando cuidadosamente sus suministros y aparatos antes de enganchársela a la mano. Echando un vistazo a la placa, observó con aprobación que su "perseguidor" funcionaba perfectamente. Perseguidor y perseguido se encontraban ahora ambos bien dentro del sistema solar de Aldebarán; y al igual que se ralentizaba el pirata se ralentizaba el velocista. Finalmente, el líder se quedó inerte preparándose para su espiral, pero Kinnison ya no le seguía. Antes de quedar inerte, descendió como un rayo hasta situarse a menos de ochenta mil kilómetros de la imponente superficie del planeta. A continuación, cortó su Bergenholm, lanzó el speedster a una órbita casi circular, muy alejada de la órbita de aterrizaje seleccionada por el pirata, cortó toda su energía y se fue a la deriva. Permaneció en el speedster, observando y computando, hasta que hubo definido tan exactamente su trayectoria que pudo encontrarlo infaliblemente en cualquier instante futuro. Entonces entró en la esclusa, salió al espacio y, esperando sólo para asegurarse de que el portal se había cerrado tras él, fijó su rumbo hacia la espiral del pirata.

Inerte ahora, su progreso era tan lento que parecía imperceptible, pero tenía tiempo de sobra. Y era sólo relativamente que su velocidad era baja. En realidad se precipitaba a través del espacio a una velocidad de más de tres mil kilómetros por hora, y su pequeño y potente conductor aumentaba esa velocidad constantemente con una aceleración de dos gravedades terrestres.

Pronto el buque se acercó sigilosamente, ahora por debajo de él, y Kinnison, aumentando su impulso a cinco gravedades, salió disparado hacia él en un largo y oblicuo picado. Fue el minuto más delicado del viaje, pero el Lensman había supuesto correctamente que los oficiales del barco estarían mirando hacia delante y hacia abajo, no hacia atrás y hacia arriba. Lo estaban, y realizó su aproximación sin ser visto. La aproximación en sí, el abordaje de una nave espacial inerte a su espantosa velocidad espiral de aterrizaje, era elemental para cualquier hombre espacial competente. Ni siquiera hubo una bengala que le molestara o le revelara a la vista, ya que los reactores de frenado hacían ahora todo el trabajo. Ajustando cada vez más el rumbo y la velocidad, se acercó sigilosamente, lanzó su imán, tiró hacia arriba, mano sobre mano, abrió el cierre de entrada de emergencia, y allí estaba.

Despreocupado, se dirigió a lo largo del pasillo de popa hasta los ahora desiertos camarotes de los cazas. Allí se tumbó en una hamaca, encajó las correas de aceleración y disparó su rayo espía hacia la sala de control. Y allí, en la propia visiplate del capitán pirata, observó la accidentada y desgarrada topografía del terreno de abajo mientras el piloto luchaba contra su nave, milla a milla. Esto sí que era duro, reflexionó Kinnison, y el pájaro estaba haciendo un buen trabajo, aunque se lo estuviera tomando a la tremenda, haciéndola descender de frente en lugar de dar una vuelta más al planeta y deslizarse después sobre sus chorros inferiores, que estaban diseñados y colocados específicamente para ese trabajo. Pero lo hizo por las malas, y su nave se sacudió, pataleó, rebotó y giró sobre las terribles ráfagas de sus chorros de frenado. Bajó, rápido; y sólo después de estar realmente dentro de uno de aquellos estupendos cráteres, muy por debajo del nivel de su borde, el piloto la aplanó y adoptó la posición normal de aterrizaje.

Seguían yendo demasiado rápido, pensó Kinnison, pero el piloto pirata sabía lo que hacía. Cinco millas descendió la nave, en línea recta por aquel pozo del Titanic, antes de llegar al fondo. La pared del pozo estaba tachonada de ventanas; frente a la nave asomaba la compuerta exterior de una gigantesca esclusa. Se abrió, la nave fue arrastrada al interior, con cuna de desembarco y todo, y la enorme compuerta se cerró tras ella. Ésta era la base de los piratas, ¡y Kinnison estaba dentro!

"¡Hombres, atención!" Pronunció entonces el comandante pirata. "El aire es veneno mortal, así que pónganse las armaduras y asegúrense de que sus tanques están llenos. Tienen habitaciones para nosotros, con buen aire, pero no abran sus trajes ni una rendija hasta que yo se lo diga. ¡Reúnanse! ¡Todos los que no estéis aquí en esta sala de control en cinco minutos os quedaréis a bordo y correréis vuestro propio riesgo!"

Kinnison decidió al instante reunirse con la tripulación. No podía hacer nada en la nave, y sería inspeccionada, por supuesto. Tenía aire de sobra, pero las armaduras espaciales se parecían todas, y sus lentes le advertirían a tiempo de cualquier pensamiento poco amistoso o sospechoso. Más le valía ir. Si pasaban lista. ... pero cruzaría ese puente cuando llegara a él.

No se pasó lista; de hecho, el capitán no prestó ninguna atención a sus hombres. Acudían o no, como les daba la gana. Pero como quedarse en el barco significaba la muerte, todos los hombres fueron puntuales. Al expirar los cinco minutos, el capitán se alejó, seguido por la multitud. Atravesó una puerta, giró a la izquierda y el capitán se encontró con una criatura cuya forma Kinnison no pudo distinguir. Una pausa, un avance rezagado, luego un giro a la derecha.

Kinnison decidió que no daría ese giro. Se quedaría aquí, cerca del pozo, donde podría abrirse paso a golpes, si fuera necesario, hasta que hubiera estudiado toda la base lo suficientemente a fondo como para trazar un plan de campaña. Pronto encontró una habitación vacía y aparentemente sin uso, y se aseguró de que a través de su pesada y cristalina ventana podía efectivamente contemplar el inmenso vacío cilíndrico de un pozo volcánico.

Luego, con su catalejo, observó a los piratas mientras eran escoltados a los aposentos preparados para ellos. Podían ser habitaciones de estado, pero a Kinnison le pareció que sus antiguos compañeros de barco estaban siendo encarcelados ignominiosamente, y se alegró de haberse despedido de ellos. Disparando su rayo aquí y allá por toda la estructura, encontró por fin lo que buscaba, la sala del comunicador. Aquella sala estaba bastante bien iluminada, y ante lo que vio allí se le cayó la mandíbula del asombro más absoluto.

Había esperado ver hombres, ya que Aldebarán II, el único planeta habitado del sistema, había sido colonizado desde Tellus y sus gentes eran tan verdaderamente humanas y caucásicas como las de Chicago o las de París. Pero allí . . estas *cosas*. ... había viajado bastante, pero nunca había visto ni oído nada parecido. Eran ruedas, en realidad. Cuando iban a alguna parte, rodaban. Cabezas donde deberían estar los cubos. Ojos-brazo, docenas de ellos, y manos de aspecto muy capaz....

"¡Vogenar!" un pensamiento nítido destelló de una de las peculiares entidades a otra, incidiendo también en el Lente de Kinnison. "Alguien -algún extraño- me está mirando. Aliviadme mientras aplaco esta molestia intolerable".

"¿Una de esas criaturas de Tellus? Les enseñaremos muy pronto que semejante intrusión no se soporta".

"No, no es uno de ellos. El tacto es similar, pero el tono es completamente diferente. Tampoco podría ser uno de ellos, porque ninguno está equipado con el instrumento que es un sustituto tan torpe del poder inherente de la mente. Ya está, ahora..."

Kinnison chasqueó la pantalla de su pensamiento, pero el daño ya estaba hecho. En la sala de comunicaciones violada, el observador furioso continuó:

"-sintonizarme y rastrear el origen de esa mirada indiscreta. Ahora ha desaparecido, pero su remitente no puede estar lejos, ya que nuestras paredes están blindadas y apantalladas. Ah, hay un espacio en blanco, que no puedo penetrar, en la séptima habitación del cuarto pasillo. Con toda probabilidad se trata de uno de nuestros invitados, oculto ahora tras una pantalla de pensamiento". Entonces sus órdenes retumbaron entre un cuerpo de guardias. "¡Cogedle y ponedle con los demás!"

Kinnison no había oído la orden, pero estaba dispuesto a todo, y los que venían a llevárselo comprobaron que era mucho más fácil dar esas órdenes que cumplirlas.

"¡Alto!", espetó el Lensman, sus Lens llevaron la crepitante orden hasta lo más profundo de las mentes de los Wheelmen. "¡No deseo hacerles daño pero no se acerquen!"

"¿Nos hacéis daño?" llegó un pensamiento frío y claro, y las criaturas se desvanecieron. Pero no por mucho tiempo. Ellas u otras como ellas volvieron en unos instantes, esta vez armadas y acorazadas para la lucha.

Una vez más, Kinnison comprobó que los DeLameters eran inútiles. La armadura del enemigo montaba generadores tan capaces como la suya; y, aunque el aire de la habitación pronto se convirtió en un campo de fuerza intolerablemente deslumbrante, en el que las propias paredes empezaron a desmoronarse y a vaporizarse, ni él ni sus atacantes resultaron dañados. De nuevo, entonces, el Lensman recurrió a su arma medieval, envainó su DeLameter y se lanzó con su hacha. Aunque no era un van Buskirk, era, para un terrícola, de una fuerza, destreza y velocidad inusuales: y para los que se le oponían era todo un Hércules.

Por lo tanto, mientras golpeaba y golpeaba y volvía a golpear, la celda se convirtió en un corral de matanza que apestaba gorgoteantemente, con todos sus rincones amontonados con los cadáveres destrozados de los Wheelmen y su suelo chorreando sangre y limo. Los últimos de los atacantes, poco dispuestos a enfrentarse por más tiempo a aquel acero irresistible, se alejaron en volandas, y los pensamientos de Kinnison se centraron en lo que debía hacer a continuación.

Hasta ahora este viaje había sido un fracaso. No podía hacerse ningún bien aquí ahora, y más le valía huir mientras estuviera de una pieza. ¿Cómo? ¿Por la puerta? No. No podía llegar; así se quedaría sin tiempo rápidamente. Sus pantallas detendrían los proyectiles de armas pequeñas, pero ellos lo sabían tan bien como él. Usarían un cañón joven-o, más probablemente, uno semi-portátil. Mejor derribar el muro. Eso también les daría algo más en lo que pensar, mientras él hacía su revoloteo.

Sólo una fracción de segundo fue ocupada por estos pensamientos, luego Kinnison estaba en la pared. Puso su DeLameter al mínimo de apertura y al máximo de ráfaga, para lanzar un lápiz de corte irresistible. El lápiz atravesó la pared; hacia arriba, por encima y alrededor.

Pero, por muy rápido que hubiera actuado el Lensman, aún era demasiado tarde. Entró en la habitación, detrás de él, un camión bajo de cuatro ruedas, portador de un complejo y monstruoso mecanismo. Kinnison giró para enfrentarse a él. Al girar, la sección de la pared sobre la que había estado trabajando voló hacia fuera con un estruendo. La ráfaga subsiguiente de la atmósfera que escapaba arrastró al Lensman hacia arriba y lo sacó por la abertura hacia el pozo. Mientras tanto, el mecanismo del camión había empezado a emitir un rugido entrecortado y rechinante, y mientras rugía Kinnison sintió cómo las balas rasgaban su armadura y desgarraban su carne; cada golpe era tan aplastante, crujiente y paralizante como si lo hubiera infligido el hacha espacial de van Buskirk.

Era la primera vez que Kinnison estaba realmente malherido, y eso le ponía enfermo. Pero, enfermo y entumecido, con los sentidos tambaleándose por la conmoción de su cuerpo destrozado por las babosas, su mano derecha relampagueó hacia el controlador externo de su neutralizador. Estaba cayendo inerte. Sólo diez o quince metros hasta el fondo, según recordaba; tenía muy poco tiempo que perder si no quería aterrizar inerte. Accionó el controlador. No ocurrió nada. Algo había salido disparado. Su conductor también estaba muerto. Encajando la manga de su armadura en su abrazadera, empezó a retirar el brazo para accionar los controles internos, pero se quedó sin tiempo. Se estrelló; encima de un montón de mampostería que se hundía y que le había precedido, pero que aún no había alcanzado un estado de equilibrio; debajo de una lluvia de material similar que rebotó contra su armadura en un estruendo de caldera.

Bien fue que aquel montón de mampostería aún no había tenido tiempo de asentarse, pues en alguna ligera medida actuó como un cojín para amortiguar la caída del Lensman. Pero una caída inerte de cuarenta pies, incluso amortiguada por el deslizamiento de las rocas, no es en ningún sentido ligera. Kinnison se estrelló. Parecía como si mil martillos pilones le hubieran golpeado a la vez. Oleadas de una agonía casi insoportable se abatieron sobre él cuando los huesos se quebraron y la carne magullada cedió; y supo vagamente que una marea misericordiosa de olvido se acercaba para engullir su mente chillona y sufriente.

Pero, nebulosamente al principio en la confusión aturdida de todo su ser, algo se agitó; ese algo desconocido e incognoscible, esa indefinible cualidad última que le había convertido en lo que era. Vivía, y mientras un Lensman vivía no renunciaba. Abandonar era morir allí mismo, ya que estaba perdiendo aire rápidamente. Tenía plástico en su equipo, por supuesto, y los agujeros eran pequeños. *Debía* tapar esas fugas y taparlas rápido. Su brazo izquierdo, descubrió, no podía moverlo en absoluto. Debía de estar muy destrozado. Cada respiración superficial era un dolor punzante; eso significaba que se le habían salido una o dos costillas. Por suerte, sin embargo, no respiraba sangre, por lo que sus pulmones debían de seguir intactos.

Podía mover el brazo derecho, aunque parecía un trozo de arcilla o un miembro perteneciente a otra persona. Pero, haciendo acopio de toda su fuerza de voluntad, hizo que se moviera. Lo arrastró fuera de la manga sujeta de la armadura; y obligó a la mano de plomo a deslizarse a través del reguero de sangre que casi parecía llenar el bulto de su armadura. Encontró la caja de su equipo y, tras una eternidad de dolor, obligó a su perezosa mano a abrirla y sacar el plástico.

Entonces, en un continuo palpitar in crescendo de agonía, obligó a su cuerpo mutilado, aplastado y roto a retorcerse y retorcerse para que su única mano sana pudiera encontrar y detener los agujeros por los que su precioso aire salía silbando y se alejaba.

Los encontró, y rápidamente, y los selló herméticamente; pero cuando hubo taponado el último, se desplomó, agotado y exhausto. Ya no le dolía tanto; su sufrimiento había alcanzado cotas tan terribles de intolerable agudeza que los propios nervios, en indignada protesta por soportar semejante carga, lo habían bloqueado.

Había mucho más que hacer, pero simplemente no podía hacerlo sin un descanso. Incluso su férrea voluntad no podía impulsar a sus torturados músculos a ningún esfuerzo más hasta que se les hubiera permitido recuperarse un poco de lo que habían pasado.

Cuánto aire le quedaba, si es que le quedaba alguno, se preguntó, nebulosamente y con una impersonalidad totalmente desapegada y desinteresada. Quizá sus tanques estaban vacíos. Por supuesto, no podía haberle llevado tanto tiempo taponar aquellas fugas como le había parecido, o no le habría quedado nada de aire, ni en los tanques ni en el traje. Sin embargo, no podía quedarle mucho. Miraría sus medidores y lo vería.

Pero ahora descubrió que no podía mover ni los globos oculares, tan profundo era el coma que le envolvía. A lo lejos, en algún lugar, había una ondulante extensión de negrura, completamente celestial en su profundo y suave confort; y de ese mar de paz y sosiego vinieron a abrazarle unos brazos enormes, suaves y tiernos. Por qué sufrir, le canturreó algo. ¡Era mucho más fácil dejarse llevar!

CAPÍTULO 17

Nada serio en absoluto

Kinnison no perdió la conciencia, no del todo. Había demasiado que hacer, demasiado que *tenía que* hacer. *Tenía que salir de* aquí. *Tenía que volver a* su speedster. *Tenía*, por las buenas o por las malas, que volver a la Base Prima. Por lo tanto, sombríamente, tenazmente, con los dientes apretados en la agonía potenciadora de cada movimiento, recurrió de nuevo a esos recursos ocultos, profundamente enterrados, que ni siquiera él tenía idea de que poseía. Su código era sencillo: el código de la Lente. Mientras un Lensman vivía no renunciaba. Kinnison era un Lensman. Kinnison vivía. Kinnison no renunció.

Luchó contra esa marea envolvente de negrura, ola a ola según llegaba. Derribó por pura fuerza de voluntad esos tiernos gestos, esos brazos dulcemente seductores del olvido. Obligó a la masa de masilla protestona que era su cuerpo a hacer lo que *había* que hacer. Introdujo gasas estípticas en la más copiosa de sus heridas sangrantes. También estaba quemado, descubrió entonces -debían de tener un haz de agujas de alta potencia en ese camión, además del rifle-, pero no podía hacer nada contra las quemaduras. Sencillamente, no había tiempo.

Encontró el cable de alimentación que había sido seccionado por una bala. Pelar el aislamiento fue un trabajo casi imposible, pero finalmente se consiguió, después de un tiempo. Unir el cable resultó aún peor. Como no había holgura, los extremos no podían retorcerse entre sí, sino que había que unirlos con un trozo corto de cable de repuesto, que a su vez había que pelar y luego retorcer con cada extremo del cable seccionado. Esa tarea, también, la terminó finalmente; trabajando puramente por tacto a pesar de que estaba, y medio consciente con ello en una neblina desgarradora de dolor.

Soldar esas uniones era, por supuesto, imposible. Temía incluso intentar aislarlas con cinta adhesiva, no fuera a ser que los hilos sueltos se deshicieran en el intento. Sin embargo, tenía algunos pañuelos secos, si podía alcanzarlos. Podía y lo hizo; y envolvió uno cuidadosamente sobre las uniones desnudas de los cables. Luego, con aprensión, probó su neutralizador. Maravilla de maravilla, ¡funcionó! ¡También lo hizo su conductor!

En unos instantes estaba subiendo como un cohete por el pozo, y al pasar por la abertura por la que había salido despedido se dio cuenta con asombro de que lo que le habían parecido horas debían de ser sólo minutos, e incluso pocos. Los frenéticos Wheeler estaban colocando en su sitio el escudo provisional que debía contener la poderosa avalancha de su atmósfera. Maravillado, Kinnison miró sus medidores de aire. Tenía suficiente... si se daba prisa.

Y se dio prisa. *Podía darse* prisa, ya que prácticamente no había atmósfera que impidiera su vuelo. Subió por el pozo de ocho kilómetros de profundidad y salió al espacio. Su cronómetro, construido para soportar choques aún más fuertes que el de su caída, le indicó dónde se encontraba su velocista, y en cuestión de minutos la encontró. Introdujo a la fuerza su rebelde brazo derecho en la manga de su armadura y tanteó la cerradura. Cedió. El puerto se abrió. Estaba de nuevo dentro de su propia nave.

De nuevo le amenazó el universo invasor de la negrura, pero de nuevo luchó contra él. *No podía* pasar... ¡todavía! Arrastrándose hasta el tablero, puso rumbo a Sol, demasiado lejano para permitir la selección de un objetivo tan minúsculo como su planeta Tierra. Conectó los controles automáticos.

Se estaba debilitando rápidamente, y él lo sabía. Pero de alguna parte y de alguna manera, *debía* sacar fuerzas para hacer lo que *debía* hacer, y de alguna manera, lo hizo. Cortó en el Berg, cortó al máximo. ¡Aguanta, Kim! ¡Aguanta sólo un segundo más! Desconectó el espaciador. Mató los anuladores del detector. Entonces, con el último resto de sus fuerzas pensó en su Lente.

"Haynes". El pensamiento salió borroso, distorsionado, débil. "Kinnison. Ya voy... com-"

Estaba acabado. Fuera, frío. Totalmente agotado. Ya había hecho demasiado, demasiado. Había llevado ese cuerpo suyo lastimosamente destrozado hasta su último movimiento posible; su mente atormentada y torturada hasta su último pensamiento posible. Se consumió la última pizca incluso de su tremenda reserva de vitalidad y se sumergió, a parsecs de profundidad, en las negras profundidades del olvido que tanto tiempo y tan infructuosamente habían intentado engullirle. Y así, sin cesar, el speedster relampagueó al máximo de su inimaginable alta velocidad; transportando al insensible, al totalmente agotado, al dolorosamente herido, al abismalmente inconsciente Lensman hacia su Tierra natal.

Pero Kimball Kinnison, Lensman Gris, había hecho todo lo que *había* que hacer antes de perder el conocimiento. Su último pensamiento, por débil e incompleto que fuera, hizo su trabajo.

El almirante del puerto Haynes estaba sentado en su escritorio, discutiendo asuntos de importancia con un despacho lleno de ejecutivos, cuando le llegó ese pensamiento. Viejo sabueso espacial endurecido que era, y superviviente de muchos encuentros y hospitalizaciones, supo al instante qué connotaba ese pensamiento y desde las profundidades de qué extrema nece-sidad había sido enviado.

Por eso, ante el asombro de los oficiales presentes en la sala, se puso de pie de un salto, cogió su micrófono y soltó órdenes. Órdenes, y aún más órdenes. Todos los buques de los siete sectores, de cualquier clase o tonelaje, debían llevar sus detectores al límite. La velocista de Kinnison está ahí fuera, en alguna parte. Encuéntrenla-destruyan su propulsor y arrástrenla aquí, al campo de aterrizaje número diez. Trae un piloto aquí, rápido-no, dos pilotos, con armadura. Sáquelos de la parte superior del tablero, también-Henderson y Watson o Schermerhorn si están en cualquier lugar dentro del alcance. A continuación, Lensed su amigo de toda la vida Cirujano-Mariscal Lacy, en el Hospital de Base.

"Sawbones, tengo a un chico malherido. Viene libre, ya sabe lo que eso significa. Envíe un buen médico. ¿Y tienes una enfermera que sepa usar un neutralizador personal y que no tenga miedo de entrar en la red?"

"Vengo yo mismo. Sí". El pensamiento del doctor era tan nítido como el del almirante. "¿Cuándo nos quiere?"

"Tan pronto como pongan sus tractores en ese velocípedo, sabrá cuándo ocurre eso".

Entonces, descuidando todos los demás asuntos, el almirante del puerto dirigió en persona la lejana pantalla de barcos que buscaban al enano volador de Kinnison.

Finalmente fue encontrada; y Haynes, cortando sus placas, saltó a un armario, en el que estaba colgada su propia armadura. Sin usar desde hacía años, sin embargo se mantenía preparada para un servicio instantáneo; y ahora, por fin, el viejo sabueso espacial tenía una buena excusa para volver a utilizarla. Podría haber enviado a uno de los hombres más jóvenes, por supuesto, pero éste era un trabajo que iba a hacer él mismo.

Blindado, salió al campo de aterrizaje cruzando el camino pavimentado.

Allí le esperaban dos figuras blindadas, los dos pilotos de primera fila. Allí estaban el médico y la enfermera. Apenas vio -o, mejor dicho, vio sin darse cuenta- una coqueta gorra blanca sobre un alboroto de rizos rojo-bronce-castaño, un cuerpo joven y simétrico en su blanco impoluto.[28] No se fijó en absoluto en la cara. Lo que vio fue que había un neutralizador bien sujeto en la curva de su espalda, que estaba bien ajustado y que aún no funcionaba.

Porque lo que les esperaba no era un trabajo ordinario. El velocista aterrizaría libre. Peor aún, el almirante temía -y con razón- que Kinnison también quedara libre, pero de forma independiente; con una velocidad intrínseca distinta a la de su nave. Debían entrar en el speedster, sacarlo al espacio e inertizarlo. Debían sacar a Kinnison del speedster, inertizarlo, igualar su velocidad a la del volador y traerlo de vuelta a bordo. Entonces, y sólo entonces, el médico y la enfermera podrían empezar a trabajar en él. Luego tendrían que aterrizar tan rápido como pudiera hacerse un aterrizaje: el chico debería haber estado en el hospital hace mucho tiempo.

Y durante todas estas evoluciones y hasta su regreso a tierra los propios rescatadores permanecerían inertes. Normalmente, estos visitantes abandonaban la nave, se inertizaban y volvían a ella inertes, por sus propios medios. Pero ahora no había tiempo para eso. Tenían que llevar a Kinnison al hospital; y además, no se podía esperar que el médico y la enfermera -sobre

---

[28] Esta es la primera aparición en la serie de Clarrissa MacDougall, el interés amoroso de Kinnison y su eventual esposa. Se afirma un poco más tarde que ella es "pura Samms", como Virgil Samms de *First Lensman*. Pero su linaje exacto - nieta tal vez - no se aclara.

Smith dedica la edición de 1950 de la *Patrulla Galáctica* a "Clarrissa M. MacD. Hamnett y Clarrissa MacD. S. Wilcox", lo que sugiere que el personaje fue modelado a partir de una persona o personas reales conocidas de Smith.

todo la enfermera- fueran navegantes de trajes espaciales. Lo llevarían todos en la red, y ésa era otra razón para darse prisa. Porque mientras estuvieran fuera su velocidad intrínseca permanecería invariable, mientras que la de su entorno actual estaría cambiando constantemente. Cuanto más tiempo estuvieran fuera, mayor sería la discrepancia. De ahí la red.

La red: un saco de cuero y lona, forrado de esponja-caucho-acolchado de acero enrollado, anclado al techo y a las paredes y al suelo mediante todos los artificios amortiguadores de muelles de berilio-cobre y de cables de goma y nailon que la mente del hombre había sido capaz de idear. Hace falta algo para absorber y disipar la energía cinética que puede residir en el interior de un cuerpo humano cuando su velocidad intrínseca no coincide con la velocidad intrínseca de su entorno, es decir, si no se quiere que ese cuerpo quede hecho papilla. Hace falta algo, además, para que cualquier ser humano se enfrente sin inmutarse a la perspectiva de entrar en esa red, sobre todo ignorando exactamente cuánta energía cinética tendrá que disipar. Haynes caviló, estudiando la joven espalda erguida y flexible, y luego habló-.

"Será mejor que cancelemos a la enfermera, Lacy, o que le consigamos un traje".

"El tiempo es demasiado importante", apostilló la propia chica, tajante. "No se preocupe por mí, Almirante del Puerto; ya he estado en la red antes".

Ella se volvió hacia Haynes mientras hablaba, y por primera vez él le vio realmente la cara. Vaya, era una auténtica belleza-una fuera de serie-una llamada de atención de siete sectores-.

"¡Aquí está!" Agarrado a un tractor, el speedster se posó en tierra delante de los cinco que esperaban y se apresuraron a subir a bordo.

Se apresuraron, pero no hubo ajetreo ni confusión. Cada uno sabía exactamente lo que tenía que hacer, y cada uno lo hizo.

Hacia el espacio salió disparada la pequeña nave, sacudiéndose salvajemente hacia abajo y hacia los lados cuando uno de los pilotos cortó el Bergenholm. Fuera de la esclusa volaron el Almirante del Puerto y el indefenso e inconsciente Kinnison, ambos sin inercia y ahora encadenados. Salieron disparados, en una nueva dirección y con una velocidad tremenda mientras Haynes cortaba el neutralizador de Kinnison. Hubo una poderosa llamarada doble cuando los conductores de ambos trajes espaciales se pusieron a trabajar.

Tan pronto como fue seguro hacerlo, salió una figura acorazada con un sedal espacial, cuyo extremo de agarre tintineó en un encaje de la armadura del anciano cuando el piloto lo clavó en su sitio. Entonces, como un pescador juega con un pez, dos pilotos fornidos, con los pies bien apoyados contra el portal de acero de la esclusa y los cuerpos sudorosos por el esfuerzo, agitándose cuando podían y dando cuerda sólo cuando debían, ayudaron a los laboriosos pilotos a superar la diferencia de velocidad.

Pronto los Lensmen, jóvenes y viejos, estuvieron dentro. Médico y enfermera se pusieron a trabajar al instante, con la calma y precisión tan características de sus oficios altamente cualificados. En un santiamén le sacaron la armadura, le quitaron el cuero y le metieron en una hamaca; percibieron enseguida que, salvo unas gasas, no podían hacer nada por su paciente hasta que lo tuvieran sobre una mesa de operaciones. Mientras tanto, los pilotos, tras haber balanceado las hamacas, habían estado observando, computando y conferenciando.

"Tiene mucha velocidad, Almirante-la mayor parte de ella recta hacia abajo", informó Henderson. "En sus jets de aterrizaje se necesitarán cerca de dos G en una revolución completa para traerlo. Cualquiera de nosotros puede balancearlo hacia abajo, pero tendrá que ser recto sobre su cola y significará más de cinco G's la mayor parte del camino. ¿Cuál quieres?"

"¿Qué es más importante, Lacy, el tiempo o la presión?" Haynes trasladó la decisión al cirujano.

"Tiempo". Lacy decidió al instante. "¡Derríbenla!" Su paciente había sufrido ya tanta fuerza y presión que un poco más no le haría más daño, y el tiempo era decididamente esencial. Médico, enfermera y almirante saltaron a las hamacas; los pilotos a sus mandos apretaron los cinturones de seguridad y las correas de aceleración -cinco gravedades durante más de media hora no es asunto ligero- y la lucha había comenzado.

Llamaradas fuertemente incandescentes arrancaron y desbocaron de los surtidores de propulsión y de los laterales. El velocista giró con saña, sólo para ser frenado, hábil aunque salvajemente, en el instante preciso. Sin una órbita, sin siquiera un sacacorchos u otra espiral, iba hacia abajo, directamente hacia abajo. Y este descenso no iba a ser sobre sus chorros inferiores, ni sobre sus aún más potentes chorros de frenado. El piloto maestro Henry Henderson, el mejor de la base Prime, iba a acabar con la terrible inercia del velocista "equilibrándolo sobre su cola". O, para traducirlo de la jerga del espacio, ¡iba a mantener a la pequeña nave tramposa y malhumorada en posición vertical sobre las terribles ráfagas de sus proyectores impulsores principales, contra la gravitación de la Tierra y contra todas las demás fuerzas perturbadoras, mientras su fuerza motriz contrarrestaba, superaba y disipaba toda la espantosa medida de la energía cinética de su masa y velocidad!

Y equilibrarla hacia abajo lo hizo. Haynes temió por un momento que aquel intrépido bólido fuera a *aterrizar* de verdad con el velocípedo sobre su cola. No lo hizo -ni mucho menos- pero sólo le sobraron unos escasos cien pies cuando la hizo caer de morros y la llevó a tierra sobre sus propulsores inferiores.

El vagón de choque y su tripulación estaban esperando, y mientras Kinnison era llevado al hospital los demás se apresuraron a la sala de redes. El doctor Lacy primero, por supuesto, y luego la enfermera; y, para sorpresa aprobatoria de Haynes, se lo tomó como una veterana. Apenas había salido el cirujano del "capullo" cuando ella ya estaba dentro; y apenas se habían calmado las terribles oleadas y retrocesos de sus propios y nada desdeñables ciento cuarenta y cinco kilos de masa cuando ella misma estaba fuera y esprintando por el césped hacia el hospital.

Haynes volvió a su despacho e intentó trabajar, pero no pudo concentrarse, y se dirigió de nuevo al hospital. Allí esperó y, cuando Lacy salió del quirófano, le abotonó.

"¿Qué te parece, Lacy, vivirá?", preguntó.

"¿Vivirá? Por supuesto que vivirá", respondió el cirujano, bruscamente. "No puedo decirle los detalles todavía; no lo sabremos, nosotros mismos, hasta dentro de un par de horas. Date una vuelta, Haynes. Vuelva a las dieciséis cuarenta -ni un segundo antes- y se lo contaré todo".

Como no había ayuda para ello, el almirante del puerto se marchó, pero regresó puntualmente al filo de la hora señalada.

"¿Cómo está?", preguntó sin preámbulos. "¿Sobrevivirá de verdad o sólo me estaba dando un toque de atención?".

"Mejor que eso, mucho mejor", le aseguró el cirujano. "Definitivamente, sí. Está mucho mejor de lo que nos atrevíamos a esperar. Debió de ser un choque muy leve; no le pasa nada grave en absoluto. Ni siquiera tendremos que amputar, por lo que podemos ver ahora. Debería recuperarse al cien por cien, no sólo sin miembros artificiales, sino sin apenas una cicatriz. No puede haber estado en una fractura espacial en absoluto, o no habría salido con tan pocas heridas".

"¡Bien, Doc-maravilloso! Ahora los detalles".

"Aquí está la foto". El médico desenrolló una radiografía de cuerpo entero que mostraba todos los detalles anatómicos de la estructura interior del Lensman. "Primero, fíjese en ese esqueleto. Es realmente notable. Un poco fuera de la realidad aquí y allá en este momento, por supuesto, pero creo que va a resultar ser el primer esqueleto masculino absolutamente perfecto que he visto nunca. Ese joven llegará lejos, Haynes".

"Seguro que lo hará. ¿Por qué si no supones que lo pusimos en Gray? Pero no he venido aquí para que me digan eso; muéstreme el daño".

"Mire la foto, compruébelo usted mismo. Fracturas múltiples y compuestas, se da cuenta, de piernas y brazo, y algunas costillas. Escápula, por supuesto-ahí. Oh, sí, también hay una fractura de cráneo, pero no llega a mucho. Eso es todo-la columna vertebral, como ve, no está lesionada en absoluto".

"¿Qué quiere decir con 'eso es todo'? ¿Qué hay de sus heridas? Yo mismo vi algunas y *no eran* pinchazos de alfiler".

"Nada de la menor importancia. Algunas heridas punzantes y un par de incisiones, pero nada que se acerque a una parte vital. No necesitará ni siquiera una transfusión, ya que él mismo detuvo las hemorragias más importantes, poco después de ser herido. Hay algunas quemaduras, por supuesto, pero son en su mayoría superficiales, ninguna que no ceda fácilmente al tratamiento".

"Me alegro mucho de ello. ¿Estará aquí seis semanas, entonces?"

"Mejor que sean doce, creo, diez por lo menos. Verá, algunas de las fracturas, especialmente las de la pierna izquierda, y un par de quemaduras, son bastante graves, como suelen ser esas cosas. Además, el tiempo transcurrido entre la lesión y el tratamiento no ha servido de nada".

"En dos semanas querrá levantarse e ir a sitios y hacer cosas; y en seis estará derribando su hospital, piedra a piedra".

"Sí". El cirujano sonrió. "No es el tipo de paciente ideal; pero, como le he dicho antes, me gusta tener pacientes que no nos gustan".

"Y otra cosa. Quiero los archivos de sus enfermeras, en particular de la pelirroja".

"Sospechaba que lo haría, así que hice que los enviaran. Aquí las tiene.

Me alegro de que te fijaras en MacDougall-ella es por cierto mi favorita. Clarrissa MacDougall-Scotch, por supuesto, con ese nombre-veinte años. Altura, metro sesenta; peso, uno cuarenta y cinco y medio. Aquí están sus fotos, convencionales y de rayos X. Hombre, ¡mire ese esqueleto! ¡Precioso! El único esqueleto realmente perfecto que he visto en una mujer-"

"No es el esqueleto lo que me interesa", gruñó Haynes. "Es lo que hay fuera del esqueleto lo que mirará mi Lensman".

"No necesita preocuparse por MacDougall", declaró el cirujano. "Un buen vistazo a esa foto se lo dirá. Ella clasifica, con ese esqueleto *tiene* que hacerlo. No podría salirse del rayo ni un milímetro, aunque quisiera. Bueno, malo o indiferente; hombre o mujer; físico, mental, moral y psicológico; el esqueleto cuenta toda la historia".

"Puede que para usted sí, pero no para mí", y Haynes tomó la fotografía "convencional", un estereoscopio a todo color, real; un duplicado casi viviente de la chica en cuestión. Su espeso y pesado cabello no era rojo, sino de un castaño vivo intenso y brillante; un bronce cobrizo, destellante de rojo y dorado. Sus ojos... bronce era todo lo que se le ocurría, con motas de topacio y de oro leonado. Su piel, también, era tenuemente bronce, resplandeciente con una vitalidad chispeante incluso superior a la medida normal de la juventud sana. No sólo era hermosa, sino que el Almirante del Puerto también decidió, en palabras del cirujano, que "clasificaba".

"Hmm. Hoyuelos, también", murmuró Haynes. "Peor incluso de lo que pensaba: es una amenaza para la civilización", y siguió leyendo los documentos. "Familia... hm. Historia. Experiencias...reacciones y características. Patrones de comportamiento.... Psicología. Mentalidad...."

"Ella servirá, Lacy", aconsejó finalmente al cirujano. "Manténgala con él-"

"¡Hazlo!" Lacy resopló. "No es cuestión de *que* califique. Mire ese pelo, esos ojos. Puro Samms. Un hombre a su altura tendría que ser uno entre cien mil millones. Con ese esqueleto, sin embargo, lo es".

"Por supuesto que lo es. No pareces darte cuenta, viejo miope roba-apéndices, de que *es* puro *Kinnison*".

"Ah... entonces quizás podríamos... pero él no se enamorará de nadie todavía, ya que acaba de quedar libre. Será a prueba de balas durante bastante tiempo. Debería saber que los jóvenes Lensmen -especialmente los jóvenes Lensmen grises- no pueden ver nada más que sus trabajos; durante un par de años, al menos".

"Su esqueleto también te lo dice, ¿eh?" gruñó Haynes, escéptico.

"Ordinariamente, sí; pero nunca se sabe, especialmente en los hospitales-"

"¡Más de su desinformación de lego!" espetó Lacy. "Contrariamente a la creencia popular, el romance no prospera en los hospitales; excepto, por supuesto, entre el personal. Los pacientes suelen pensar que se enamoran de las enfermeras, pero hacen falta dos personas para que haya un romance. Las enfermeras no se enamoran de los pacientes, porque un hombre nunca está en su mejor momento bajo hospitalización. De hecho, cuanto mejor está un hombre, más pobre es su presentación".

"Y, como olvido quién dijo, hace mucho tiempo, 'ninguna generalización es cierta, ni siquiera ésta'", replicó el Almirante del Puerto. "Cuando le dé, le dará fuerte, y no correremos riesgos. ¿Y el de pelo negro?"

"Bueno, acabo de decirle que MacDougall tiene el único esqueleto perfecto que he visto en una mujer. Brownlee también es muy buena, por supuesto, pero-"

"Pero no lo suficientemente bueno como para calificarlo de Lensman's Mate, ¿eh?" Haynes completó el pensamiento. "Entonces elimínela. Elija a los mejores esqueletos que tenga para este trabajo y procure que ningún otro se le acerque. Trasládelos a otro hospital, a otra planta de éste, por lo menos. Cualquier mujer de la que se enamore se enamorará de él, a pesar de tus ideas en cuanto al romance hospitalario unidireccional; y no quiero que tenga tantas posibilidades de lanzarse a algo que no valga la pena. ¿Tengo razón o no, y por cuánto?"

"Bueno, aún no he tenido tiempo de estudiar realmente su esqueleto, pero-"

"Mejor tómese una semana libre y estúdielo. He estudiado a mucha gente en los últimos sesenta y cinco años, y compararé mi experiencia con sus conocimientos sobre huesos, cuando quiera. No digo que *vaya* a caerse en este viaje, ya me entiende, sólo voy a lo seguro".

CAPÍTULO 18

Formación avanzada

Kinnison acudió -o, más bien, decir que acudió a medias sería una afirmación más exacta- con un grito dirigido a la figura de blanco que se veía borrosa y que él sabía que debía de ser una enfermera.

"¡Enfermera!" Luego, mientras una punzada de dolor le atravesaba por el esfuerzo, siguió adelante, pensando en la figura de blanco a través de sus lentes:

"¡Mi velocista! ¡Debo haberla dejado libre! Trae el puerto espacial. ..."

"Ya, ya, Lensman", canturreó una voz grave y rica, y una pelirroja se inclinó sobre él. "Se han ocupado del velocista. Todo está en el verde; vete a dormir y descansa".

"No importa su barco", continuó la voz untuosa. "Fue desembarcado y guardado-"

"¡Escucha, tonta!", espetó el paciente, hablando ahora en voz alta, a pesar del dolor, para que quedara claro lo que quería decir. "¡No intentes calmarme! ¿Qué crees que soy, un delirante? Entienda esto y aclárelo. He dicho que he *liberado* a ese velocista. Si no sabe lo que eso significa, dígaselo a alguien que sí lo sepa. Consigue el puerto espacial-consigue a Haynes-consigue-"

"Los tenemos, Lensman, hace mucho tiempo". Aunque su voz seguía siendo cremosa, dulcemente suave, un color furioso quemaba el rostro de la enfermera. "He dicho que todo está a cero. Tu velocista estaba inerte; ¿cómo si no podrías estar aquí, inerte? Yo misma ayudé a hacerlo, así que *sé que está inerte*".

"QX". El paciente recayó instantáneamente en la inconsciencia y la enfermera se dirigió a un interno que estaba allí -dondequiera que estuviera *esa* enfermera, casi siempre se podía encontrar al menos un médico.

"Pero mi nave..."

"¡Tonta!", se enfureció. "¡Qué dulce lío va a ser cuidar de *él*! ¡Ni siquiera está consciente todavía, y ya está insultando y buscando pelea!"

En pocos días Kinnison estaba plenamente consciente y alerta. En una semana la mayor parte del dolor le había abandonado, y empezaba a sentir molestias bajo las ataduras. En diez días estaba "en condiciones de ser atado", y su relación con su enfermera jefe, que había comenzado de forma tan poco propicia, se desarrolló de forma aún más poco propicia a medida que pasaba el tiempo. Porque, como Haynes y Lacy habían previsto con creces, el Lensman no era en absoluto un paciente ideal.

Nada de lo que se pudiera hacer le satisfaría. Todos los médicos eran unos cabezones, incluso Lacy, el hombre que le había curado. Todas las enfermeras eran cabezas huecas, incluso -¿o especialmente? "Mac", que con habilidad, tacto y paciencia casi sobrehumanos le había estado manteniendo unido. Vaya, ¡incluso las cabezas gordas y las tontas, incluso las imbéciles de alto grado, deberían saber que un hombre necesita comida!

Acostumbrado a comer todo lo que estaba a su alcance, tres, cuatro o cinco veces al día, no se dio cuenta -ni tampoco su estómago- de que su cuerpo, ahora en reposo, ya no podía utilizar las cinco mil o más calorías que había estado acostumbrado a quemar, cada veinticuatro horas, en un intenso esfuerzo. Siempre tenía hambre y no paraba de pedir comida.

Y la comida, para él, no significaba zumo de naranja o de uva o zumo de tomate o leche. Tampoco significaba té flojo y tostadas duras y secas y un anémico huevo pasado por agua de vez en cuando. Si comía huevos, los quería fritos; tres o cuatro, acompañados de dos o tres lonchas gruesas de jamón.

Quería -y exigió en términos inequívocos, argumentativa y persisten-temente- un bistec grande, grueso y poco hecho. Quería alubias cocidas, con mucha grasa de cerdo. Quería pan en rebanadas gruesas, apiladas con man-tequilla, y no esta tostada cuádruple, innombrablemente calificada. Quería rosbif, poco hecho, en grandes y gruesas lonchas. Quería patatas y salsa marrón espesa. Quería carne en conserva y repollo. Quería tarta -cualquier tipo de tarta- en cuartos grandes y gruesos. Quería guisantes y maíz y espá-rragos y pepinos, y también varios alimentos básicos de la dieta de otro mundo que mencionaba a menudo e insistentemente por su nombre.

Pero sobre todo quería filete. Carne de vaca. Pensó en ello días y soñó con ello noches. Una noche en particular soñó con ello -un porterhouse especialmente exquisito, frito en mantequilla y cubierto de setas- sólo para despertarse, con la boca hecha agua, literalmente hambriento, para enfrentarse de nuevo al té flojo, la tostada seca y, horror de horrores, ¡esta vez un huevo esc*alfado* fofo, pálido y flácido! Fue la gota que colmó el vaso.

"Lléveselo", dijo, débilmente; luego, cuando la enfermera no obedeció, alargó la mano y empujó el desayuno, con bandeja y todo, fuera de la mesa. Luego, mientras se estrellaba contra el suelo, se dio la vuelta y, a pesar de todos sus esfuerzos, dos lágrimas calientes se le colaron entre los párpados.

Fue una prueba especialmente dura, que requirió incluso toda la ha-bilidad, diplomacia y templanza de Mac, para hacer que el recalcitrante pa-ciente se tomara el desayuno que le habían recetado. Sin embargo, final-mente lo consiguió y, al salir al pasillo, se encontró con el omnipresente in-terno.

"¿Cómo está su Lensman?", preguntó, en la intimidad de la cocina die-tética.

"¡No le llames *mi* Lensman!", enfureció. Estaba a punto de estallar con los sentimientos reprimidos que, por supuesto, no podía descargar sobre una cosa tan lastimosa e indefensa como su paciente estrella. "¡Bistec! Casi desearía *que* le dieran un bistec y que se atragantara con él, cosa que por supuesto ocurriría. Es peor que un bebé. Nunca en mi vida vi un *mocoso* tan... tan mocoso. Me gustaría darle unos azotes-lo necesita. Me gustaría saber cómo llegó a ser un Lensman, ¡el gran cascarrabias! Yo también le voy a dar unos azotes, un día de estos, ¡a ver si no!".

"No te lo tomes tan a pecho, Mac", le instó el interno. Sin embargo, se sintió muy aliviado de que las relaciones entre el apuesto joven Lensman y la preciosa pelirroja no tuvieran una base más cordial. "No estará aquí mucho tiempo. Pero nunca había visto a un paciente atascarle los chorros".

"Probablemente tampoco haya visto nunca a un paciente como *él*. Desde luego, espero que no le vuelvan a crujir".

"¿Eh?"

"¿Tengo que hacerle un historial?", preguntó, dulcemente. "O, si se vuelve a rajar, espero que lo envíen a otro hospital", y se marchó.

La enfermera MacDougall pensó que cuando el Lensman pudiera comer la carne que ansiaba se acabarían sus problemas; pero se equivocaba. Kinnison estaba nervioso, malhumorado, melancólico; por momentos irritable, hosco y pugnaz. No es de extrañar. Estaba encadenado a aquella cama, y en su mente rondaba la roedora conciencia de que había fracasado. Y no sólo había fracasado: había hecho el ridículo. Había subestimado a un enemigo, y como resultado de su propia estupidez toda la Patrulla había sufrido un revés. Estaba angustiado y atormentado. Por lo tanto:

"Escucha, Mac", me suplicó un día. "Tráeme algo de ropa y déjame dar un paseo. Necesito hacer ejercicio".

"Uh-uh, Kim, todavía no," le negó suavemente, pero con su sonrisa encantadora en plena evidencia. "Pero muy pronto, cuando esa pierna se parezca un poco menos a un rompecabezas chino, usted y nursie se despedirán".

"¡Bonita, pero tonta!", gruñó el Lensman. "¿No os dais cuenta tú y esos cocainómanos de que nunca recuperaré fuerzas si me mantenéis en cama el resto de mi vida? Y tampoco me habléis como a un bebé. Al menos estoy lo bastante bien como para que puedas borrar esa sonrisa profesional de tu sartén y cortar ese calmante trato de cabecera tuyo".

"¡Muy bien, yo también lo creo!", espetó ella, con la paciencia por fin agotada. "Alguien debería decirte la verdad. Siempre supuse que los Lensmen debían tener *cerebro*, pero tú has sido un perfecto *mocoso* desde que estás aquí. Primero querías comer hasta enfermar, y ahora quieres levantarte, con los huesos a medio hacer y las quemaduras a medio curar, y deshacer todo lo que se ha hecho por ti. ¿Por qué no espabilas y actúas como si tuvieras tu edad, para variar?".

"Nunca pensé que las enfermeras tuvieran mucho sentido común, y ahora sé que no lo tienen". Kinnison la miró con intenso desagrado, nada convencido. "No hablo de volver al trabajo. Me refiero a un poco de ejercicio suave, y sé lo que necesito".

"Se sorprendería de lo que no sabe", y la enfermera se marchó, con la barbilla al aire. Sin embargo, en cinco minutos estaba de vuelta, con su radiante sonrisa relampagueando de nuevo.

"Lo siento, Kim, no debería haberme ido de esa manera... sé que es normal que te salga el tiro por la culata y que tengas tormentas de ideas. Yo también lo haría, si fuera-"

"Cancélalo, Mac", empezó, torpemente. "No sé por qué tengo que estar ladillándote todo el tiempo".

"QX, Lensman", respondió ella, totalmente serena ahora. "Así es. Usted no es de los que se quedan en la cama sin que eso le agobie; pero cuando un hombre ha sido triturado hasta convertirse en una hamburguesa como usted, tiene que quedarse en la cama le guste o no, y por mucho que se desgañite por ello. Date la vuelta aquí, ahora, y te daré un masaje con alcohol. Pero no tardará mucho, de verdad, muy pronto te tendremos en una silla de ruedas-

"

Así fue durante semanas. Kinnison sabía que su comportamiento era atroz, abominable; pero simplemente no podía evitarlo. De vez en cuando, la presión acumulada de su amargura y ansiedad estallaba; y, como un tigre de la selva con dolor de muelas, mordía y arañaba cualquier cosa o persona que estuviera a su alcance.[29]

Finalmente, sin embargo, se estudió el último cuadro, se le quitó el último vendaje y se le dio el alta como apto. Y no fue dado de alta, aunque resintiera amargamente su "cautiverio", como él lo llamaba, hasta que *estuvo* realmente en forma. Haynes se encargó de ello. Y Haynes sólo había permitido las entrevistas más someras durante aquella larga convalecencia. Dado de alta, sin embargo, Kinnison le buscó.

"Déjeme hablar primero", le indicó Haynes a la vista. "Nada de autorreproches, nada de críticas destructivas. Todo constructivo. Ahora, Kimball, me alegro mucho de oír que te has recuperado perfectamente. Estabas en mal estado. Adelante".

"Casi me ha cerrado la boca con su primera orden". Kinnison sonrió agriamente mientras hablaba. "Dos palabras: fracaso rotundo. No, permítame añadir dos más: hasta ahora".

"¡Ese es el espíritu!" exclamó Haynes. "Tampoco estamos de acuerdo con usted en que fuera un fracaso. Simplemente no fue un éxito -hasta ahora- lo que es una cosa totalmente diferente. Además, debo añadir que recibimos muy buenos informes sobre usted desde el hospital."

"¿Eh?" Kinnison estaba asombrado hasta el punto de ser inarticulado.

---

[29] Entiendo lo que hace Smith en estos pasajes insoportables, pero cabe preguntarse hasta qué punto Kinnison puede ser un espécimen humano perfecto si actúa como un niño convaleciente. También es un tanto irreal imaginar que cualquier enfermera entrenada se vuelva tan participativa en el juego. Ambos actúan como niños.

"Estuvo a punto de derribarlo, por supuesto, pero era de esperar".

"Pero, señor, hice tal..."

"Exactamente. Como Lacy me dice con bastante frecuencia, le gusta tener allí pacientes que no les gusten. Reflexione un poco sobre eso; puede que lo entienda mejor a medida que se haga mayor. La idea, sin embargo, puede quitarle algo de peso de encima".

"Bueno, señor, me siento un poco decaído, pero si usted y el resto siguen pensando..."

"Eso pensamos. Anímese y siga con la historia".

"He estado pensando mucho, y antes de ir por ahí asomando el cuello otra vez, voy a..."

"No necesitas decírmelo, lo sabes".

"No, señor, pero creo que será mejor. Voy a ir a Arisia a ver si puedo conseguir algunos tratamientos para la cabeza hinchada y el cerebro cojo. Sigo pensando que sé cómo utilizar la Lente con provecho, pero simplemente no tengo suficientes chorros para hacerlo. Verá, yo...", se detuvo. No iba a ofrecer nada que pudiera sonar a coartada: pero sus pensamientos eran claros como la letra de imprenta para el viejo Lensman.

"Adelante, hijo. Sabemos que no lo harías".

"Si pensaba en algo, suponía que estaba abordando a hombres, ya que los de la nave eran hombres, y los hombres eran los únicos habitantes conocidos del sistema aldebaraniano. Pero cuando esos rodadores me tomaron tan fácil y completamente, se hizo muy evidente que no tenía suficiente material. Corrí como un cachorro asustado y tuve suerte de llegar a casa. No habría ocurrido si...", hizo una pausa.

"¿Si qué? Razónalo, hijo", aconsejó Haynes, tajante. "Estás equivocado, totalmente equivocado. No cometiste ningún error, ni de juicio ni de ejecución. Te has culpado a ti mismo por suponer que eran hombres. Suponga que hubiera supuesto que eran los propios arisios. ¿Entonces qué?

Tras un examen minucioso, incluso a la luz del conocimiento posterior, no vemos cómo podrías haber cambiado el resultado". No se le ocurrió, ni siquiera al viejo y sagaz almirante, que Kinnison no tenía por qué haber entrado. Los lanceros siempre entraban.

"Bueno, de todos modos, me lamieron, y eso duele", admitió Kinnison, con franqueza. "Así que voy a volver a Arisia para recibir más entrenamiento, si es que me lo dan. Puede que esté fuera bastante tiempo, ya que incluso Mentor puede tardar mucho en aumentar la permeabilidad de mi cráneo lo suficiente como para que una idea pueda filtrarse a través de él en algo menos de un siglo."

"¿No te dijo Mentor que nunca volvieras allí?"

"No, señor". Kinnison sonrió infantilmente. "Debió olvidarlo en mi caso, el único desliz que cometió, supongo. Eso me da una salida".

"Um". Haynes reflexionó sobre esta sorprendente información. Conocía, mucho mejor de lo que podía hacerlo el joven Kinnison, el poder de la mente arisiana: no creía que Mentor de Arisia hubiera olvidado nunca nada, por minúsculo o insignificante que fuera. "Nunca lo han hecho. Son una raza peculiar; incomprensible. Pero no vengativa. Puede que te rechace, pero nada peor; es decir, si no cruzas la barrera sin invitación. Es una idea espléndida, creo; pero tenga mucho cuidado de golpear esa barrera libre y casi a potencia cero; si no, no la golpee".

Se dieron la mano, y en un espacio de minutos el velocista estaba de nuevo surcando el espacio.

Kinnison sabía ahora exactamente lo que quería conseguir, y utilizó cada hora de vigilia de aquel largo viaje en ejercicios físicos y mentales para prepararse a conseguirlo. Así, el tiempo no le pareció largo. Se acercó sigilosamente a la barrera a paso de caracol, deteniéndose al instante al tocarla, y a través de ella envió un pensamiento.

"Kimball Kinnison de Sol Tres llamando a Mentor de Arisia. ¿Está permitido que me acerque a su planeta?" No era ni descarado ni obsequioso, sino que formulaba con naturalidad una pregunta sencilla y esperaba una respuesta sencilla.

"Está permitido, Kimball Kinnison de Tellus", una voz lenta, profunda y mesurada resonó en su cerebro. "Neutralice sus controles. Usted será aterrizado".

Así lo hizo, y el velocista inerte salió disparado hacia delante, para tomar tierra en un aterrizaje perfecto en un puerto espacial reglamentario. Entró en la oficina, para enfrentarse a la misma entidad grotesca que le había tomado las medidas para su Lente no hacía tanto tiempo. Ahora, sin embargo, miró fijamente a los ojos sin pestañear de esa entidad, en silencio.

"Ah, has progresado. Ahora se da cuenta de que la visión no siempre es fiable. En nuestra anterior entrevista diste por sentado que lo que veías debía existir realmente y no te preguntaste cuáles podrían ser nuestras verdaderas formas."

"Me lo estoy preguntando ahora, en serio", respondió Kinnison, "y si se me permite, tengo la intención de quedarme aquí hasta que pueda ver sus verdaderas formas".

"¿Esto?" y la figura cambió instantáneamente a la de un caballero anciano, de barba blanca y erudito.

"No. Hay una gran diferencia entre ver algo yo mismo y que tú me lo muestres. Soy plenamente consciente de que usted puede hacer que la vea como cualquier cosa que elija. Podría aparecérseme como una copia perfecta de mí mismo, o como cualquier otra cosa, persona u objeto concebible para mi mente."[30]

---

[30] Los talosianos del piloto de Star Trek TOS, *La Jaula* parecen tener habilidades similares, y su planeta también es un destino prohibido. Hmmm...

"Ah; su evolución ha sido eminentemente satisfactoria. Ahora es lícito decirte, joven, que tu búsqueda actual, no de mera información, sino de verdadero conocimiento, era de esperar."

"¿Eh? ¿Cómo puede ser? Yo misma no lo decidí definitivamente hasta hace sólo un par de semanas".

"Era inevitable. Cuando instalamos sus Lentes, sabíamos que regresaría si vivía. Como informamos recientemente a ese conocido como Helmuth-"

"¡*Helmuth*! Sabe, entonces, dónde..." Kinnison se ahogó. No pediría ayuda para eso; lucharía sus propias batallas y enterraría a sus propios muertos. Si le ofrecían voluntariamente la información, bien; pero no se la pediría. Ni el arisiano se la proporcionó.

"Tiene razón", comentó el sabio, imperturbable. "Para un desarrollo adecuado es esencial que usted mismo se asegure esa información". Luego continuó con su pensamiento anterior:

"Como le dijimos a Helmuth hace poco, hemos dado a su civilización un instrumento -la Lente- en virtud del cual debería ser capaz de asegurarse en toda la galaxia. Habiéndolo dado, no podíamos hacer nada más de beneficio real o permanente hasta que ustedes mismos, los Hombres de Lente, empezaran a comprender la verdadera relación entre la mente y la Lente. Esa comprensión ha sido inevitable; durante mucho tiempo hemos sabido que, con el tiempo, unas pocas de vuestras mentes se harían lo suficientemente fuertes como para descubrir esa relación hasta entonces desconocida. Tan pronto como alguna mente hiciera ese descubrimiento regresaría, por supuesto, a Arisia, la fuente de la Lente, para recibir instrucción adicional, que, igualmente por supuesto, esa mente no podría haber soportado previamente.

"Década tras década vuestras mentes se han hecho más fuertes. Finalmente llegasteis a ser equipados con una Lente. Tu mente, aunque lastimosamente subdesarrollada, tenía una capacidad latente y un poder que hizo seguro tu regreso aquí. Hay varios otros que regresarán. De hecho, se ha convertido en tema de discusión entre nosotros si usted u otro sería el primer estudiante avanzado".

"¿Quién es ese otro, si se puede saber?"

"Su amigo, Worsel el Velantiano".

"Tiene una mente muy, muy por delante de la mía", afirmó el Lensman, como un hecho evidente.

"En algunas características, sí. En otras características muy importantes, no".

"¿Eh?" exclamó Kinnison. "¿De qué manera posible lo tengo por encima de él?"

"No estoy seguro de poder explicarlo exactamente con pensamientos que usted pueda comprender. En términos generales, su mente es la mejor entrenada, la más plenamente desarrollada. Es de más alcance y alcance, y de un poder presente enormemente mayor. Es más controlable, más receptiva, más adaptable que la suya-ahora. Pero su mente, aunque no esté desarrollada, es de una capacidad considerablemente mayor que la suya, y de mayores y más variadas capacidades latentes. Sobre todo, usted tiene una fuerza motriz, una voluntad de hacer, un impulso mental invencible que nadie de su raza podrá desarrollar jamás. Puesto que predije que usted sería el primero en regresar, naturalmente me complace que se haya desarrollado de acuerdo con esa predicción".

"Bueno, he estado más o menos bajo presión y he tenido bastantes golpes de suerte. Pero en eso, me parecía que estaba progresando hacia atrás en vez de hacia delante".

"Siempre es así con los realmente competentes. Prepárese".

Lanzó un rayo mental, ante cuyo impacto la mente de Kinnison se volvió literalmente del revés en un vórtice espiral giratorio de imágenes vertiginosamente confusas.

"¡Resista!", llegó la dura orden.

"¡Resista! ¿Cómo?", exigió el retorcido y sudoroso Lensman. "¡Es como si le dijeras a una mosca que resistiera a una nave espacial inerte!"

"Utilice su voluntad, su fuerza, su adaptabilidad. Cambie su mente para que se encuentre con la mía en cada punto. Aparte de estos fundamentos, ni yo ni nadie puede decirle cómo; cada mente debe encontrar su propio medio y desarrollar su propia técnica. Pero éste es un tratamiento muy suave, condicionado a su fuerza actual. Lo incrementaré gradualmente en severidad, pero tenga la seguridad de que en ningún momento lo elevaré hasta el punto de causarle un daño permanente. Los ejercicios constructivos vendrán después; el primer paso debe ser aumentar su resistencia. Por lo tanto, ¡resista!"

La fuerza, que no había aflojado ni un instante, crecía lentamente hasta el borde mismo de lo intolerable; y con firmeza, con tenacidad, el Lensman luchó contra ella. Con los dientes apretados, los músculos tensos, los dedos clavándose salvajemente en la dura tapicería de cuero de su silla, luchó contra ella, poniendo todos sus últimos recursos al servicio de la tarea.

De repente, la tortura cesó y el Lensman se desplomó, hecho una ruina mental y física. Estaba blanco, tembloroso, sudoroso; sacudido hasta lo más profundo de su ser. Se avergonzó de su debilidad. Se sentía humillado y amargamente decepcionado por la exhibición que había hecho; pero de la arisiana surgió un pensamiento tranquilo y alentador.

"No tiene por qué sentirse avergonzado, sino orgulloso, porque ha hecho un comienzo casi sorprendente, incluso para mí, su padrino. Esto puede parecerle un castigo innecesario, pero no lo es. Es la única manera posible de encontrar lo que busca".

"En ese caso, adelante", declaró el Lensman. "Puedo soportarlo".

La "instrucción avanzada" continuó, con el alumno cada vez más fuerte;

hasta que recibía sin daño alguno estocadas que al principio le habrían matado al instante. Los combates se hacían cada vez más cortos, pues requerían un derroche de fuerza mental tan terrible que ninguna mente humana podía soportar la terrible tensión durante más de media hora seguida.

Y ahora estos salvajes conflictos de voluntades y mentes se intercalaban con una verdadera instrucción, con lecciones ni dolorosas ni desagradables. En ellas, los ancianos científicos indagaban suavemente en la mente del joven, abriéndola y exponiendo a la mirada de su dueño vastas cavernas cuya presencia ni siquiera había sospechado. Algunos de estos almacenes ya estaban parcial o completamente llenos, necesitando sólo arreglo y conexión. Otros estaban casi vacíos. Éstos se catalogaron y se hicieron accesibles. Y en todos, impregnándolo todo, estaba la Lente.

"Es como limpiar un sistema de agua atascado; ¡con la Lens la bomba que no funcionaba!", exclamó un día Kinnison.

"Más de lo que usted cree en este momento", asintió el arisiano. "Ha observado, por supuesto, que no le he dado ninguna instrucción detallada ni le he señalado ninguna capacidad específica de la Lente que no haya sabido utilizar. Tendrá que manejar la bomba usted mismo; y le esperan muchas sorpresas en cuanto a lo que su Lente bombeará, y cómo. Nuestra única tarea es preparar su mente para trabajar con la Lente, y esa tarea aún no ha terminado. Sigamos con ella".

Después de lo que a Kinnison le parecieron semanas, llegó el momento en que pudo bloquear por completo las sugerencias de Mentor; ni, ahora bloqueado, el arisiano debía ser capaz de discernir ese hecho.

El Lensman reunió toda su fuerza, la concentró y la lanzó de nuevo contra su maestro; y se produjo una lucha no menos titánica por su esencial amabilidad. El éter mismo hervía y bullía con la furia de las fuerzas mentales allí enfrentadas, pero finalmente el Lensman derribó las pantallas del otro.

Entonces, clavándole profundamente los ojos, quiso con todas sus fuerzas ver a aquel arisiano tal y como era en realidad. Y al instante el erudito anciano se convirtió en un-¡cerebro! Había algunos apéndices, por supuesto, y accesorios, e incidentalia para la alimentación, la locomoción y similares, pero a todos los efectos el arisiano era simple y únicamente un cerebro.

La tensión terminó, el conflicto cesó y Kinnison se disculpó.

"No piense nada en ello", y el cerebro sonrió realmente en la mente de Kinnison. "Cualquier mente con poder suficiente para neutralizar las fuerzas que he empleado es, por supuesto, capaz de lanzar ningún débil rayo propio. Asegúrese, sin embargo, de que no lanza tal fuerza a ninguna mente inferior, o morirá al instante".

Kinnison empezó a balbucear una respuesta, pero el arisiano continuó:

"No, hijo, sabía y sé que la advertencia es superflua. Si no fueras digno de este poder y no fueras capaz de controlarlo adecuadamente no lo tendrías. Has obtenido lo que buscabas. Vete, pues, con poder".

"¡Pero esto es sólo una fase, apenas un comienzo!", protestó Kinnison.

"Ah, ¿te das cuenta hasta de eso? Verdaderamente, joven, has llegado lejos, y rápido. Pero aún no estás preparada para más, y es una perogrullada que la recepción de fuerzas para las que una mente no está preparada destruirá esa mente. Así pues, cuando acudió a mí sabía exactamente lo que quería. ¿Sabe con la misma certeza qué más quiere de nosotros?".

"No."

"Tampoco lo estará usted durante años, si es que lo llega a estar. De hecho, es muy posible que sólo sus descendientes estén preparados para aquello por lo que usted ahora tantea tan vagamente. De nuevo le digo, joven, vaya con poder".

Kinnison se fue.[31]

----

[31] Pasajes como éste demuestran la intuición de que Smith tenía un esquema claro

CAPÍTULO 19

Juez, Jurado y Verdugo

Al Lensman le había llevado mucho tiempo elaborar en su mente qué era exactamente lo que quería de los arisianos, y la idea básica no había surgido de una sola fuente. Parte de ella había procedido de su propio conocimiento de la hipnosis ordinaria; parte de la capacidad de los Señores Superiores de Delgon para controlar a distancia las mentes de los demás; parte de Worsel, que, trabajando a través de la propia mente de Kinnison, había hecho cosas tan sorprendentes con un Lente; y una gran parte, en realidad, de los propios arisianos, que tenían la asombrosa capacidad de superponer literal y completamente sus propias mentalidades a las de los demás, dondequiera que estuvieran situados. Parte por parte y poco a poco, el Lensman teluriano había construido su plan, pero no había tenido el poder absoluto del intelecto para hacerlo funcionar. Ahora lo tenía y estaba listo para ponerse en marcha.

¿Dónde? Su primer impulso fue regresar a Aldebarán I e invadir de nuevo la fortaleza de los Hombres Rueda, que tan ignominiosamente le habían derrotado en su único encuentro con ellos. Sin embargo, la prudencia ordinaria le desaconsejó ese camino.

"Será mejor que los dejes un tiempo, Kim, viejo amigo", se dijo a sí mismo con toda franqueza. "Tienen un montón de chorros y tú aún no sabes

para las cuatro historias centrales de la serie Lensman y que, en realidad, las cuatro pueden considerarse una sola novela larga: *Patrulla Galáctica*, *Lensman Gris*, *Lensman de la Segunda Etapa* y, por último, *Hijos de la Lente*, donde los hijos de Kinnison se convierten en el centro de la narración y reciben un entrenamiento avanzado.

usar este nuevo material tuyo. Mejor elige algo más fácil de llevar".

Desde que salió de Arisia había sido consciente inconscientemente de una diferencia en su vista. Veía las cosas mucho más claramente de lo que las había visto nunca, con mayor nitidez y detalle. Ahora esta percepción se deslizó en su conciencia, y miró hacia sus tubos de luz. Estaban apagadas; salvo por las diminutas lámparas y los ojos de buey de su tablero de instrumentos, el buque debía de estar en completa oscuridad. Recordó entonces conmocionado que cuando entró en el speedster, no había encendido sus luces: ¡podía ver y no había pensado en ellas en absoluto!

Ésta era, pues, la primera de las sorpresas que el arisiano le había prometido. Ahora tenía el sentido de la percepción de los Rigelianos. ¿O era el de los Wheelmen? ¿O de ambos? ¿O eran el mismo sentido? Consciente ahora, centró su atención en un medidor que tenía ante sí. Primero en su esfera, observando que la aguja estaba exactamente sobre la línea verde del cabello del funcionamiento normal. Luego más profundamente. Instantáneamente, la cara del instrumento desapareció -se movió detrás de su punto de mira, o eso le pareció- de modo que pudo ver sus bobinas, pivotes y otras partes interiores. Podía mirar y estudiar el grano y el tamaño de las partículas del condensado denso y duro del propio tablero. Su visión estaba limitada, aparentemente, ¡sólo por su voluntad de ver!

"Bueno, ¿no es eso algo?", preguntó al universo en general; luego, cuando le asaltó un pensamiento: "Me pregunto si me habrán dejado ciego en el proceso".

Encendió sus lámparas y descubrió que su visión no tenía alteraciones y era normal en todos los aspectos; y una rígida investigación le demostró de forma concluyente que, además de la visión ordinaria, ahora tenía un sentido extra -o tal vez dos de ellos- y que podía cambiar de uno a otro, o utilizarlos simultáneamente, ¡a voluntad! Pero el mero hecho de este descubrimiento hizo reflexionar a Kinnison.

No era mejor que fuera a ninguna parte, ni que hiciera nada, hasta que hubiera averiguado algo sobre su nuevo equipo. El hecho era que ni siquiera sabía lo que tenía, por no hablar de saber cómo utilizarlo. Si tuviera el sentido común de un fontema zabriskano, iría a algún lugar donde pudiera experimentar un poco sin que se le quemaran los cascos por si se le escapaba algo en un momento crítico. ¿Dónde estaba la base de patrulla más cercana? Una grande, totalmente defendida... Veamos. Radelix sería la Base Sectorial más cercana, supuso; ya averiguaría si podía asaltar ese conjunto sin que le pillaran en ello.

Salió disparado y, a su debido tiempo, un planeta justo, verde y parecido a la Tierra se extendía bajo la quilla de su nave. Puesto que era parecido a la Tierra en clima, edad, atmósfera y masa, sus gentes eran, por supuesto, más o menos similares a la humanidad en características generales, tanto de cuerpo como de mente. En todo caso, eran incluso más inteligentes que los terrícolas, y su base de Patrulla era muy sólida. Su rayo espía sería inútil, ya que todas las bases de la Patrulla eran examinadas minuciosa y continuamente; vería lo que haría un sentido de la percepción. Por la explicación de Tregonsee, debería funcionar a esta distancia.

Así fue. Cuando Kinnison concentró su atención en la base la vio. Avanzó hacia ella a la velocidad del pensamiento y se adentró en ella, atravesando pantallas y paredes metálicas sin obstáculos y sin dar la alarma. Vio a los hombres en sus tareas habituales y oyó, o más bien intuyó, su conversación: la charla cotidiana de sus profesiones. Un estremecimiento le recorrió ante la deslumbrante posibilidad así revelada.[32]

---

[32] A partir de las pantallas de pensamiento, desarrolladas originalmente por los velantianos e implementadas con un "proyector deVilbiss" por Kinnison al principio de la historia, sabemos que el pensamiento debe implicar alguna forma de energía radiante (ya que puede proyectarse mediante dispositivos mecánicos). Pero nunca se

Si podía hacer que uno de esos tipos de ahí abajo hiciera algo sin que él supiera que lo estaba haciendo, el problema estaba resuelto. Ese ordenador, digamos; hacer que destapara esa calculadora y estableciera una determinada integral en él. Sería bastante fácil ponerse en contacto con él y hacer que lo hiciera, pero esto era algo totalmente distinto.

Kinnison se metió en la mente del ordenador con bastante facilidad y quiso intensamente lo que debía hacer; pero el oficial no lo hizo. Se levantó; luego, mirando perplejo a su alrededor, volvió a sentarse.

"¿Qué ocurre?", preguntó uno de sus compañeros. "¿Olvidó algo?"

"No exactamente", el ordenador seguía mirando fijamente. "Iba a configurar una integral. Yo tampoco quería, juraría que alguien me *dijo que la montara*".

"Nadie lo hizo", gruñó el otro, "y será mejor que empieces a quedarte en casa por las noches; entonces quizá no se te ocurran ideas raras".

Esto no fue tan bueno, reflexionó Kinnison. El tipo debería haberlo hecho y no debería haber recordado nada al respecto. De todos modos, no había pensado que pudiera hacerlo a esa distancia: no tenía el cerebro de un arisiano. Tendría que seguir su plan original, de trabajo de cerca.

Esperando a que la base estuviera bien adentrada en el lado nocturno del planeta y asegurándose de que sus deflectores de bengalas estaban en su sitio,

---

nos dan muchos detalles al respecto. Este "sentido de la percepción" es uno de los elementos de ciencia ficción más interesantes que Smith creó, o del que hizo uso, en la serie Lensman, y vuelve una y otra vez. Definitivamente, lo que Smith describe no se concibe aquí como una "segunda vista" o un poder paranormal, sino más bien como una percepción física que utiliza una capacidad mental avanzada del pensamiento. A modo de comparación, el término similar "PES" o "percepción extrasensorial" parece haberse originado en una época parecida -los años 30- a partir de los trabajos realizados por J.B. Rhine en la Universidad de Duke.

dejó que el speedster descendiera, aterrizando a cierta distancia de la fortaleza. Allí abandonó la nave y se dirigió hacia su objetivo en una rápida serie de largos saltos sin inercia. Cada vez los saltos eran más bajos y cortos. Entonces cortó por completo su energía y caminó hasta que vio ante él, surgiendo del suelo y extendiéndose interminablemente hacia arriba, una red de fuerza casi invisiblemente resplandeciente. Esto, sabía el merodeador, era la cortina que marcaba la frontera de la Reserva; el gatillo sobre el que un toque, ya fuera de objeto sólido o de rayo, iniciaría una sucesión de acontecimientos que él no estaba en posición de detener.

A simple vista, aquella base no era impresionante, pues se trataba simplemente de unos pocos kilómetros cuadrados de terreno llano, delineado con bajos y anchos pilares y salpicado aquí y allá de cúpulas abombadas de aspecto inofensivo. Había algunos grupos de edificios. Eso era todo a simple vista, pero Kinnison no se engañaba. Sabía que la base en sí estaba a mil pies bajo tierra; que los pill-boxes albergaban vigías y detectores; y que esas cúpulas eran simplemente escudos meteorológicos que, enrollados hacia atrás, dejaban al descubierto proyectores que no superaban en potencia ni siquiera a los de la propia Base Prima.

Lejos a la derecha, entre dos altos pilones de metal, había una puerta: la abertura más cercana de la red. Kinnison la había evitado a propósito; no formaba parte de su plan someterse aún al escrutinio de las fotocélulas omnidireccionales de aquella entrada. En su lugar, con su nuevo sentido de la percepción, buscó los conductos que llevaban a esas celdas y los rastreó hacia abajo, a través del hormigón y el acero y la mampostería, hasta la sala de control, muy por debajo. Entonces superpuso su mente a la del hombre del tablero y voló audazmente hacia la entrada. Ahora tenía en realidad una doble personalidad, ya que una parte de su mente estaba en su cuerpo, lanzándose por el aire hacia el portal, mientras que la otra parte estaba en lo más profundo de la base, abajo, ¡viéndole llegar y reconociendo sus señales!

Una trampa se levantó, revelando una rampa inclinada y llena de túneles, por la que el Lensman salió disparado. Pronto encontró un almacén conveniente; y, deslizándose dentro de él, retiró cuidadosamente su control de la mente del observador, borrando todo rastro de ese control mientras lo hacía. Entonces observó con aprensión una posible reacción. Estaba casi seguro de haber realizado la operación correctamente, pero tenía que estar absolutamente seguro; del resultado de esta prueba dependía algo más que su vida. El observador, sin embargo, permaneció tranquilo y plácido en su puesto; y una lectura atenta de sus pensamientos demostró que no tenía la menor sospecha de que hubiera ocurrido nada fuera de lo normal.

Una prueba más y habrá terminado. Debía averiguar cuántas mentes podía controlar simultáneamente, pero más le valía hacerlo abiertamente. De nada servía hacer sentir a un hombre como un tonto innecesariamente; ya lo había hecho una vez, y una vez ya era demasiado.

Por lo tanto, invirtiendo el procedimiento por el que había venido, volvió a su speedster, la llevó al éter y durmió. Luego, cuando la luz de la mañana inundó la base, cortó su detector anulador y se acercó audazmente.

"¡Base Radelix! Lensman Kinnison de Tellus, No Adscrito, solicitando permiso para aterrizar. Deseo conferenciar con su oficial al mando, Lensman Gerrond".

Un rayo espía barrió el speedster, la telaraña desapareció y Kinnison aterrizó, para ser recibido con un tranquilo y cordial respeto. El comandante de la base sabía que su visitante no estaba allí por puro placer: los Hombres Lenteja Grises no hacían excursiones de placer. Por lo tanto, lo condujo a su despacho privado y lo protegió.

"Mi anuncio no fue nada informativo", admitió entonces Kinnison, "pero mi recado no es nada publicitario. Tengo que probar algo, y quiero pedirle a usted y a tres de sus mejores y -'más obstinados', si se me permite el término- oficiales que cooperen conmigo durante unos minutos. ¿QX?"

"Por supuesto".

Llamaron a tres agentes y Kinnison les explicó. "Llevo mucho tiempo trabajando en un controlador mental y quiero ver si funciona. Pondré sus libros sobre esta mesa, uno delante de cada uno de ustedes. Ahora me gustaría intentar que dos o tres de ustedes -los cuatro si puedo- se agachen, cojan su libro y lo sostengan. Su parte en el juego consistirá en que cada uno de ustedes intente no cogerlo y lo devuelva lo antes posible si les hago obedecer. ¿Lo haréis?"

"¡Claro!", corearon tres de ellos, y "¿No habrá daños mentales, por supuesto?", preguntó el comandante.

"Ninguna en absoluto, y sin secuelas. A mí también me ha funcionado mucho".

"¿Quiere algún aparato?"

"No, tengo todo lo necesario. Recuerde, quiero la máxima resistencia".

"¡Déjala venir! Encontrará mucha resistencia. Si consigues que alguno de nosotros coja un libro, después de toda esta advertencia, diré que has conseguido algo".

Oficial tras oficial, a pesar de resistirse esforzadamente mente y cuerpo, levantó su libro de la mesa, sólo para dejarlo caer de nuevo cuando el control de Kinnison se relajó por un instante. Podía controlar a dos de ellos -a dos cualesquiera-, pero no podía con tres. Satisfecho, cesó en su empeño; y, mientras el comandante de la base servía largas bebidas frías para los sudorosos cinco, uno de sus compañeros preguntó:

"¿Qué hiciste, de todos modos, Kinnison-oh, perdón, no debería haber preguntado".

"Lo siento", respondió incómoda la teluriana, "pero aún no está listo. Todos lo sabréis lo antes posible, pero no ahora".

"Claro", respondió el radeligiano. "Sabía que no debería haberme largado nada más hablar".

"Bueno, muchas gracias, amigos". Kinnison dejó su vaso vacío con un chasquido. "Ahora puedo hacer un buen informe sobre el progreso de este do-jig. Y una cosa más. Anoche hice un pequeño experimento de largo alcance en uno de sus ordenadores-"

¿"Escritorio Doce"? ¿El que pensaba que quería integrar algo?"

"Ese mismo. Dígale que le estaba utilizando como sujeto de rayos mentales, ¿quiere, y déle este billete de cincuenta créditos? No quiero que los chicos le fastidien demasiado".

"Sí, y gracias. Y... me pregunto..." el Lensman radeligiano tenía algo en mente. "Bueno... ¿puedes hacer que un hombre diga la verdad con eso? Y si puedes, ¿lo harás?"

"Creo que sí. Ciertamente lo haré, si puedo. ¿Por qué?" Kinnison sabía que podía pero no quería parecer gallito.

"Ha habido un asesinato". Los otros tres se miraron comprensivos y suspiraron con profundo alivio. "Un asesinato particularmente diabólico de una mujer, una niña más bien. Dos hombres están acusados. Cada uno tiene una coartada perfecta, apoyada por testigos honestos; pero usted sabe cuánto significa una coartada ahora. Ambos hombres cuentan historias perfectamente correctas, incluso bajo un detector de mentiras, pero ninguno me dejará -ni a ningún otro Lensman hasta ahora- tocar su mente." Gerrond hizo una pausa.

"Ajá". Kinnison comprendió. "Mucha gente inocente simplemente no soporta el Lensing y tiene bloqueos muy fuertes".

"Me alegro de que lo haya visto. Uno de esos hombres miente con una pulcritud que no habría creído posible, o bien ambos son inocentes. Y uno de ellos *debe* ser culpable; son los únicos sospechosos. Si los juzgamos ahora, haremos el ridículo, y no podemos aplazar el juicio mucho más tiempo sin perder la cara. Si puede ayudarnos, estará haciendo mucho por la Patrulla, en todo este sector".

"Puedo ayudarle", declaró Kinnison. "Para esto, sin embargo, será mejor que tenga algo de atrezzo. Hazme una caja-doble control Burbank, con cinco puntos de bebé en ella-naranja, azul, verde, púrpura y rojo. El mayor juego de auriculares que tenga, y una venda gruesa y negra para los ojos. ¿Cuándo podrás probarlos?"

"Cuanto antes mejor. Se puede organizar para esta tarde".

Se anunció el juicio y, mucho antes de la hora señalada, la gran sala del tribunal de la ciudad más grande del mundo estaba abarrotada. Llegó la hora.

Reinaba el silencio. Kinnison, de gris sombrío, se dirigió al escritorio del juez y se sentó tras la peculiar caja que había sobre él. En un silencio sepulcral se acercaron dos patrulleros. El primero le invistió reverentemente con los auriculares, el segundo le envolvió tanto la cabeza en una tela negra que a todos los observadores les pareció que su visión estaba completamente oscurecida.

"Aunque vengo de un mundo muy lejano en el espacio, se me ha pedido que juzgue a dos sospechosos por el delito de asesinato", entonó Kinnison. "No conozco los detalles del crimen ni la identidad de los sospechosos. Sí sé que ellos y sus testigos se encuentran entre estas rejas. Ahora seleccionaré a los que van a ser interrogados".

Rayos penetrantes de luz intensa y varicolor jugaron sobre los dos grupos, y la voz profunda e impresionante continuó:

"Ahora sé quiénes son los sospechosos. Están a punto de levantarse, de caminar y de sentarse como yo les indique".

Así lo hicieron, siendo claramente evidente para todos los observadores que se encontraban bajo alguna terrible compulsión.

"Los testigos pueden ser excusados. La verdad es lo único importante aquí; y los testigos, al ser humanos y por lo tanto frágiles, obstruyen la verdad con más frecuencia de lo que favorecen su progreso. Ahora examinaré a estos dos acusados".

De nuevo arreciaron los vívidos y extrañamente distorsionados resplandores de la luz; bañando en intenso monocromo y en diversas y espantosas combinaciones primero a un prisionero, luego al otro; mientras Kinnison introducía su mente en la de ellos, sondeando sus más profundas profundidades. El silencio, ya de por sí profundo, se convirtió en la quietud absoluta del espacio exterior mientras la multitud, conteniendo ahora la respiración, permanecía embelesada ante aquel portentoso examen.

"Los he examinado a fondo. Todos ustedes son conscientes de que cualquier Lensman de la Patrulla Galáctica puede, en caso de necesidad, servir de juez, jurado y verdugo. Yo, sin embargo, no soy ninguno de ellos; ni este procedimiento va a ser un juicio tal y como ustedes hayan podido entender el término. He dicho que los testigos son superfluos. Ahora añadiré que ni el juez ni el jurado son necesarios. Todo lo que se requiere es descubrir la verdad, ya que la verdad es todopoderosa. Por esa misma razón, aquí no se necesita ningún verdugo: la verdad descubierta nos servirá por sí misma en esa función.

"Uno de estos hombres es culpable, el otro es inocente. A partir de la mente del culpable voy a construir un retrato robot, no sólo de este crimen diabólico, sino de todos los crímenes que ha cometido. Proyectaré ese compuesto en el aire ante él. Ninguna mente inocente podrá ver ni un ápice de él. El culpable, sin embargo, percibirá cada uno de sus repugnantes detalles; y, al percibirlos, dejará de existir inmediatamente en este plano de la vida."

Uno de los hombres no tenía nada que temer, Kinnison se lo había dicho hacía tiempo. El otro había estado temblando durante minutos en incontrolables paroxismos de terror. Ahora éste saltó de su asiento, arañándose salvajemente los ojos y gritando con loco abandono.

"¡Lo he conseguido! ¡Socorro! ¡Piedad! ¡Llévensela! Oh...h!!" chilló, y murió, horriblemente, incluso mientras chillaba.

Tampoco hubo ruido en la sala del tribunal una vez terminado el asunto. Los atónitos espectadores se escabulleron, sin atreverse apenas a respirar hasta que estuvieron a salvo fuera.

Tampoco los oficiales radeligianos estaban en mucho mejor caso. No se dijo ni una palabra hasta que los cinco estuvieron de vuelta en el despacho del comandante de la base. Entonces Kinnison, aún con el rostro blanco y la mandíbula desencajada, habló. Los demás sabían que había encontrado al culpable y que lo había ejecutado de una forma peculiarmente terrible. Él sabía que ellos sabían que el hombre era horriblemente culpable. Sin embargo:

"Era culpable", espetó el teluriano. "Culpable como todos los demonios del infierno. Nunca había tenido que hacerlo antes y me apena, pero no podía echaros el trabajo a vosotros. No querría que nadie viera esa foto que no tuviera que hacerlo, y sin ella nunca podríais empezar a comprender lo atroz y condenadamente culpable que era realmente ese sabueso del infierno".

"Gracias, Kinnison", dijo Gerrond, simplemente. "Kinnison. Kinnison de Tellus. Recordaré ese nombre, por si alguna vez volvemos a necesitarte tanto. Pero, después de lo que acabas de hacer, pasará mucho tiempo... si es que alguna vez. No sabías, ¿verdad?, que todos los habitantes de cuatro planetas te estaban observando".

"¡Santo Klono, no! ¿Fueron ellos?"

"Lo fueron" y si la forma en que *me* asustaste es un criterio, será un largo y frío día antes de que algo así vuelva a ocurrir en este sistema. Y gracias de nuevo, Lensman Gris. Has hecho algo por toda nuestra Patrulla este día".

"Asegúrese de desmontar esa caja tan minuciosamente que nadie reconozca ninguna de sus partes componentes", y Kinnison logró una sonrisa más bien débil. "Una cosa más y me iré zumbando. ¿Saben por casualidad dónde hay por aquí una buena y fuerte base pirata? Y, aunque no quiero parecer quisquilloso, me gustaría mucho más si fueran respiradores de oxígeno de sangre caliente, para no tener que llevar armadura todo el tiempo".

"¿Qué intenta hacer, darnos la aguja o algo así?". Esto no es precisamente lo que dijo el radeligiano, pero transmite el pensamiento que recibió Kinnison mientras el comandante de la base le miraba asombrado.

"¡No me diga que hay una base así por aquí!", exclamó encantado el teluriano. "¿La hay, de verdad?"

"Existe. Tan fuerte que no hemos podido tocarlo; tripulado y atendido por nativos de su propio planeta, Tellus de Sol. Informamos de ello a la Base Prima hace unos ochenta y tres días, justo después de descubrirlo. Va directo desde allí-" Se quedó callado. Esta no era forma de hablar con un Lensman Gris.

"Entonces estaba en el hospital, peleándome con mi enfermera porque no me daba nada de comer", explicó Kinnison riendo. "Cuando me fui de Tellus no comprobé los datos atrasados; no pensé que los necesitaría tan pronto. Pero si los tiene".

"¡Hospital! ¿Usted?", preguntó uno de los radeligianos más jóvenes.

"Mordí más de lo que podía masticar", y el teluriano describió brevemente su desventura con los Wheelmen de Aldebarán I. "Sin embargo, este otro asunto ha surgido desde entonces y no volveré a arriesgarme de esa manera. Si tienen una base tan hecha a medida en esta región, me ahorrará un largo viaje. ¿Dónde está?"

Le dieron sus coordenadas y la poca información que habían podido conseguir sobre él. No le preguntaron por qué quería esos datos. Puede que se preguntaran por su temeridad al atreverse a explorar en solitario una fortaleza cuya fortaleza había mantenido a raya a las fuerzas masivas de la Patrulla del sector: pero si lo hicieron, mantuvieron sus pensamientos bien ocultos. Porque se trataba de un Lensman Gris, y muy evidentemente de un individuo superpoderoso, incluso de ese selecto grupo cuyos miembros más débiles eran realmente poderosos. Si le apetecía hablar, le escucharían; pero Kinnison no hablaba. Escuchaba; luego, cuando lo hubo aprendido todo, supieron de la base boskoniana:

"Bueno, será mejor que me vaya. Éter claro, compañeros!" y se fue.

CAPÍTULO 20

Mac es un hueso de la discordia

Fuera de Radelix y hacia el espacio profundo salió disparado el velocista, llevando al Lensman Gris hacia Boyssia II, donde estaba situada la base boskiana. Las fuerzas de la Patrulla no habían sido capaces de localizarla definitivamente, por lo que debía de estar muy bien escondida. Tripulada y atendida por telurianos, y esto se acercaba bastante a la línea que había seguido primero el piloto de la nave pirata cuya tripulación había sido tan diezmada por van Buskirk y sus valerianos. No podía haber tantas bases boskonianas con personal teluriano, reflexionó Kinnison. Estaba dentro de los límites de la posibilidad, incluso de la probabilidad, de que volviera a encontrarse aquí con sus antiguos, pero desprevenidos, compañeros de barco.

Dado que el sistema Boyssian estaba a menos de cien parsecs de Radelix, en un par de horas el Lensman se encontró con otro planeta extraño; y éste era un mundo muy terrestre, desde luego. Había casquetes polares, zonas de un blanco intensamente deslumbrante. Había una atmósfera, profunda y dulcemente azul, llena en su mayor parte de luz solar, pero salpicada aquí y allá de nubes, algunas de las cuales eran tormentas de lento movimiento. Había continentes, con montañas y llanuras, lagos y ríos. Había océanos, salpicados de islas grandes y pequeñas.

Pero Kinnison no era un planetógrafo[33] , ni llevaba tanto tiempo fuera de Tellus como para que la visión de este mundo hermoso y hogareño despertara en él ningún sentimiento de nostalgia. Buscaba una base pirata; y, dejando caer su speedster tan bajo en el lado nocturno como se atrevió, comenzó su búsqueda.

Del hombre o de las obras del hombre encontró al principio pocos rastros. Toda la vida humana o casi humana se hallaba aparentemente aún en un estado salvaje de desarrollo; y, salvo unas pocas razas dispersas, o más bien tribus, de excavadores y de habitantes de acantilados o cuevas, seguía siendo nómada, vagando aquí y allá sin morada ni estructura permanente. Había allí animales de decenas de géneros y especies en miríadas, pero Kinnison tampoco era biólogo. Él quería piratas; y, al parecer, ¡ésa era la única forma de vida que *no iba a* encontrar!

Pero finalmente, a base de pura pertinacia de toro, tuvo éxito. Esa base estaba allí, en alguna parte. La encontraría, por mucho que tardara. La encontraría, ¡aunque tuviera que examinar toda la corteza del planeta, tierra y agua por igual, kilómetro a kilómetro cúbico trazado! Se propuso hacer precisamente eso; y fue así como encontró la fortaleza boscona.

Se había construido justo debajo de una imponente cadena montañosa, protegida de la detección por kilómetros y kilómetros de cobre autóctono y de mineral de hierro.

---

[33] Parece que esta palabra, que Smith acuñó hace casi cien años, es ahora una candidata legítima para el nombre de una persona que estudia los exoplanetas. ¿Planetografía? ¿Por qué no?

Sus entradas, invisibles antes, ni siquiera eran ahora fácilmente percep- tibles, camufladas como estaban por capas exteriores de roca que coincidían exactamente en forma, color y textura con las rocas de los acantilados en los que se encontraban. Una vez localizadas esas entradas, el resto fue fácil. De nuevo puso su speedster en una órbita cuidadosamente observada y bajó a tierra con su armadura. De nuevo avanzó sigilosamente, merodeando fur- tivamente, hasta que pudo percibir de nuevo una red de fuerza respland- eciente.

Con pequeñas variaciones, su método de entrada en la base boskoniana era similar al que había utilizado para abrirse paso en la base de la Patrulla en Radelix. Sin embargo, ahora trabajaba con una seguridad y una precisión de las que entonces había carecido.

Su práctica con los patrulleros le había proporcionado conocimientos y técnica. Su sesión de juicio, durante la cual había tocado casi todas las mentes de la vasta asamblea, le había enseñado mucho. Y, sobre todo, el espeluznante final de esa sesión, por horriblemente desagradable y desgar- rador que hubiera sido, le había proporcionado un entrenamiento de valor incalculable, que requería la imposición de la pena máxima.

Sabía que podría tener que permanecer dentro de esa base durante algún tiempo, por lo que seleccionó su escondite con cuidado. Podía, por supuesto, borrar el conocimiento de su presencia en la mente de cualquiera que tuviera la casualidad de descubrirle; pero como tal interrupción podía llegar en un instante crítico, prefirió fijar su residencia en un lugar apartado. Había, por supuesto, muchas suites vacantes en los alojamientos de los oficiales -todas las bases deben tener alojamientos para los visitantes- y el Lensman decidió ocupar una de ellas. Fue sencillo obtener una llave y, dentro de la pequeña habitación desnuda pero confortable, se despojó de su armadura con un suspiro de alivio.

Recostado en un sillón de cuero profundamente tapizado, cerró los ojos y dejó que su sentido de la percepción recorriera todo el gran establecimiento. Con todo su poder recién desarrollado lo estudió, hora tras hora y día tras día. Cuando tenía hambre, los cocineros piratas le daban de comer, sin saber que lo hacían: ya había vivido suficiente tiempo con raciones de hierro. Cuando estaba cansado, dormía, con su Lente eternamente vigilante en guardia.

Por fin sabía todo lo que había que saber sobre aquella fortaleza y estaba listo para actuar. No se apoderó de la mente del comandante de la base, sino que eligió en su lugar al jefe de comunicaciones por ser el que más probabilidades tenía y el más íntimo para tratar con Helmuth. Helmuth, que hablaba en nombre de Boskone, había sido durante muchos meses el objetivo definitivo del Lensman.

Pero este partido no podía apresurarse. Las bases, por muy importantes que fueran, no llamaban a la Gran Base salvo en los asuntos más graves, y no se produjo ningún asunto de ese tipo. Tampoco Helmuth llamó a esa base, ya que no estaba ocurriendo nada fuera de lo normal -que los piratas supieran- y su atención era más necesaria en otra parte.

Un día, sin embargo, llegó crepitando un informe triunfal: un barco que trabajaba desde esa base había tomado un botín realmente noble: ¡nada menos que un barco hospital de la propia Patrulla completamente abastecido! A medida que avanzaba el informe, el corazón de Kinnison se le fue a las botas y maldijo amargamente para sus adentros. ¿Cómo en todos los nueve infiernos de Valeria se las habían arreglado para apoderarse de una nave como aquella? ¿No la habían escoltado?

No obstante, como oficial jefe de comunicaciones tomó el informe y felicitó efusivamente, a través del radiotelegrafista del barco, a su capitán, a sus oficiales y a su tripulación.

"Muy buen trabajo; el propio Helmuth se enterará de esto", concluyó sus palabras de elogio. "¿Cómo lo has hecho? ¿Con uno de los nuevos maulers?"

"Sí, señor", fue la respuesta. "Nuestro mauler, que nos acompañaba justo fuera de alcance, se acercó y se enfrentó al suyo. Eso nos dejó libres para tomar esta nave. Nos fijamos con imanes, nos abrimos paso y aquí estamos".

Allí estaban en efecto. La nave hospital estaba roja de sangre; pacientes, médicos, internos, oficiales y personal de operaciones por igual habían sido masacrados con el salvajismo horriblemente despiadado que era la técnica habitual de todas las agencias de Boskone. De todo el personal de aquel barco sólo vivían las enfermeras. No debían ser ejecutadas todavía. De hecho, y bajo ciertas condiciones, no necesitaban morir en absoluto.

Se acurrucaron juntas, un pequeño nudo de miseria vestida de blanco en aquella habitación iluminada por cadáveres, e incluso ahora una de ellas estaba siendo arrastrada. Luchaba con saña, con puños y pies, con uñas y dientes. Ningún pirata podía con ella; hacían falta dos hombres fuertes para dominar aquella furia que se debatía. La levantaron y ella echó la cabeza hacia atrás, en jadeante desafío. Hubo una cascada de pelo rojo bronceado y Kinnison vio: ¡Clarrissa MacDougall! ¡Y recordó que se *había* hablado de que iban a ponerla de nuevo al servicio espacial! El Lensman decidió al instante qué hacer.

"¡Detente, cerdo!" rugió a través de su boquilla pirata. "¿Adónde crees que vas con esa enfermera?"

"Al camarote del capitán, señor". Los huskies se detuvieron en seco, asombrados, cuando aquel rugido llenó la sala, pero respondieron a la pregunta de forma concisa.

"¡Suéltela!" Luego, mientras la chica huía de vuelta al grupo acurrucado en la esquina: "Dígale al capitán que venga aquí y reúna a todos los oficiales y hombres de la tripulación. Quiero hablar con todos a la vez".

Tuvo un minuto o dos para pensar, y pensó furiosamente, pero con precisión. Tenía que hacer algo, pero hiciera lo que hiciera debía hacerlo estrictamente de acuerdo con las propias normas éticas de los piratas; si cometía un desliz podría ser Aldebarán I otra vez. Sabía cómo evitar cometer ese desliz, pensó. Pero también, y ésta era la parte difícil, debía trabajar en algo que hiciera saber a esas enfermeras que aún había esperanza; que aún quedaban más actos de este drama por venir. De lo contrario, sabía con una cruda y fría certeza lo que ocurriría. Sabía de qué pasta estaban hechas las enfermeras espaciales de la Patrulla; sabía que sólo se las podía llevar hasta cierto punto, y no más lejos: vivas.

También había una salida. En el infantilismo de su hospitalización había llamado a la enfermera MacDougall tonta. Había pensado en ella y le había hablado francamente, en términos poco halagadores. Pero sabía que había un verdadero cerebro detrás de aquel bello rostro, que una inteligencia rápida y aguda residía bajo aquella pelliza de bronce rojizo. Por lo tanto, cuando la asamblea estuvo completa, él estaba preparado, y en un lenguaje nada incierto ni ambiguo se sinceró.

"Escuchad, todos vosotros", rugió. "Es la primera vez en meses que hacemos un botín como éste, y ustedes tienen el descaro de empezar a servirse lo más selecto antes de que nadie más le eche un vistazo. Ahora les digo que se retiren, y eso va exactamente como va. Yo, personalmente, mataré a cualquier hombre que toque a una de esas mujeres antes de que lleguen aquí a la base. Ahora usted, capitán, es el primero y peor infractor del lote", y miró directamente a los ojos del oficial al que había visto por última vez entrar en el calabozo de los Wheelmen.

"Admito que tiene usted buen gusto". La voz de Kinnison era ahora venenosamente suave, su entonación distinta con sarcasmo apenas velado. "Desgraciadamente, sin embargo, su gusto concuerda demasiado bien con el mío. Verá, capitán, yo también voy a necesitar una enfermera. Creo que me estoy enfermando de algo. Y, ya que tengo que tener una enfermera, me llevaré a esa pelirroja. Una vez tuve una enfermera con el pelo justo de ese color, que insistía en darme té y tostadas y un huevo pasado por agua cuando yo quería bistec; y voy a desquitarme con ésta de aquí por todas las enfermeras pelirrojas que han existido. Confío en que disculpará la longitud de este discurso, pero quiero darle mis razones de sobra para advertirle de que esa enfermera en concreto es de mi particular propiedad personal. Márquemela y ocúpese de que llegue aquí, exactamente como está ahora".

El capitán había tenido miedo de interrumpir a su superior, pero ahora estalló.

"¡Pero mira, Blakeslee!", enfureció. "Ella es mía, con todo derecho. Yo la capturé, yo la vi primero, yo la tengo aquí".

"¡Ya basta de palabrería, capitán!" se mofó Kinnison elaboradamente. "Usted sabe, por supuesto, que está violando todas las reglas al tomar el botín para usted antes que la división en la base, y que puede ser fusilado por hacerlo".

"¡Pero todo el mundo lo hace!", protestó el capitán.

"Excepto cuando un oficial superior le pilla en ello. Los superiores eligen primero, ¿sabe?", le recordó el Lensman con suavidad.

"¡Pero protesto, señor! Lo discutiré con..."

"¡Cállate!" gruñó Kinnison, con fría finalidad. "Tómatelo con quien quieras, pero recuerda esto, mi última advertencia. Tráemela tal como es y vivirás. Tócala y morirás. Ahora, enfermera, ¡ven aquí al tablero!"

La enfermera MacDougall había estado susurrando furtivamente a las demás y ahora encabezaba la marcha, con la cabeza alta y los ojos llameantes de desafío. Era actriz, además de enfermera.

"Eche un buen y largo vistazo a este botón, justo aquí, marcado como 'Relé 46'", llegaron las secas instrucciones. "Si alguien a bordo de esta nave toca a alguno de ustedes, o incluso les mira como si quisiera hacerlo, pulsen este botón y yo haré el resto. Ahora, gran tonto pelirrojo, mírame. No empieces a suplicar todavía. Sólo quiero estar seguro de que me reconocerás cuando me veas".

"¡Te conoceré, no temas, *mocoso!*", espetó, informando así al Lensman de que había recibido su mensaje. "No sólo te conoceré: ¡te arrancaré los ojos nada más verte!".

"Será un buen truco si puede hacerlo", se mofó Kinnison, y cortó.

"¿De qué se trata, Mac? ¿Qué te pasa?", preguntó una de las enfermeras, en cuanto las mujeres se quedaron solas.

"No lo sé", susurró. "Cuidado, pueden tener rayos espía sobre nosotros. No sé nada, de verdad, y todo el asunto es demasiado salvajemente imposible, demasiado absolutamente fantástico para tener sentido. Pero pase la voz a todas las chicas para que aguanten esto, porque mi Lensman Gris está metido en esto, en alguna parte y de alguna manera. No veo cómo puede estarlo, posiblemente, pero sólo sé que lo está".

Porque, a la primera mención del té y las tostadas, antes de percibir siquiera un atisbo de la verdadera situación, su mente se había remontado instantáneamente a Kinnison, el paciente más obstinado y rebelde que había tenido nunca. Más aún, el único hombre que había conocido que la había tratado precisamente como si formara parte del mobiliario mismo del hospital. Como es propio de las mujeres -sobre todo de las mujeres hermosas-había orado sobre los derechos de la mujer y sobre su estatus en el esquema de las cosas. Había censurado todos los privilegios especiales y había afirmado, a menudo y con acaloramiento, que no le pedía nada a ningún hombre vivo o por nacer. Sin embargo, y también bella-mujer, le había mordido profundamente el pensamiento de que aquí había un hombre que ni siquiera se había dado cuenta de que ella *era* una mujer, ¡por no decir de que se había dado cuenta de que era una mujer extraordinariamente bella! Y en lo más profundo de su ser y severamente reprimido el pensamiento aún le había escocido.

Ante la mención del bistec casi había gritado, agarrándose las rodillas con manos frenéticas para contener su emoción. Porque no había tenido ninguna esperanza real; simplemente estaba luchando con todo lo que tenía hasta el desesperado final, que sabía que no podía demorarse mucho. Ahora se recompuso y empezó a actuar.

Cuando la palabra "dumb-bell" retumbó desde el altavoz, ella supo, más allá de toda duda o peregrinaje, que era Kinnison, el Lensman Gris, quien realmente estaba hablando. Era una locura -no tenía ningún tipo de sentido- pero era, debía ser, cierto. Y, de nuevo como una mujer, sabía con una tranquila certeza que mientras ese Lensman Gris estuviera vivo y consciente, sería completamente dueño de cualquier situación en la que se encontrara. Por lo tanto, transmitió su ilógico pero alentador pensamiento, y las enfermeras, que también eran mujeres, lo aceptaron sin cuestionarlo como el hecho real y consumado.

Siguieron adelante, y cuando el barco hospital capturado hubo atracado en la base, Kinnison estaba completamente preparado para llevar las cosas a su conclusión. Además del oficial jefe de comunicaciones, ahora tenía bajo su control a un observador muy capaz. ¡Manejar dos mentes así era un juego de niños para el intelecto que había dirigido, en contra de sus plenas voluntades de combate, las mentes de dos y tres oficiales de la Patrulla Galáctica alertas, poderosos y plenamente advertidos!

"Buena chica, Mac", puso su mente en sintonía con la de ella y envió su mensaje. "Me alegro de que hayas captado la idea. Hiciste un buen trabajo de interpretación, y si puedes hacer otros igual de buenos, estaremos listos. ¿Se puede?"

"¡Claro que puedo!", asintió ella con fervor. "No sé lo que está haciendo, ni cómo es posible que lo haga, ni dónde está, pero eso puede esperar. Dígame qué hacer y lo haré".

"Haga pases al comandante de la base", le ordenó. "Ódienme-el simio a través del que trabajo, ya saben; Blakeslee, se llama, como el veneno. Ve a por él a lo grande, con los ojos bien abiertos. Tal vez puedas amarlo, pero si te atrapo, te volarás los sesos, si es que tienes alguno. Conocías la línea: enfréntate a él con todo lo que puedas y ódiame hasta el infierno. Ayuda todo lo que puedas para iniciar una pelea entre nosotros. Si se enamora de ti lo suficiente, el golpe llegará entonces y allí. Si no, podrá hacernos mucha pupa a todos. Puedo matar a muchos, pero no lo bastante rápido".

"Caerá", le prometió alegremente, "como diez mil ladrillos cayendo por un pozo. Cuidado con mis chorros".

Y cayó. Llevaba meses sin ver a una mujer, y no esperaba otra cosa que una resistencia encarnizada y el suicidio de cualquiera de esas mujeres de la Patrulla. Por eso se vio sacudido hasta los talones -colocado de espaldas sobre sus mismas ancas- cuando la mujer más hermosa que había visto en su vida acudió por propia voluntad a sus brazos, buscando en ellos el santuario de su propio jefe de comunicaciones.

"¡Le odio!" sollozó ella, acurrucándose contra el enorme bulto del cuerpo del comandante, y volviendo sobre él toda la ráfaga de los proyectores de alta potencia que eran sus ojos. "*¡Tú no* serías tan malo conmigo; sólo sé que no lo harías!" y su cabeza sutilmente perfumada se hundió en el hombro de él. El forajido era pura cera blanda.

"Diré que no sería malo contigo" su voz bajó a un suave bramido. "Por qué, pequeña dulzura, *me casaré* contigo. Lo haré, ¡por todos los dioses del espacio!"

Así ocurrió que la enfermera y el comandante de la base entraron juntos en la sala de control, abrazados.

"¡Ahí está!", chilló señalando al jefe de comunicaciones. "¡Es él! ¡A ver si empiezas algo, cara de rata! Hay un hombre de verdad por aquí y no dejará que me toques". Le dio una sonora ovación del Bronx y su escolta se hinchó visiblemente.

"¿Es-eso-así?" se mofó Kinnison. "Entiende esto, gatita glamurosa, y entiéndelo bien. Te marqué para mí en cuanto te vi, y mía vas a ser, te guste o no y sin importar lo que nadie diga o haga al respecto. En cuanto a usted, capitán, llega demasiado tarde; yo la vi primero. Y ahora, tomate pelirrojo, ven aquí donde perteneces".

Ella se acurrucó más en el abrazo del comandante y el gran hombre se puso morado.

"¿Cómo que demasiado tarde?", rugió. "Usted se la quitó al capitán del barco, ¿verdad? Dijiste que los oficiales superiores tienen la primera opción, ¿no? Yo soy el jefe aquí y te la estoy quitando, ¿me entiendes? Tú también lo soportarás, Blakeslee, y te gustará. ¡Una palabra tuya y te tendré con las piernas abiertas en la boca del proyector número seis!"

"Los oficiales superiores no *siempre* tienen la primera opción", replicó Kinnison; con amarga y fría ferocidad, pero eligiendo sus palabras con cuidado. "Depende totalmente de quiénes sean los dos hombres".

Ahora era el momento de atacar. Kinnison sabía que si el comandante mantenía la cabeza fría, las vidas de aquellas valientes mujeres estaban perdidas, y todo su propio plan en serio peligro. Él mismo podía escapar, por supuesto, pero no se veía haciéndolo en esas condiciones. No, debía incitar al comandante al frenesí. Y sin jurar sería mejor: el simio estaba acostumbrado a invectivas que levantarían ampollas en la armadura. Mac ayudaría. De hecho, y sin que él se lo sugiriera, ya estaba trabajando duro para fomentar problemas entre los dos hombres.

"No tienes que quitarle esas cosas a nadie, grandullón", susurraba, con urgencia. "Tampoco llames a una tripulación para que le abran el águila; transpórtalo tú mismo. Eres mejor hombre que él, en cualquier momento. Vuélalo, ¡eso le enseñará quién es quién por aquí!"

"Cuando el inferior es un hombre como yo, y el superior un piojo como tú"; la voz mordaz y despectivamente burlona prosiguió sin pausa: "Un cerdo tan hinchado; un canalla tan sarnoso y rastrero; una tina de manteca de cerdo con la tripa llena de vagina; un engendro tan descerebrado y asqueroso de la escoria más baja de la más putrefacta escoria del espacio; un aborto tan absolutamente incompetente, pagado de sí mismo y mal nacido como tú...".

El pirata ultrajado, bramando blasfemias con una furia cada vez mayor, trató de interrumpirlo; pero la voz de Kinnison-Blakeslee, aunque no más alta que la suya, era mucho más penetrante.

"-entonces, en ese caso, el inferior se queda él mismo con la moza pelirroja. ¡Pon eso en una cinta, cobarde de sangre blanca, y cómetelo!"

Todavía bramando, el gordo se había dado la vuelta y saltaba hacia el armario de las armas.

"¡Derríbenlo! ¡Vuélalo!", había estado gritando la enfermera; y, a medida que el enfurecido comandante se acercaba al armario, nadie se dio cuenta de que su último y más fuerte grito había sido "¡Kim! ¡Derríbenlo! No esperes más, ¡dispárale antes de que coja un arma!".

Pero el Lensman no actuó... todavía. Aunque casi todos los hombres de la tripulación pirata miraban hechizados, el esclavizado observador de Kinnison llevaba muchos segundos interfiriendo el sub-éter con la llamada personal y urgente de Helmuth. Era de una importancia casi vital para su plan que el propio Helmuth viera el clímax de esta escena. Por lo tanto, Blakeslee permaneció inmóvil mientras su profanamente delirante superior alcanzaba el armario y lo abría de un tirón.

CAPÍTULO 21

La segunda línea

Blakeslee ya estaba armado -Kinnison se había encargado de ello- y cuando el comandante de la base abrió el armario de armas, el equipo de vigía privado de Helmuth empezó a tomar corriente. El propio Helmuth miraba ahora y el observador esclavizado ya había empezado a trazar su haz. Por lo tanto, cuando el furioso pirata giró con el DeLameter levantado se enfrentó a uno que ya estaba en llamas; y en cuestión de segundos sólo había un montón carbonizado y humeante donde él se había parado.

Kinnison se extrañó de que la fría voz de Helmuth no estuviera ya brotando del altavoz, pero pronto iba a descubrir la razón de aquel silencio. Sin ser visto por el Lensman, uno de los observadores se había recuperado lo suficiente de su estupefacción para dar la alarma antidisturbios a la sala de guardia. Cinco hombres armados respondieron a esa llamada a la carrera, se detuvieron y miraron a su alrededor.

"¡Guardias! ¡Derriben a Blakeslee!" La inconfundible voz de Helmuth sonó desde su altavoz.

Obediente y valientemente, los cinco guardias lo intentaron; y si realmente hubiera sido Blakeslee quien se enfrentaba a ellos tan desafiantemente, probablemente lo habrían conseguido. Era el cuerpo del oficial de comunicaciones, es cierto. La mente que operaba los músculos de ese cuerpo, sin embargo, era la mente de Kimball Kinnison, Lensman Gris, el hombre más rápido con una pistola de mano que el viejo Tellus había producido jamás; ¡preparado, esperando el movimiento, y con dos DeLameter fuera y preparados en la cadera! ¡*Éste* era el ser al que Helmuth ordenaba tan despreocupadamente matar a sus secuaces! Más rápido de lo que cualquier ojo observador podía seguir, cinco rayos salieron de los DeLameters de Blakeslee. El último guardia cayó, con la cabeza convertida en ceniza arrugada, antes de que pudiera soltarse un solo rayo pirata. Entonces:

"Verás, Helmuth", habló Kinnison conversando con la junta, su voz goteaba vitriolo, "jugar a lo seguro desde la distancia, y hacer que otros hombres te saquen las castañas del fuego, es un truco muy fino siempre que funcione. Pero cuando no funciona, como ahora, te pone exactamente donde yo quiero. Yo, por mi parte, hace tiempo que estoy completamente harto de recibir órdenes de una mera voz; especialmente de la voz de alguien cuyo método completo de actuación demuestra que es el cobarde premiado de la galaxia."

"¡Observador! ¡Tú otro en el tablero!" gruñó Helmuth, sin prestar atención a las púas de Kinnison. "¡Suene la asamblea-armada!"

"Es inútil, Helmuth, está sordo como una tapia", explicó Kinnison, con voz suavemente venenosa. "Soy el único hombre de esta base con el que puede hablar, y no podrá hacer ni eso por mucho más tiempo".

"¿Y de verdad cree que puede salirse con la suya con este motín -esta insubordinación descarada- este desafío a *mi autoridad*?".

"Claro que puedo; eso es lo que te he estado diciendo. Si estuvieras aquí en persona, o lo hubieras estado alguna vez; si alguno de los chicos te hubiera visto alguna vez o te hubiera conocido como algo más que una voz incorpórea; tal vez no podría. Pero, como nadie ha visto nunca ni siquiera tu cara, eso me da una oportunidad..."

En su lejana base, la mente de Helmuth había repasado todos los aspectos de esta inaudita situación. Decidió ganar tiempo; por lo tanto, mientras sus manos se lanzaban a los botones de aquí y de allá, habló:

"¿*Quiere ver* mi cara?", exigió. "Si la ves, ningún poder en la galaxia..."

"Olvídalo, jefe", se mofó Kinnison. "No intentes engañarme haciéndome creer que no me matarías ahora, bajo cualquier condición, si pudieras. En cuanto a tu cara, no me importa si alguna vez veo tu fea sartén o no".

"¡Pues lo harás!" y apareció el semblante de Helmuth, concentrando sobre el oficial rebelde una mirada de tal furia y tal poder que cualquier hombre ordinario habría temblado. ¡Pero no Blakeslee-Kinnison!

"¡Bueno! No está tan mal, ¡el tipo parece casi humano!" exclamó Kinnison, en el tono más cuidadosamente diseñado para poner aún más frenético al indefenso e interiormente furioso líder pirata. "Pero tengo cosas que hacer. Puede adivinar lo que ocurre por aquí a partir de ahora", y en el resplandor de un DeLameter desaparecieron el plato, el juego y el "ojo" de Helmuth. Kinnison también había estado jugando con el tiempo, y su observador había comprobado y vuelto a comprobar esta segunda y muy importante línea hacia la base ultrasecreta de Helmuth.

Entonces, por toda la fortaleza, resonó la llamada urgente a la asamblea, a la que el Lensman añadió, verbalmente:

"Esta es una convocatoria al cien por cien, incluyendo tripulaciones de barcos atracados, personal de la base regular y todos los prisioneros. Vengan como estén y vengan rápido: las puertas del auditorio se cerrarán en cinco minutos y cualquier hombre que esté fuera de esas puertas tendrá sobradas razones para desear haber estado dentro."

El auditorio se encontraba inmediatamente al lado de la sala de control y estaba dispuesto de tal manera que cuando se retiraba un tabique, la sala de control se convertía en su escenario. Todas las bases boskonianas estaban dispuestas así, para que los oficiales supervisores de la Gran Base pudieran supervisar a través de sus instrumentos en el panel principal justamente asambleas como se suponía que era ésta. Todos los hombres que oyeron aquella llamada supusieron que procedía de la Gran Base, y todos se apresuraron a obedecerla.

Kinnison echó hacia atrás el tabique que separaba las dos salas y observó si había armas mientras los hombres entraban en tropel en el auditorio. Normalmente sólo los guardias iban armados, pero posiblemente algunos de los oficiales de la nave llevarían sus DeLameters. ... cuatro-cinco-seis. El capitán y el piloto del acorazado que se había llevado el buque hospital, el vicecomandante Krimsky de la base y tres guardias. Los cuchillos, billies y demás no contaban.

"Se acabó el tiempo. Cierren las puertas. Traigan las llaves y a las enfermeras aquí arriba", ordenó a los seis hombres armados, llamando a cada uno por su nombre. "Ustedes las mujeres tomen estas sillas de aquí, ustedes los hombres siéntense allí".

Entonces, cuando todos estuvieron sentados, Kinnison tocó un botón y el tabique de acero se deslizó suavemente hasta su lugar.

"¿Qué está pasando aquí?", preguntó uno de los oficiales. "¿Dónde está el comandante? ¿Y la Gran Base? Miren ese tablero".

"Siéntate bien". Kinnison dirigió. "Manos sobre las rodillas: quemaré a cualquiera de ustedes o a todos los que hagan un movimiento. Ya he quemado al viejo y a cinco guardias y he puesto a Grand Base fuera de juego. Ahora quiero averiguar cuál es nuestra posición". El Lensman ya lo sabía, pero no iba a soltar prenda.

"¿Por qué nosotros siete?"

"Porque somos los únicos que llevábamos armas laterales. Todos los demás de todo el personal están desarmados y ahora están encerrados en el auditorio. Ya sabe lo aptos que son para salir hasta que uno de nosotros les deje salir".

"Pero Helmuth... ¡hará que te maldigan por esto!"

"Difícilmente; mis planes no se hicieron ayer. ¿Cuántos de ustedes están conmigo?"

"¿Cuál es su plan?"

"Llevar a estas enfermeras a alguna base de la Patrulla y que se rindan. Estoy harto de todo este juego; y, como ninguna de ellas ha resultado herida, me imagino que son buenas para un indulto y un nuevo comienzo: una sentencia leve al menos."

"Oh, así que *esa es* la razón. ..." gruñó el capitán.

"Exacto, pero no quiero a nadie conmigo cuyo único pensamiento sea quemarme a la primera oportunidad".

"Cuente conmigo", declaró el piloto. "Tengo un estómago fuerte, pero ya es demasiado. Si consiguen algo menos que una cadena perpetua para mí, iré, pero no les ayudaré contra..."

"Seguro que no. No hasta que estemos en el espacio. No necesito ayuda aquí".

"¿Quiere mi DeLameter?"

"No, quédatelo. No lo usarás conmigo. ¿Alguien más?"

Un guardia se unió al piloto, haciéndose a un lado: los otros cuatro vacilaron.

"¡Se acabó el tiempo!" espetó Kinnison. "¡Ahora, ustedes cuatro, vayan por sus DeLameters o den la espalda, y háganlo ahora mismo!"

Optaron por darles la espalda y Kinnison recogió sus armas, una a una. Tras desarmarlos, hizo retroceder de nuevo el tabique y les ordenó que se unieran a la multitud maravillada del auditorio. Luego se dirigió a la asamblea, contándoles lo que había hecho y lo que tenía en mente hacer.

"Muchos de ustedes deben estar hartos de este juego sin ley de la piratería y ansiosos por reanudar su asociación con hombres decentes, si pueden hacerlo sin incurrir en un castigo demasiado grande", concluyó. "Estoy bastante seguro de que los que tripulamos el barco hospital para devolver a estas enfermeras a la Patrulla recibiremos, como mucho, condenas leves. La señorita MacDougall es una enfermera jefe, una oficial comisionada de la Patrulla. Le preguntaremos lo que piensa".

"Puedo decir mÃ¡s que eso", respondiÃ³ ella con claridad. "Tampoco estoy ï¿½bastante seguraï¿½; estoy absolutamente segura de que cualquiera que sea el hombre que el Sr. Blakeslee seleccione para su tripulaciï¿½n no recibirï¿½ condena alguna. Serán indultados y se les dará cualquier trabajo que puedan hacer mejor".

"¿Cómo lo sabe, señorita?", preguntó uno. "Somos un grupo de negros".

"Sé que lo está". La voz de la enfermera jefe era serenamente positiva. "No diré *cómo lo* sé, pero puede creerme que *lo sé*".

"Los que quieran arriesgarse con nosotros pónganse en fila por aquí", dirigió Kinnison, y caminó rápidamente por la fila, leyendo la mente de cada hombre por turno. A muchos de ellos les hizo señas para que volvieran al grupo principal, al encontrar pensamientos de traición o signos de criminalidad inherente. Los que seleccionaba eran los que realmente eran sinceros en su deseo de abandonar para siempre las filas de Boskone, los que estaban en esas filas por algún apremio de las circunstancias más que por una mancha mental. A medida que cada hombre pasaba la inspección, se armaba del gabinete y se ponía a sus anchas ante el grupo de mujeres.

Tras seleccionar a su tripulación, el Lensman accionó los controles que abrían la salida más cercana a la nave hospital, voló el panel para que esa salida no pudiera cerrarse, desbloqueó una puerta y se volvió hacia los piratas.

"Vicecomandante Krimsky, como oficial superior, usted está ahora al mando de esta base", comentó. "Aunque en ningún sentido le estoy dando órdenes, hay algunos asuntos sobre los que debe estar informado. En primer lugar, no he fijado una hora concreta para que abandone esta sala; me limito a indicarle que le resultará decididamente insalubre seguirnos de cerca mientras nos dirigimos desde aquí a la nave hospital. En segundo lugar, usted no tiene una nave apta para llevar el éter; todos sus inyectores principales se han roto en los pivotes. Si sus mecánicos trabajan a toda velocidad, se podrán colocar unos nuevos en exactamente dos horas. Tercero, va a haber un fuerte terremoto en exactamente dos horas y treinta minutos, uno que debería convertir esta base en un mero recuerdo".

"¡Un terremoto! No fanfarronees, Blakeslee-¡no podrías hacer *eso*!"

"Bueno, quizás no un terremoto normal, pero algo que servirá igual de bien. Si cree que voy de farol, espere y averígüelo. Pero el sentido común debería darle la respuesta a eso: sé exactamente lo que Helmuth está haciendo ahora, lo sepa usted o no. Al principio, tenía la intención de aniquilaros a todos sin previo aviso, pero cambié de opinión. Decidí dejarle con vida, para que pudiera informar a Helmuth de lo ocurrido exactamente. Ojalá pudiera estar observándole cuando se entere de lo fácilmente que le ha cogido un hombre, y lo lejos que está de ser infalible su sistema... pero no podemos tenerlo todo. ¡Vamos!"

Mientras el grupo se alejaba a toda prisa, Mac merodeó hasta que estuvo cerca de Blakeslee, que venía en la retaguardia.

"¿Dónde estás, Kim?", susurró con urgencia.

"Me uniré en el siguiente corredor. ¡Mantente más adelante y prepárate para correr cuando lo hagamos!"

Mientras pasaban por aquel pasillo, una figura vestida de cuero gris, cargada con un objeto extremadamente pesado, salió de él. El propio Kinnison dejó su carga en el suelo, tiró de una palanca y echó a correr; y mientras corría, fuentes de un calor intolerable brotaban y caían en cascada del mecanismo que había dejado en el suelo. Justo delante de él, pero a cierta distancia detrás de los demás, corrían Blakeslee y la chica.

"¡Caramba, me alegro de verte, Kim!", jadeó cuando el Lensman les alcanzó y los tres redujeron la velocidad. "¿Qué es esa cosa de ahí atrás?"

"No mucho-sólo un KJ4Z hot-shot. No hará ningún daño real-sólo fundir este túnel hacia abajo para que no puedan interferir con nuestra huida".

"¿Entonces iba de farol con lo del terremoto?", preguntó ella, con un matiz de decepción en su tono.

"Difícilmente", la reprendió. "Eso no está previsto hasta dentro de dos horas y media, pero ocurrirá a la hora programada".

"¿Cómo?"

"Recuerda lo del gato curioso, ¿verdad? Sin embargo, no hay ningún secreto en ello, supongo: tres bombas de hidruro de litio[34] colocadas donde harán el mayor bien y programadas para una detonación exactamente simultánea. Aquí estamos-no le diga a nadie que estoy aquí".

A bordo del buque, Kinnison desapareció en un camarote mientras Blakeslee continuaba al mando. Se dividió a los hombres en guardias, se asignaron tareas, se hicieron inspecciones y el barco se lanzó al aire. Hubo una breve parada para recoger el velero de Kinnison; luego, de nuevo en marcha, Blakeslee entregó el tablero a Crandall, el piloto, y entró en la habitación de Kinnison.

Allí el Lensman retiró su control, dejando intacto el recuerdo de todo lo que había sucedido. Durante unos minutos Blakeslee estuvo casi aturdido, pero luchó por superarlo y le tendió la mano.

"Encantado de conocerle, Lensman. Gracias. Todo lo que puedo decir es que después de ser absorbido no pude..."

"Claro, lo sé todo; ésa fue una de las razones por las que te elegí. Tu subconsciente no se resistió ni un poco, en ningún momento. Vas a estar al mando, de aquí a Tellus. Por favor, ve y echa a todo el mundo de la sala de control excepto a Crandall".

"¡Vaya, se me acaba de ocurrir algo!", exclamó Blakeslee cuando Kinnison se unió a los dos oficiales ante el tablero. "¡Tú debes de ser ese Lensman en particular que tanto se ha metido con Helmuth últimamente!".

"Probablemente, ese es mi principal objetivo en la vida".

"Me gustaría ver la cara de Helmuth cuando reciba el informe de esto. Ya lo he dicho antes, ¿no? Pero ahora lo digo en serio, incluso más que antes".

---

[34] Hidruro de litio: "El LiH reacciona violentamente con el agua para dar hidrógeno gaseoso y LiOH, que es cáustico. En consecuencia, el polvo de LiH puede explotar en aire húmedo, o incluso en aire seco debido a la electricidad estática." - Wikipedia

"Yo también pienso en Helmuth, pero no de esa manera". El piloto había estado frunciendo el ceño ante su plato, y ahora se volvió hacia Blakeslee y el Lensman, mirando con curiosidad de uno a otro. "Oh, digo yo. ... Un Lensman, ¿qué? Empieza a amanecer un poco de buena luz; pero eso puede esperar. Helmuth nos persigue, a pie, a caballo y con marines. ¡Mira esa placa!"

"¡Ya son cuatro!", exclamó Blakeslee. "¡Y hay otro más! Y no tenemos un rayo lo suficientemente caliente como para encender un cigarrillo, ni una pantalla lo suficientemente fuerte como para detener un petardo. Tenemos piernas, pero no tantas como ellos. Pero usted ya lo sabía antes de que empezáramos; y por lo que ha conseguido hasta ahora, le queda algo en los ganchos. ¿Qué es? ¿Cuál es la respuesta?"

"Por una razón u otra no pueden detectarnos. Todo lo que hay que hacer es mantenerse fuera del alcance de sus electros y perforar en busca de Tellus".

"Alguna razón u otra, ¿eh? Nueve naves en la placa ahora-todas Boskonianas y todas buscándonos-y no *viéndonos*-¡alguna razón! Pero no estoy haciendo preguntas".

"Mejor no hacerlo. Prefiero que responda a una. ¿Quién o qué es Boskone?"

"Nadie lo sabe. Helmuth habla en nombre de Boskone, y nadie más lo hace, ni siquiera el propio Boskone, si es que existe tal persona. Nadie puede probarlo, pero todo el mundo sabe que Helmuth y Boskone son simplemente dos nombres para el mismo hombre. Helmuth, ya sabe, es sólo una voz; nadie le ha visto la cara hasta hoy".

"Yo también empiezo a pensarlo", y Kinnison se alejó a grandes zancadas, para pasar por el despacho de la enfermera jefe MacDougall.

"Mac, aquí tienes una caja pequeña pero muy importante", le dijo, sacando el neutralizador de su bolsillo y entregándoselo. "Guárdala en tu taquilla hasta que llegues a Tellus. Luego llévaselo, usted misma, en persona, y déselo a Haynes, él mismo, en persona, y a nadie más. Sólo dígale que yo se lo envié; él lo sabe todo".

"¿Pero por qué no quedárselo y dárselo usted misma? Vendrá con nosotros, ¿verdad?".

"Probablemente no hasta el final. Imagino que tendré que hacer un revoloteo antes de que pase mucho tiempo".

"¡Pero quiero hablar con usted!", exclamó. "¡Vaya, tengo un millón de preguntas que hacerte!"

"Eso llevaría mucho tiempo", le sonrió, "y tiempo es justo lo que no tenemos ahora mismo, ninguno de los dos", y se dirigió de nuevo al tablero.

Allí trabajó durante horas frente a una máquina calculadora y en el tanque; finalmente se acuclilló sobre sus talones, mirando fijamente dos rayos de luz como agujas en el tanque y silbando suavemente entre dientes. Pues esas dos líneas, aunque exactamente en el mismo plano, ¡no se cruzaban en el tanque en absoluto! Calculando tan cuidadosamente como pudo el punto de intersección de las líneas, pulsó la tecla "cancelar" para borrar todo rastro de su trabajo y se dirigió a la sala de cartas. Bajó carta tras carta, y durante muchos minutos trabajó con calibradores, brújula, goniómetro y un triángulo ajustable cuidadosamente ajustado. Finalmente marcó un punto - exactamente sobre un punto numerado que ya estaba en la carta- y volvió a silbar. Entonces:

"¡Huh!", gruñó. Volvió a comprobar todas sus cifras y recorrió de nuevo la carta, sólo para que su aguja volviera a perforar el mismo agujerito. Se quedó mirándolo durante un minuto entero, estudiando el mapa alrededor de su marcador.

"Cúmulo estelar AC 257-4736", rumió. "El cúmulo estelar más pequeño, insignificante y menos conocido que pudo encontrar, y mi mayor error posible no puede situarlo en otro lugar. ... pensé que podría estar en un cúmulo, pero nunca habría mirado *allí*. No me extraña que hiciera falta mucho material para rastrear su rayo: tendría que ser cuatro números Brinnell más duro que un taladro de diamante para trabajar desde allí".

De nuevo silbando sin ton ni son para sí mismo, enrolló la carta sobre la que había estado trabajando, se la metió bajo el brazo, volvió a colocar las otras en sus compartimentos y regresó a la sala de control.

"¿Qué tal, amigos?", preguntó.

"QX", respondió Blakeslee. "Los hemos atravesado y estamos en el éter claro. Ni una nave en la placa, y nadie nos dio ni una voltereta".

"¡Bien! No tendrá ningún problema, entonces, de aquí a la Base Prima. Me alegro de ello, también, tengo que revolotear. Eso significará largas vigilancias para ustedes dos, pero no se puede evitar".

"Pero yo digo, viejo pájaro, no me importan los relojes, pero. ..."

"Tampoco se preocupe por eso. Esta tripulación es de fiar. Ninguno de ustedes se unió a los piratas por voluntad propia, y ninguno de ustedes ha tomado parte activa".

"¿Qué eres, un lector de mentes o algo así?" estalló Crandall.

"Algo así", asintió Kinnison con una sonrisa, y Blakeslee intervino:

"Más que eso", querrá decir. Algo así como hipnosis, sólo que más. Usted cree que yo tuve algo que ver con esto, pero no fue así; el Lensman lo hizo todo él mismo".

"Um". Crandall miró fijamente a Kinnison, con un nuevo respeto en sus ojos. "Sabía que los Lensmen sin ataduras eran buenos, pero no tenía ni idea de que lo fueran *tanto*. No me extraña que Helmuth se haya desgañitado con usted. Me encariñaré con cualquiera que pueda tomar una base entera, sin ayuda de nadie, y hacer tan bally ass to boot out of such a keen old bird as Helmuth is. Pero estoy un poco aturdido, por no decir aturdido, sobre lo que va a pasar cuando lleguemos a la base principal sin ti. Cada hombre jack de nosotros, ya sabes, está programado para la cámara letal sin juicio. La señorita MacDougall hará su parte, por supuesto, pero lo que quiero decir es si tiene suficientes chorros para balancearlo, ¿qué?"

"Lo ha hecho, pero para evitar toda discusión he arreglado eso también. Aquí tiene una cinta, contando todo lo sucedido. Termina con mi recomendación de un indulto completo para cada uno de ustedes, y de un trabajo en lo que se le encuentre más adecuado. Firmado con la huella de mi pulgar. Entréguelo o envíelo al almirante de puerto Haynes en cuanto aterrice. Tengo suficientes jets, creo, para que vaya como es debido".

¿"Jets"? ¿Vosotros? ¡Claro que sí! Tienes jets suficientes para levantar catorce cargueros del Polo Norte de Valeria. ¿Y ahora qué?"

"Almacenes y suministros para mi velocista. Voy a hacer un largo vuelo y esta nave tiene suministros para quemar, así que cárgame, Plimsoll abajo".

El velocista se aprovisionó de inmediato. Entonces, sin más que un saludo casual a modo de despedida, Kinnison subió a bordo de su pequeña nave espacial y salió disparado hacia su lejano objetivo. Crandall, el piloto, buscó su litera, mientras Blakeslee iniciaba su largo truco en el tablero. Al cabo de una hora, más o menos, entró la enfermera jefe.

"¿Kim?", preguntó, dubitativa.

"No, Srta. MacDougall-Blakeslee. Lo siento".

"Oh, me alegro de eso-eso significa que todo está arreglado. ¿Dónde está el Lensman-en la cama? "

"Se ha ido, señorita".

"¡Se ha ido! ¿Sin decir una palabra? ¿Adónde?"

"No lo dijo".

"No lo haría, por supuesto". La enfermera se dio la vuelta, exclamando inaudiblemente: "¡Fuera! Me gustaría esposarle por eso, ¡ese imbécil! ¡SE HA IDO! Vaya, ¡la gran langosta de un zoquete!".

CAPÍTULO 22

Preparación de la prueba

Pero Kinnison no se dirigía a la base de Helmuth, todavía. En su lugar, estaba partiendo el éter hacia Aldebarán, tan rápido como podía ir su velocista; y era una de las cosas más rápidas de la galaxia. Tenía dos buenas razones para ir allí antes de abordar la Gran Base de Boskone. Primero, para probar su habilidad con intelectos no humanos. Si podía con los Wheeler, estaba preparado para enfrentarse a un peligro mucho mayor. En segundo lugar, les debía algo a esos Wheeler, y no le gustaba llamar a toda la Patrulla para que le ayudara a pagar sus deudas. Podía, pensó, manejar esa base por sí mismo.

Sabiendo exactamente dónde estaba, no tuvo dificultad en encontrar el pozo volcánico que era su entrada. Por ese pozo su sentido de la percepción se aceleró. Encontró las placas de vigilancia y siguió sus indicaciones de energía. Suavemente, con cuidado, insinuó su mente en la del Wheelman del tablero; descubriendo, para su gran alivio, que aquella monstruosidad no era más difícil de manejar de lo que lo había sido el observador radeligiano. La mente o el intelecto, descubrió, no se veían afectados en absoluto por la forma de los cerebros en cuestión; la calidad, el alcance y la potencia eran los factores esenciales. Por lo tanto, se dejó llevar y tomó posición en la misma habitación de la que había sido expulsado tan violentamente. Kinnison examinó con interés la pared a través de la cual había salido despedido, observando que había sido reparada tan perfectamente que apenas podía encontrar las juntas que se habían hecho.

El Lensman sabía que esas ruedas tenían explosivos, ya que las balas que se habían abierto camino a través de su armadura y de su carne habían sido propulsadas por ese medio. Por lo tanto, a la mente que tenía a su alcance le sugirió "¿el lugar donde se guardan los explosivos?" y el pensamiento de esa mente se dirigió al almacén en cuestión. Del mismo modo, el pensamiento de quien tenía acceso a esa habitación señaló al Lensman el Wheelman concreto que buscaba. Fue tan fácil como eso, y como tuvo cuidado de no mirar a ninguno de los extraños seres, no dio la alarma.

Kinnison se retiró con delicadeza, sin dejar rastro de su ocupación, y fue a investigar al arsenal. Allí encontró unas cuantas cajas de cartuchos de ametralladora, y eso fue todo. Luego entró en la mente del oficial de municiones, donde descubrió que las bombas pesadas se guardaban en un cráter lejano, para que no sufrieran ningún daño por una posible explosión.

"No es tan sencillo como pensaba", rumió Kinnison, "pero también hay una salida".

Lo hubo. Le llevó una hora más o menos de tiempo; y tuvo que controlar a dos Wheelmen en lugar de a uno, pero descubrió que podía hacerlo. Cuando el jefe de municiones sacó una chalupa antibombas después de una carga de H.E., la tripulación no tenía ni idea de que se trataba de otra cosa que de un trabajo rutinario. El único timonel que habría sabido lo contrario, el que estaba en el puesto de vigía, era el otro al que Kinnison tenía que mantener bajo control. La trainera salió, recogió su carga y regresó. Entonces, mientras el Lensman volaba hacia el espacio, la scow descendió por el pozo. Todo se hizo tan silenciosamente que ni una sola criatura en todo aquel establecimiento supo que algo iba mal hasta que fue demasiado tarde para actuar, y entonces ninguno de ellos supo nada en absoluto. Ni siquiera la tripulación de la scow se dio cuenta de que estaban descendiendo demasiado rápido.

Kinnison no sabía qué ocurriría si una mente -por no hablar de dos de ellas- moría mientras estaba en su agarre mental, y no le importaba averiguarlo. Por lo tanto, una fracción de segundo antes del choque, se soltó de un tirón y observó.

La explosión y sus consecuencias no parecían nada impresionantes desde la cota de ventaja del hombre de lente. La montaña tembló un poco y luego se calmó notablemente. De su cima brotó una pequeña llamarada sin importancia, algo de humo y una insignificante lluvia de rocas y escombros.

Sin embargo, cuando la escena se hubo despejado ya no había ningún pozo que descendiera desde aquel cráter; un suelo de roca sólida comenzaba casi en su borde. No obstante, el Lensman exploró a fondo toda la región donde había estado la fortaleza, asegurándose de que la limpieza había sido cien por cien efectiva.

Entonces, y sólo entonces, apuntó el morro aerodinámico del speedster hacia el cúmulo estelar AC 257-4736.

En su escondido retiro, tan lejos de los atestados soles y mundos de la galaxia, Helmuth no se encontraba en un estado de ánimo envidiable ni fácil. Cuatro veces había declarado que ese maldito Lensman, quienquiera que fuera, debía ser destruido; y había reunido todas sus fuerzas disponibles para ese fin; sólo para que su pretendida presa se le escapara de las manos tan fácilmente como una gota de mercurio se escapa de los dedos aferrados de un niño.

Aquel Lensman, sin nada más que un velocípedo y una bomba, había tomado y había estudiado uno de los nuevos acorazados de Boskone, obteniendo así para su Patrulla el secreto de la energía cósmica. Abandonando su propia nave, entonces inutilizada y condenada a ser capturada o destruida, había robado una de las naves que le buscaban y en ella había navegado tranquilamente hacia Velantia atravesando la pantalla de naves de bloqueo de Helmuth. De alguna manera había fortificado Velantia hasta el punto de capturar seis acorazados boskonianos. En una de esas naves había ganado el camino de regreso a la Base Principal, con información de tan inmensa importancia que había arrebatado a la organización boskoniana su entonces abrumadora superioridad. Más aún, había encontrado o había desarrollado nuevos elementos de equipamiento que, de no ser por el éxito de Helmuth en su obtención, habrían dado a la Patrulla una superioridad definitiva y decisiva sobre Boskonia. Ahora ambos bandos estaban igualados, salvo por ese Lensman y... la Lente.

Helmuth aún se estremecía interiormente cada vez que pensaba en lo que había sufrido en la barrera de Arisia, y había renunciado a toda idea de conseguir el secreto de las Lentes por la fuerza o de Arisia. Pero debía de haber otras formas de conseguirlo. ...

Y justo entonces llegó la llamada urgente de Boyssia II, seguida de la revuelta asombrosamente exitosa del hasta entonces inocuo Blakeslee, que culminó como lo hizo con la destrucción de todos los dispositivos de visión o de comunicación de Helmuth. Azulado de furia, el boskoniano lanzó su red al exterior para atrapar al renegado; pero mientras se acomodaba para esperar los resultados, un pensamiento le golpeó como un puñetazo. Blakeslee *era inocuo*. Nunca había tenido, ni tenía ahora, ni tendría jamás, el frío nervio y el puro y dominante poder que acababa de demostrar. ¿Hacia qué conclusión apuntaba ese hecho?

La furiosa ira desapareció del rostro de Helmuth como si hubiera sido limpiada de él con una esponja, y volvió a ser el frío y calculador mecanismo de carne y hueso que era habitualmente. Esta concepción cambió las cosas por completo. No se trataba de una revuelta ordinaria de un subordinado ordinario. El hombre había hecho algo que no podía hacer. ¿Y qué? Otra vez la Lente. ... ¡otra vez ese maldito Lensman, el que de alguna manera había aprendido realmente a *utilizar* su Lente!

"Wolmark, llame a todas las naves de la base de Boyssia", dirigió secamente. "Siga llamándolas hasta que alguien responda. Llame a quien esté al mando allí ahora y póngamelo aquí".

Siguieron unos minutos de silencio y después el vicecomandante Krimsky informó detalladamente de todo lo sucedido y relató la amenaza de destrucción de la base.

"Tiene ahí un velocípedo automático, ¿verdad?"

"Sí, señor".

"Entregue el mando al siguiente en la línea, con órdenes de trasladarse a la base más cercana, llevando consigo todo el equipo que sea posible. No obstante, adviértale de que se marche a tiempo, pues sospecho muy seriamente que ya es demasiado tarde para hacer algo que impida la destrucción de la base. Usted, solo, tome el speedster y llévese los archivos personales de los hombres que fueron con Blakeslee. Un speedster se reunirá con usted en un punto que se designará más tarde y le relevará de los archivos".

Pasó una hora. Dos, luego tres.

"¡Wolmark! Blakeslee y el barco hospital han desaparecido, ¿supongo?"

"Lo han hecho". El subordinado, que esperaba un desollamiento verbal, se sorprendió enormemente por la suavidad del tono de su jefe y por la estudiada serenidad de su rostro.

"Venga al centro". Luego, cuando el teniente estuvo sentado: "Supongo que aún no se da cuenta de qué -o más bien, quién- es el que está haciendo esto".

"Lo está haciendo Blakeslee, por supuesto".

"Yo también lo pensé, al principio. Eso era lo que el que realmente lo hizo quería que pensáramos".

"Debe haber sido Blakeslee. Le vimos hacerlo, señor, ¿cómo podría haber sido otro?"

"No lo sé. Sí sé, sin embargo, y tú también deberías saberlo, que él no podría haberlo hecho. Blakeslee, de por sí, no tiene ninguna importancia".

"Lo atraparemos, señor, y lo haremos hablar. No puede escapar".

"Descubrirá que no podrá atraparlo y que podrá escapar. Blakeslee solo, por supuesto, no podría hacerlo, como tampoco podría haber hecho las cosas que aparentemente hizo. No. Wolmark, no estamos tratando con Blakeslee".

"¿Quién entonces, señor?"

"¿Aún no lo ha deducido? El Lensman, tonto, el mismo Lensman que nos ha estado tocando las narices desde que tomó uno de nuestros acorazados de primera clase con una lancha rápida y un petardo".

"Pero, ¿cómo ha *podido*?"

"De nuevo admito que no lo sé... todavía. La conexión, sin embargo, es bastante evidente. Pensamiento. Blakeslee tenía pensamientos que le superaban por completo. La Lente proviene de Arisia. Los arisios son maestros del pensamiento, de fuerzas y procesos mentales incomprensibles para cualquiera de nosotros. Estos son los elementos que, cuando encajen, nos darán la imagen completa".

"No veo cómo encajan".

"Yo tampoco... todavía. Sin embargo, seguro que no puede rastrear-"

"¡Un momento! Ha llegado el momento en que ya no es seguro decir lo que ese Lensman puede o no puede hacer. Nuestros haces comunicadores son duros y herméticos, sí. Pero cualquier haz puede ser intervenido si se le aplica suficiente potencia, y cualquier haz que pueda ser intervenido puede ser rastreado. Espero que nos visite aquí, y estaremos preparados para su visita. Ese es el motivo de esta conferencia con usted. Aquí tiene un dispositivo que genera un campo a través del cual ningún pensamiento puede penetrar. He tenido este dispositivo durante algún tiempo, pero por razones obvias no lo he dado a conocer. Aquí tiene los diagramas y los datos constructivos completos. Haga fabricar unos cientos de ellos con toda la rapidez posible y procure que cada ser de este planeta lleve uno continuamente. Imprima en todos, y yo también lo haré, que es de la mayor importancia que se mantenga una protección absolutamente continua, incluso mientras se cambian las pilas.

"Los expertos han estado trabajando durante algún tiempo en el problema de proteger todo el planeta con una pantalla, y hay alguna pequeña esperanza de éxito en un futuro próximo; pero la protección individual seguirá siendo de la mayor importancia. No podemos inculcar con demasiada fuerza a todo el mundo que la vida de cada hombre depende de que cada uno mantenga su pantalla-pensamiento en pleno funcionamiento en todo momento. Eso es todo".

Cuando el mensajero trajo los expedientes personales de Blakeslee y los demás desertores, Helmuth y sus psicólogos los revisaron con minucioso cuidado. Cuanto más los estudiaban, más claro tenían que la conclusión del jefe era la correcta: EL LENSMAN podía leer la mente.

La razón y la lógica le dijeron a Helmuth que el único propósito del Lensman al atacar la base boyssiana era conseguir una línea sobre la Gran Base; que la huida de Blakeslee y la destrucción de la base eran meras distracciones para ocultar el verdadero propósito de la visita; que el Lensman había montado esa representación teatral especialmente para retenerle a él, Helmuth, mientras se rastreaba su haz, y que ésa era la única razón por la que el visiset no había quedado fuera de combate antes; y, por último, que el Lensman se había apuntado otro golpe limpio.

A él, al propio Helmuth, le habían pillado desprevenido; y su rostro se endureció y su mandíbula se desencajó al pensarlo. Pero no se había dejado engañar. Estaba prevenido y estaría preparado, pues estaba fríamente seguro de que la Gran Base y él mismo eran los verdaderos objetivos del Lensman. Ese Lensman sabía perfectamente que cualquier número de bases ordinarias, naves y hombres podían ser destruidos sin dañar materialmente la causa boskoniana.

Debían tomarse medidas para hacer la Gran Base tan inexpugnable a las fuerzas mentales como ya lo era a las físicas. De lo contrario, bien podría ser que incluso la propia vida de Helmuth estuviera en juego en ese momento, algo realmente precioso. Por lo tanto, se celebró un consejo tras otro, se plantearon y discutieron todas las contingencias en las que se podía pensar, se tomaron todas las precauciones posibles. En resumen, todos los recursos de la Gran Base se dedicaron a conjurar cualquier posible amenaza mental que pudiera avecinarse.

Kinnison se acercó con cuidado a aquel cúmulo estelar. Por pequeño que fuera, en lo que a grupos cósmicos se refiere, estaba compuesto por unos cientos de estrellas y un número desconocido de planetas. Cualquiera de esos planetas podría ser el que buscaba, y acercarse a él sin saberlo podría resultar desastroso. Por lo tanto, redujo la velocidad a un gatear y se acercó sigilosamente, año luz a año luz, con sus detectores ultrapotentes desplegándose ante él hasta el límite de su inimaginable alcance.

Más de la mitad esperaba tener que buscar en aquel cúmulo, mundo por mundo; pero en eso, al menos, se sintió gratamente decepcionado. Una esquina de una de sus placas empezó a mostrar un tenue resplandor de detección. Una campana tintineó y Kinnison dirigió su placa maestra más potente hacia la región indicada. Esta placa, aunque de campo muy estrecho, tenía un tremendo poder de resolución y aumento; y en ella vio que había dieciocho pequeños centros de radiación rodeando a uno enormemente mayor.

No había duda entonces sobre la ubicación de la base de Helmuth, pero surgía la cuestión de la aproximación. El Lensman no había considerado la posibilidad de una pantalla de naves vigía: si estaban lo suficientemente juntas como para que el electromagnetismo se solapara aunque fuera en un cincuenta por ciento, más le valía volver a casa. ¿Qué eran esos puestos avanzados, y exactamente a qué distancia estaban espaciados? Observó, avanzó y volvió a observar; calculando finalmente que, fueran lo que fueran, estaban tan separados que no podía haber posibilidad alguna de solapamiento electromagnético. Podría interponerse entre ellos con bastante facilidad; ni siquiera tendría que desviar sus bengalas. No podían ser guardias en absoluto, concluyó Kinnison, sino que debían ser simplemente puestos avanzados, situados muy lejos del sistema solar del planeta que custodiaban; no para protegerse de los velocistas unipersonales, sino para advertir a Helmuth de la posible aproximación de una fuerza lo suficientemente grande como para amenazar la Gran Base.

Kinnison se acercó más y más, descubriendo que el objeto central era efectivamente una base, sorprendente en su inmensidad y completa e intensamente fortificada; y que los puestos avanzados eran enormes fortalezas flotantes, prácticamente inmóviles en el espacio respecto al sol del sistema solar que rodeaban. El Lensman apuntó al centro del cuadrado imaginario formado por cuatro de los puestos avanzados y se acercó al planeta tanto como se atrevió. Luego, poniéndose inerte, puso su velocista en órbita -no le importaba especialmente su forma, siempre que no fuera una elipse demasiado estrecha- y cortó toda su energía. Ahora estaba a salvo de ser detectado. Recostándose en su asiento y cerrando los ojos, lanzó su sentido de la percepción hacia y a través de las fortificaciones masificadas de la Gran Base.

Durante mucho tiempo no encontró ni una sola criatura viva. Recorrió cientos de kilómetros, percibiendo únicamente maquinaria automática, banco tras banco kilométrico de acumuladores y proyectores teledirigidos y otras armas y aparatos. Finalmente, sin embargo, llegó a la cúpula de Helmuth; y en esa cúpula recibió otro duro golpe. El personal de esa cúpula se contaba por centenares, pero él no podía establecer contacto mental con ninguno de ellos. No pudo tocar sus mentes en absoluto; se quedó paralizado. ¡Cada miembro de la banda de Helmuth estaba protegido por una pantalla mental tan eficaz como la del propio Lensman!

El velocista dio vueltas alrededor del planeta, mientras Kinnison luchaba contra este nuevo contratiempo totalmente inesperado. Parecía como si Helmuth supiera lo que se le venía encima. Helmuth no era tonto de nadie, Kinnison lo sabía; pero ¿cómo era posible que sospechara que un ataque mental estaba en el libro? Quizá sólo estaba jugando sobre seguro. Si era así, la oportunidad del Lensman llegaría. Los hombres se descuidarían; las baterías se debilitarían y habría que cambiarlas.

Pero esta esperanza también fue vana, ya que la observación continuada reveló que cada batería era enumerada, comprobada y cronometrada. Tampoco se liberaba ninguna pantalla, ni siquiera por un instante, cuando se cambiaba su batería; la fuente de energía fresca se ponía en servicio antes de que se desconectara la que se estaba debilitando.

"Bueno, eso lo rompe-Helmuth *lo sabe*", cogitó Kinnison, después de observar en vano varios de esos cambios. "Es un viejo pájaro sabio. El tipo realmente tiene chorros; aún no veo qué hice yo para que se diera cuenta de lo que estaba pasando".

Día tras día, el Lensman estudió cada detalle de la construcción, el funcionamiento y la rutina de aquella base, y finalmente una idea comenzó a surgir. Dirigió su atención hacia un barracón que había inspeccionado con frecuencia últimamente, pero se detuvo, irresoluto.

"Uh-uh, Kim, tal vez mejor no", se aconsejó a sí mismo. "Helmuth es muy rápido con el gatillo, para descubrir tan rápido lo de Boyssian. ..."

Su pensamiento proyectado fue cortado sin previo aviso, zanjando así definitivamente la cuestión. El gran aparato de Helmuth estaba en funcionamiento, todo el planeta estaba blindado contra el pensamiento.

"Oh bueno, probablemente mejor, en eso", siguió Kinnison discutiendo consigo mismo. "Si lo hubiera probado tal vez se hubiera puesto a ello y me hubiera puesto un stymie la próxima vez, cuando realmente lo necesite".

Se liberó y lanzó su velocípedo hacia la Tierra, ahora sí lejana. Varias veces durante aquel largo viaje estuvo muy tentado de llamar a Haynes a través de su Lens y poner las cosas en marcha; pero siempre se lo pensaba mejor. Se trataba de algo demasiado importante como para enviarlo a través de tanto sub-ether, o incluso para pensar en ello salvo dentro de una habitación absolutamente hermética. Y además, cada hora de vigilia de ese largo viaje podía emplearse muy provechosamente en digerir y correlacionar la información que había obtenido y en trazar los rasgos más destacados de la campaña que estaba por venir. Por lo tanto, antes de que el tiempo empezara a correr, Kinnison aterrizó en la base Prime y fue llevado directamente ante el almirante de puerto Haynes.

"Me alegro mucho de verte, hijo", saludó cordialmente Haynes al joven Lensman mientras cerraba la habitación a cal y canto. "Puesto que has entrado por tus propios medios, supongo que estás aquí para hacer un informe constructivo".

"Mejor que eso, señor: estoy aquí para empezar algo a lo grande. Sé por fin dónde está su Gran Base y tengo planos detallados de ella. Creo saber quién es y dónde está Boskone. Sé dónde está Helmuth y he elaborado un plan por el que, si funciona, podemos acabar con esa base. Boskone, Helmuth y todas las mentes maestras menores, de un solo golpe".

"¿Mentor cumplió, ¿eh?" Por primera vez desde que Kinnison le conocía, el anciano perdió el aplomo. Se puso en pie de un salto y agarró a Kinnison por el brazo. "¡Sabía que eras bueno, pero no *tanto*! ¿Te dio lo que querías?"

"Seguro que sí", y el hombre más joven informó lo más brevemente posible de todo lo que había sucedido.

"Estoy tan seguro de que Helmuth es Boskone como de cualquier cosa que no se pueda demostrar", continuó Kinnison, desenrollando una gavilla de dibujos. "Helmuth habla en nombre de Boskone, y nadie más lo hace, ni siquiera el propio Boskone. Ninguno de los otros peces gordos sabe nada de

Boskone ni le ha oído hablar nunca; pero todos pasan por el aro cuando Helmuth, ¿½hablando en nombre de Boskone', saca el látigo. Y no he podido conseguir ni rastro de que Helmuth haya hablado alguna vez con algún superior. Por lo tanto, estoy completamente seguro de que cuando tenemos a Helmuth, tenemos a Boskone.

"Pero eso va a ser un trabajo de órdago. Exploré su cuartel general de cabo a rabo, como le dije; y la Gran Base es absolutamente inexpugnable tal como está. Nunca imaginé algo así; hace que la Base Principal de aquí parezca un cruce de caminos desierto después de un duro invierno. Tienen pantallas, fosos, proyectores, acumuladores, todo a una escala gigantesca. De hecho, tienen de todo, pero todo eso se puede deducir de la cinta y de estos bocetos. Simplemente no pueden ser tomados por ningún posible ataque frontal directo. Incluso si utilizáramos todas las naves y maulers que tenemos podrían plantarnos cara. Y pueden igualarnos, nave por nave: nunca nos acercaríamos a la Gran Base si supieran que venimos".

"Bueno, si es un trabajo tan imposible, que-"

"Estoy llegando a eso. Es imposible tal como está; pero hay muchas posibilidades de que pueda suavizarlo", y el joven Lensman pasó a esbozar el plan en el que había estado trabajando tanto tiempo. "Ya sabe, como un agujero de gusano desde dentro. Es la única forma posible de hacerlo. Habrá que poner anuladores detectores en todas las naves asignadas al trabajo, pero eso será fácil. Necesitaremos todo lo que tenemos".

"Lo importante, según tengo entendido, es el momento".

"Por supuesto. Al minuto, ya que no podré comunicarme, una vez que entre en sus pantallas de pensamiento. ¿Cuánto tiempo tardaremos en reunir nuestras cosas y colocarlas en ese racimo?"

"Siete semanas-ocho en el exterior".

"Más dos por asignaciones. QX: exactamente a la hora 20, dentro de diez semanas, deje que todos los proyectores de todas las naves que pueda llevar allí se suelten en esa base con todo lo que puedan echar. Hay un dibujo detallado aquí en alguna parte. ... aquí-veintiséis objetivos principales, ya ve. Vuélenlos a todos, simultáneamente al segundo. Si todos caen, el resto será posible; si no, será una lástima. Luego trabaje siguiendo estas líneas de aquí, directamente desde esas veintiséis estaciones hasta la cúpula, volando todo a medida que avanza. Haga que dure exactamente quince minutos, ni un minuto más ni un minuto menos. Si, pasados quince minutos después de los veinte, la cúpula principal no se ha rendido cortando su pantalla, destrúyala también, si puede; me temo que necesitará muchas explosiones. A partir de entonces, usted y los almirantes de cinco estrellas tendrán que hacer lo que sea apropiado para la ocasión".

"Su plan no cubre eso, aparentemente. ¿Dónde estará -cómo se fijará- si la cúpula principal no corta sus pantallas?"

"Estaré muerto, y tú sólo estarás empezando la guerra más maldita que haya visto esta galaxia".

CAPÍTULO 23

Tregonsee se convierte en Zwilnik

Aunque el mantenimiento y la revisión del speedster sólo requirieron un par de horas, Kinnison no abandonó la Tierra hasta casi dos días después. Había requisado mucho equipo especial, la construcción de uno de cuyos elementos -una armadura como nunca se había visto antes- causó casi todo el retraso. Cuando estuvo listo, el Almirante del Puerto, muy interesado, acompañó al joven Lensman al foso de hormigón revestido de acero y relleno de arena, en el que el traje ya había sido montado sobre un maniquí teledirigido. A quince metros de ese maniquí había un pesado fusil ametrallador refrigerado por agua, con su tripulación blindada a la espera. Cuando los dos se acercaron, la tripulación saltó a la atención.

"Como estaba", le ordenó Haynes, y:

"¿Comprobó esos cartuchos con los que traje de Aldebarán I?", preguntó Kinnison al oficial al mando, mientras, acompañado por el almirante del puerto, se agachaba tras los escudos del panel de control.

"Sí, señor. Estos están un veinticinco por ciento por encima, como usted especificó".

"¡QX-comienza a disparar!" Entonces, mientras el arma emitía su tartamudo y ladrador rugido, Kinnison hizo que el maniquí se agachara, girara, doblara, retorciera y esquivara, de forma que cada una de sus placas, articulaciones y miembros cayera sobre aquella lluvia de acero. El alboroto cesó.

"Mil cartuchos, señor", informó el oficial.

"No hay agujeros, ni abolladuras, ni un rasguño ni una cicatriz", informó Kinnison, tras un examen minucioso, y se metió en la cosa. "Ahora dame dos mil balas, a menos que te diga que pares. ¡Dispare!"

De nuevo la ametralladora estalló en su estruendoso canto de odio; y, por fuerte que fuera Kinnison y poderosamente sostenido por la ráfaga de sus pilotos, no pudo resistir la terrible fuerza de aquellas balas. Retrocedió y cesaron los disparos.

"¡Sigue así!", espetó. "¿Crees que van a dejar de dispararme porque me caiga?"

"¡Pero usted había tenido mil novecientos!", protestó el oficial.

"Siga picoteando hasta que se quede sin munición o hasta que yo le diga que pare", ordenó Kinnison. "Tengo que aprender a manejar esta cosa bajo fuego", y la tormenta de metal comenzó de nuevo a chocar contra el reverberante caparazón de acero.

Lanzó al Lensman al suelo, le hizo rodar una y otra vez, le golpeó contra el respaldo. Una y otra vez luchó para ponerse en pie, sólo para ser arrojado de nuevo al suelo mientras los fusileros, que ahora sí que jugaban el juego, hacían oscilar su granizo de plomo de parte a parte del blindaje, y variaban su ataque de fuego constante a ráfagas cortas pero salvajes. Pero finalmente, a pesar de todo lo que pudo hacer la tripulación del cañón, Kinnison aprendió sus controles.

Entonces, con los pilotos encendidos, se enfrentó a aquel hocico aullante y castañeteante y se dirigió directamente hacia el chorro de acero envuelto en humo y llamas. Ahora el aire estaba literalmente lleno de metal. Las balas y los fragmentos de balas gemían y chillaban en loco abandono al rebotar en todas direcciones contra aquel blindaje. La arena y los trozos de hormigón volaban de un lado a otro, llenando la atmósfera del foso. El fusil gemía al máximo, con su sudorosa tripulación trabajando denodadamente para mantener llenas sus voraces fauces. Pero, a pesar de todo, Kinnison mantuvo su línea y avanzó. Apenas estaba a dos metros de aquella boca gritona y vomitiva como el acero cuando cesó de nuevo el fuego.

"Veinte mil, señor", informó el oficial, escuetamente. "Tendremos que cambiar barriles antes de poder darle más".

"¡Ya basta!", espetó Haynes. "¡Salga de ahí!"

Salió Kinnison. Se quitó los pesados tapones de los oídos, tragó saliva cuatro veces, parpadeó e hizo una mueca. Finalmente habló.

"Funciona perfectamente, señor, excepto por el ruido. Menos mal que tengo un Lens, ¡a pesar de los tapones no podré oír nada en tres días!"

"¿Qué tal los muelles y los amortiguadores? ¿Tienes algún hematoma? Te diste algunos golpes de verdad".

"Perfecto, ni una magulladura. Vamos a echarle un vistazo".

Cada centímetro de la superficie de esa armadura estaba ahora marcado por borrones, donde el metal de las balas se había restregado sobre la brillante aleación, pero esa superficie no estaba ni arañada, ni rayada, ni abollada.

"QX, muchachos-gracias", despidió Kinnison a los fusileros. Probablemente se preguntaban cómo podía un hombre ver hacia fuera a través de un casco construido con aleaciones laminadas de centímetros de grosor, sin ventana ni puerto por el que mirar; pero si era así, no hicieron mención de su curiosidad. Ellos también eran patrulleros.

"¿Esa cosa es una armadura o un tanque personal?" preguntó Haynes. "Envejecí diez años mientras eso ocurría; pero en eso me alegro de que insistiera en probarlo. Ahora puedes salirte con la tuya en cualquier cosa".

"Es mucha mejor técnica aprender cosas entre amigos que entre enemigos", rió Kinnison. "Es pesada, por supuesto: casi una tonelada. Sin embargo, no voy a pasear en él; voy a volarlo. Bueno, señor, ya que todo está listo, creo que será mejor que lo lleve volando hasta el speedster y empiece a revolotear, ¿no le parece? No sé exactamente cuánto tiempo voy a necesitar en Trenco".

"Más vale", aceptó el Almirante del Puerto, con la misma indiferencia, y Kinnison se marchó.

E. E. 'Doc' Smith

"¡Qué hombre!" Haynes se quedó mirando tras la monstruosa figura hasta que se desvaneció en la distancia, luego se dirigió lentamente hacia su despacho, pensando mientras avanzaba.

La enfermera MacDougall se había sentido muy irritada e indignada por la marcha casual de Kinnison, sin conversaciones ociosas ni despedidas formales. No así Haynes. Aquel experimentado hombre de campaña sabía que los hombres de Gray Lens -especialmente los jóvenes hombres de Gray Lens- eran propensos a ponerse así. Él sabía, como ella aprendería algún día, que Kinnison ya no era de la Tierra.

Ahora sólo era de la galaxia, no de un minúsculo grano de polvo de ella. Era de la Patrulla. Él *era* la Patrulla, y se tomaba sus nuevas responsabilidades muy en serio. En su feroz celo por llevar su campaña a buen puerto, utilizaría a hombres o mujeres, solos o en grupo; naves; incluso la propia Base Prima; exactamente como los había utilizado: como peones, como meras herramientas, como medios para un fin. Y, tras haberlos utilizado, los abandonaría tan despreocupadamente y tan poco ceremoniosamente como soltaría unos alicates y una llave inglesa, ¡y sin darse cuenta de que había violado ninguna de las comodidades más agradables de la vida tal y como se vive!

Y mientras paseaba y pensaba, el almirante del puerto sonreía tranquilamente para sí. Sabía, como Kinnison aprendería con el tiempo, que el universo era vasto, que el tiempo era largo y que el Esquema de las Cosas, que comprendía toda la eternidad y el Todo Cósmico, era algo incomprensiblemente inmenso: con este pensamiento críptico, el veterano curtido en el espacio se sentó ante su escritorio y reanudó sus interrumpidas labores.

Pero Kinnison aún no había alcanzado el punto de vista filosófico de Haynes, como tampoco lo había hecho el de su edad, y el viaje a Trenco le pareció positivamente interminable. Ansioso como estaba por poner a prueba su plan de campaña, descubrió que las exhortaciones mentales, o incluso las invectivas audibles, no conseguirían que el velocípedo fuera más rápido que la ya incomprensible velocidad máxima de la ráfaga máxima de sus conductores. Tampoco ayudaba mucho pasearse arriba y abajo por la pequeña sala de control. Ejercicio físico tenía que hacer, pero no le satisfacía. El ejercicio mental era imposible; no podía pensar en otra cosa que en la base de Helmuth.

Finalmente, sin embargo, se acercó a Trenco y localizó sin dificultad el puerto espacial de la Patrulla. Afortunadamente, eran entonces cerca de las once, por lo que no tuvo que esperar mucho para aterrizar. Descendió inerte, enviando por delante un pensamiento:

"Lensman de Trenco Space-port-Tregonsee o su relevo? Lensman Kinnison de Sol III pidiendo permiso para aterrizar".

"Es Tregonsee", volvió a pensar. "Bienvenido, Kinnison. Está usted en la línea correcta. ¿Ha perfeccionado, entonces, un aparato para ver realmente en este medio distorsionador?"

"Yo no lo perfeccioné, me lo dieron".

Las barras de desembarco se soltaron, agarraron la lancha y la bajaron a la esclusa; y, en cuanto la hubieron desinfectado, Kinnison entró en consulta con Tregonsee. El rigelliano era un factor muy importante en el plan del teluriano; y, puesto que también era un lensman, había que confiar en él implícitamente. Por lo tanto, Kinnison le contó brevemente lo ocurrido y lo que tenía en mente hacer, concluyendo:

"Verá, necesito unos cincuenta kilogramos de tionita. No cincuenta miligramos, ni siquiera gramos, sino cincuenta *kilogramos*; y, como probablemente no haya esa cantidad suelta en toda la galaxia, he venido a pedirle que me la fabrique".

Sin más. ¡Pedirle tranquilamente a un Lensman cuyo deber era matar a cualquier ser que intentara siquiera recolectar una sola planta Trenconiana, que hiciera para él más cantidad de la droga prohibida de la que se procesaba ordinariamente en toda la galaxia durante un mes Solariano! ¡Sería precisamente un encargo de este tipo si uno entrara en el Departamento del Tesoro en Washington e informara al Jefe de la Oficina de Estupefacientes, con total despreocupación, de que había pasado a recoger diez toneladas de heroína! Pero Tregonsee no se inmutó ni preguntó; ni siquiera se sorprendió. Se trataba de un Lensman gris.

"No debería ser demasiado difícil", respondió Tregonsee, tras un momento de estudio. "Disponemos de varias unidades de procesamiento de tionita, confiscadas a equipos zwilnik y aún no enviadas; y todos nosotros estamos familiarizados, por supuesto, con la técnica de extracción y purificación de la droga".

¡Dio órdenes y en breve el puerto espacial de Trenco presentó el asombroso espectáculo de una tripulación al completo de la Patrulla Galáctica dedicando todas sus energías a quebrantar de todo corazón la única ley que se suponía que debía hacer cumplir con la mayor rigidez, y sin miedo ni favor!

Era poco después del mediodía, la hora más tranquila del día de Trenco. El viento había amainado hasta "desaparecer"; lo que, en el planeta, significaba que un hombre fuerte podía resistirlo; podía incluso, si era ágil además de fuerte, caminar en él. Por lo tanto, Kinnison se puso su armadura ligera y pronto estuvo cosechando afanosamente la hoja ancha, que, según le habían informado, era la fuente más rica de tionita.

Llevaba sólo unos minutos trabajando cuando un chato se le acercó arrastrándose y, tras cerciorarse de que su armadura no era buena para comer, se apartó y le observó atentamente. Aquí tenía otra oportunidad para practicar y en un santiamén el Lensman la aprovechó. Habiendo practicado durante horas con las mentes de varios animales terrestres, entró en esta mente con bastante facilidad, descubriendo que el trenco era considerablemente más inteligente que un perro. Tanto, de hecho, que la raza ya había desarrollado un lenguaje bastante completo. Por lo tanto, el trenco no tardó mucho en aprender a utilizar las peculiares extremidades y otros miembros de su sujeto, y pronto el trenco estaba trabajando como si estuviera en el negocio por su cuenta. Y, dado que estaba idealmente adaptado a su salvaje entorno trenconiano, en realidad logró más que todo el resto de la fuerza junta.

"Es un truco sucio el que te estoy gastando, Spike", le dijo Kinnison a su ayudante al cabo de un rato. "Ven a la sala de recepción y veré si puedo cuadrarlo contigo".

Como la comida era la única licitación lógica, Kinnison sacó de su speedster una pequeña lata de salmón, un paquete de queso, una tableta de chocolate, unos terrones de azúcar y una patata, ofreciéndoselos al trenconiano por orden. Tanto el salmón como el queso eran alimentos muy aceptables. El bocado de chocolate era un manjar deliciosamente sorprendente. El terrón de azúcar, sin embargo, fue lo que realmente hizo sonar la campana: la propia mente de Kinnison sintió la descarga de puro éxtasis cuando aquella maravillosa sustancia se disolvió en la boca del trenco.[35] También comió la patata, por supuesto -cualquier animal trenconiano comerá, en cualquier momento, prácticamente cualquier cosa-, pero era simplemente comida; nada del otro mundo.

Sabiendo ahora lo que tenía que hacer, Kinnison condujo a su ayudante hacia el aullante y chillón vendaval y lo liberó del control, lanzando un terrón de azúcar contra el viento mientras lo hacía. El trenco lo agarró en el aire, se lo comió y entró en una auténtica histeria de alegría.

"¡Más! ¡Más!", insistió, intentando trepar por la pierna blindada del

---

[35] ¿Es Kinnison culpable de la adicción de los trencos al azúcar? No sería la primera vez que esa droga nociva le pasara factura.

Lensman.

"Debe trabajar para obtener más, si lo desea", explicó Kinnison. "Arranque plantas de hoja ancha y llévelas a esa cosa vacía de ahí, y obtendrá más".

Se trataba de una idea totalmente nueva para el nativo, pero después de que Kinnison se apoderara de su mente y le enseñara a hacer conscientemente lo que había estado haciendo inconscientemente durante una hora, trabajó de buena gana. De hecho, antes de que empezara a llover, poniendo así fin a la labor del día, había una docena de ellos afanándose en la cosecha y la cosecha llegaba tan rápido como toda la tripulación de Rigellians podía procesarla. E incluso después de que se sellara el puerto espacial se agolparon, sin prestar atención a la lluvia, trayendo sus pequeñas cargas de hojas y pidiendo lastimosamente ser admitidos.

Kinnison tardó algún tiempo en hacerles comprender que el trabajo del día había terminado, pero que debían volver mañana por la mañana. Finalmente, sin embargo, consiguió hacerles entender la idea; y el último hombre-tortuga desconsolado se alejó nadando de mala gana. Pero, efectivamente, a la mañana siguiente, incluso antes de que el barro se hubiera secado, los mismos doce estaban de nuevo en el trabajo; y los dos Lensmen se preguntaron simultáneamente: ¿cómo habían *podido* encontrar esos trencos el puerto espacial? O si habían permanecido cerca de él durante la tormenta y la inundación de la noche.

"No lo sé", respondió Kinnison a la pregunta no formulada, "pero puedo averiguarlo". De nuevo y con más cuidado examinó las mentes de dos o tres de ellos. "No, no nos han seguido", informó entonces. "No son tan tontos como creía. Tienen un sentido de la percepción, Tregonsee, más o menos lo mismo, a mi juicio, que el tuyo; tal vez incluso más. Me pregunto. ¿Por qué no podrían ser entrenados para convertirse en poderosos y eficientes ayudantes de policía en este planeta?"

"Por la forma en *que* los maneja, sí. Puedo conversar un poco con ellos, por supuesto, pero nunca antes han mostrado voluntad de cooperar con nosotros."

"Nunca les has dado azúcar", se rió Kinnison. "Tienen azúcar, por supuesto... ¿o no? Olvidaba que muchas razas no lo utilizan en absoluto".

"Los Rigelianos somos una de esas razas. El almidón es mucho más sabroso y se adapta mucho mejor a nuestra química corporal que el azúcar. Sin embargo, podemos obtenerlo con bastante facilidad. Pero hay algo más: usted puede decirles a estos trencos lo que tienen que hacer y hacer que le entiendan de verdad. Yo no puedo".

"Puedo arreglarlo con un simple tratamiento mental que puedo darle en cinco minutos. Además, puedo dejarle suficiente azúcar para que siga adelante hasta que pueda conseguir un suministro propio".

En los pocos minutos durante los que los Lensman habían estado discutiendo sobre sus posibles aliados, el barro se había secado y la asombrosa cobertura vegetal estaba brotando visiblemente. Tan increíblemente rápido fue su crecimiento que en menos de una hora algunas especies eran lo suficientemente grandes como para ser recogidas. Las hojas eran exuberantes y de un color púrpura carmesí vivo.

"Estas plantas de primera hora de la mañana son las más ricas de todas en tionita -mucho más ricas que las de hoja ancha-, pero los zwilniks nunca pueden conseguir más que un puñado de ellas a causa del viento", observó el Rigellian. "Ahora, si me da ese tratamiento, veré qué puedo hacer con las planas".

Kinnison así lo hizo, y los trencos trabajaron para Tregonsee tan laboriosamente como lo habían hecho para Kinnison, y comieron su azúcar con el mismo entusiasmo.

"Es suficiente", decidió el Rigelliano en ese momento. "Esto acabará con sus cincuenta kilos y de sobra".

Luego pagó a sus ahora entusiastas ayudantes, con instrucciones de volver cuando el sol estuviera directamente sobre su cabeza, para más trabajo y más azúcar. Y esta vez no se quejaron, ni merodearon ni trajeron vegetación no deseada. Estaban aprendiendo rápido.

Mucho antes del mediodía, el último kilogramo de polvo impalpable de color azul violáceo fue introducido en su saco impermeable. La maquinaria se limpió; y las hojas intactas, los residuos y el aire contaminado se expulsaron por el puerto espacial; y la sala y sus ocupantes fueron rociados con antitionita. Entonces, y sólo entonces, la tripulación se quitó las máscaras y los filtros de aire. El puerto espacial de Trenco volvía a ser un puesto de patrulla, ya no el paraíso de los zwilnik.

"Gracias, Tregonsee y a todos ustedes". Kinnison hizo una pausa y luego continuó, dubitativo: "Supongo que no...".

"No lo haremos", declaró Tregonsee. "Nuestro tiempo es suyo, como sabe, sin pago; y tiempo es todo lo que le dimos, en realidad".

"Claro, eso y mil millones de créditos en tionita".

"Eso, por supuesto, no cuenta, como usted también sabe. Usted nos ha ayudado, creo, incluso más de lo que nosotros le hemos ayudado a usted".

"Espero haberle hecho algún bien, de todos modos. Bueno, tengo que irme. Gracias de nuevo. Volveremos a vernos alguna vez, tal vez", y de nuevo el hombre de lente telúrica siguió su camino.

CAPÍTULO 24

Kinnison perfora desde dentro

Kinnison se acercó cautelosamente al cúmulo estelar AC 257-4736, como antes; y como antes insinuó su veloz vehículo a través del flojo cordón exterior de fortalezas guardianas. Esta vez, sin embargo, no se acercó ni remotamente al mundo de Helmuth. Estaría allí demasiado tiempo; había demasiado riesgo de detección electromagnética como para poner su nave en cualquier tipo de órbita alrededor de *ese* planeta. En su lugar, había calculado una órbita larga, estrecha y elíptica alrededor de su sol; bien dentro de la zona vigilada por los maulers. Sólo podía calcularla de forma aproximada, por supuesto, ya que no conocía con exactitud ni las masas implicadas ni las fuerzas perturbadoras; pero pensó que podría volver a encontrar su nave con un electro. Si no, no sería una pérdida irreparable. Colocó entonces el velocípedo en el tramo exterior de esa órbita y despegó con su nueva armadura.

Sabía que había una pantalla-pensamiento alrededor del planeta de Helmuth y sospechaba que también podría haber otras pantallas. Por lo tanto, apagando cada vatio de energía, se dejó caer directamente hacia el lado nocturno, casi a mitad de camino alrededor del planeta desde la Gran Base. Sus bengalas estaban, por supuesto, muy desconcertadas, pero aun así no pisó el freno hasta que fue absolutamente necesario. Aterrizó pesadamente y luego se alejó a saltos largos y libres, hasta que llegó a su destino previamente seleccionado; una gran caverna densamente blindada con mineral de hierro y dentro del radio de acción de su objetivo. En lo más profundo de la caverna se escondió y luego buscó atentamente cualquier señal de que su aproximación hubiera sido observada. No había tal señal... de momento, todo bien.

Pero durante su búsqueda había percibido con un ligero sobresalto que Helmuth había reforzado aún más sus defensas. No sólo todos los hombres de la cúpula estaban protegidos contra el pensamiento, sino que además cada uno llevaba ahora una armadura completa. ¿Había protegido también a los perros? ¿O los había matado? En realidad no importaba si lo había hecho: cualquier animal doméstico serviría; o, en caso de apuro, ¡incluso un lagarto de roca salvaje! No obstante, disparó su percepción hacia el barracón concreto que había observado tanto tiempo antes y comprobó con cierto alivio que los perros seguían allí, y que seguían desprotegidos. No se le había ocurrido, ni siquiera a la mente precavida de Helmuth, que un perro pudiera ser una fuente de peligro mental.

Con todas las precauciones debidas para que no entrara ni un solo grano en su propio sistema, Kinnison transfirió su tionita al contenedor especial en el que iba a ser utilizada. Un día más bastó para observar y memorizar el personal de los observadores de la pasarela, sus posiciones y la secuencia en la que tomaban los tableros. Entonces el Lensman, todavía casi una semana antes de lo previsto, se instaló a esperar el momento en que debía hacer su siguiente movimiento. Esta espera tampoco le resultó excesivamente molesta; ahora que todo estaba listo, podía ser tan paciente como un gato de guardia en una ratonera.

Llegó el momento de actuar. Kinnison se apoderó de la mente del perro, que de inmediato se dirigió a la litera en la que yacía dormido un observador en particular. No habría ninguna posibilidad de hacerse con el control de ningún observador mientras estuviera realmente en el tablero, pero aquí en los barracones era casi ridículamente fácil. El perro se arrastró sobre patas silenciosas, una nariz larga y delgada se alargó y se levantó, unos dientes afilados se cerraron delicadamente sobre un cable de la batería y salió el enchufe. La pantalla-pensamiento bajó, y al instante Kinnison se hizo cargo de la mente del tipo.

Y cuando ese observador entró en servicio, ¡su primer acto fue dejar entrar a Kimball Kinnison, Lensman Gris, en la Gran Base de Boskone! Bajo y rápido voló Kinnison, mientras el observador colocaba su cuerpo de forma que protegiera de cualquier transeúnte fortuito la superficie demasiado reveladora de su visiplate. En pocos minutos, el Lensman alcanzó un portal de la propia cúpula. Esa puerta también se abrió y se cerró tras él. Liberó la mente del observador y observó brevemente. No ocurrió nada. Todo seguía bien.

Entonces, en todos los barracones menos en uno, utilizando lo que tuviera a mano en forma de perro u otro animal sin escudo, Kinnison actuó breve pero eficazmente. No mató por la fuerza mental -no tenía suficiente de eso de sobra-, sino que el simple giro de una válvula discreta serviría igual de bien. Algunos de aquellos hombres ahora ociosos probablemente vivirían para responder a la llamada de Helmuth para realizar un trabajo extra, pero no demasiados; tampoco los que obedecieran esa llamada vivirían mucho tiempo después.

Bajó escalera tras escalera, hasta el compartimento en el que se alojaba el gran purificador de aire. ¡Ahora que vengan! Aunque tuvieran un rayo espía sobre él ahora sería demasiado tarde para que les sirviera de algo. Y ahora, por las agallas de oro de Klono, ¡más valía que esa flota estuviera ahí fuera, preparándose para la explosión!

Así era. De toda la galaxia había llegado la Gran Flota; cada base de patrulla había sido despojada de casi todo lo móvil que pudiera lanzar un rayo. Cada nave llevaba un Lensman o algún otro oficial de gran confianza; y cada uno de esos oficiales tenía dos anuladores de detectores -uno sobre su persona, el otro en su taquilla-, cualquiera de los cuales protegería a toda su nave de la detección.

En largas filas, solos y a intervalos, esos incontables miles de barcos se habían colado entre los buques que custodiaban la Gran Base. Tampoco había que culpar a las tripulaciones de los puestos avanzados. Llevaban meses de servicio y ni siquiera un asteroide había aliviado la monotonía. Nada había ocurrido ni ocurriría. Vigilaban sus placas con suficiente constancia y, si no hacían nada más, ¿por qué habrían de hacerlo? ¿Y qué podían haber hecho? ¿Cómo podían sospechar que se había inventado algo así como un anulador de detectores?

La Gran Flota de la Patrulla, entonces, ya se estaba concentrando sobre sus objetivos primarios, cada nave en una posición rígidamente asignada. Los pilotos, capitanes y navegantes charlaban entre ellos; entrecortadamente y en voz baja, como si incluso alzar la voz pudiera revelar prematuramente al enemigo la concentración de las fuerzas de la Patrulla. Los oficiales de tiro ya estaban en sus tableros, mirando con avidez los pequeños interruptores que aún no podían accionar durante tantos largos minutos.

Y muy por debajo, junto al purificador de aire de los piratas, Kinnison soltó los cierres de su armadura y saltó. Hacer un agujero en el conducto primario le llevó sólo un segundo. Dejar caer en ese conducto su recipiente de tionita; empapar ese recipiente con el reactivo que en sesenta segundos disolvería por completo la sustancia del recipiente sin afectar ni a su contenido ni al metal del conducto; pegar un parche adhesivo flexible sobre el agujero del conducto; y volver a saltar dentro de su armadura: todas estas cosas requirieron sólo un poco más de un minuto. Quedaban once minutos- QX.

En el barracón más cercano, incluso mientras el Lensman subía las escaleras, un perro volvió a privar a un hombre dormido de su pantalla de pensamiento. Ese hombre, sin embargo, en lugar de ponerse a trabajar, cogió unos alicates y procedió a cortar los cables de las baterías de todos los durmientes del barracón; seccionándolos tan estrechamente que no se podía realizar ninguna conexión sin quitar la armadura.

A medida que esas pistas se iban cortando, los hombres se despertaban y corrían hacia la cúpula. Por pasarela tras pasarela corrieron, y aparentemente eso era todo lo que hacían. Pero cada corredor, al pasar junto a un hombre de guardia, sacaba un enchufe de la batería de su toma; y ese observador, a la orden de Kinnison, abría la placa facial de su armadura y respiraba profundamente la atmósfera, ahora cargada de drogas.

La tionita, como ya se ha insinuado, es quizá la peor de todas las drogas adictivas conocidas. En dosis casi infinitesimales da lugar a un estado en el que la víctima parece experimentar realmente la gratificación de todos sus deseos, sea cual sea ese deseo. Cuanto mayor es la dosis, más intensa es la sensación, hasta que -y muy rápidamente- se alcanza la dosis en la que se pasa a un éxtasis tan insoportable que sobreviene la muerte de inmediato.

Así pues, no hubo alarma, ni gritos, ni advertencias. Cada observador permanecía sentado o de pie, embelesado, manteniendo exactamente la postura en la que había estado en el instante de abrir su placa facial. Pero ahora, en lugar de prestar atención a su deber, se sumía cada vez más profundamente en los paroxismos de la profundidad extática de un desenfreno de tionita del que no iba a haber despertar. Por lo tanto, la mitad de aquella poderosa cúpula estaba sin personal antes de que Helmuth se diera cuenta siquiera de que algo fuera de orden estaba ocurriendo.

Sin embargo, en cuanto se dio cuenta de que algo iba mal, hizo sonar la alarma de "todos los hombres de guardia" y dio instrucciones a gritos a los oficiales del barracón. Pero la nube de muerte había llegado allí primero y, para su consternación, ni una cuarta parte de esos oficiales respondió. Un buen número de hombres consiguió entrar en la cúpula, pero todos se desplomaron antes de llegar a las pasarelas. Y tres cuartas partes de su fuerza de trabajo murieron antes de localizar a los veloces mensajeros de Kinnison.

"¡Derríbenlos!" chilló Helmuth, señalando, gesticulando enloquecidamente.

¿Derribar a quién? Los esbirros de los Hombres de Lentejuelas estaban a su vez disparando ahora, a diestro y siniestro, gritando órdenes contradictorias pero supuestamente autoritarias.

"¡Destruyan a los hombres que no estén de servicio!" La furiosa voz de Helmuth llenaba ahora la cúpula. "¡Usted, en el tablero 479! ¡Destruya a ese hombre de la pasarela 28, en el tablero 495!"

Con instrucciones tan detalladas, los agentes de Kinnison dejaron de ser uno a uno. Pero a medida que uno era transportado otro ocupaba su lugar, y pronto cada uno de los pocos piratas vivos que quedaban en la cúpula estaba disparando indiscriminadamente a todos los demás. Y entonces, para culminar el clímax saturnal, llegó el segundo cero.

La Gran Flota de la Patrulla Galáctica se había reunido. Cada crucero, cada acorazado, cada mauler colgaba suspendido sobre su objetivo asignado. Cada nave estaba lista para la acción. Cada célula acumuladora estaba llena hasta su último vatio, cada generador y cada brazo estaban afinados y al máximo de su eficiencia. Cada oficial de tiro de cada buque estaba sentado en tensión ante su tablero; su mano rondando cerca, pero sin tocar, su tecla de disparo; sus ojos fijos fijamente en el segundero de su temporizador sincronizado con precisión; sus oídos apenas escuchaban la voz zumbante y tranquilizadora del almirante de puerto Haynes.

Porque el Viejo había insistido en dar él mismo la orden de disparo, y ahora estaba sentado ante el cronómetro maestro, hablando por el micrófono maestro. A su lado se sentaba von Hohendorff, el viejo comandante de cadetes. Ambos veteranos habían pensado hacía tiempo que habían terminado con la guerra espacial para siempre, pero sólo una orden del Consejo Galáctico en pleno podría haber mantenido a cualquiera de ellos en casa. Estaban sombríamente decididos a participar a muerte, aunque no estaban nada seguros de de quién iba a ser la muerte. Si resultaba que iba a ser la de Helmuth, bien y todo estaría en verde. Si, por el contrario, el joven Kinnison tenía que irse, con toda probabilidad ellos también tendrían que hacerlo, y así sería.

"Ahora, recordad, chicos, mantened las manos alejadas de estas llaves hasta que yo os dé la orden", zumbó la voz tranquilizadora de Haynes, sin dar ningún indicio de la terrible tensión a la que él mismo estaba sometido. "Les daré muchas advertencias. Voy a contar los últimos cinco segundos por ustedes. Sé que todos queréis disparar el primer rayo, pero recordad que yo personalmente estrangularé a todos y cada uno de vosotros que se adelante a mi señal por una milésima de segundo. No falta mucho; el segundero está dando su última vuelta".

"...Mantenga sus manos lejos de esas llaves."

"...Aléjate de ellos, te digo, o te abofetearé".

"Quince segundos todavía. Aléjense, muchachos, déjenlos en paz; voy a empezar a contar ahora". Su voz caía cada vez más bajo.

"¡Cinco-cuatro-tres-dos-uno-Fuego!", gritó.

Tal vez algunos de los muchachos golpearon un poco el arma; pero no muchos, ni mucho. A todos los efectos se trataba de una ráfaga simultánea de destrucción que descendía de cien mil proyectores, cada uno lanzando la máxima ráfaga de la que era capaz. Ahora no se pensaba en la vida útil del equipo ni en retener nada para un esfuerzo posterior. Tenían que mantener esa ráfaga durante sólo quince minutos; y si la tarea que tenían por delante no podía realizarse en esos quince minutos, probablemente no podría realizarse en absoluto.

Por lo tanto, es totalmente inútil incluso intentar describir lo que ocurrió entonces, o retratar el espectáculo que se produjo cuando el rayo se encontró con la pantalla. ¿Para qué intentar describir el color rosa a un ciego de nacimiento? Baste decir que aquellos haces de la Patrulla taladraron hacia abajo, y que las pantallas automáticas de Helmuth resistieron hasta el límite de su capacidad. Y esa resistencia no fue poca.

Si el personal habitual de Helmuth, formado por tenientes de mirada aguda y astucia rápida, hubiera estado en sus puestos para reforzar esas pantallas primarias con la potencia prácticamente ilimitada que podría haberse puesto detrás de ellas, su defensa no habría fracasado ni siquiera bajo la fuerza inimaginable de ese empuje del Titanic; pero esos tenientes no estaban en sus puestos. Las pantallas de los veintiséis objetivos primarios fallaron, y las veintiséis estupendas flotillas se movieron lenta, grandiosa, vorazmente, cada una a lo largo de su línea designada.

Todas las alarmas de la cúpula de Helmuth habían estallado en frenéticos avisos mientras el poderío masivo de la Patrulla Galáctica se lanzaba contra los veintiséis puntos vitales de la Gran Base, pero esas alarmas clamaban en vano. Ninguna mano se alzaba hacia los interruptores cuyo cierre desencadenaría las energías infernales de los irresistibles proyectores de Boskone; ningún ojo se posaba sobre los dispositivos de puntería que los alinearían contra las naves de guerra atacantes. Sólo quedaba Helmuth, en su compartimento de control blindado interiormente; y Helmuth era la inteligencia directora, la mente maestra, y no un mero operador. Y ahora que no tenía operadores a los que dirigir, estaba totalmente indefenso.

Podía ver la estupenda flota de la Patrulla; podía comprender plenamente su funesta amenaza; pero no podía tensar sus pantallas ni activar un solo rayo. Sólo podía sentarse, rechinando los dientes con furia impotente, y contemplar la destrucción del armamento que, si tan sólo hubiera podido estar en funcionamiento, habría hecho volar por los cielos a aquellos acorazados y maulers como si hubieran sido otros tantos esponjosos trozos de cardos.

Una y otra vez se ponía en pie de un salto, como si fuera a lanzarse a uno de los puestos de control, pero cada vez se hundía de nuevo en su asiento ante el escritorio. Un puesto de tiro sería poco, si acaso, mejor que ninguno. Además, ese maldito Lensman estaba detrás de todo esto. Estaba -debía estar- aquí en la cúpula, en alguna parte. *Quería que* abandonara este escritorio, ¡eso era lo que estaba esperando! Mientras permaneciera en el escritorio, él mismo estaba a salvo. Para el caso, toda esta cúpula estaba a salvo. Nunca se había montado un proyector que pudiera romper *esas* pantallas. No, pasara lo que pasara, ¡él se quedaría en el escritorio!

Kinnison, observando, se maravilló de su fortaleza. Él mismo no habría podido quedarse allí, lo sabía; y también sabía ahora que Helmuth iba a quedarse. El tiempo volaba; habían pasado cinco de los quince minutos. Esperaba que Helmuth saliera de aquel santuario interior bien protegido, con sus potencialidades desconocidas; pero si el pirata no salía, el Lensman entraría. El asalto a ese reducto interior era para lo que servía su nueva armadura.

Entró, pero no pilló a Helmuth desprevenido. Incluso antes de que chocara contra las pantallas, sus propias zonas defensivas estallaron en una actividad furiosamente coruscante, y a través de esa llama llegaron rasgando las babosas metálicas de un fusil ametrallador de alta potencia.

¡Ja! *Había* un rifle, ¡aunque no había sido capaz de encontrarlo! ¡Un tipo listo, ese Helmuth! Y ¡qué suerte que se hubiera tomado el tiempo de aprender a sostener este traje contra el fuego más complicado de una ametralladora!

Las pantallas de Kinnison eran casi las de un acorazado, su armadura casi, relativamente, igual de fuerte. Y él podía mantener esa armadura erguida. Por lo tanto, a través del rayo furioso del proyector semiportátil se abrió paso y en línea recta por ese torrente de acero furioso. Y ahora, de su propio y poderoso proyector, contra la armadura de Helmuth, brotó un rayo apenas menos potente que el del semiportátil. La armadura del Lensman no montaba un fusil ametrallador refrigerado por agua -había un límite a lo que incluso esa poderosa estructura podía soportar- pero sombríamente, con todas las facultades de su recién ampliada mente concentradas en esa cabeza blindada y cribada por el pensamiento tras el arma eructante, Kinnison mantuvo su línea y siguió adelante.

Bien era que el Lensman se concentrara en esa cabeza apantallada; porque cuando la pantalla se debilitó ligeramente y un pensamiento empezó a filtrarse a través de ella hacia una bola de fuerza enigmáticamente centelleante, Kinnison estaba preparado. Cubrió el pensamiento salvajemente, antes de que pudiera tomar forma, y atacó la pantalla con tanta saña que Helmuth tuvo que restablecer la cobertura total al instante o morir allí mismo. Porque el Lensman había estudiado esa bola larga y seriamente. Era la única cosa de toda la base que no podía entender; la única cosa, por tanto, de la que había tenido miedo.

Pero ya no le tenía miedo. Funcionaba, ahora lo sabía, por el pensamiento; y por muy terribles que fueran sus potencialidades, ahora era y seguiría siendo perfectamente inofensivo; porque si el jefe pirata ablandaba su pantalla lo suficiente como para emitir un pensamiento, nunca más volvería a pensar.

Por ello se precipitó. A toda velocidad se abalanzó sobre el fusil y chocó de lleno contra la figura acorazada que había detrás. Las abrazaderas magnéticas se bloquearon y sujetaron; y, haciendo arder furiosamente los proyectores, giró sobre sí mismo y obligó al Helmuth que luchaba locamente a retroceder, hacia la línea a lo largo de la cual el rifle bramador seguía escupiendo una tormenta continua de metal.

Los máximos esfuerzos de Helmuth sólo bastaron para desequilibrar al Lensman, y ambas figuras se estrellaron contra el suelo. Y ahora la pareja de acorazados, que luchaba enloquecida, rodó por encima de la línea de fuego.

Primero Kinnison; las balas gimiendo, chirriando contra el blindaje de su acorazado personal y estrellándose o chocando estrepitosamente contra cualquier cosa que se encontrara en la siempre cambiante línea o rebote. Luego Helmuth; y mientras las babosas de metal ferozmente impulsadas rasgaban en sus multitudes su blindaje y atravesaban y atravesaban su cuerpo, acribillando cada uno de sus órganos vitales, que era-.

EL FIN

Milton Keynes UK
Ingram Content Group UK Ltd.
UKHW042145150524
442688UK00001B/16